Commissario Pavarotti spielt mit dem Tod

D1868793

Elisabeth Florin wuchs in Süddeutschland auf; ihre journalistische Laufbahn begann sie in den achtziger Jahren bei der RAI in Bozen. Von den Menschen in Südtirol und ihrer Geschichte fasziniert, verbringt sie seither einen Gutteil ihrer freien Zeit in Meran und Umgebung. Sie arbeitet seit zwanzig Jahren als Finanzjournalistin und Kommunikationsexpertin in Frankfurt am Main und lebt mit ihrem Mann im Taunus.
Mehr über Elisabeth Florin unter www.elisabethflorin.de.

Dieses Buch ist ein Roman. Handlungen und Personen sind frei erfunden. Ähnlichkeiten mit lebenden oder toten Personen sind nicht gewollt und rein zufällig.

ELISABETH FLORIN

Commissario Pavarotti spielt mit dem Tod

KRIMINALROMAN

emons:

Bibliografische Information der Deutschen Nationalbibliothek
Die Deutsche Nationalbibliothek verzeichnet diese Publikation in der Deutschen Nationalbibliografie; detaillierte bibliografische Daten sind im Internet über http://dnb.d-nb.de abrufbar.

MIX
Papier aus verantwortungsvollen Quellen
FSC® C083411
FSC
www.fsc.org

© Emons Verlag GmbH
Alle Rechte vorbehalten
Umschlagmotiv: © mauritius images/age
Umschlaggestaltung: Tobias Doetsch
Gestaltung Innenteil: César Satz & Grafik GmbH, Köln
Lektorat: Carlos Westerkamp
Druck und Bindung: CPI – Clausen & Bosse, Leck
Printed in Germany 2016
ISBN 978-3-95451-808-1
Originalausgabe

Unser Newsletter informiert Sie
regelmäßig über Neues von emons:
Kostenlos bestellen unter
www.emons-verlag.de

Vertraue nie einem Autor.

Håkan Nesser, »Eine ganz andere Geschichte«

Meran, drei Monate zuvor ...

Es war dunkel im Zimmer. Der Mann auf dem Sofa machte sich nicht die Mühe, das Licht einzuschalten. Jemand anders würde das Licht einschalten. Später.

Diesmal würde er es tun.

Er hatte es schon ein paarmal vergeblich versucht, aber er war eben ein Anfänger.

Der Mann, der beschlossen hatte, Selbstmord zu begehen, tastete nach seiner Waffe. Erneut vergewisserte er sich, dass sie geladen war.

In ihrem gesamten verfluchten Pistolenleben war ein einziger Schuss aus ihr abgegeben worden. Er hasste die Waffe. Es fühlte sich genau richtig an, es mit diesem verabscheuungswürdigen Ding zu tun. Sie sollte es sein, die ihn tötete.

Jetzt.

Der Mann schloss die Augen und steckte den Lauf in den Mund. Das Metall fühlte sich kalt an und schmeckte nach Waffenöl und Todesangst. Die Waffe schien in ihm zu wachsen, seine Mundhöhle auszufüllen, in seinen Hals hinabzustoßen. Heftiger Brechreiz überfiel ihn. Schnell zog er den Lauf heraus.

Als er aufgehört hatte zu würgen, setzte er die Pistole neben seiner rechten Schläfe auf. Es musste ein Ende haben.

Es klingelte an der Wohnungstür.

Der Mann schluckte hart. Seine Atmung beruhigte sich. Er wischte mit dem Hemdärmel über sein nasses Gesicht.

Dann steckte er die Waffe unter ein Sofakissen und ging zur Tür.

Draußen stand ein Junge von achtzehn Jahren mit einem kleinen schwarzen Hut auf dem Kopf, den er tief in den Nacken gezogen hatte.

»Du schon wieder.«

Der Junge, der im Unterschied zu ihm kein Anfänger war, trat von einem Fuß auf den anderen.

»Darf ich kurz reinkommen?«

Pavarotti zuckte die Achseln und ging dem Jungen hinterher ins Wohnzimmer. Paul drückte auf den Lichtschalter und schaute sich prüfend im Zimmer um. Dann zeigte er auf den Fernseher, dessen Bildschirm schwarz war. »Was, kein alter Spielfilm heute?« Pavarotti beobachtete ihn schweigend. Paul schaute in die Küche. »Was ist mit Abendessen?«

»Kein Hunger. Was willst du?«

»Nichts«, gab Paul zurück und ließ sich aufs Sofa fallen. Dabei verrutschten die Kissen, und die Pistole kam zum Vorschein.

Die Augen des Jungen wurden groß. »Schau, schau«, sagte Paul. »Die gute alte Dienstwaffe.« Er grinste spöttisch. »Nicht so einfach, wie?«

»Geht dich einen Dreck an«, sagte Pavarotti. »Hau ab.«

Der Junge rappelte sich hoch. Die Pistole ließ er dort, wo sie war.

»Ein guter Rat vom Profi: Tu's einfach. Und zwar schnell. Sonst wird nie was draus.«

Er wandte sich zum Gehen um. Auf dem Weg zur Tür zog Paul eine kleine Beretta aus der Hosentasche, hielt sie sich an die Stirn und drückte ab.

Auf Pavarotti landete ein Schwall warmer Flüssigkeit.

Schreiend stürzte er auf den Jungen zu, der vor Pavarottis Sofa zusammengesunken war. Das Sofa war jetzt hellrot, genauso wie die Wand, vor der Paul gestanden hatte.

Pauls Augen starrten zur Decke.

Pavarotti stolperte rückwärts und sank neben dem schwarzen Hut zu Boden. Der Hut lag in einer Lache aus Blut. Pavarotti drehte seinen Kopf und füllte den Hut mit seinem Mageninhalt, bis zum Rand.

Erstes Buch

Machen Sie Ihr Spiel, Commissario

1

Kleine, unbedeutende Ereignisse haben die Macht, Katastrophen auszulösen. Es ist eine Gnade Gottes, dass sich kaum jemand dieser Tatsache bewusst ist, bevor es dazu kommt. Gegen den Teufel, der diese Spielchen mit dem Schicksal ersinnt, ist sowieso kein Kraut gewachsen.

Sergio Tutto, Dr. Ing., empfand die Krankmeldung seines Vorarbeiters an diesem Morgen als Routineproblem, das er vor einer Stunde bereits gelöst hatte.

Nie wäre er auf die Idee verfallen, dass dieses Routineproblem vier Menschen das Leben kosten würde.

Sergio Tutto trat von einem Fuß auf den anderen. Vierzig Jahre als Projektentwickler im Immobiliengeschäft bedeuteten ständigen Aufenthalt im Freien, und trotzdem spürte er die Kälte immer noch.

Die Baugenehmigung für das Apartmenthaus war viel zu spät erteilt worden. Mittlerweile war es November. Tutto hustete und zog seinen Schal hoch bis zur Nase. Er bildete sich ein, den Schnee riechen zu können, Wochen bevor er kam, besonders in abgelegenen Gegenden wie hier, weit oben in den Bergen, wo die Luft klar und schneidend war. Nun denn. Sie würden es schaffen, wie immer. Seine Leute und er waren ein eingespieltes Team und daran gewöhnt, unter starkem Zeitdruck zu arbeiten.

Er hörte die Bagger, bevor er sie sah. Der erste fuhr dröhnend am Feuerwehrhaus vorbei und bog auf den kleinen Vorplatz vor den Häusern ein, die sie heute abreißen würden. Kaum war er zum Stehen gekommen, schob sich ein zweiter heran.

Tutto sah, dass sich die Gardine am Fenster des Nachbarhauses bewegte. Bald würde das ganze Dorf versammelt sein. Das war immer so. Die beiden Häuser waren sehr alt und standen seit zwanzig Jahren leer. Mehr wusste er nicht, und mehr brauchte er auch nicht zu wissen. Aber wenn die Arbeit getan war, würde er den Dörflern einen ausgeben und sich erzählen lassen, was es mit den Häusern auf sich hatte. Das gehörte sich so, fand er.

Die beiden Baggerführer waren ausgestiegen und kamen auf ihn zu. In diesem Moment fuhr ein Kleinlaster vor. Fünf Männer in blauen Overalls sprangen heraus. Vier davon kannte er seit Jahren. Der fünfte war der Ersatz, der für seinen Vormann einsprang. Ein Einheimischer aus dem Tal mit einer eigenen kleinen Baufirma und nicht abgeneigt, ein paar Euro zu verdienen.

Tutto kniff die Augen zusammen. Der Mann war ihm auf Anhieb unsympathisch. Ein kantiges Gesicht mit schmalen, eigensinnigen Lippen und einem vorgereckten Kinn. Er war ein guter Menschenkenner und wusste sofort, dass er eine schlechte Wahl getroffen hatte.

Er hütete sich, seine Gefühle zu zeigen, sondern ging mit den Männern auf die Häuser zu. Im Grunde handelte es sich um einen Komplex aus zwei Gebäuden. Das linke war ein zweistöckiges Wohnhaus. Es grenzte direkt an einen flachen Anbau, der nur aus einem Erdgeschoss bestand. Beim Wohnhaus war die braune Farbe der Fensterläden fast völlig abgeblättert, die Scheiben waren blind, einige davon zu Bruch gegangen. Über der Eingangstür des rechten Hauses waren die Reste von goldenen Lettern zu erkennen:

hof Engelsb

Tutto stieß die Tür zum Anbau auf und marschierte hinein.

Als Bauingenieur war er eher praktisch veranlagt und kein Mann mit ausgeprägter Vorstellungskraft, aber trotzdem unterdrückte er einen überraschten Ausruf. Die Theke aus dunklem Holz und die Zapfhähne aus Messing sahen aus, als wäre der Wirt nur eben kurz nach hinten verschwunden. Beinahe konnte er Gläserklirren und Gelächter der Dörfler hören, die früher an den Tischen gesessen hatten. Ihm war fast so, als hinge noch Zigarettenrauch in der Luft.

Abwartend standen seine Männer da. Tutto nahm sich zusammen. Er holte die Pläne zum Abriss und Neubau aus seiner Aktentasche und breitete sie auf einem der Tische aus. Die Mauern mussten komplett abgetragen und das Inventar entsorgt werden. Während sich seine Männer über den Tisch beugten, ließ er seinen Blick schweifen. Linker Hand führte eine Treppe in den Keller. Der musste natürlich ebenfalls weiträumig ausgeschachtet werden.

In pedantischer Manier begann der Neue, das Team einzuteilen. Die Anweisungen waren im Grunde unnötig. Tutto bemerkte, wie einige der Männer die Augen verdrehten, doch er hielt sich zurück.

Wieder draußen, sah er, dass mittlerweile das halbe Dorf vor der Umzäunung der Baustelle stand und gaffte.

Regungslos beobachteten die Dörfler, wie die Abrissbirne gegen das Wohnhaus donnerte und das erste Loch in die Mauer riss.

Niemand sprach ein Wort. Das war ungewöhnlich. Prüfend ließ Tutto den Blick über die zerfurchten Bauerngesichter schweifen. In der einen oder anderen Miene glaubte er Erleichterung zu erkennen.

Es kam ihm vor, als wollten sich die Dörfler vergewissern, dass die Häuser tatsächlich verschwinden würden.

Tutto zuckte mit den Schultern. Morgen, wenn der Abriss erledigt war, würde er vermutlich bei einem Schnaps mehr über das verlassene Gasthaus und seine früheren Besitzer erfahren, als er wissen wollte.

Doch das nagende Gefühl in seinem Hinterkopf wollte nicht verschwinden. Bevor er wusste, was er da tat, steckte er die erste Zigarette seit einer Woche an und sog den Rauch tief in seine Lunge. Er musste husten, und Schuldbewusstsein überkam ihn, dass er schon nach so kurzer Zeit aufgab. Die Vorahnung, dass ihm etwas Unangenehmes bevorstand, wurde stärker.

Tutto weigerte sich grundsätzlich, an derlei Blödsinn zu glauben. Erleichtert atmete er auf, als sein Telefon klingelte. Mit dem Schreibtischhengst am anderen Ende der Leitung, der eine Entscheidung von ihm wollte, beschäftigte er sich mit einer Inbrunst, die er bei Lappalien für gewöhnlich nicht aufbrachte.

Als er in seinen Porsche steigen wollte, den er auf dem Kirchplatz geparkt hatte, sah er, wie der Neue auf ihn zurannte.

2

Die Frau, die wenig mehr als ihren Namen kannte, umklammerte ihren Rucksack so fest, als sei er ihr einziger Freund.

Sie schaute sich in dem Krankenzimmer um, das in den vergangenen drei Monaten ihr Zuhause gewesen war. Wenn man es genau nahm, war es ihr einziges Zuhause.

Mittlerweile hatte sie sich fertig angezogen und war abmarschbereit. Eigentlich hätte sie jetzt gehen können, aber da sie nicht wusste, wohin, hatte das wenig Zweck. Ihr blieb nichts anderes übrig, als zu warten.

Wieder drehte sie den kleinen Rucksack auf links, der ihr gehörte, weil ihr Name darauf stand.

Da sie das schon ein Dutzend Mal getan hatte, war nicht zu erwarten, dass neue Erkenntnisse dabei herauskamen. Quittungen von Restaurants, an die sie sich nicht erinnerte. Ein Notizbuch mit Telefonnummern und Namen, die ihr fremd waren. Ein winziges schnurloses Telefon. Ein Portemonnaie mit Geldscheinen einer eigenartigen Währung. Euro. Warum hatte sie kein deutsches Geld in der Tasche?

Mit zitternden Fingern strich sie das verknitterte Foto glatt, das in einem der Seitenfächer gesteckt hatte, sodass das Gesicht des Mannes wieder klar zu erkennen war. Dann drehte sie es um. Auf der weißen Rückseite hatte jemand mit Kugelschreiber einen Ortsnamen und ein Datum notiert.

Bizarre Versatzstücke einer Kirche mit hohem Turm tauchten in ihr auf, wie aus einem Hitchcock-Film. Sie schob sie weg. Ihre Angst war groß, dass die Bilder ins Dunkel zurückwichen, wenn sie

SPÄTER

jetzt nach der Erinnerung griff.

Sie zerrte ihren Personalausweis aus dem Portemonnaie und starrte darauf, bis ihre Augen brannten. Der Name war richtig, der da stand.

Dann ging sie ins Bad und hielt das Ausweisfoto neben ihr Spiegelbild.

Die Bilder stimmten überein. Trotzdem versetzte ihr das, was sie im Spiegel sah, einen Schock. Das Gesicht gehörte ihr nicht. Sie war doch viel

JUNG

jünger.

Sie checkte das Geburtsdatum auf dem Ausweis: 23. August 1973. Es war ihr Geburtsdatum, das ließ sich nicht leugnen.

Lissie biss sich auf die Lippen, bis sie rot waren und voller wirkten. Sie zog an ihrem Haar, bis es die wulstige Narbe verdeckte, die sich wie ein Regenwurm über ihre rechte Kopfseite schob. Dann stach sie mit dem Fingernagel in die schlaffe Falte am Hals, zerrte an ihrer Kinnpartie, bis es schmerzte. Irgendwo unter dieser fremden Haut verbarg sich ihr wahres Gesicht, aber sie kam einfach nicht darauf, wie sie die Maske abstreifen konnte.

Es klopfte, und Professor Walter, Leiter der Neurologie im Meraner Krankenhaus, kam herein. Wie immer trug er einen grauen Anzug ohne Arztkittel. Er war im Grunde ganz okay, bis auf seine Angewohnheit, permanent gute Laune zu verbreiten.

»Ah, schon reisefertig! Wie fühlen Sie sich heute?«

Lissie verzog das Gesicht. »Das wissen Sie doch.«

Er lächelte, und Lissie schoss einen zornigen Blick auf ihn ab. Er tat wie üblich, als würde er nichts bemerken. »Seien Sie nicht so negativ«, sagte er. »Sie wurden in den Kopf geschossen und haben es überlebt.«

Wieder die alte Leier. Langsam wurde sie wütend. »Und das soll mich jetzt trösten? Ich möchte endlich wissen, wie es passiert ist! Herrgott noch mal, ich habe ein Recht darauf.«

Professor Walter lehnte sich zurück und faltete die Hände über dem grau gekleideten Bauch. »Das kann ich sehr gut nachvollziehen.« Wenn er mit der Verständnistour kam, war sie jedes Mal versucht zu schreien.

»Ich finde, wir sollten etwas warten«, sagte Walter. »Sie sind noch nicht in der Verfassung, sich diesen Dingen zu stellen. Vielleicht kehrt die Erinnerung von selbst zurück. Das wäre das Beste. Geduld, Geduld.«

Lissie starrte ihn böse an. Er lächelte fein, wie ein Buddha aus grauem Stein, hart und unverrückbar.

Es war sinnlos. Sie tippte auf ihren Personalausweis. »Ich weiß nur deshalb, wo ich wohne, weil das hier steht. Wo ist das?«

Der Arzt räusperte sich. »Das ist ein kleines Dorf in Deutschland. Genauer gesagt, im Hochtaunus. Hessische Mittelgebirgsregion. Nach unseren Recherchen leben Sie dort seit über zehn Jahren. In einem Haus auf dem Land, ganz allein. Die Nachbarn wissen kaum etwas. Nur, dass Sie eine Art Beraterin sind, vermutlich selbstständig. Sie hatten wohl nicht viel Kontakt.«

Die meisten hätten diese Worte in Mitleid gebettet, egal ob echt oder bloß geheuchelt. Nicht so Professor Walter, und Lissie war plötzlich unendlich dankbar für seine leutselige Distanz.

Haus auf dem Land? Kein Bild, kein Ton.

Das einzige Haus, an das sich Lissie klar und deutlich erinnerte, inklusive des intensiven Fliedergeruchs im Frühling, war die alte Villa, in der sie ihre Kindheit verbracht hatte.

»Was ist mit meinen Eltern? Warum sind sie nicht hier?«

Professor Walter schaute sie an. Lissie wurde klar, dass er mit der Frage gerechnet hatte, und wappnete sich. »Ihre Mutter lebt in einem Heim. Alzheimer im Endstadium«, sagte er.

Lissie empfand nichts, deshalb nickte sie einfach. Ihre Hand fuhr zu ihrem Rucksack und zu dem Seitenfach, in dem das Foto steckte. »Was ist mit meinem Vater?«

Der Arzt nahm ihre Hand. Eine dieser Gesten, die sie nicht mochte. »Wir haben natürlich versucht, ihn ausfindig zu machen. Aber niemand weiß, wo er sich aufhält«, sagte er tonlos. Das Joviale war auf einmal wie weggeblasen. »Ihr Vater ist im Sommer 1990 verschwunden. Hier, in Meran. Seitdem fehlt jede Spur von ihm. Merkwürdig, finden Sie nicht?«

Das Bett, auf dem sie saß, schien zu schrumpfen, wurde zu ihrem alten Kinderbett. Irgendwo, sehr weit entfernt, hörte sie eine Stimme, die sie kannte. Als sie den Kopf hob, war es bloß

Professor Walter, der sich in einen banalen medizinischen Vortrag flüchtete.

»... ist immer noch eines der größten medizinischen Mysterien. Es kann sein, dass Ihr Gedächtnis vollkommen wiederhergestellt wird.« Er zögerte. »Genauso gut kann es passieren, dass Sie sich nie wieder erinnern. Die nächsten Wochen sind entscheidend. Wir müssen einfach abwarten.«

Sie biss die Zähne zusammen, als Stauwehr gegen die Tränen. Der Professor beäugte sie, als sei sie eine seltene Insektenspezies.

»Interessant ist in Ihrem Fall, dass Ihre Gedächtnislücke so weit zurückreicht. Womöglich hat das Trauma mit Ihrem Vater zu tun ...« Er ließ ihre Hand los. »Ich würde Ihnen raten, einen Psychotherapeuten aufzusuchen.«

Lissie wollte gerade den Mund zu einem wütenden Kommentar öffnen, da ging die Tür auf, und ein Mann in einem schwarzen Anzug kam herein. Lissie hatte ihn im Halbschlaf ein paarmal vage wahrgenommen, als er sich über ihr Bett beugte.

»Ah, Commissario«, sagte Professor Walter und zu Lissie gewandt: »Das ist Commissario Pavarotti, ein guter Freund von Ihnen.«

Lissie musterte den Mann genau. Ein italienisches Gesicht. Die dunklen Augen ernst, fast schwermütig. Das Gesicht hager, Sorgenfalten quer über der Stirn, die Nase gut geschnitten. Ein fast klassisch zu bezeichnendes Profil. Ihr Blick wanderte über seinen Körper, der um die Taille ein wenig zur Fülle neigte, aber nicht korpulent war. Der Anzug schlotterte um seine Figur. So, wie es aussah, wurde die Hose nur von einem Gürtel davon abgehalten, ihm in die Kniekehlen zu rutschen.

Guter Freund? Bis vor ein paar Wochen hatte sie den Mann noch nie gesehen.

»Hallo«, sagte sie widerstrebend.

Er warf ihr einen kurzen Blick zu. »Hallo.« Dann wandte er sich an Professor Walter, als sei Lissie gar nicht vorhanden.

»Ich bin hier, um sie abzuholen. Es kommt nicht in Frage, dass sie nach Deutschland zurückfährt. Da gibt es niemanden, der ihr helfen kann.« Der Fremde bückte sich nach Lissies Rucksack.

»Ich kümmere mich um alles, machen Sie sich keine Sorgen, Professore. Fürs Erste kann sie bei mir wohnen, bis sie sich etwas … orientiert hat.«

»Ich will aber nicht bei Ihnen wohnen«, sagte Lissie, den Trotz einer Siebzehnjährigen in der Stimme.

Beide Männer wandten den Kopf um und starrten sie an. Professor Walter war der Erste, der sich fasste. »Ja, wo denn dann?«

»In Katharinaberg. Ich will nach Katharinaberg.«

Auf der Rückseite des ramponierten Fotos, das sie in ihrem Portemonnaie gefunden hatte, stand in einer schwungvollen Handschrift:

Katharinaberg, 1. Juli 1990 – der Berg ruft!

Ort und Zeit ihrer letzten Erinnerung.

***

Widerstrebend schob Dr. Ing. Sergio Tutto ein »Betreten verboten«-Schild zur Seite, das ihm im Weg stand. Das Knirschen, das der Metallfuß des Schildes auf dem asphaltierten Untergrund verursachte, ging ihm durch Mark und Bein. Zornig kickte er mit dem Fuß dagegen.

Nachdem er sich unter dem Absperrband durchgezwängt hatte, das die Baustelle markierte, blieb er stehen, entschlossen, sich nicht länger zum Narren machen zu lassen. Er packte den neuen Vorarbeiter am Arm, der tags darauf seinen Posten los sein würde, so viel stand fest. Er hatte gleich gewusst, dass der Kerl ihm nur Scherereien bereiten würde.

»Bleiben Sie endlich stehen. Ich will eine Erklärung, warum Sie den Abriss gestoppt haben. Und zwar jetzt auf der Stelle.«

Der Mann verschränkte die Arme. »Die Archäologen hätten uns gekreuzigt, wenn wir weitergemacht hätten.« Seine Augen blitzten.

Tutto unterdrückte einen zornigen Aufschrei. Frustration

stieg in ihm auf. Ausgrabungen – der Alptraum eines jeden Projektentwicklers. Nachdem er dieser Katastrophe während seiner gesamten bisherigen Laufbahn entgangen war, sollte sie ihn nun doch noch auf den letzten Metern ereilen, bei einem seiner letzten Immobilienprojekte?

»So reden Sie endlich, Mann!«, fauchte er.

»Wir waren schon ziemlich weit«, begann der Vorarbeiter selbstzufrieden. »Aber dann mussten wir den Keller der Gaststätte ausräumen. Dabei sind wir auf eine Falltür gestoßen. Ich wusste gleich, was wir da vor uns haben.«

»Hören Sie auf, mich auf die Folter zu spannen«, sagte Tutto bissig. »Oder muss ich es aus Ihnen rausprügeln?«

Der Mann warf ihm einen beleidigten Blick zu. »Unter der Falltür beginnt ein alter Gang. Ich wette, der führt zur ehemaligen Ritterburg hinüber. Dorthin, wo heute die Kirche steht.«

Tuttos Erleichterung kannte keine Grenzen. »Ein alter Gang? Mehr nicht?«

»Es ranken sich unzählige Legenden um diesen alten Fluchtweg. Der wurde benutzt, wenn die Raubritter von Juval heraufkamen«, sagte sein Vormann mit vollkommen unpassender Begeisterung in der Stimme. »Doch niemand hat ihn je gefunden. Bis heute.«

Der Bauunternehmer verdrehte die Augen. »Na und? Wen interessiert ein Geheimgang heute noch? Die Ritter sind doch längst Geschichte. Oder glauben Sie, der Pfarrer legt Wert darauf, sich heimlich wegzuschleichen?«

Doch der Mann wich keinen Millimeter zurück. »Der Gang muss untersucht werden, Dottore. Das müssen Sie einsehen. Vielleicht liegen dort unten wertvolle Fundstücke aus dem 12. oder 13. Jahrhundert.«

Tutto hätte dem Kerl am liebsten eine Ohrfeige verpasst, aber er beherrschte sich. Sein eigener Vorarbeiter hätte den Gang ohne viel Federlesens zugeschüttet, so viel war klar. Tuttos Team wusste genau, dass jeder Tag, um den sich der Bau verzögerte, den Chef Unsummen kostete.

Er holte tief Luft und traf eine Entscheidung. »Also los,

gehen wir. Wenn das nur ein alter Tunnel ist, mache ich kurzen Prozess damit. Und Sie …«, er stach mit dem Zeigefinger nach der Brust des Mannes, »… werden mich garantiert nicht daran hindern!«

Der Vorarbeiter kniff die Lippen zusammen, dann stieg er über die noch stehenden Reste der Außenmauer. Vorsichtig tasteten sich beide auf der zerborstenen Kellertreppe nach unten.

Einer von Tuttos Team stand mit kohlschwarzen Händen und rußbeschmiertem Gesicht neben Bergen von Brennkohle, die anscheinend im Keller gelagert worden war und jetzt weggeschafft wurde.

Dort, wo die Sicht auf den Unterboden bereits freigelegt worden war, konnte Tutto eine Falltür aus Holz erkennen, die morsch und wurmstichig aussah. Unwillkürlich musste er grinsen. Das Schloss, mit dem sie gesichert war, stammte definitiv nicht aus der Zeit der Ritter.

»Aufmachen!«, befahl er. Einer seiner Männer trat vor und knackte das Schloss. Die Falltür ließ sich überraschend leicht aufhebeln. Sie machte ganz und gar nicht den Eindruck, als sei sie seit fünfhundert Jahren nicht mehr geöffnet worden. Tutto grinste erneut. Was für sentimentale Dummköpfe diese Einheimischen doch waren.

»Gehen Sie mal zur Seite.« Er beugte sich über die Öffnung. In den Fels gehauene Stufen führten nach unten ins Dunkel. Tutto seufzte. Es blieb ihm nichts anderes übrig, wenn er bei diesem Vorhaben die Zügel in der Hand behalten wollte. Er musste selbst nachschauen.

***

Als sie im Erdgeschoss aus dem Aufzug stiegen, blieb der Mann unschlüssig stehen. Anscheinend wurde ihm erst jetzt so richtig bewusst, dass er Lissie am Hals hatte. Er fragte sich wohl gerade, was in drei Teufels Namen er mit ihr anfangen sollte.

»Ich habe Durst«, platzte Lissie heraus. Der Mann betrachtete sie mit einer Mischung aus Ungeduld, aber auch Erleichterung, weil damit klar war, was als Nächstes anstand, und dirigierte sie in Richtung Krankenhauscafé.

Auf dem Tablett, mit dem er zum Tisch zurückkam, befand sich neben ihrer Apfelsaftschorle auch eine Zeitung. In großen Lettern schrie das Blatt seinen Namen »Der Südtiroler« heraus, und darunter, nicht viel kleiner, stand eine Überschrift, die für Lissie so wenig Sinn ergab wie eine Gebrauchsanweisung auf Japanisch: »Verdi bläst Amazon den Marsch!«

Verwirrt starrte Lissie auf die Buchstaben. »Verdi. Der Mann ist doch … tot? Und Amazon. Wer ist das?«

Ihr – Begleiter? Aufseher – oder was? – lehnte sich nach vorn. »Mannomann. Ich hab nicht gewusst, dass deine Gedächtnislücke so … Verdi. So heißt eine Gewerkschaft in Deutschland.«

Sie schüttelte langsam den Kopf.

Er schaute sie kurz an und sagte: »Und Amazon ist ein riesiges Online-Kaufhaus.«

Sie hörte nur mit halbem Ohr zu, was er von sich gab: Online-Händler. Einkaufen in einem künstlichen Geschäft, direkt am Computer. Eine ganz große Sache, die Internet hieß. Er redete und redete.

Lissie musste sich beherrschen, ihm nicht die Zeitungsseite in den Mund zu stopfen. Sie kam sich vor wie jemand, der aus einem Koma aufwachte. Als hätte sie die letzten zwanzig Jahre verschlafen.

Der Mann tätschelte ihre Hand. »Wird schon. Wirst sehen.«

Sie zog die Hand weg, weil sie das Getätschel und sein Gerede satthatte, und stellte befriedigt fest, dass er die Lippen zusammenkniff.

Sie fand, dass er lächerlich aussah. Ein lächerlicher Mensch mit einem grotesken Anzug in Übergröße und einem noch lächerlicheren Namen.

»Was sind das für Zeichen unter dem Artikel? Da ist ein f. Und was soll diese blöde Taube da?«

»Das sind soziale Netzwerke. Jeder ist heute irgendwie mit jedem verbunden. Die Segnungen des Internets.«

»Ich versteh nur Bahnhof.«

»Da geht's mir nicht viel besser als dir. Oh, na ja«, sagte er. Er hatte wohl endlich gemerkt, was er da faselte. »Äh, Emmenegger wird dir zeigen, wie das alles funktioniert. Ich sage ihm Bescheid. Gleich morgen. Der ist ein Crack, unglaublich.«

Emmenegger. Wieder ein Name, den sie nicht kannte. Sie holte das kleine Telefon aus ihrem Rucksack. »Ich möchte gerne wissen, wie das hier geht. Jetzt gleich. Oder brauchen wir dazu auch diesen … Emmenegger?«

Er schaute nicht begeistert drein, als sie ihm das Gerät hinüberschob. Aber das war ihr egal.

***

»Na, wird's bald?« Sergio Tutto, Dr. Ing., riss den Helm mit Grubenlampe an sich, mit dem einer seiner Männer nach einer gefühlten Ewigkeit angerannt kam, und machte sich an den Abstieg.

Die Trittstufen waren modrig und rutschig. Mehrere Male war Tutto kurz davor, zu straucheln. Er ruderte mit den Armen, um das Gleichgewicht zu halten, und stieß einen derben Fluch aus. Das Licht der Grubenlampe flackerte über feuchte, unbehauene Felswände.

Als er am Fuß der Treppe angelangt war, huschte etwas zwischen seinen Beinen hindurch. Er fuhr zusammen, und diesmal schaffte er es nicht mehr, den Sturz abzufangen. Als er aufstand und sich den schmerzenden Arm rieb, fasste er einen Entschluss. Er würde dem Gang bis zur ersten Biegung folgen, die er von hier aus sehen konnte. Dann war endgültig Schluss. Hier gab es keine Kulturschätze, nur Feuchtigkeit, Schmutz und Ratten.

Als er gerade dabei war, umzukehren, erfasste der Lichtkegel seiner Grubenlampe eine Nische, die er vorher nicht bemerkt hatte. Das wäre vermutlich auch so geblieben, wäre da nicht dieses helle Aufblitzen gewesen, als der Lichtstrahl die dunkle Ecke streifte.

Als er näher trat, wusste er, dass er bestimmt nicht mehr bauen würde, bevor der Schnee nach Katharinaberg kam.

3

Wieder Warten.

Lissie saß im Eingangsbereich des Krankenhauses und beobachtete den Mann, wie er vor den Drehtüren auf und ab marschierte. Er hatte jetzt sein eigenes kleines Telefon am Ohr. Er hörte lange zu. Die Falten in seinem Gesicht vertieften sich.

Als er kehrtmachte und sich von ihr entfernte, glitt ihr Blick von seinem Kopf hinunter zum Rücken. Seine Schultern waren kräftig. Der linke Arm schlenkerte beim Gehen leicht vor und zurück.

Es hieß, der Rücken eines Menschen sei so individuell wie ein Fingerabdruck. Gesicht und Statur ließen sich durch eine Verkleidung verändern, doch der Rücken eines Menschen verrate dessen wahre Identität.

Lissie kniff die Augen zusammen und zwinkerte, als könne sie mit diesem Trick die Schärfe in ihrem Gedächtnis einstellen wie bei einem Fernglas. Doch der Rücken, der mittlerweile wieder am Ende des Flurs angekommen war und die nächste Drehung vollführte, blieb ihr fremd.

Niedergeschlagen wandte sie sich ab. Angeblich kannte sie diesen Mann seit einem Dreivierteljahr. Vorhin, nachdem er ihr gezeigt hatte, wie man telefoniert, hatte sie gefragt, seit wann und woher. Zunächst war Sendepause gewesen. Dann eine lakonische Zeitangabe, die in dem Satz gipfelte: »Du wolltest ja unbedingt bei meinen Mordfällen mitmischen.«

Lissie war auf der Stelle stehen geblieben, als habe eine unsichtbare Hand ihre Sohlen mit Sekundenkleber bestrichen, aber der Kerl stapfte ungerührt weiter. Tausend Fragen in roter Farbe schossen Lissie durch den Sinn. Was hatte sie mit Mordfällen zu schaffen? War das am Ende der Grund für die Kugel in ihrem Kopf? War sie jemandem in die Quere gekommen, der sie ausschalten wollte?

»He«, rief sie dem Kerl hinterher. »Wie ist es –«

Ohne innezuhalten, rief er über die Schulter: »Zu früh. Anweisung des Doktors. Und jetzt komm.«

Frustriert ballte sie im Aufstehen die Hand zur Faust, doch bevor sie ihre Schläfe knuffen konnte, verharrte sie. Es würde ihr nicht helfen, ihr Gehirn in Schwingung zu versetzen wie eine ausrangierte Boxbirne. Ihr Gedächtnis war zum Teil zerborsten. Der andere Teil fühlte sich an wie eine vage Handbewegung, ein Winken aus der Ferne. Vielleicht sehen wir uns wieder. Vielleicht auch nicht.

Die Kugel, die ihre rechte Schläfe durchschlagen hatte, war ein boshafter kleiner Troll gewesen. Feixend hatte der Troll ihr Leben verschont, um stattdessen ihre Vergangenheit in Fetzen zu reißen und die Überreste zu nutzlosen Eiweißklumpen zu verschmelzen.

Lissie schloss die Augen. Graue, pulsierende Blasen auf weißem Grund. Erinnerungsfragmente, die keinen Sinn ergaben.

Erst als er sprach, merkte sie, dass er vor ihr stand. »Tja, wenn es darum geht, die Nase irgendwo reinzustecken, ist dir dein sechster Sinn anscheinend nicht abhandengekommen«, sagte er trocken.

»Bitte?« Sie begriff nicht.

»Katharinaberg.«

Lissie starrte zu ihm hoch.

»In Katharinaberg ist etwas passiert. Dorthin wolltest du doch.«

Er warf ihr einen kurzen Blick zu und schlüpfte in sein Anzugjackett. Dann machte er eine weit ausholende Armbewegung, was wohl hieß, dass sie ihm folgen solle.

Wenn er glaubte, sie mit diesem lässigen Auftritt beeindrucken zu können, dann täuschte er sich gewaltig. Lissie hatte die großen Schweißflecke unter den Achseln rechtzeitig erspäht, bevor sie im Jackett verschwanden. Und in seinen Augen hatte auf einmal ein unstetes Flackern gelegen. Was auch immer da passiert war, es machte ihm verdammt viel Angst.

»Wo bleibst du denn?« Er war schon fast an der Tür nach

draußen. »Ich weiß zwar nicht, was du da oben in diesem Kaff willst. Aber da ich jetzt sowieso hochmuss, kann ich dich ebenso gut gleich mitnehmen.«

Er hielt ihr die Tür auf. »Zuerst müssen wir allerdings in mein Büro.« Er zögerte. »Wo du am Empfang wartest. Du mischst dich nicht in meine Arbeit ein! Haben wir uns verstanden?«

Lissies Augen wurden schmal. Doch als sie seinen Blick auffing und den Hunger und die Verzweiflung darin sah, blieb ihr die gepfefferte Erwiderung im Hals stecken. Sie nickte bloß und trottete hinter ihm her.

***

Als Pavarotti die Stufen zum Kommissariat erklomm, schwang die Tür auf. Emmenegger stand in der Türöffnung, breit grinsend.

Pavarotti war auf der Stelle genervt. Der Sturm, der in seinem Inneren tobte, nahm um mehrere Windstärken zu. Doch dann fiel ihm wieder ein, was der Grund für die gute Laune seines Mitarbeiters war. Er rang sich ein Lächeln ab.

»Ich gratuliere zur Beförderung, Ispettore! Ich hätte mein Jahresgehalt verwettet, dass Sie die Prüfungen komplett verhauen.« Er streckte Emmenegger die rechte Hand hin, um ihm zu zeigen, dass er nur Spaß machte. Mit der linken klopfte er ihm auf die Schulter. »Aber anscheinend hab ich Ihnen doch was beigebracht.«

Am liebsten hätte er die Worte wieder dorthin verfrachtet, wo sie herkamen. Gar nichts, nicht das kleinste bisschen hatte Pavarotti dem Mann beigebracht. Dass Emmenegger beim letzten Fall das Selbstbewusstsein aufgebracht hatte, einer eigenen Spur zu folgen, hatte er nicht wegen, sondern trotz Pavarotti geschafft.

Emmenegger schüttelte den Kopf. »Nicht Ispettore. Bloß Vice Ispettore«, sagte er bescheiden. »Ich kann's selbst kaum glauben. Ohne Sie, Commissario …« Emmenegger räusperte sich.

Pavarotti wand sich innerlich. Der Mann wurde immer zutraulicher, wie ein großer Hund. Es fehlte nicht viel, und er würde ihm die Hand lecken.

Pavarotti warf seinem Mitarbeiter, der mit seinen eins neunzig vor ihm aufragte, einen schrägen Blick zu. Das Lächeln hing noch an Emmeneggers Mundwinkel, doch Pavarotti war so, als musterten ihn Emmeneggers dunkle Doggenaugen ernst und prüfend.

Das Hauptproblem war, dass der Mann viel zu viel über ihn wusste. Vielleicht konnte er ihn zu einer anderen Dienststelle versetzen lassen, wo er mehr Verantwortung übernehmen konnte?

Emmeneggers innere Sensoren schienen zu melden, dass ein Gewitter im Anzug war. Er streckte den Kopf an Pavarotti vorbei, um zu sehen, wer da vor der Tür wartete.

»Hal-lo! Das ist aber … Frau von Spiegel! Wie schön, dass Sie mal vorbeischauen!«, rief er viel zu laut, um kurz danach Pavarotti zuzuraunen: »Erkennt sie mich?«

Pavarotti schüttelte den Kopf, aber anstatt sich diskret zurückzuziehen, lief sein Mitarbeiter auf Lissie zu, packte sie bei den Schultern und küsste sie auf beide Wangen. »Emmenegger heiße ich, falls Sie das nicht mehr … so genau … wissen. Aber wirklich, jetzt aber. Sie müssen doch nicht hier draußen stehen bleiben!«

Bevor Pavarotti protestieren konnte, komplimentierte Emmenegger die vollkommen paralysierte Lissie in den Bereitschaftsraum und drückte sie auf einen der beiden Besucherstühle, die vor Emmeneggers Schreibtisch standen.

»Wunderbar, ganz wie in alten Zeiten. So ist's recht«, freute sich Emmenegger und rieb die Hände aneinander. »Und jetzt zu unserem neuen Fall!«

Pavarotti ließ sich auf den zweiten Besucherstuhl sinken. Vielleicht war es besser, wenn Emmenegger das Kommando an sich riss. Dass er, Pavarotti, zu Ermittlungen in diesem Fall nicht imstande war, hatte er ja schon einmal bewiesen.

Vor fast zwanzig Jahren.

***

»Er ist es.«

Pavarotti zuckte zusammen. Was Emmenegger gerade gesagt hatte, entsprach exakt den drei Worten, die seit einer halben Stunde unaufhörlich in seinem Kopf kreisten.

Der Vice Ispettore schien es nicht zu bemerken. Er stand auf und trat an einen brandneuen Stahlschrank, in dem seit Kurzem die Akten zu ungelösten Fällen der Quästur Meran gelagert wurden. Es hatte sich um sehr wenige Mordfälle gehandelt, die aus Pavarottis Privatarchiv in diesen Schrank umgesiedelt worden waren. Aber diese wenigen waren Alpträume auf Papier.

Pavarotti hatte gehofft, sie würden ihn hinter diesen Stahltüren in Ruhe lassen. Er hatte sich geirrt. Und jetzt hatte ihn der schlimmste Alptraum von allen eingeholt.

Emmenegger ging vor dem offenen Schrank in die Hocke. »Soll ich …?«

Pavarotti nickte bloß.

Er beobachtete, wie Emmenegger durch die Register blätterte und die Aktenzeichen prüfte. Er wusste genau, wo sich dieser spezielle Fall befand, aber er konnte sich nicht überwinden, ein Wort zu sagen.

Schließlich griff Emmenegger nach einem dicken roten Ordner. Pavarotti wollte wegsehen, aber der Ordner zog seinen Blick magisch an.

Er hatte die Farbe damals spontan gewählt, als er die Akte angelegt hatte. Nicht, weil er makaber veranlagt wäre. Blut hatte sowieso keine Rolle in dem Fall gespielt, jedenfalls anfangs.

Es sollte gewissermaßen ein farbliches Ausrufungszeichen sein. Pavarotti erinnerte sich, wie aufgeregt und siegesgewiss er damals gewesen war, mit nicht einmal dreißig Jahren und keinerlei Erfahrung mit Schwerverbrechen. Dieser Fall sollte sein erster erfolgreicher in einer langen und steilen Karriere sein.

Über der rechten unteren Ecke der Akte prangte ein großer brauner Fleck. Er war einige Wochen später hinzugekommen, als die Zuversicht einer bleiernen Schwere Platz gemacht hatte. Pavarotti war nachts über der Akte eingeschlafen und hatte einen

Kaffeebecher umgestoßen, als sein Kopf auf den Schreibtisch sank.

»Kann mir mal jemand sagen, worum es hier eigentlich geht?«

Lissies helle Stimme brachte ihn unsanft in die Gegenwart zurück. Aber bevor er etwas erwidern konnte, übernahm Emmenegger.

»Damals, 1997, ist da oben ein Kind verschwunden. Ein drei Jahre alter Junge. Er wurde nie gefunden. Bis heute.«

»Was ist denn passiert?«, meldete sich Lissie erneut.

»Bei Bauarbeiten in Katharinaberg wurde heute Morgen ein kleines Skelett gefunden. Die Gerichtsmedizinerin war schon oben und hat erste Untersuchungen angestellt. Es handelt sich um die Überreste eines männlichen Kindes.«

»Na und? Vielleicht liegt es dort ja schon länger. Möglicherweise seit dem Zweiten Weltkrieg«, erwiderte Lissie. »Die Faschisten haben ja auch mit Kindern kurzen Prozess gemacht.«

Überrascht hob Pavarotti den Kopf und schaute Lissie an. Woher wusste sie das? Zumal sie sich nicht im Geringsten für Geschichte interessierte.

Emmenegger entgegnete: »Nein, unmöglich. Die Liegezeit des Skeletts beträgt definitiv nicht mehr als zwanzig Jahre. Ein Wunder, dass sich unsere pingelige Rechtsmedizinerin so schnell festlegt, aber sie hat's nun mal getan. Außerdem ist der Kleine von damals das einzige Kind …« Emmenegger trommelte mit den beiden Mittelfingern auf dem Aktendeckel. »Johannes Zomba ist das einzige Kind in dieser Gegend seit zwanzig Jahren, das spurlos verschwunden ist. Was sag ich. Das einzige Kind seit dem Krieg.«

Pavarotti beugte sich vor. »Woher wollen Sie das wissen, Vice Ispettore?«

Emmenegger schlug ein Bein über das andere. »Ich hab das Vermisstenregister gecheckt, bevor Sie kamen.«

Pavarottis Schultern sanken herab. Er fand, dass sein Mitarbeiter geradezu unerträglich selbstzufrieden aussah.

Es ist so verdammt lange her. Viel zu lange …

»Sie und ich, wir kriegen das Schwein«, sagte Emmenegger.

Erst jetzt merkte Pavarotti, dass er seinen letzten Gedanken laut ausgesprochen hatte. Er rappelte sich auf. »Wir müssen den DNA-Abgleich abwarten.«

Emmenegger nickte. »Der ist schon in Arbeit. Eine Tante des Jungen lebt noch da oben.«

»Ich fahre jetzt nach Katharinaberg«, sagte Pavarotti und griff nach dem roten Aktenordner. »Der Erkennungsdienst ist noch dort, nehme ich an?«

Emmenegger nickte. »Die haben die Leiche noch nicht abtransportiert. Der Fundort sieht noch genauso aus wie heute Morgen. Man wartet auf Sie, Commissario.«

Pavarotti kam auf die Beine und bedeutete Lissie, in ihre Jacke zu schlüpfen. Es hatte keinen Zweck, es hinauszuzögern.

***

Emmenegger stand am Fenster des Bereitschaftsraums und schaute seinem Chef hinterher, wie er zu seinem Wagen marschierte. Es war eines der wenigen Privilegien des Commissario, mitten auf dem belebten Kornplatz zu parken, im absoluten Halteverbot. Emmenegger gönnte es ihm von Herzen.

Besorgt musterte er den steifen Rücken seines Vorgesetzten, lächelte und nickte der Deutschen zu, als sie stehen blieb und sich noch einmal zu ihm umdrehte. Er sah, dass Pavarotti ihr etwas zurief, und seiner Mimik nach war es keine freundliche Aufforderung.

Emmenegger seufzte.

Es war schlimm, was mit der Frau passiert war. Sie hatte es nicht verdient, so behandelt zu werden. Zumal sein Chef an ihrem Zustand schuld war.

Diejenigen, die Pavarotti nur flüchtig kannten, schätzten ihn als eiskalten Cop ein. Aber Emmenegger wusste genau, wie es um Pavarotti stand.

Unter der Katastrophe, die sich im Sommer ereignet hatte, litt sein Chef wie ein Hund. Grobheiten und Zynismus waren eben die einzigen Möglichkeiten, die ihm momentan zur Verfügung standen, um mit seinem Schmerz fertigzuwerden. Und nun kam zu allem Überfluss dieser alte Fall hoch, der ihm seit zwanzig Jahren wie ein Stachel im Fleisch saß …

Als Pavarotti die Beifahrertür aufriss, blickte er hoch, und ihre Blicke trafen sich. Sofort trat Emmenegger vom Fenster zurück.

Die Tür zum Bereitschaftsraum öffnete sich, und das pickelübersäte Gesicht eines Teenagers – irgendwo zwischen Junge und Mann – lugte herein. Auf dem Kopf saß wie üblich ein kleiner schwarzer Hut.

Emmenegger fiel ein, dass er Paul noch nie ohne diese Kopfbedeckung gesehen hatte. Er musste eine ganze Batterie davon besitzen. Ein Hut war ja nach dem … Vorfall in Pavarottis Wohnung im Müll gelandet. Emmenegger wurde übel, wenn er an die anschließenden Aufräumungsarbeiten dachte.

»Ist er weg?«

»Wer hat dich hier reingelassen?«

»Wer wohl? Der Empfang. Ich hab gesagt, dass ich Ihr Neffe bin«, sagte Paul frech.

»Dass du dich hierhertraust«, sagte Emmenegger kopfschüttelnd.

Paul verdrehte die Augen wie ein Hund, der gescholten wird und jetzt gut Wetter machen will. Der Blick hieß so viel wie: »Ich hab doch gar nichts angestellt.« Haha.

Verhaltensauffälligkeit wäre die Untertreibung des Jahres gewesen für das, was mit Paul los war. Leider hatte sich der Junge aus einem verschrobenen Grund, den nur er allein kannte, den Chef als eine Art – ja, was eigentlich? Herrchen? Großer Bruder? Ersatzvater? – ausgesucht. Was sogar halbwegs nachvollziehbar war, denn sein leiblicher Erzeuger taugte nichts, schon gar nicht als Vorbild für einen Neunzehnjährigen.

Emmenegger seufzte. Pavarotti neigte in letzter Zeit dazu, herrenlose junge Hunde zu adoptieren, die ihm zum Dank ans Bein pinkelten. Der Erste war Justus gewesen, der Enkel einer weitläufigen Bekannten. Als Gegenleistung, dass er nicht ins Heim gemusst hatte, strafte Justus seinen Ziehvater mit der ganzen Verachtung eines aufsässigen Teenagers.

Angewidert musterte Emmenegger sein Gegenüber, das gerade einen Pickel am Kinn aufgekratzt hatte und interessiert das schleimig-gelbe Resultat unter seinem Fingernagel betrachtete. Diesen Knaben hier hatte Pavarotti wenigstens nicht zu sich genommen. Ein Glück, denn mittlerweile herrschte Funkstille zwischen den beiden, wegen der ekelhaften Sache, die Paul gemacht hatte.

Emmenegger stand abrupt auf. »Du leerst jetzt sofort deine Hosentaschen aus. Und nimm diesen verfluchten Hut ab. Deine geschmacklosen Selbstmorde kannst du woanders inszenieren. Ganz bestimmt nicht hier.«

Paul grinste und zeigte seine auf links gedrehten Hosentaschen. »Sie können sich abregen.«

Widerwillig ließ Emmenegger zu, dass Paul sich auf dem Besucherstuhl fläzte, auf dem gerade noch die Deutsche gesessen hatte. »Ihr solltet mir eigentlich dankbar sein. Er war drauf und dran, sich zu erschießen, das wissen Sie ganz genau. Ich hab's getan, weil er ein cooler Alter ist. Ohne meine Schocktherapie –«

»So ein Unsinn! Was redest du!«, entgegnete Emmenegger mit einer Festigkeit, die nicht seiner Überzeugung entsprach. Als er den mit Schweineblut versauten Sofabezug entsorgen wollte, war ihm Pavarottis geladene Dienstwaffe in die Hände gefallen. Er hatte sie gesichert und still und leise wieder zurück in Pavarottis Holster gesteckt, das über dem Stuhl hing.

Paul verdrehte die Augen.

»Warum sollte er?«, beharrte Emmenegger. »Er konnte nichts dafür! Er wollte ihr das Leben retten! Die Kugel galt doch nicht ihr, sondern –«

Der Junge unterbrach ihn mit einer ungeduldigen Handbewegung. »Schon klar. Aber er hat's vermasselt, oder?« Er legte die Beine auf Emmeneggers Schreibtisch.

Emmenegger stand auf und brachte drohend seine eins neunzig in Stellung.

»Schon gut, schon gut«, sagte Paul und nahm die Beine vom Tisch. »Hat er es ihr eigentlich inzwischen gesagt?«

»Nicht dein Problem.«

»Zwischen den beiden, da läuft doch was, oder?«

»Geht dich nichts an.«

Zu Emmeneggers Überraschung fragte der Junge nicht weiter nach. Pauls Augen wanderten im Zimmer umher, dann holte er einen Zahnstocher aus seiner Jacke und fing an, seine Zahnzwischenräume damit zu traktieren.

»Wussten Sie, dass er Justus den Umgang mit mir verboten hat?«, sagte Paul weinerlich. »Wegen meinem schlechten Einfluss und so – pffh. Ich würde dem Kleinen doch nie …« Er brach ab.

Emmeneggers Herz wurde plötzlich weich. Ohne Pavarotti und Justus war der Junge so allein auf der Welt, wie man nur sein konnte. Emmenegger fiel ein, was der Chef ihm einmal erzählt hatte. Einzig und allein die simulierten Selbstmorde, bei denen Paul eine erstaunliche Kunstfertigkeit entwickelt hatte, hielten den Jungen davon ab, es wirklich zu tun. Aber was zu viel war, war zu viel.

»Das wird schon wieder, zwischen dem Commissario und dir«, sagte er. »Es braucht nur ein bisschen Zeit. Du kannst ja wohl nicht erwarten, dass er nach der Sauerei sofort zur Tagesordnung übergeht, oder?«

Paul nickte, warf ihm einen dankbaren Blick zu. Dann trollte er sich. Emmenegger fiel der Zahnstocher ein. Die Taschen waren doch komplett leer gewesen?

Das Grinsen verging ihm, als er daran dachte, was Paul gesagt hatte.

Der Junge hatte den Finger in die Wunde gelegt.

Niemand hatte Lissie bisher mitgeteilt, dass die Kugel, die man ihr während einer fast zwölfstündigen Operation aus dem Kopf entfernt hatte, aus Pavarottis Dienstwaffe stammte. Die wenigen, die es wussten, hatten sich darauf verständigt, es Pavarotti zu überlassen, wann der richtige Moment gekommen war, es ihr zu sagen.

Nur sah es derzeit nicht so aus, als habe der Chef überhaupt vor, das zu tun.

***

Sie war so erschöpft, dass sie sofort einschlief. Irgendwann wurde sie wach, etwas hatte sich verändert. Das Licht …?

Lissie setzte sich auf und starrte aus der Frontscheibe des Autos auf eine Landschaft, die sie nicht kannte. Ein paar Holzhütten. Tannen, die sich im Wind bogen. Eine kurvenreiche Straße. In der Ferne kam eine Kirche in Sicht. Hoch oben auf einem steilen Felsen stand sie, direkt am Abgrund.

Ihr Turm ragte auf wie ein scharf angespitzter Bleistift in der Faust eines Riesen, als wollte er sein Testament in die Wolken schreiben.

Lissie schloss die Augen. Dieser Turm … Ein Kaleidoskop von Bildern in Schwarz-Weiß begann sich in ihrem Kopf zu drehen.

Der Wagen fuhr viel zu schnell den Berg hinauf, raste hinein in einen dunklen Tunnel, der in den Fels gehauen war. Schwindel und Übelkeit packten Lissie, und die schwarzen Wände, die an ihr vorbeiflogen, machten ihr Angst, als sei sie ein kleines Mädchen.

Tränen prickelten unter ihren Augenlidern. Eine paar davon schafften es nach draußen und liefen über ihre Wangen. Schnell wandte sie sich ab, damit der Mann am Steuer ihr Gesicht nicht sehen konnte, und wischte die Feuchtigkeit fort. Ach du Schreck, entpuppte sie sich etwa als Heulsuse? Wie peinlich.

Pavarotti räusperte sich. »Wir sind in ein paar Minuten oben, Lissie.«

Warum verhielt sich dieser Mensch so, als hätten sie zusammen Schweine gehütet? Wieder musterte sie ihn, diesmal verstohlen. Die silbergrauen Haare mussten einmal pechschwarz gewesen sein. Er war mindestens Ende vierzig, vielleicht sogar Anfang fünfzig. Dieser alte Mann sollte ein guter Freund gewesen sein? Lachhaft. Doch dann sah sie in einer Kurve ihr Bild im Seitenspiegel vorbeihuschen und zuckte zusammen.

Sie dachte an das Skelett, das oben auf ihn wartete und das einmal ein Kind gewesen war. Der Mann neben ihr benahm sich so, als habe er Angst, den Fall zu lösen. Fürchtete er sich davor, den Eltern die schlimme Nachricht zu überbringen? Aber nach zwanzig Jahren war Gewissheit wohl die einzige Hoffnung, die sie noch hatten.

Auf einmal geriet der Wagen ins Schleudern. Lissie wurde gegen Pavarotti gepresst. Mit quietschenden Reifen kam der Wagen einen halben Meter vor einem Felsvorsprung, der auf die Fahrbahn ragte, zum Stehen.

Er atmete schwer. Obwohl Lissie kalter Schweiß auf der Stirn stand, registrierte sie automatisch seine feingliedrigen Hände, die sich um das Lenkrad krampften. Aus den Hemdsärmeln krochen dunkle Haare bis auf den Handrücken. Auch die Finger selbst waren lang und schlank. Sie zitterten leicht, als der Mann den Schaltknauf wieder in die Hand nahm. »Entschuldige«, sagte er. »Ich hab diese Kurve total unterschätzt.«

Plötzlich stieg ein Gefühl in ihr auf, das sie wiedererkannte. Eine Mischung aus Zorn und Trotz. »Fahren Sie rechts ran. Ich übernehme das Steuer«, sagte sie in einem Ton, der tief aus ihrem Bauch kam und sich verdammt gut anfühlte. »Bevor Sie uns noch beide umbringen.«

»Nein«, sagte der Mann nur und starrte geradeaus auf die Straße. Häuser kamen in Sicht.

Sie setzte sich kerzengerade auf. »Jetzt hören Sie mal! Sie hätten uns fast –«

Der Wagen bremste. Der Mann neben wandte sich ihr zu. »Weil du nicht mehr weißt, wie das geht. Aber wir sind ohnehin da. Du kannst aussteigen.«

»Ich möchte nicht, dass Sie mich duzen«, sagte Lissie.

Wortlos kletterte der Mann aus dem Auto und stopfte sich sein Hemd in die viel zu weite schwarze Hose.

Lächerlicher Aufzug.

Lissie stieg aus und bedachte ihn mit einem herausfordernden Blick, aber er beachtete sie nicht. Sein Blick klebte an der Baustelle, und ein eigenartiger Ausdruck überzog sein hageres Gesicht.

Ihr Wagen war der einzige auf dem großen Parkplatz. Lissie schaute zur Kirche hoch. Aus dieser Perspektive wurde der bleistiftdünne Turm zum Teil vom Kirchenschiff verdeckt. Die Kirche sah jetzt wie eine ganz gewöhnliche Dorfkirche aus.

Plötzlich kam die Sonne hinter einer Wolke hervor, und Lissie bemerkte ein kurzes Aufblitzen, das von einem ummauerten Areal neben der Kirche kam. Sie war sich ziemlich sicher, dass da jemand an der Friedhofsmauer dort drüben stand und ihre Ankunft mit einem Fernglas beobachtete.

»Wie Sie wollen. Dann siezen wir uns eben wieder.«

Jetzt starrte er ebenfalls zum Friedhof hinüber. »Ich wollte gerade sagen, ich heiße Luciano mit Vornamen. Aber das hat sich dann ja wohl erledigt.«

***

Lissie setzte sich auf das Bett und nahm eine Broschüre vom Nachttisch. »Hotel Garni zum Rad, Katharinaberg im Schnalstal, 1274 m«, stand da. »Seit vierzig Jahren im Besitz der Familie Steinvatterer. Reichhaltiges Frühstücksbüfett«.

Sie erhob sich und trat auf den Balkon. Das Wetter hatte sich etwas gebessert, und sie konnte erkennen, dass das Tal in Richtung Norden noch steiler und enger wurde. Auf der anderen Seite des Tales war in einiger Entfernung die nächste Ortschaft zu sehen.

Auf dem Nachttisch lag neben dem Hotelprospekt eine kleine Freizeitkarte, die sie aufklappte und mit auf den Balkon nahm. Der Ort da drüben musste Karthaus sein. Ein altes Kloster, aus dem ein Dorf wurde.

Weiter oben ein Stausee, wo früher einmal ein Dorf gewesen war.

Ein romantischer Platz für Ihr Picknick. Fotografieren Sie den tiefblauen See und den Kirchturm, der noch aus dem Wasser ragt.

Was zum Teufel wollte sie in dieser gottverlassenen Gegend?

Die Zweifel über ihr Vorhaben überfielen sie mit einer solchen Wucht, dass sie sich aufs Bett legen musste. Die Brust wurde ihr eng, und sie atmete schneller, um Luft zu bekommen.

Als die Panikattacke abklang, tastete sie mit der linken Hand nach ihrem Rucksack, der neben ihr auf dem Doppelbett lag.

Neben dem Mann auf dem Foto, der in die Kamera lachte,

ragte ein Kirchturm ins Bild. Lissie stemmte sich hoch und nahm das Foto mit hinaus auf den Balkon. Kein Zweifel, es handelte sich um dieselbe Kirche. Auch das kleine Haus links davon passte. Vermutlich das Pfarrhaus. Rechter Hand stand eine Scheune, die zu einem großen Bauernhof aus schwarzbraunem, jahrhundertealtem Holz gehörte.

Lissie betrachtete das Bild, dann schaute sie hoch. Die Häuser standen da, als sei seit fünfundzwanzig Jahren keine Zeit vergangen.

Hier verändert sich nichts, dachte sie.

Dann konzentrierte sie sich auf den Mann. Er war ja der Grund für ihr Hiersein.

Es war ganz leicht, sich an

GANZ FRÜHER

zu erinnern. An Ereignisse, die lange zurücklagen.

An die alte Villa, in der sie mit diesem Mann und ihrer Mutter gewohnt hatte. An den schwarzen Flügel in der großen Halle, an dem sie geübt hatte, um ihm eine Freude zu machen, obwohl sie die öden Fingerübungen hasste.

An die lauten Stimmen, wenn sie schon im Bett lag, und an ihre Angst, als sie im Nachthemd durch die Lücke zwischen den Treppenstufen nach unten spähte.

Und, viel später, an die Wochen im Sommer, allein mit ihm in Meran. An die Momente, als ihr Vater zeitunglesend im Garten saß und lächelnd aufblickte, wenn sie mit schmutzigen Knien von ihren Streifzügen durch die Stadt zurückkam.

An gepackte Rucksäcke mit dicken Broten in Stanniolpapier, an ein Zeiss-Fernglas um seinen kräftigen Hals, gebräunte Oberarme und schmerzende Oberschenkel am nächsten Tag, weil Seilbahnen nicht in Frage kamen. Alles musste erlaufen werden, immer.

Die Bilder brandeten an, ein wildes Kaleidoskop, unter dessen Wucht sie sich krümmte. Eine Autofahrt, so wie heute, aber doch ganz anders, die Wiesen blühend, das Grün der Tannen heller, Lachen und Haare im Wind, Bildfetzen der Bleistiftkirche hoch oben im letzten Tagesblau. Und dann – hinein in den Tunnel, diesen dunklen Schlund, der alle Farben verschluckte, das Licht des Sommers nur noch eine auf der Netzhaut gespeicherte Erinnerung.

Die Bilder liefen jetzt langsamer, wie von einer Camera obscura produziert, deren Mechanismus nicht mehr richtig funktioniert. Ein paar Spratzer – weiß auf schwarz – weiß – schwarz – dann – nichts mehr.

Der Film war zu Ende.

Der Tunnel.

Was war dort geschehen, dass ihre Erinnerung an dieser Stelle abriss?

Auf einmal hörte sie laute Stimmen.

Lissie öffnete die Augen. Ihr wurde bewusst, dass sie auf dem kalten Steinboden des Balkons kauerte. Sie rappelte sich auf und fischte nach dem Foto mit ihrem Vater, das auf den Boden gesegelt war und im auffrischenden Wind hin und her tanzte.

Sie beugte sich über das Balkongeländer.

Unten stand der Mann namens Pavarotti und redete mit einem anderen Mann, der einen Overall aus hellgrünem Nylon trug. In den beiden Abrisshäusern gingen weitere Männer und Frauen mit Schutzkleidung ein und aus. Ein Bus mit der Aufschrift »Polizeilicher Erkennungsdienst Bozen« stand davor, die Heckklappe weit offen.

Sie, Lissie von Spiegel, hatte dabei geholfen, Morde aufzuklären.

Plötzlich wusste sie, dass sie gut darin war.

Dieser Pavarotti hatte Angst vor dem Fall. Wie er dastand, die Arme vor der Brust verschränkt!

Wie zögerlich er jetzt zu den Häusern hinübertappte. Geradezu widerstrebend. Als hingen Bleigewichte an seinen Beinen. Sie sah, wie er sich noch einmal umdrehte und zu ihr hochschaute, bevor er in dem zerborstenen Flachbau verschwand. Wenn sie ihm dabei half, den Mörder dieses kleinen Jungen zu finden, dessen Überreste dort unten lagen – würde er ihr dann auch helfen, herauszufinden, was damals in Katharinaberg geschehen war?

In dem Moment, als der Film stoppte.

Allein würde sie es nicht schaffen. Sie kannte niemanden von FRÜHER
und wusste nicht, wo sie mit ihrer Suche beginnen sollte.

Lissie nahm ihren Zimmerschlüssel. Es war an der Zeit, dem Selbstmitleid den Garaus zu machen.

4

Es grenzte an ein Wunder, dass hier unten überhaupt Sauerstoff vorhanden war.

Die Luft war kalt und feucht. Pavarotti hustete. Er spürte, wie die Kälte in seine Atemwege eindrang.

Er war nicht daran gewöhnt, in kühlen Herbstnächten bei offenem Fenster zu schlafen. Anders ließ sich der Geruch nach rostigem Metall aber nicht aus seiner Nase vertreiben. Seine Wohnung war komplett renoviert und jeder noch so winzige Spritzer Blut entfernt worden. Trotzdem hatte er immer noch das Gefühl, an einem blutgetränkten Tatort zu kampieren. Ein Tatort, der ihn selbst betraf. Beinahe ... Pavarotti kämpfte seinen Ekel und seine Verzweiflung nieder, als er an den Abend dachte.

Hier unten gab es längst kein Blut mehr. Es hatte sich schon vor langer Zeit aufgelöst, genauso wie Fleisch, Muskeln und Sehnen.

Die Spurensicherung hatte den Gang ausgeleuchtet. Die Nässe der Wände schimmerte im Licht der Scheinwerfer. Einer davon flackerte und warf zuckende Schatten auf die Überreste, die einmal ein Kind gewesen waren.

Wie filigran, wie zerbrechlich diese kleinen Knochen doch waren.

Pavarottis Blick glitt über den schmalen Brustkorb bis zum Schädel, der nicht größer als eine Pampelmuse war. Geradezu keck hingen die Reste einer Mütze aus einem Material, das nach Jeansstoff aussah, über die knöcherne Stirn.

Schmutzverkrustete hellblaue Fetzen, die von einem Hemdchen oder T-Shirt noch übrig waren, verteilten sich über einen der Oberarmknochen und die dazugehörige Rippenhälfte. Ein größeres Stück Stoff über dem Brustbein war intakt geblieben. Vielleicht wegen der aufgedruckten Glitzerschrift, die den Stoff verstärkt hatte.

Die verschnörkelten rosa Buchstaben waren in Resten vorhanden, und Pavarotti entzifferte, was da stand:

Rimin

Seine Augen wurden feucht, und er tastete in seiner Hosentasche nach einem Taschentuch.

»I love Rimini«, hatte ursprünglich auf dem Kinder-T-Shirt gestanden. Das »love« war durch ein großes rosa Herz symbolisiert worden. Das Herz war inzwischen verschwunden.

Bis zum heutigen Tag hatte Pavarotti das T-Shirt niemals im Original vor sich gesehen. Trotzdem kannte er es in- und auswendig. Er hatte dem kleinen Jungen, der dieses T-Shirt auf einem Foto trug, unzählige Male in das viel zu ernste Gesicht geschaut und geflüstert: »Wo bist du?«

Die Mutter von Johannes Zomba hatte ihm das Foto an dem Tag gegeben, an dem ihr kleiner Sohn verschwand.

***

Automatisch drehte Erna Steinvatterer den Kopf, um sich zu vergewissern, wer die Treppe herunterkam. An der Rezeption drückte sich keiner vorbei, ohne dass sie ihn sah. Es war ihr gutes Recht, zu wissen, was in ihrem Haus vor sich ging.

Aha, die Neue wollte schon wieder raus. Obwohl sie doch erst vor einer halben Stunde angekommen war.

Erna hatte so getan, als müsse sie die Vakanzen prüfen. Sie hatte die Lippen gespitzt und die Stirn in Falten gelegt. Niemand brauchte zu wissen, dass die Geschäfte derzeit nicht so gut liefen. Das war … positiv formuliert. Das Hotel war komplett leer.

Sie rief ihre Mails ab. Zwei unverbindliche Zimmeranfragen für das Frühjahr. Unkonzentriert klickte sie auf die Icons, hinter denen ihre Angebotsformulare und die Preisliste hinterlegt waren. Sie starrte auf die Dokumente, ohne ihren Inhalt wahrzunehmen. Schließlich gab sie der Versuchung nach und holte die Online-Ausgabe des »Südtiroler« wieder auf den Schirm.

Der Bericht war kurz, aber reißerisch aufgemacht. »Skelettfund im Schnalstal!«, schrie die Schlagzeile. Die Leute sollten wohl denken, es handle sich um einen neuen Ötzi. Der war was Besonderes, eine Kinderleiche dagegen kam überall vor.

Erna lachte kurz und trocken auf. Was war sie anfangs froh gewesen, dass diese beiden Häuser endlich verschwinden würden. Zwanzig Jahre lang hatten sie wie hässliche Kröten in ihrem Blickfeld gesessen und übel riechende Erinnerungen aufgewühlt.

Wie hatte sie nur so naiv sein können, zu glauben, dass es bald vorbei sein würde?

Abrupt beugte sie sich vor, um die Gardine zuzuziehen. Sie wollte die Baustelle mitsamt dem Aufgebot an Polizei nicht mehr sehen.

Sie registrierte, dass die Neue auf einen der Polizisten in Zivil zusteuerte, der gerade über einen Mauerrest des alten Gasthofs geklettert war und sich den Staub von der Hose wischte. Der Mann kam ihr vage bekannt vor. Sofort begannen die beiden ein Gespräch. Sie kannten sich, das war offensichtlich.

Was hatte die Frau mit der Staatspolizei zu schaffen?

Erna Steinvatterer wurde heiß.

Das war kein Urlaubsaufenthalt.

Den Pass hatte sie der Frau dummerweise schon zurückgegeben. Die Eintragung auf dem Anmeldezettel gab nicht viel her:

L. v. Spiegel
Frankfurt am Main
Deutschland

Das für die Aufenthaltsdauer vorgesehene Feld war leer.

Erna Steinvatterer fiel es wie Schuppen von den Augen. Plötzlich war ihr klar, was sich hier abspielte. Sie war Krimiserien-Junkie und wusste genau, wie es bei der Polizei zuging.

Die Italiener hatten eine Spezialistin aus Deutschland eingeflogen. Eine Profilerin. Erna sah den Plan jetzt genau vor sich. Die Frau sollte, als harmlose Touristin getarnt, die Dörfler aushorchen. Später würde sie dann in aller Ruhe in ihrem Hotelzimmer ein psychologisches Profil erstellen und analysieren, wer aus dem Dorf zu dem Täterprofil passte.

Erna Steinvatterer trudelte einer Nervenkrise entgegen. Diese Frau war eine weit größere Gefahr als die Narren von der italienischen Polizei, die schon vor zwanzig Jahren überfordert gewesen waren.

Mit zitternden Fingern hob sie den Telefonhörer ab und wählte.

***

Grauer Staub lag auf Pavarottis Anzug und brannte in seinen Augen, aber er machte sich nicht die Mühe, ihn wegzuwischen. Stattdessen sog er gierig die frische Luft ein, um den Modergeruch zu vertreiben.

Da erblickte er Lissie. Sie stand vor der Absperrung, eindeutig mit dem Ziel, ihn abzupassen. Plötzlich wurde ihm alles zu viel. Sie behandelte ihn, als sei er ein Fremder. Und ihm ging es nicht anders, er erkannte sie nicht wieder, nichts in ihrem Wesen erinnerte an die Lissie, die er … *Vergiss es.*

Ihm war schleierhaft, wie er mit der Frau umgehen sollte. Warum konnte sie nicht einfach in ihrem Zimmer bleiben und ihn in Ruhe lassen? Er wollte an ihr vorbei, aber sie hielt ihn am Ärmel fest.

»Stimmt es wirklich, dass ich Ihnen bei Ihren letzten Fällen geholfen habe?«

Dazu hätte es eine Menge zu sagen gegeben.

»So in etwa«, sagte Pavarotti bloß.

Lissie mied seinen Blick. Worauf wollte sie hinaus?

»Kann ich Ihnen wieder helfen? Ich meine, bei diesem Fall?«

Er war wie vom Donner gerührt. Genügte es nicht, diesen verfluchten Altfall auf dem Hals zu haben? Musste er auch noch Lissies Anwesenheit ertragen, um permanent daran erinnert zu werden, was er ihr angetan hatte?

»Bitte. Ich muss mich doch irgendwie ablenken«, sagte sie leise.

Er krümmte sich innerlich. Wo war ihr Biss, ihr Selbstbewusstsein geblieben? Es war seine Schuld, dass aus der taffen Ex-Managerin, deren Schlagfertigkeit ihn oft sprachlos gemacht hatte, ein kleines Mädchen geworden war. Nützen würde sie ihm in dieser Verfassung gar nichts.

Wut auf ihre Schwäche überkam ihn. Er schämte sich dafür, und eine Welle aus Zärtlichkeit schwappte über ihn hinweg. Er hörte sich sagen: »Also gut. Kommen Sie mit.«

***

Jetzt würde sich zeigen, ob in ihrem Kopf noch etwas ganz geblieben war. Doch anstatt Angst zu empfinden, spürte sie etwas, das ihr so bekannt vorkam, dass sie beinahe aufgelacht hätte. Etwas wie … Erregung. Sie lechzte geradezu danach, im Dunkel der Vergangenheit herumzustöbern. Als könne dieser Fall dazu beitragen, ihr eigenes Rätsel zu lösen.

Erwartungsvoll blieb Lissie vor der Ruine des Flachbaus stehen, von dem kaum noch etwas übrig war. Doch Pavarotti stapfte daran vorbei. »Am Tatort haben Unbefugte nichts verloren«, sagte er. »Bis auf den Keller gibt's sowieso nichts zu sehen. Der Gasthof war schon längst dicht, als das Kind verschwand.«

Lissie musterte den alten Gasthof und das Wohngebäude, die sich zu stützen schienen wie zwei alte Kriegsheimkehrer, die nichts mehr vom Dasein erwarteten, als endlich Frieden zu finden von den Schrecken dieser Welt. »Gehörten die Häuser zusammen?«

Pavarotti nickte. »Familienbetrieb. Die Eltern der Kindsmutter haben das Hotel betrieben, in dem Sie jetzt wohnen, anfangs auch die Gaststätte. Die Seniorchefin hat den ganzen Kram mit in die Ehe gebracht. Das Wohnhaus und die Engelsburg hat sie ihrer jüngsten Tochter vererbt. Soweit ich mich erinnere, hat die das Wirtshaus aber nur zwei Jahre geführt. Anfangs hat die Mutter in der Küche ausgeholfen, doch als sie starb, war ihre Tochter auf sich gestellt. Viel Arbeit für eine einzelne Frau. Außerdem hat der Gasthof wohl nicht genug abgeworfen. Wen wundert's, in dieser gottverlassenen Gegend. Man schuftet, und wofür? Was dabei herauskommt, ist zu wenig zum Leben und zum Sterben zu viel.«

Als sei ihm sein Ausbruch peinlich, wandte sich Pavarotti abrupt um und steuerte auf das Wohnhaus zu. Die Abrissbirne hatte hier noch nicht allzu viel Schaden angerichtet. Ein großes Loch in der Außenmauer gab den Blick auf eine Badewanne und eine Toilette frei, ansonsten war das Haus unberührt.

»Und ihr Mann?«

»Auf Arbeit im Tal«, gab Pavarotti kurz angebunden zurück.

Er stieß die Tür auf. »Wir fangen im Garten an«, sagte er über die Schulter. »Dem Garten, aus dem der Kleine verschwunden ist. Wo die Geschichte begann.«

Nein, dachte Lissie. Die Geschichte hat viel früher begonnen. Aber sie schwieg.

Sie durchschritten einen schmalen Flur, dessen Wände mit einer fadenscheinigen Tapete aus kleinen Rosensträußen beklebt waren. Ihre Schritte verursachten kurze quietschende Geräusche auf dem Linoleum. Pavarotti schob einen Vorhang aus Holzperlen zur Seite, und dann standen sie in dem Zimmer, das früher einmal der Lebensmittelpunkt einer Familie gewesen war.

Lissie blieb stehen und musterte die Einrichtung. »Großer, teurer Fernseher«, sagte sie. »Der muss eine Stange Geld gekostet haben.«

»Unsinn«, sagte Pavarotti. Dann biss er sich auf die Lippe. »Nun … das können Sie natürlich nicht wissen. Das ist ein altes Röhrenmodell. So ein Gerät war schon 1997 total veraltet. Heute besitzt fast jeder einen Flachbildschirm.«

Lissie wurde rot. Sie wandte sich ab und drückte mit der Hand auf ein Sitzkissen der ebenfalls mit Rosenmuster bezogenen Couch. Sie stieß einen kleinen Schrei auf und fuhr zurück. Eine Sprungfeder hatte das Polster durchbohrt.

»Hier entlang«, sagte Pavarotti ungeduldig.

Er öffnete eine Tür, und sie standen auf einer kleinen Terrasse aus Betonfliesen, die kaum noch zu erkennen waren, so hoch stand das Unkraut, das aus den Ritzen spross. Der Rest des Gartens hatte sich in den vergangenen zwanzig Jahren in ein Dickicht aus hohem Gras verwandelt, überwuchert von Brennnesseln und stacheligen Erdbeerranken. Und hier und da Blüten aus wildem Mohn – scharlachrote Flecke auf wogendem, ungezähmtem Grün. Nach einer Trockenmauer, die inzwischen halb zerfallen war, steilte sich das Grundstück auf und ging in ein dichtes Gestrüpp aus Büschen und Mischwald über.

Lissies Blick kehrte zurück zu Pavarotti.

»Hier.« Er zeigte auf einen Tisch und zwei Stühle, allesamt schmutzverkrustet und rostig, die in der Ecke der Terrasse standen. »Hier hat der Vater gesessen und gelesen. Alberto Zomba, das war sein Name. Das Kind hat angeblich dort drüben …«, Pavarotti zeigte auf das, was früher einmal ein Rasen gewesen war, »… mit einem roten Plastikauto gespielt. Dann ging der Vater gegen elf Uhr dreißig kurz ins Haus. Behauptete er jedenfalls. Als er wieder herauskam, lag das Spielzeug noch auf dem Rasen. Doch der Junge war verschwunden.«

»Haben Sie ihn sofort verdächtigt?«

Pavarotti starrte in den Garten hinaus.

»Für mich war er der naheliegende Verdächtige. Die Mutter befand sich auf einer Festivität im Nachbardorf. Der Vater war mit seinem Jungen allein im Haus. Er hatte zwar nur knapp zehn Minuten Zeit. Aber in zehn Minuten kann viel passieren.«

»Ich verstehe nur Bahnhof.«

Pavarotti warf ihr einen Blick zu.

»Ein Nachbarsjunge hat den Kleinen und seinen Vater gesehen, zehn Minuten bevor Alberto Zomba seinen Jungen als vermisst gemeldet hat. Er war auf dem Rückweg von dem Fest im Dorf und kam am Grundstück der Familie Zomba vorbei.«

»Wieso hat er auf die Uhr geschaut?«, wollte Lissie wissen.

Ein zweiter Blick, diesmal lag offene Anerkennung darin. »Er sollte seiner Mutter helfen, das Mittagessen vorzubereiten. Und er war viel zu spät dran.«

Lissie trat über die Schwelle zurück ins Wohnzimmer. Dieser verwahrloste Garten deprimierte sie.

Behutsam schloss Pavarotti die Glastür, eine Geste, die unangebracht schien in Anbetracht dessen, dass das Haus schon bald nicht mehr existieren würde.

»Wie sich kurze Zeit später herausstellte, hatte der Vater ein Alibi«, sagte er. »Er war ins Haus gegangen, um einen Anruf entgegenzunehmen. Seine Angaben wurden natürlich überprüft. Das Telefonat hat tatsächlich stattgefunden und dauerte ungefähr sieben Minuten. Anderthalb Minuten danach ging Alberto Zombas Anruf bei der Polizei ein.«

»Bitte?«, machte Lissie. »Anderthalb Minuten nachdem er gesehen hat, dass der Kleine nicht mehr auf dem Rasen spielt, ruft er schon die Polizei? Ich an seiner Stelle hätte erst einmal den Garten und dieses kleine Waldstück an der Rückseite abgesucht. Kinder verstecken sich hinter Bäumen, krabbeln irgendwo hinein …«

»Danach habe ich ihn natürlich auch gefragt«, sagte Pavarotti mechanisch. Er fixierte eine Tür, die vom Wohnzimmer irgendwo hinführte. Dann riss er seinen Blick davon los. »Er behauptete, auf der Stelle gewusst zu haben, dass der Kleine weg war. Das Kind habe nämlich noch nicht laufen können, bloß krabbeln. Der Vater gab an, der Kleine wäre gar nicht über dieses Mäuerchen dort hinten gekommen.«

Lissie runzelte die Stirn. »Nur krabbeln? Mit drei Jahren?«

Doch Pavarotti antwortete nicht, sondern starrte weiter auf die Tür. Lissies Irritation wuchs. »Wohin führt diese Tür?«

»In die Küche.«

»Was ist damit?«

Pavarotti atmete tief ein, als müsse er Anlauf nehmen für das, was es jetzt zu sagen gab.

»In den Augen der Mutter war ihr Mann schuld. Auch dann noch, als wir ihn laufen lassen mussten, nachdem wir die Unterlagen von der Telefongesellschaft bekommen hatten.«

Lissie nickte langsam. Sie konnte die Frau verstehen. Der Ehemann war verantwortlich gewesen. Er hätte auf den Jungen aufpassen sollen. Stattdessen hatte er ihn sich selbst überlassen. Auch wenn er nicht der Täter war, ließ sich seine Mitschuld an dem Drama nicht leugnen.

»Wie lang hat es gedauert, bis sie sich scheiden ließ?«

Pavarotti seufzte. »Sie hat sich nicht von ihm scheiden lassen.« Er stand auf und stieß die Tür zur Küche auf.

Der Blickfang war eine Anrichte mit Aufsatz, so ramponiert, dass sie auch bei einer Haushaltsauflösung keinen Abnehmer mehr gefunden hätte. Daneben, an der Wand verschraubt, hing eine Spüle mit einem Abtropfbecken aus Porzellan, braun und mit Flecken übersät. Unter dem Fenster standen ein abgewetzter Esstisch, zwei Stühle und eine Eckbank aus Holz, auf dem Fensterbrett ein vorsintflutliches Transistorradio. Niemand hatte sich die Mühe gemacht, den Stecker aus der Dose zu ziehen.

»Sie hat ihn erstochen. Dort drüben«, sagte Pavarotti leise. »Als er beim Abspülen war.«

Er ließ sich auf einen Küchenstuhl sinken und sagte, mehr zu sich selbst als zu Lissie: »Und danach hat sie sich im Kinderzimmer ihres Sohnes erhängt.«

***

Pavarotti konnte den Blick nicht von der Spüle losreißen. Natürlich war sie jetzt leer. Vor langer Zeit hatte die Spurensicherung das Geschirr entfernt und den Stöpsel gezogen.

Als sie damals eintrafen, schwammen schmutzige Teller in einer roten Brühe, auf dem Abtropfbrett wölbten sich rote Blasen. Der andere Teil des schmutzigen Geschirrs stand auf dem Tisch – Teller und Schüsseln mit schimmligen Kartoffelresten.

Am meisten ging Pavarotti an die Nieren, dass er genau wusste, was geschehen war. So, als sei er dabei gewesen. Die Bilder verfolgten ihn seit zwanzig Jahren.

Wenn er die Augen schloss, sah er die beiden vor sich, wie sie sich stumm am Tisch gegenübersaßen. Katharina, wie sie an ihrem Ehemann vorbei die Wand anstarrte. Und Alberto, wie er ihr verstohlene Blicke zuwarf.

Nach dem Abendessen stand er auf, um die Teller zu spülen, und drehte seiner Frau den Rücken zu. Katharina nahm das

Bratenmesser vom Tisch und rammte es ihrem Mann mit Wucht direkt ins Herz.

Anschließend zerschnitt sie in einem Anfall wilder Wut sein Gesicht, sodass nur noch eine Fratze aus rohem Fleisch übrig blieb.

Als sie die Leichen fanden, hatte Pavarotti nur einen einzigen Gedanken fassen können: Dass er an allem schuld war. Er hätte den glühenden Drachen töten können, der an Katharinas Eingeweiden fraß, aber er hatte sich davor gedrückt. Aus purer Bequemlichkeit hatte er es unterlassen, Katharina darüber aufzuklären, dass ihr Ehemann unschuldig war. Den Beteuerungen ihres Gatten hatte Katharina nicht geglaubt. Vermutlich hatte er ihr schon zu oft Lügen serviert.

Das alte Holz gab dumpfe, gequälte Töne von sich, wie Klagelaute eines verwundeten Tiers. Erschrocken sah er auf. Lissie hatte sich auf der wurmzerfressenen Küchenbank niedergelassen.

Pavarotti schauderte. Auf diesem Platz hatte Katharina gesessen, als sie nach dem Messer gegriffen hatte.

»Kann ich die Fotos vom Tatort sehen?«

»Die sind im Büro, in einem Extraordner«, log er und ertappte sich dabei, wie er die Beine übereinanderschlug und sich zurücklehnte, wie immer, wenn er nicht die Wahrheit sagte.

Ihre Augen wurden schmal, doch dann zuckte sie mit den Achseln. »Ich schaue mich oben um.«

Er blickte ihr nach, wie sie die Treppe hochstieg. Genau wie damals waren es auch jetzt wieder Feigheit und Bequemlichkeit, diese beiden pelzigen Wesen mit spitzen Zähnen, die ihm zuflüsterten, es sei auch später noch Zeit für die Wahrheit. Warum sich den Tag verderben, wenn man Unangenehmes auch morgen noch in Angriff nehmen konnte? Noch besser wäre übermorgen. Jederzeit, nur eben nicht sofort. Die beiden Pelzwesen kuschelten sich an ihn und streichelten seine Wange. Sie begleiteten ihn schon fast sein ganzes Leben.

In letzter Zeit hatte er nur ein einziges Mal nicht auf sie gehört. Seine Angst um einen anderen Menschen war zu stark gewesen. Er hatte schnell und entschlossen gehandelt, und das Resultat war ein Fiasko. Seither verging kein Tag, an dem sie ihn nicht verhöhnten und ihre Zähne in sein Gehirn schlugen.

Jetzt schau dir an, was du angerichtet hast.

Das kommt dabei heraus, wenn du dich einmal etwas traust.

Du bist und bleibst ein Schwächling, also hör auf, den Starken zu spielen.

Anstatt sie zu retten, hast du sie fast umgebracht.

Er hörte, wie Lissie oben herumging.

Das Gebäude war hellhörig. Die morschen Holzdielen wirkten wie ein Resonanzboden, der die Geräusche des Hauses verstärkte und zu ihm ins Erdgeschoss trug. Schritte schienen von überall herzukommen. Ihm war, als liefen Katharina und Alberto im ersten Stock zwischen ihrem Schlafzimmer und dem leeren Kinderzimmer hin und her.

Katharina war von der Schuld ihres Mannes überzeugt gewesen, obwohl die Polizei ihn laufen ließ. In ihrer Selbstgerechtigkeit hatte sie felsenfest geglaubt, die Wahrheit zu kennen. Pavarotti schüttelte den Kopf. Sogar für Profis gab es keine hundertprozentige Sicherheit, Wahrheit von Lüge zu unterscheiden.

Auch Pavarotti hatte etwas an Alberto Zomba gestört. Er war nie dahintergekommen, was es war.

Immer wieder hatte sich Pavarotti die Aufzeichnung angehört.

In Zombas Stimme auf dem Band, das alle Anrufe bei der Polizei dokumentierte, hatte ein Timbre nachgeklungen. Wie der leise Hall eines Echos, das Gänsehaut verursachte. Zombas Stimme hatte nicht gezittert. Seine Angaben waren klar und präzise, als er seinen dreijährigen Sohn als vermisst meldete.

Zomba war ihm bis zum Schluss ein Rätsel geblieben. Dieser Tick, sich eine Haarsträhne aus der Stirn zu streichen, bevor er eine Frage beantwortete. Dieses ständige halbe Lächeln.

Zomba äußerte keine Trauer über das Verschwinden seines Sohnes. Aber vielleicht tat ihm Pavarotti unrecht, und der Mann hatte seinen Kummer als seine Privatsache angesehen und ihn sorgfältig vor ihm verborgen.

Pavarotti seufzte und holte den alten Ordner aus der Tasche, strich mit dem Finger über den Kaffeefleck auf dem Umschlag, schlug die Akte auf und blätterte, bis er auf die Kopie eines Briefes stieß.

Langsam schüttelte er den Kopf. Er konnte Lissie die Akte nicht zeigen. Denn wenn sie sie las, würde sie wissen, wie sehr er damals versagt hatte.

Sie wird dich verachten, also halt deinen Mund.

Er presste die Hände auf die Ohren, aber die Stimmen flüsterten weiter.

Das ist dein Schicksal, dass du wieder hier gelandet bist. Hast du wirklich gedacht, du bist aus der Sache raus?

Schwankend stand er auf. Es war grotesk, aber der Brief in der Akte, der nur aus wenigen Zeilen bestand und den der Schreiber nicht hatte zu Ende bringen können, peinigte ihn mehr als das, was er Lissie angetan hatte.

Pavarotti beschloss, einen Handel mit der Wahrheit abzuschließen. Den Brief konnte er ihr nicht zeigen, auch wenn er ihm ein Loch in die Seele brannte.

Aber er würde Lissie sagen, dass er es war, der auf sie geschossen hatte. Und zwar jetzt auf der Stelle, bevor die Pelzwesen wieder anfingen, ihn zu streicheln und einzulullen.

Vielleicht war das seine Strafe dafür, was er ihr angetan hatte. Dass er wieder an diesem Ort gelandet war.

***

Die Armut hatte hier gewohnt. Das Glück nicht. Und auch nicht die Liebe.

Manche Menschen haben die Gabe, Sonnenstunden zu horten wie starke Speicheröfen, die Wärme verströmen, wenn sie gebraucht wird. An kalten Tagen, wenn es nicht hell werden will und der Schnee unablässig fällt.

Andere Menschen speichern das Unglück wie ein Gletscher. Glückliche Erlebnisse streichen über sie hinweg, so wie die Sonne über Hartschnee bei zwanzig Grad minus – viel zu kalt, um die Eiskruste zum Schmelzen zu bringen.

Lissie stieg die Treppe zum ersten Stock hinweg und strich mit der Hand über das morsche Holzgeländer. Sie wusste nicht, woher sie diese Gewissheit hatte. Aber die Menschen, die hier gelebt hatten, gehörten zur zweiten Kategorie.

Das galt auch für den Mann, der unten in der Küche saß.

Und für mich.

Ihr Blick schweifte zurück zum Wohnzimmer, umkreiste die Treppe, auf der sie stand, und glitt an den Wänden entlang. Schmutzig, aber unversehrt. Keine Bohrlöcher oder rostige Nägel waren zu sehen. Keine Spuren auf der Tapete, die entstehen, wenn ein Bild fehlt, das über Jahre da gehangen hat.

Auf der Kommode neben dem Fernseher standen keine Fotos.

Das Drama hatte nicht mit der Entführung des kleinen Jungen begonnen. Dieses Haus mit dem Namen »Engelsburg« war kein Ort der Engel gewesen.

Im ersten Stock drückte Lissie die Klinke der ersten Tür auf der rechten Seite. Das Elternschlafzimmer. Ein Doppelbett, das unbenutzt aussah.

Ein Doppelbett im ersten Stock einer alten Villa, dessen linke Bettseite am Ende leer blieb.

Papa, wo bist du gewesen? Warum hast du nicht im Bett geschlafen? Ich bin nachts aufgewacht und …

Lissie wischte die Erinnerung beiseite und wandte sich dem Kleiderschrank aus dunklem Holz zu. Die Türen standen offen. Die Kleider hingen noch drin. Ein paar Sommerkleider. Sie griff nach dem Stoff. Steif und kalt. In einer Nische standen zwei Paar Skier. Sie strich mit dem Finger über eine der Kufen. Die Skier waren alt und verkratzt, aber gut in Schuss.

Durch eine weitere Tür, die halb offen stand, spähte sie ins Nebenzimmer. Ein Kinderzimmer, nicht viel größer als eine Besenkammer. Ein sorgfältig zusammengefalteter blauer Schlafanzug auf einem schmalen Kinderbett, das unter einem nackten Fensterchen stand. Daneben ein einzelnes Regalbrett, auf dem zwei Stofftiere warteten. Ein grimmig aussehender Löwe und ein kleiner Hund, der in der Ecke kauerte. Wie alles andere waren auch sie unter einer dicken Staubschicht gefangen. Lissie war versucht, die verklebten Augen und die Nase des Hundes zu reinigen, weil er es ja nicht selbst tun konnte, doch sie ließ es bleiben.

Der einzige Stuhl des Zimmers lehnte an der Wand. Automatisch hob Lissie den Blick. Aus der Decke kroch ein Stromkabel, die nackten Drähte schauten heraus. Daneben krümmte sich ein großer Haken wie der knochige Finger einer Hexe.

Lissie konnte den Blick erst abwenden, als sich die Tür öffnete und Pavarotti hereinkam. Die Falten in seinem Gesicht waren nach wie vor tief eingegraben, aber die Haut hatte etwas Farbe angenommen.

»Hat die Spurensicherung damals Familienfotos oder Nippsachen aus dem Haus mitgenommen?«, wollte sie wissen.

Verwundert schüttelte Pavarotti den Kopf. »Soweit ich weiß, nicht.«

»Mir ist so einiges in dem Haus rätselhaft«, erklärte Lissie. »Das Haus hat keine Erinnerungen. Es ist eine leere Hülle, so wie ich. Verstehen Sie? Und dann – wo sind die Spielsachen? In dem Alter nur zwei Kuscheltiere, das gibt es doch gar nicht.«

Pavarotti fuhr zusammen und stolperte über das Stuhlbein. Lissie beobachtete ihn mit wachsender Verwunderung. Wieso war er derart nervös?

»Sie hatten wenig Geld. Er war Italienischlehrer. Da verdient man nicht viel«, sagte er langsam.

»Wenn er Lehrer war, wo sind dann seine Bücher?«, fragte Lissie. »Ich habe im ganzen Haus kein einziges Buch gesehen.«

Pavarotti zuckte mit den Achseln. »Er hat unter der Woche in der Schule in Meran gewohnt, in der er unterrichtet hat.«

Vater, wo bist du?

Sie standen nah beieinander, keiner sprach ein Wort.

Sie hörte, wie er von einem Fuß auf den anderen trat und wie sich sein Atem beschleunigte.

»Die Lampe hatte sie vorher abgenommen und auf das Bett gelegt«, sagte er schließlich. Es klang so, als habe er eigentlich etwas ganz anderes sagen wollen.

»Eins frag ich mich schon die ganze Zeit. Wo war eigentlich die Mutter –«

»Katharina. Katharina Zomba, geborene Steinvatterer«, unterbrach er sie.

»Schön. Katharina. Wo war Katharina eigentlich an dem Tag, an dem ihr Sohn verschwand?«

»Das habe ich Ihnen doch schon gesagt. Auf einem Dorffest in der Nachbarschaft. Sie kam nach Hause zurück, kurz nachdem die Polizei eingetroffen war.«

»Haben Sie eigentlich einen Abschiedsbrief gefunden?«

Diese Frage hatte eine durchschlagende Wirkung. Pavarottis Gesicht lief rot an, dann wurde es wieder so weiß wie vorhin. Ein seltsames Geräusch, ähnlich dem »Ritsch-Ratsch«, das entsteht, wenn man Papier in kleine Fetzen reißt, drang aus seiner Kehle. Gleichzeitig fing das Mobiltelefon in seiner Jackentasche zu läuten an. Er sprang auf und flüchtete nach draußen.

Lissie stand starr mitten im Raum und hörte, wie die Tür mit einem Knall hinter ihm zufiel.

Am Gletscher über Katharinaberg

1. Januar 1993

Der Schnee glitzerte. In der Silvesternacht hatte es so stark geschneit, dass nicht einmal ihre Schwester Lust gehabt hatte, um Mitternacht die Knallfrösche zu zünden. Obwohl sie doch sonst alles tat, um sich lieb Kind zu machen.

Aber jetzt war die Sonne herausgekommen, und der Himmel war strahlend blau.

Die große Gondel warf einen riesigen schwarzen Schatten auf die jungfräulich glatte Fläche, und sie sah die Gestalt ihres Vaters, der neben der Talstation der Gletscherbahn stand, immer kleiner werden.

Er rauchte, wie immer, wenn er auf sie wartete. Katharina schaute auf die Uhr. Es war fünf Minuten nach acht. Sie hatte eine knappe Stunde. Wenn sie dann nicht wieder unten bei ihm war, wäre es komplett vorbei mit dem Skilaufen. Sie durfte sowieso nur frühmorgens, wenn die Pisten leer waren, und nur unter Bewachung ihres Vaters als Anstandswauwau.

Sie zog sich die Kappe vom Kopf, und ihre kastanienbraunen Locken rieselten auf die Schultern ihres Skianzugs, der ihr gefühlt zwei Nummern zu groß war. Sie hätte lieber einen richtig knapp sitzenden gehabt, aber den würde sie nicht bekommen, da konnte sie morgen zweimal Geburtstag feiern.

Trotzig streckte Katharina ihre Brust heraus, aber niemand war da, der ihre Figur hätte bewundern können. Wieder dachte sie an ihren Vater, der ihren vollen Busen hin und wieder mit seinem missbilligenden Blick streifte, für ihren Geschmack viel zu oft in letzter Zeit.

Die Bergstation kam in Sicht. Als Erstes würde sie hinüberfahren zur Gletscherbar. Vielleicht war sie ja schon geöffnet. Vielleicht war … er … da. Trank einen Cappuccino, bevor er so richtig loslegte. Vielleicht war er den Rummel um seine Person leid und wollte den Hang einfach mal für sich haben.

Oben angekommen, zerrte sie die Skier aus der Kabine und schaute hinunter. Kein Mensch war zu sehen, nur eine Pistenraupe, die mitten auf der Abfahrt stand.

Das war so ungewöhnlich, dass sie einen Moment innehielt. Doch dann zuckte sie die Achseln und schnallte sich die Skier unter.

Die Grawandpiste zur Gletscherbar war einfach, bloß eine rote. Danach kam die Abfahrt ins Tal, und die hatte es in sich. Eine schwarze Piste der Superlative, tausendfünfhundert Meter Höhenunterschied bis ganz hinunter, wie gemacht zum Training für die Weltmeisterschaft auf einem Berg irgendwo in Japan.

Dort würde ER bald sein.

Sie wusste nicht genau, wo Japan lag, nur dass es sehr weit weg war. Vielleicht würde sie ihn im Fernsehen sehen, wenn der Vater nicht vorher umschaltete.

Ihr Herz schlug schneller, als sie an seinen kraftvollen Körper dachte, an die schmalen Hüften, wie sie sich im Slalom nach links und rechts bogen, an das Kreischen und Knirschen der Skier im Schnee. Wie er den Abhang hinunterraste, als sei der Teufel hinter ihm her, eine Schneewolke hinter sich herziehend, den Wind in den Haaren, volles Risiko, immer.

Die Piste ins Tal, das war die Abfahrt, auf der Alberto Tomba, Slalom-Ass und Zweiter der Weltspitze, am liebsten trainierte.

Tomba la Bomba, wie er von seinen Fans genannt wurde.

Berto, wie sie ihn flüsternd nannte, wenn sie sein Foto, das sie heimlich aus einem Magazin ausgeschnitten hatte, aus ihrem Versteck hinter der Tapete hervorzog.

Sie wusste, dass sie selbst nicht schlecht lief. Vielleicht würde ihm ihre Lauftechnik auffallen … er würde sie ansprechen … und dann …

Bestimmt war er heute Morgen da.

Energisch stieß sie sich ab und glitt in einer Schussfahrt dahin. Der Schnee unter ihren Kufen fühlte sich so leicht an wie ein weißes Nichts. Im Fahren warf sie den Kopf zurück, ihre Haare peitschten ihr ins Gesicht. Pah, sie war hübscher als die Frauen, die Berto ständig umlagerten. Wenn er sie doch wenigstens einmal zur Kenntnis nähme!

Aber ihr Vater passte scharf auf, dass das nicht passierte.

Eines Nachmittags hätte es fast geklappt. Berto war mit ihr zusammen in die Gondel gestiegen, leider mit einem Teil seiner Entourage. Ein Dutzend Leute, alle in todschicken Skianzügen und mit Sonnenbrillen von Armani und Gucci. Sie hatte Angst gehabt, dass man sie auslachen würde, weil sie aussah wie der letzte Bauerntrampel. Und dann waren sie unten gewesen und die Gelegenheit vorüber.

Leider hatte ihr Vater Berto auch gesehen. Seither waren die Nachmittage fürs Skilaufen tabu. Walscher Weiberheld, so nannte ihr Vater ihn und spuckte auf den Boden, wenn sie anfing, von ihm zu schwärmen. Was glaubst du denn, was so einer schon von dir will? Der dreht dir bloß ein Bankert an, und dann schmeißt er dich weg.

Ihr Vater war eine Landplage. Sie konnte schon auf sich selbst aufpassen, sie war fast achtzehn und nicht so naiv wie ihre Schwester.

Einmal mit Berto zu reden, in seine blitzenden Augen zu schauen … hören, wie er ihren Laufstil lobte …

Die Gletscherbar kam in Sicht, kurze Zeit später die Bergstation des Sessellifts. Er war noch nicht in Betrieb. Leblos schwangen die Sessel hin und her. Plötzlich fing das Gewinde an zu surren, und die Sessel setzten sich in Bewegung, wie von Geisterhand bewegt.

Katharina umkurvte die unbemannte Raupe, die mitten im Weg stand, und fluchte.

Der Motor lief im Leerlauf. Niemand war zu sehen.

Unten angekommen, legte Katharina eine Vollbremsung hin. Diesen Moment genoss sie immer besonders, das Danach. Es fühlte sich so gut an, dieses lustvolle Heben und Senken der Brust, das Zittern in Bauch und Oberschenkeln, der Schweißfilm in der Kuhle in ihrem Hals.

Der Rollladen war heruntergelassen, die Bar war geschlossen.

Ihr Atem stockte.

An der Hütte lehnte ein Paar Skier.

Er war hier. Ohne Gefolge. Ohne den üblichen Medienrummel.

Ganz allein.

Sie hatte es doch gewusst.

5

Pavarotti hatte die Presse noch nie gemocht. Aber seit seinem letzten Fall im vergangenen Sommer war er davon überzeugt, dass der Teufel persönlich die Medien erfunden hatte, um noch ein wenig mehr Spaß zu haben.

Angewidert ließ er das Telefon sinken. Magnus Braunhofer, der für den Lokalteil im »Südtiroler« schrieb, war ohne Zweifel einer der ekelhaftesten Vertreter seines Berufsstandes. Der Mann war verbittert und selbstgerecht. Um die Wahrheit ging es ihm nicht, sondern darum, anderen zu schaden.

Nach dem Telefonat mit Braunhofer fühlte sich Pavarotti wie nach einer Verfolgungsjagd, aus der man schweißüberströmt aufwacht. Ihm war nichts anderes übrig geblieben, als die Entdeckung der Kinderleiche zu bestätigen. Eine erste Kurzmeldung war bereits durch den Online-Auftritt des »Südtiroler« verbreitet worden. Pavarotti vermutete, dass es einer der Bauarbeiter gewesen war, der in der Redaktion angerufen und Braunhofer ein Handyfoto der Baustelle gemailt hatte. Entweder um sich wichtig zu machen – oder in dem Irrglauben, ein fettes Honorar oder zumindest eine Erwähnung im Artikel springe dabei heraus.

Kurz entschlossen drückte er die Kurzwahltaste für eine eingespeicherte Nummer. Emmenegger meldete sich.

»Was ich noch sagen wollte, Emmenegger. Sie halten künftig die Kontakte zur Presse.«

»Ich? Aber … ich … bitte, Commissario …«

»Jetzt stellen Sie sich nicht so an. Sie sind schließlich Vice Ispettore. Sie brauchen bloß zu sagen, dass ich nicht da bin, weil ich eine Spur verfolge. Was Genaues wüssten Sie nicht. Ihnen glaubt das jeder aufs Wort.«

Einen Moment war nur Stille zu hören. Dann sagte Emmenegger mit ausdrucksloser Stimme: »Wie Sie wünschen, Commissario«, und legte auf.

Als er sein Mobiltelefon in seiner Anzugtasche verstaute, erhaschte Pavarotti einen Blick auf Lissie, wie sie aus dem Abrisshaus trat und auf den Hoteleingang zulief. Schnell drückte er sich hinter dem Hotel an die Wand. Aus einem gekippten Fenster stiegen ihm Küchendünste, die nach Essig und Fett rochen, in die Nase.

Was sie jetzt wohl von ihm dachte? Wieder einmal hatte er das getan, was er am besten konnte. Wegrennen.

Du musst dich nicht quälen. Es war besser so.

Es war ihre Schuld. Sie hätte eben keinen Brief erwähnen sollen.

Der Brief, den sie bei der Durchsuchung der Wohnung gefunden hatten, war allerdings kein Abschiedsbrief von Katharina gewesen.

Es waren die letzten Zeilen von Alberto, ihrem Ehemann. Der Brief war unvollständig, nur ein paar schnell in einem unbeobachteten Moment gekritzelte Worte, die in Zombas Hosentasche gesteckt hatten – adressiert an ihn, Commissario Luciano Pavarotti, Polizia di Stato, Meran.

Die Worte verfolgten ihn seit fast zwanzig Jahren. Sie lauteten:

Bitte helfen Sie mir, Commissario. Schnell. Sie ist wahnsinnig.
Sie glaubt, dass ich

Pavarotti wischte sich über das Gesicht. Der Brief war der letzte Hilferuf gewesen, den Alberto Zomba nicht mehr hatte abschicken können.

Der Mann hatte ihm vorher schon zwei Mal geschrieben. Die Briefe enthielten hysterisch klingende Andeutungen, die sich auf das merkwürdige Verhalten seiner Frau bezogen.

Pavarotti hatte die Blätter in kleine Fetzen zerrissen.

Wenn der Mann glaubte, mit seiner Frau stimme etwas nicht, sollte er sie zu einem Arzt bringen, anstatt ihn zu belästigen.

Die Briefe waren es nicht allein. Es hatte Anrufe gegeben, mindestens ein Dutzend. Jedes Mal, wenn Zomba versuchte, ihn im Büro telefonisch zu erreichen, ließ sich Pavarotti verleugnen. Enttäuscht und frustriert, weil der Mann ein Alibi hatte und sein erster großer Fall im Sande verlief, hatte er beschlossen, den unangenehmen Kerl aus seinem Gedächtnis zu streichen.

Irgendetwas in seinem Inneren, eine leise Stimme, die sich nach Pavarottis früherem Partner bei der Polizei anhörte, forderte ihn auf, seine Pflicht zu tun und der Frau mitzuteilen, dass ihr Mann außer Verdacht war.

Dann traten die beiden Pelzwesen auf den Plan. Sie waren stärker als sein alter Partner, und sie kannten ihn viel länger und besser.

Lass es. Du dringst sowieso nicht zu ihr durch.

Die ist komplett gaga. Bei der ist keiner mehr zu Hause.

Die braucht einen Psychiater. Bist du etwa einer?

Pavarotti hatte das Gespräch immer wieder hinausgeschoben.

Und eines Tages, genauer gesagt am 23. September 1997, war es dafür zu spät gewesen.

***

Wütend betastete Erna Steinvatterer eine Hautstelle oberhalb ihres rechten Ohrs, an der sie ein leichtes Brennen spürte. Dort hatte sie sich soeben ein paar Haare auszupfen müssen, weil so ein unverschämter Typ in grünem Nylonoverall sie darum gebeten hatte. Gebeten? Befohlen kam eher hin.

»Für den DNA-Abgleich«, hatte der Mann mit wichtiger Miene gesagt. Dann hatte er die Haare kritisch beäugt und sie in eine Plastiktüte gestopft.

DNA-Abgleich. Als ob der notwendig war.

Ihre rasiermesserscharfen Augen fuhren über die Neue, die gerade durch die Tür kam. Jetzt erst fiel ihr auf, wie mager die war. Ein silberblonder Haarschopf, kurz geschnitten wie ein Helm. Bestimmt eine dieser taffen BKA-Frauen.

Dann sah Erna im Licht der Deckenlampe die großen Schatten unter den Augen der Frau, so grün und dunkel wie Tannen am Rand einer Lichtung, auf die der Mond fällt.

Oh-oh. Hatte da jemand etwa Probleme?

»Frau von Spiegel?«

Die Frau blieb stehen und schaute sie an. Das »Ja« kam zu spät, um höflich zu sein, mit einem hohen, feindseligen Ton am Ende.

»Sie haben nicht eingetragen, wie lange Sie bleiben wollen.«

»Na und«, versetzte die Frau. »Es sind ja wohl genug Zimmer frei.«

»Darum geht es nicht. Der Eintrag ist Vorschrift bei uns in Italien«, behauptete Erna.

Die Frau seufzte und schaute Erna das erste Mal offen ins Gesicht.

»Ich weiß noch nicht, wie lang ich bleibe, okay? Sie können mich ja bei der Polizei anzeigen. Die ist ja eh da im Moment.«

Ernas Nasenflügel bebten vor Wut. Doch dann beherrschte sie sich und sagte zuckersüß: »Kein Problem. Eine letzte Frage, wegen des Abendessens: Gibt es irgendetwas, das Sie nicht mögen? Oder nicht vertragen?«

Die Frau öffnete den Mund. Doch es kam nichts heraus, und Erna sah, dass sie sich auf die Lippen biss.

Da ist was, dachte Erna. Jetzt hab ich dich. Sie wartete.

Als die Frau schließlich etwas sagte, klang ihre Stimme rau.

»Keine Weinsoßen, bitte. Überhaupt keinen Alkohol im Essen. Davon wird mir schlecht.«

Da schau her. Erna musste sich bemühen, nicht zu grinsen.

Laut sagte sie: »Ich verstehe.«

Mit einem Lächeln auf den Lippen ging sie in die Küche hinüber, wo ihr Koch bereits auf Anweisungen für das Abendessen wartete.

»Wir haben doch noch gefrorene Muscheln und Shrimps, oder?«

Er nickte.

»Also dann. Es gibt Risotto mit Meeresfrüchten. Vergiss aber nicht, am Schluss gut mit Weißwein nachzugießen. Wir wollen unseren letzten Gast in dieser Saison nach Strich und Faden verwöhnen, verstanden?«

Der Koch nickte lächelnd.

6

Ihr Mund war trocken, hinter ihren Schläfen pochte es, und ihr Herz klopfte viel zu schnell. Das Kissen in ihrem Nacken war ungefähr so bequem wie ein feuchter Sandsack.

Stöhnend richtete sich Lissie im Bett auf und tastete nach dem Wasserglas. Nach einem großen Schluck ging es ihr etwas besser.

Im Zimmer war es stockfinster. Sie knipste das Licht an und schaute auf die Uhr. Erst halb zehn abends. Ihr fiel wieder ein, dass sie ungewöhnlich früh zu Bett gegangen war. Schon unmittelbar nach dem Abendessen – widerlicher, klebriger Reis und salzige Muscheln – hatte sie eine leichte Übelkeit gespürt.

Wie stickig es in diesem Zimmer war. Luft. Sie brauchte Sauerstoff.

Lissie stürzte ans Fenster und riss die Balkontür auf. Ohne auf die Kälte draußen zu achten, stellte sie sich auf den Balkon und sog gierig die frische Nachtluft in ihre Lungen.

Als ihre Übelkeit nachließ, kam ihr plötzlich zu Bewusstsein, wie kalt die Nachtluft war. Kopfschüttelnd wollte sie ins Zimmer zurückgehen, da wurde ihr Blick von der Kirche angezogen.

Eben noch war sie angestrahlt gewesen, doch jetzt hatte sich die Außenbeleuchtung ausgeschaltet. Von einer Sekunde auf die andere war die Kirche nur noch ein dunkler Koloss, der in den Schatten zurückwich.

Die Dunkelheit war nicht so vollkommen, wie sie hätte sein müssen. Dort, wo Lissie den Haupteingang vermutete, bemerkte sie ein halbes Dutzend kleiner gelber Punkte. Sie sahen aus wie Flämmchen, die über den Boden tanzten und im auffrischenden Nachtwind flackerten.

Lissie rieb sich die Augen, aber die Flämmchen blieben, wo sie waren.

Ungefähr an dieser Stelle musste die Person gestanden haben, die Pavarotti und sie am Vormittag mit dem Fernglas beobachtet hatte. Was spielte sich dort drüben ab?

Sie ignorierte ihre Übelkeit, stieg in ihre Jeans und schlüpfte in ihre Windjacke.

Als sie quer über den spärlich beleuchteten Parkplatz in Richtung Kirche marschierte, kam sie sich lächerlich vor und war fast geneigt, wieder umzukehren. Närrin, die sie war. Es gab bestimmt eine vernünftige Erklärung für die Flämmchen. Eine Lichtquelle, die sie von ihrem Fenster aus nicht sehen konnte. Glasornamente, die im Licht funkelten.

Sie blieb stehen, um noch einmal zur Kirche hinaufzuschauen. Kein Licht war zu sehen. Von hier unten ähnelte das Gebäude einem schlafenden Dinosaurier, still und unbeweglich in der Dunkelheit.

Lissie fröstelte.

Auf dem Parkplatz stand ein einzelnes Auto, ein Lieferwagen. Lissie stieg die Treppen zur Kirche hinauf – und erstarrte. Auf einer Bank kauerte jemand. Die Gestalt hob die Hand, und plötzlich glühte ein Funke auf. Lissie erschrak, aber es war nur ein Mann, der eine Zigarette rauchte.

»Was machen Sie hier, mitten in der Nacht?«, stieß sie hervor. Wortlos rückte der Mann ein Stück zur Seite. Lissie hatte auf einmal das Gefühl, dass er die ganze Zeit auf sie gewartet hatte.

Im Licht der Laterne, die vom Parkplatz bis zu ihnen heraufschien, sah sie seine Beine, die in ausgebeulten Hosen steckten, an den Füßen schwere Bergschuhe. Sein Gesicht blieb im Dunkeln.

Sie blieb vor ihm stehen.

»Haben Sie die Flämmchen auch gesehen?«

Er lachte leise. »Da sind Sie zwanzig Jahre zu spät dran. Hier spukt heute niemand mehr.«

»Irgendwas ist da aber. Kommen Sie mit, dann werden Sie schon sehen.« Er zuckte die Schultern, dann stieg er hinter ihr die Stufen nach oben.

Der Vorplatz der Kirche lag im Dunkeln.

»Sie haben eine zu rege Phantasie«, sagte er.

Lissie antwortete nicht. Sie starrte auf die Kirchentür. Narrte sie ihr vernarbtes Gehirn? Hatte es ihr die Flämmchen vorgegaukelt, obwohl es sich doch nur um eine brennende Zigarettenspitze gehandelt hatte? Verzweifelt massierte sie ihre Schläfen.

»Die Laterne da unten geht um zehn aus. Dann wird es hier stockfinster. Gehen Sie in Ihre Unterkunft und schlafen Sie sich richtig aus«, sagte der Mann. »Und dann fahren Sie nach Hause, wo immer das ist. Verschwinden Sie und kommen Sie nie wieder hierher.«

Lissies Kopf fuhr zu dem Mann herum. »Wollen Sie mir etwa Angst einjagen? Gerade eben haben Sie doch gesagt, dass –«

»Ich rede nicht von Gespenstern. Nehmen Sie meinen Schal, es ist kalt.« Widerstrebend ließ sich Lissie einen roten Wollschal umlegen. »Und jetzt ab mit Ihnen.« Er wedelte mit den Armen, um sie wegzuscheuchen.

Auf dem Rückweg passierte sie erneut den Lieferwagen unter der Laterne. Sie drehte sich noch einmal nach dem Mann um. Doch die Dunkelheit hatte ihn bereits verschluckt.

Als sie ihren Weg fortsetzen wollte, saß ein Hund neben dem Lieferwagen.

Der Hund war groß und stark und braun.

Ein herrliches Braun, irgendwo zwischen der Farbe von Schoko-Eiscreme und dunklem Mahagoni. Sein Fell war kurz, glatt und glänzte so satt wie frisch poliertes Holz.

Der Hund sah traurig aus. Verblüfft sah sie, dass Tränen aus seinen ernsten Augen quollen, über die schmale Schnauze rollten und von der feuchten Beere, die seine Nase war, auf den Boden tropften.

Hunde können doch gar nicht weinen, dachte sie.

Da ging das Licht auf dem Parkplatz aus.

Als sie am Morgen aufwachte, konnte sie sich nicht erklären, wie sie in der Dunkelheit zurück in ihr Hotelzimmer gelangt war.

Dann wurde ihr klar, dass sie geträumt hatte. Was für Träume das Gehirn doch produzieren konnte. Vor allem der Hund …

»Hund«, sagte sie laut.

HUND

Das Wort wanderte in ihrem Mund herum, dann zerschmolzen die Buchstaben weich und süß wie Schokoladeneis.

Sie kannte so einen Hund, wie sie ihn in ihrem Traum gesehen hatte. Mit einem Ruck richtete sie sich im Bett auf.

Sie hatte einen Hund. Wo war er?

Was war mit ihrem Hund geschehen?

Als sie zum Telefonieren aus dem Zimmer laufen wollte, kam sie an dem Kleiderhaken neben der Tür vorbei. Sie blieb stehen und starrte darauf.

An einem der Haken, ordentlich über ihre Jacke geschlungen, hing der rote Wollschal, den ihr der Mann in ihrem Traum um die Schultern gelegt hatte.

7

Bildete er es sich ein, oder verhielt sich Emmenegger an diesem Morgen eine Spur kühler als sonst?

Pavarotti zuckte die Achseln. Umso besser, dann würde er sich auf das Berufliche beschränken und ihm nicht auf die Pelle rücken.

»Was ist mit dem Vorhängeschloss, mit dem der Eingang zum Keller gesichert war? Hat Kohlgruber Fingerabdrücke sichergestellt?«

Emmenegger erschien in der Türöffnung. »Bedauerlicherweise nein. Er sagt, das Metall wurde sorgfältig abgewischt.«

»Fabrikat?«

»Gewöhnliche Handelsware, die in den Neunzigern in jedem Eisenwarengeschäft verkauft wurde. Das bringt uns nicht weiter.«

Pavarotti scheute davor zurück, die entscheidende Frage zu stellen, doch Emmenegger kam ihm zuvor.

»Die DNA-Analyse dauert noch.« Emmenegger legte Pavarotti zwei ausgedruckte Blätter auf den Tisch. »Aber der Bericht der Gerichtsmedizin ist da.«

Dass die gerichtsmedizinischen Untersuchungsergebnisse bereits vorlagen, überraschte Pavarotti nicht besonders. Sara Landers, die neue Chefin der Bozner Gerichtsmedizin, war selbst Mutter von zwei kleinen Kindern. Landers galt als distanziert und professionell, aber wenn es um Kinder ging, schmolz ihr Herz.

Als Pavarotti den Bericht gelesen hatte, saß er still da.

Der kleine Junge war keines natürlichen Todes gestorben. Sein Zungenbein war gebrochen. Er war erwürgt worden.

Außerdem hatte Landers Arsenspuren in den Knochen und den Haarresten des Skeletts gefunden.

Ein Dreijähriger, den jemand vergiftet und erdrosselt hatte.

Er schaute hoch. Emmenegger stand vor seinem Schreibtisch und wartete.

»Jemand hatte dieses Kind so sehr gehasst, dass er es gleich doppelt töten musste«, sagte er langsam.

Der Vice Ispettore nickte. »Die Ergebnisse beweisen noch etwas anderes.« Emmenegger drehte die Seite um. »Dem Kleinen ist das Gift über einen längeren Zeitraum zugeführt worden. Sonst wäre es nach zwanzig Jahren nicht mehr in dieser Dosierung feststellbar gewesen.«

Pavarotti starrte Emmenegger an. »Ein Außenstehender kann das nicht getan haben. Das Arsen muss dem Kind von jemandem aus seinem direkten Umfeld verabreicht worden sein.«

Emmenegger nickte. »So sehe ich das auch, Commissario. Ich tippe auf den Vater.«

»Können Sie nicht lesen? In der Akte steht doch klar und deutlich, dass der Mann ein Alibi hatte.«

»Was da steht, ist mehr als lückenhaft. Ich glaube, es lohnt sich, die Sache noch einmal zu überprüfen. Ich wette, Ihr Instinkt hat Sie damals nicht getrogen, Commissario.«

Pavarotti fühlte sich, als würde weit entfernt, tief in seinem Inneren, eine winzige Kerze angezündet, die einen Lichtschimmer verbreitete. Noch zu klein, um zu wärmen, aber das Licht existierte und erreichte Pavarottis Augen.

Emmenegger lächelte.

***

Sehr oft ist in den Räumen leerer Häuser der Nachhall des Lebens zu hören, das dort einmal zu Hause war.

In der Mittelschule, in der Alberto Zomba einmal gearbeitet hatte, wurde seit langer Zeit kein Unterricht mehr abgehalten. Nach der Schließung hatten ein paar Jahre lang Carabinieri dort gesessen, doch die zogen bald wieder aus. Seit über fünfzehn Jahren nutzte die Stadt das Gebäude sporadisch für Schulungen und Mitgliederversammlungen, bei denen es nicht auf Komfort ankam. Ein Hausmeister war als Einziger ständig vor Ort und sorgte für die allernotwendigsten Reparaturen. Ansonsten stand die alte Schule leer und verfiel langsam.

Pavarotti eilte die Lauben entlang.

Er ahnte, was ihn erwartete. Das Haus würde widerhallen vom Pulsschlag ungestümer Herzen, von ausgelassenem Gelächter, einer hundertfachen, verheißungsvollen Zukunft und von Träumen, die sich nicht erfüllen würden.

Wieder einmal verfluchte er seine zunehmende Empfindsamkeit, die durch seine Freundschaft mit Lissie – schönen Dank auch! – in dem Maße zugenommen hatte, wie sein Schutzpanzer schwand. Gott sei Dank hatte er seinen Sarkasmus noch nicht verloren, den er dringend brauchte, um Oberwasser zu behalten.

Im Gehen streckte er das Kreuz durch und bog von den Lauben nach links ab.

Er durchquerte einen Durchgang und tauchte in ein Gewirr von Straßen ein. Kurz bevor das Gelände zum Küchelberg hin steiler wurde, gelangte er in einen kleinen Hof.

Emmenegger hatte ihn anmelden wollen, aber Pavarotti hatte es ihm untersagt. Er zog den Überraschungsangriff vor.

Die Schule war ein unscheinbarer Nachkriegsbau aus grauem Beton. Über einem verbogenen Fahrradständer prangte ein halb fertiges Graffito. Eine morsche Überdachung über der großen Eingangstür aus ramponiertem Eichenholz hatte wohl Lehrer und Schüler vor dem Regen schützen sollen. Misstrauisch beäugte Pavarotti den abgefallenen Putz, der sich darunter angesammelt hatte. Dann trat er zwischen die beiden rotbraunen Sandsteinsäulen, die einzige Extravaganz der Außenfassade.

Er hörte, wie der Klingelton drinnen scheppernd widerhallte. Niemand öffnete.

Vielleicht hätte er doch auf Emmenegger hören sollen.

Pavarotti drückte auf die Klinke. Die Eingangstür war abgeschlossen. Seufzend wandte er sich nach rechts, um das Gebäude zu umrunden.

Die rechte Schmalseite des Hauses grenzte an einen weitläufigen Spielplatz, der wie ein Abfallhaufen aussah. Neben einer rostigen Schaukel lagen die Reste eines Fahrrads. Den Sandkasten zierten leere Bierflaschen. Mütter kamen mit ihren Kindern ganz bestimmt nicht hierher.

Pavarotti passierte eine Treppe, die nach unten ins Souterrain führte. Auf dem Klingelschild und auf der Aufschrift des Briefkastens, der daneben an der Wand hing, stand: »Sandler, Hausmeister«. Wieder klingelte er, dann spähte er durch die insektenverklebten Scheiben des winzigen Fensterchens.

Hier stand das Gras hüfthoch, und die Hauswand war mit bunten Graffiti übersät. Wobei es sich in diesem Fall nicht um Kunstwerke handelte, sondern um hingesprayte Schmierereien. Pavarotti schüttelte den Kopf und wollte gerade den Rückzug antreten, als er stolperte und der Länge nach ins Gras fiel.

Pavarotti rappelte sich hoch. Während er sich hochstemmte, sah er den Stolperdraht.

»Hab ich endlich einen von euch! Steh auf, Freundchen, dir werd ich's zeigen!«

Vor ihm stand ein grauhaariger Mann mit einem Gewehr im Anschlag. Als der Mann Pavarotti sah, ließ er die Waffe sinken und stammelte: »Ach du Schreck. Entschuldigung. Ich dachte …« Er lief auf Pavarotti zu. »Haben Sie sich verletzt?«

Pavarotti schüttelte die Hand des Mannes ab. »Sichern Sie auf der Stelle die Waffe. Sind Sie verrückt? Was soll der Zirkus?«

Der Mann stöhnte. »Diese Sprayer. Die Stadt hat mir gedroht, dass ich meinen Job los bin, wenn das nicht aufhört. Ich wollte denen doch bloß einen Schreck einjagen, sonst nichts.«

»Schon mal was von Verhältnismäßigkeit gehört?«, fragte Pavarotti kalt. »Wenn jemand dabei zu Schaden kommt, sind Sie dran. Wenn der Draht nicht morgen früh verschwunden ist, dann buchte ich Sie ein, darauf können Sie sich verlassen.«

Das Gesicht des Mannes wurde aschfahl. »Polizei?«

Pavarotti nickte. »Und jetzt zeigen Sie mir bitte das Gebäude. Ich hab keine Zeit, mich mit diesem Kinderkram abzugeben.«

Diensteifrig eilte der Hausmeister voran.

Als die Tür hinter ihnen zufiel und das Licht in der großen Halle anging, blieb Pavarotti stehen. Überall waren ausgestopfte Wildtiere ausgestellt. Mottenzerfressene Schneehasen, Füchse und Gämsen, sogar ein großer Steinbock fristeten hier ein unwürdiges Leben nach dem Tod.

Pavarotti drehte sich um. »Wo finde ich den Schulleiter von damals?«

Verlegen blickte Sandler auf den Boden. »Das bin ich.«

»Sie?«

Der Mann nickte, aber sein Blick wich Pavarotti aus. »Als die Schule … geschlossen wurde, brauchten sie jemand, der sich um das Haus kümmert. Ich wusste nicht, was ich sonst tun sollte, also hab ich den Job angenommen und bin hier eingezogen«, sagte er.

»Aber Sie sind Akademiker und kein Hausmeister«, entfuhr es Pavarotti.

Der Mann starrte ihn aggressiv an. »Na und? Was besagt das schon?«

Pavarotti zuckte die Achseln. »Erinnern Sie sich an den September des Jahres 1997?«

Der Mann erstarrte. Sein Gesicht nahm einen wachsamen Ausdruck an. »Deswegen sind Sie also hier.« Sandler ging zu einer Freitreppe, deren Stufen von zigtausend Kinderfüßen ausgetreten war. »Kommen Sie mit.«

Sie passierten eine Reihe von Türen. »Klassenzimmer«, sagte Sandler. Im Vorbeigehen öffnete Pavarotti eine Tür. Er starrte in völlige Dunkelheit. Der Raum war fensterlos. Als er die Tür schloss, hörte er am Ende des Flurs leise Schritte. Doch als er sich umdrehte, war niemand zu sehen.

»Hält sich außer Ihnen noch jemand im Haus auf?«, fragte er den ehemaligen Rektor, als er ihn einholte.

»Wer sollte das sein?«, gab der zurück und öffnete eine Tür. »Außer mir ist hier niemand.«

Sie standen in einem großen Zimmer, dessen Fenster auf die Straße hinausgingen. Ein Schreibtisch aus Nussbaum beherrschte den Raum, die Wände waren von Bücherregalen bedeckt, die bis auf ein Dutzend Bände leer geräumt waren. Auf dem Schreibtisch lag eine aufgeschlagene Ausgabe des »Südtiroler«.

»Das war früher mein Büro«, sagte Sandler ohne merkliches

Bedauern und setzte sich hinter den Schreibtisch. Pavarotti nahm auf dem Besucherstuhl Platz. Es schien fast so, als habe Sandler sein früheres Reich wieder bezogen.

Pavarotti fühlte sich seltsam beklommen. Die Überlegenheit, die er draußen gespürt hatte, war auf einmal verschwunden. Das Haus mitsamt seinen toten Tieren, dunklen Klassenzimmern und verschwundenen Kindern war Sandlers Territorium.

»Sie erinnern sich also an den September 1997.«

Sandler nickte langsam. »Wäre ein Wunder, wenn nicht. Ende September 1997 haben wir hier dichtgemacht.«

»Wieso das?«

»Das fragen Sie mich? Sie sind doch der Polizist, oder?«, ätzte Sandler. »Sie wissen doch genauso gut wie ich, dass einer unserer Lehrer verdächtigt wurde, seinen Jungen umgebracht zu haben.« Er lehnte sich zurück. »Und nach dieser Blutorgie oben in Katharinaberg, wo er herkam, nahmen dann auch die letzten Eltern ihre Kinder von der Schule. Danach war es aus.«

»Alberto Zomba wurde auf freien Fuß gesetzt, weil er ein Alibi hatte«, sagte Pavarotti. »Jemand hat mit ihm zur mutmaßlichen Tatzeit telefoniert. Von einem Telefonanschluss dieser Schule aus.«

»Na und? Steht doch mit Sicherheit alles in den Akten. Von dem Kriminalen, der damals die Ermittlungen geleitet hat. Sofern man das so bezeichnen kann. An die Fahne, die er vor sich hertrug, erinnere ich mich heute noch.«

Leider hatte Sandler recht. Peter Maby, Pavarottis Chef, hatte schwer unter dem langsamen Sterben seiner krebskranken Frau gelitten. Alle wussten, wie es um den alten Maby stand, und gingen ihm möglichst aus dem Weg.

Pavarotti hatte Mabys Anweisungen kommentarlos ausgeführt und ihm seinen Teil der Ermittlungen überlassen, ohne nachzufragen. Mit dem Effekt, dass in der Akte bezüglich Zombas Alibi nur zwei Dinge hinterlegt waren: die Liste der Telefongesellschaft, in der die Zeit und die Nummer des fraglichen Anrufs vermerkt waren. Und Mabys lapidarer Aktenvermerk: »Anruf verifiziert.«

»Wer war der Anrufer?«, wollte Pavarotti wissen.

Ein verschlagener Ausdruck kroch über das Gesicht des ehemaligen Schulleiters. »Ich habe keine Ahnung. Zu lange her. Fragen Sie doch Ihren Kollegen. Falls er sein Gehirn nicht komplett in Alkohol ertränkt hat.«

»Nein, er hat es stattdessen zu Brei geschossen«, erwiderte Pavarotti, um die Überheblichkeit aus dem Gesicht des Mannes zu vertreiben. »Wie viele Anschlüsse gibt es hier im Haus?«

»Drei, mit unterschiedlichen Nebenstellen«, antwortete Sandler beleidigt. »Einen hier. Einen draußen auf dem Flur, für die Schüler. Und einen im Lehrerzimmer nebenan. Zeigen Sie mir mal die Nummer, um die es geht.«

Als er einen Blick darauf geworfen hatte, stand er auf. »Das ist das Telefon auf dem Flur. Es ist noch da. Wollen Sie es sehen?«

In einer Nische im Flur hing eines dieser alten Münztelefone, denen Pavarotti seit Jahrzehnten nicht mehr von Angesicht zu Angesicht gegenübergestanden hatte. Das Auffallende an diesem Exemplar war nur der rosafarbene Hörer.

»Vor allem die Schüler haben es benutzt«, erklärte Sandler. Er dachte kurz nach und fuhr dann fort: »Aber natürlich konnten auch die Lehrer hier telefonieren, wenn sie ihr Telefonat nicht vom Lehrerzimmer aus führen wollten.«

Probeweise hob Pavarotti den rosa Hörer ab. Natürlich war kein Freizeichen mehr zu hören. Aber damals, um zehn Uhr dreißig am Vormittag des 7. September 1997, hatte jemand hier gestanden und eine Nummer in Katharinaberg gewählt.

Er drehte sich zu Sandler um. »Der Tag, um den es geht, war ein Sonntag«, sagte er. »Blieben die Schüler am Wochenende in der Schule?«

»Natürlich nicht. Wir waren ja kein Internat. Aber am Wochenende gab es manchmal Sportveranstaltungen, Musikgruppen probten … Sie wissen schon. Wieso sollte ich mich an diesen speziellen Tag erinnern?«

»Vielleicht weil der Tag für Sie der Anfang vom Ende war?«

Sandler antwortete nicht. Als sie zum Rektoratszimmer zurückgingen, stieß Pavarottis Schuhspitze gegen etwas, das auf dem Boden lag. Er bückte sich und sah, dass es sich um den leeren Styroporbehälter einer Fast-Food-Kette handelte. Sofort griff Sandler danach. »Wie nachlässig von mir. Geben Sie her.«

Pavarotti sah ihm nachdenklich hinterher, wie er die Box in einem Abfalleimer an der Wand entsorgte. »Dann schauen Sie halt in Ihren Akten nach, wer an dem Tag hier war, wenn Sie es nicht auswendig wissen.«

»Glauben Sie allen Ernstes, ich hätte darüber Buch geführt?«

Pavarotti wollte sich noch nicht geschlagen geben. »Ich hab einen Haufen Fotoalben in Ihrem Büro gesehen. Ich wette, die enthalten die alten Jahrgangsfotos. Ich möchte den Band aus dem Jahr 1997 sehen. Jetzt sofort.«

Zurück im Büro, nahm Sandler kommentarlos einen Band aus dem Regal und warf ihn auf den Tisch. Pavarotti ignorierte den Zorn, den der Mann ausstrahlte, und vertiefte sich in die Fotos.

Er blickte auf. »Sie haben mir nicht gesagt, dass die Schule eine reine Mädchenschule war.«

»Sie haben mich nicht gefragt.«

Auf einem Foto entdeckte Pavarotti Alberto Zomba neben einem anderen Mann, vermutlich dem Klassenlehrer. »Welche Klasse ist das?«

Sandler betrachtete das Foto. »Die Abschlussklasse von 1997. Die übliche Aufnahme am ersten Schultag«, gab er zurück.

Es waren um die zwanzig Schülerinnen im Alter von fünfzehn oder sechzehn, die gelangweilt in die Kamera oder in die Luft starrten. Ein paar flüsterten ihrer Nachbarin etwas ins Ohr.

Pavarotti seufzte und wollte das Buch schon wieder zuklappen, da fiel ihm ein Mädchen in der ersten Reihe auf, das nach üblicher Klassenfotomanier im Schneidersitz dasaß. Die Kleine hatte kurze helle Haare und ein Elfengesicht mit einem fein geschnittenen Profil.

Der Fotograf hatte in dem Moment auf den Auslöser gedrückt, als das Mädchen sein Gesicht nach oben wandte. Pavarotti hatte zuerst gedacht, dass sie mit einer Klassenkameradin hinter ihr sprach, aber die Blickrichtung stimmte nicht.

Das Mädchen schaute zu Alberto Zomba hin.

»Wer ist das?«, fragte er Sandler.

»Kann mich nicht erinnern«, sagte der, aber sein Blick wich ihm aus.

»Es wird ja wohl irgendwo Schülerlisten geben.«

»Leider nein, Commissario.« Der triumphierende Unterton war deutlich herauszuhören. »Wir hatten kurz vor Schulschluss einen Brand hier. Unachtsamkeit, in dem ganzen Tohuwabohu … na ja. Nichts wirklich Dramatisches. Aber unsere Schülerakten, die sind dabei verbrannt. *Scusi*, Commissario.«

Pavarottis Kiefer verhärteten sich, aber er wusste, dass er hier im Moment nichts weiter ausrichten konnte.

Draußen auf der Straße schaute er noch einmal zurück. Es gab tatsächlich nur ein halbes Dutzend Fenster im obersten Stock des Gebäudes, dort, wo er gewesen war. Das war keine Schule, das war ein Verlies.

Welche Fügung des Schicksals hatte Alberto Zomba hierher verschlagen?

***

Lissie lehnte sich weit über das Balkongeländer. Wann kamen sie endlich?

Das Tal lag still unter dunklen Regenwolken. Es würde nicht mehr lange dauern, bis die ersten Tropfen fielen.

Pavarotti war baff gewesen, als sie wissen wollte, wo ihr Hund geblieben war. Es hatte den Anschein gehabt, als hätte er das Tier selbst vergessen. Die Leitung hatte von seinen unausgesprochenen Fragen richtiggehend vibriert. »Ich hab mich halt an ihn erinnert«, hatte sie gesagt. Eine geradezu absurde Erklärung angesichts ihrer riesenhaften Gedächtnislücke. Egal.

Lissie ließ ihre Augen nach links zur Kirche hinüberschweifen. Sie würde sich hüten, Pavarotti zu erzählen, was letzte Nacht geschehen war.

Sie war davon überzeugt, dass durch die bizarren Ereignisse in der vergangenen Nacht ein dünner Riss in der Wand aus Beton entstanden war, die zwischen ihr und ihren Erinnerungen stand. Durch diesen Riss hatte sie einen Hund gesehen, und dieser Hund – ihr Hund – existierte tatsächlich.

Pavarotti würde diese Erklärung als dummes Zeug oder bestenfalls als Zufall abtun. Sie hatte nicht vor, sich lächerlich zu machen.

Auf einmal geriet ihre Überzeugung ins Wanken. Vielleicht war es tatsächlich nur ein Traum gewesen? Was, wenn ihr neben den Erinnerungen auch die Fähigkeit, zwischen Einbildung und Wirklichkeit zu unterscheiden, abhandengekommen war?

Ihr Blick flackerte hinüber zu dem roten Wollschal. Was, wenn der Schal ihr selbst gehörte?

Zögernd ging sie auf ihn zu und drückte die Nase in die weiche Wolle, die viel zu zart für ein männliches Kleidungsstück war. Sie hoffte, er würde nach Rauch riechen, doch die Wolle verströmte keinen Geruch.

Zitternd tastete sie nach der Tafel Nussschokolade, die neben ihrem Bett lag – der letzten aus dem Vorrat, der aus dem Shop im Krankenhaus stammte. Als sie in dem Stanniolpapier wühlte, merkte sie mit Schrecken, dass die Tafel bereits zur Hälfte verschwunden war.

Nur ein Stück, ein kleines.

Sie brach eine Rippe ab, steckte ein Stück Schokolade in den Mund und begann, gierig daran zu saugen. Sofort spürte sie die Hitze, die sich in ihrem Körper entzündete. Der Zucker floss durch ihre Adern, kesselte ihre Angst ein und verpasste ihr eine Glasur.

Sie hörte den Alfa, bevor er in ihr Blickfeld kam. Das Getriebe krachte, und der Motor heulte auf, als der Wagen die letzte Kurve nahm.

Lissies Herz klopfte wild. Sie rannte die Hoteltreppe hinunter. Dann hielt sie inne und lehnte sich einen kurzen Moment gegen die Wand im Treppenhaus.

Sie stieß die Eingangstür in dem Augenblick auf, in dem das

Tier aus dem Wagen sprang. Sie war nicht überrascht, dass es tatsächlich der Hund von gestern Nacht war; zumindest sah er ihm täuschend ähnlich.

Ein halbwüchsiger Junge war hinter ihm aus dem Wagen geklettert und rief: »Spock, halt! Sitz!«

Aber der Hund hörte ihn nicht. Als das Tier Lissie sah, stand es plötzlich ganz still, den Kopf hocherhoben, den Blick unverwandt auf Lissie gerichtet. Nur die spitzen Ohren zuckten leicht.

Lissie ging in die Hocke, ganz automatisch, ohne darüber nachzudenken, und streckte beide Hände aus. Sofort senkte das Tier den Kopf und trottete langsam auf Lissie zu. Als es bei ihr angekommen war, presste es seinen Kopf gegen ihre Schulter. Sacht begann sie Spocks Ohren und seine Schnauze zu streicheln, und im Gegenzug fing der Hund an, ihre Finger zu lecken.

Der Junge stand mittlerweile neben ihnen und grinste breit.

»Spock also, ja?«, fragte Lissie lächelnd.

Der Junge nickte. »Das ist ein Dobermann-Rüde. Dreieinhalb. Nicht zu fassen, wie brav der heute ist.«

Spock schaute zu ihm auf und verdrehte die Augen, als hätte er jedes Wort verstanden. »Hat einem Mann aus Meran gehört, den einer gekillt hat«, setzte der Junge hinzu, als sei das nichts Besonderes. Aber vielleicht war es das auch nicht für diesen Jungen mit diesem eigenartig alten Gesicht und dem schmächtigen Körper eines Zwölfjährigen, dachte Lissie.

»Seit dem Frühjahr gehört Spock dir«, sagte der Junge. »Ich hab bloß auf ihn aufgepasst, bis es dir wieder besser geht.«

»Riesig nett von dir«, sagte Lissie. »Wer bist du denn?«

»Justus Hochleitner heiß ich«, sagte er. Er zeigte mit dem Daumen nach hinten, wo Pavarotti mit verschränkten Armen am Auto stand. »Zu dem gehör ich, seit meine Oma tot ist. Die hast du gemocht, glaub ich. Erinnerst du dich an meine Oma?«

Traurig schüttelte Lissie den Kopf. Der Junge schlug die Augen nieder, und Lissie fügte schnell hinzu: »Aber du, Kumpel, du kommst mir irgendwie bekannt vor.«

Der Junge strahlte, und auf einmal war seine schnodderige

Art wieder da. »Tja, das wundert mich jetzt nicht. Weil du mir mal das Leben gerettet hast, Tante Liz.«

»Ach so«, sagte Lissie beiläufig, als handle es sich ebenfalls um eine Selbstverständlichkeit. Aber in ihrem Innern spürte sie das erste Mal, nachdem sie im Krankenhaus aufgewacht war, eine Art von Frieden. Sie hatte nicht gewusst, dass ihr Leben zu etwas nütze gewesen war.

***

Pavarotti beobachtete die drei, wie sie eng beieinanderstanden und miteinander umgingen, als seien sie eine kleine Familie. Lissie schaute aus ihrer hockenden Stellung zu dem Jungen auf, und Pavarotti hörte, wie Worte hin und her flogen, aber er konnte sie nicht verstehen.

Er sah, wie der Junge grinste, dann ernst wurde, wie Lissie etwas sagte und Justus' Lächeln zurückkehrte, und er fühlte sich fremd und ausgeschlossen.

Pavarotti drehte sich weg und starrte auf die Kirche und den ummauerten Friedhof. Der Kerl mit dem Fernglas fiel ihm ein, der sie gestern beobachtet hatte. Es war genauso wie vor zwanzig Jahren. Schon damals hatte er das ständige Gefühl gehabt, beobachtet zu werden. Überall Augen, aber niemand zu sehen.

Pavarotti spürte eine leichte Berührung an der Schulter, und als er sich umdrehte, stand Lissie vor ihm.

Das erste Mal lächelte sie ihn an. Das Lächeln war zaghaft und besaß nicht genügend Kraft, um die Augen zu erreichen. Groß und glänzend schwammen sie in ihrem Gesicht, und er konnte die angstvollen Gedanken erkennen, die sich wie kleine Wellen auf ihrer Iris kräuselten.

Sein Herz dehnte sich aus und war im Begriff, seine Brust zu sprengen. Auf der Stelle vergaß er das Dorf und seine Bewohner. Sogar das tote Kind, das auf ihn wartete.

»Danke, dass … Sie mir meinen Hund gebracht haben.«

Sie streckte ihm die Hand hin. Anstatt sie zu ergreifen, starrte er nur blöde auf ihre schlanken Finger, wusste nichts zu sagen, geschweige denn zu tun und kam sich unsagbar dumm vor.

Als er aus seiner Erstarrung fand, hatte sie sich bereits abgewandt. Fassungslos sah Pavarotti, dass Justus, der körperliche Berührungen sorgfältig vermied, Lissie einen Abschiedskuss auf die Wange gab.

Sie griff nach der Hundeleine wie nach einem Rettungsanker und marschierte, ohne sich umzudrehen, mit ihrem Hund die Dorfstraße entlang.

Er blickte Frau und Hund nach, wie sie immer kleiner und schließlich zu Spielzeugfiguren wurden, bis sie am Ende hinter der Friedhofsmauer verschwanden.

8

Der Hund blieb an ihrer Seite und sah immer wieder zu ihr auf.

Er vergewissert sich, dachte Lissie.

Plötzlich war sie voller Hoffnung.

Ich habe mich an ihn erinnert. Das ist nur der Anfang.

Wenn sie herausfand, was an diesem Tag geschehen war, als sie neben ihrem Vater im Cabriolet saß, mit wehenden Haaren, über ihr der Kirchturm von Katharinaberg, ungefähr so entrückt und fern wie ihr Leben jetzt – dann, ja dann würde sie sich an alles erinnern.

Sie wusste es einfach.

Seite für Seite würde sich ihr Leben mit Geschichten füllen, bereits vorhanden, aber momentan eben unsichtbar. Ereignisse, mit Geheimtinte geschrieben, verblasst und verschwunden. Partikel aus der Vergangenheit, die erst wieder sichtbar werden, wenn man sie über Flammen hält.

Zeit für das erste Feuerchen.

Kurz entschlossen stieg sie das Treppchen zur Kirche hoch.

Mittlerweile unterteilte sie ihre Vergangenheit in

FRÜHER

an das sie sich nicht erinnerte

und ein

GANZ FRÜHER

das so scharf geschnitten war wie ein alter Holzstich. Es gab nur wenige Farben, aber Formen und Umrisse traten mit großer Trennschärfe und harten Kontrasten hervor.

Sie wusste – *wusste* –, dass Friedhöfe GANZ FRÜHER ihr erster Ort in einer fremden Stadt, in einem fremden Dorf gewesen waren. GANZ FRÜHER hatte sie keine Namen, sondern Jahreszahlen gesucht. Junge Unfallopfer, plötzliche Todesfälle hatten sie fasziniert.

Was wäre geschehen, wenn dieses oder jenes an dem verhängnisvollen Tag nicht passiert wäre? Wenn jemand nicht ins Auto gestiegen wäre? Blaugemacht und sich krankgemeldet hätte? Die Freunde versetzt hätte, die es krachen lassen wollten? Das Flugzeug verpasst … So ging es endlos weiter.

War es Zufall, oder waren sie ausgewählt? Waren sie davongekommen – oder hätte der Tod grinsend einen Haken geschlagen, um am Ende doch sensenschwingend vor ihnen zu stehen?

Mit ihrem Vater hatte sie das Thema vor fast fünfundzwanzig Jahren Dutzende Male durchgekaut, wozu er wenig Lust verspürt hatte. Er fand es morbid, vor allem für eine noch nicht einmal Siebzehnjährige.

Lissie schüttelte die alten Gedanken ab.

Heute interessierte sie nur eins. Ein Familienname. Ihr eigener.

Es könnte doch sein, dass ihr Vater hier begraben lag. Vielleicht hatte es damals einen Autounfall gegeben, und sie verdrängte ihn mit aller Macht, weil sie daran schuld war?

Egal. Ich muss es herausfinden.

Ein Gefühl blinder Wut stieg in ihr auf, das aus dem Nichts kam und sich gegen niemanden und die ganze Welt richtete.

Erschrocken blieb sie stehen. Wut … Da war etwas … Etwas blitzte an der Innenseite ihrer Augen auf, silbern, mit einem Schatten wie ein Kometenschweif. Sie griff danach, doch der Riss in der Mauer hatte sich bereits wieder geschlossen.

Der Regen hatte eingesetzt. Vom Fell des Hundes perlten die Tropfen wie von einer Wachsschicht. Ihr kroch die Feuchtigkeit in den Halsausschnitt, und sie stellte den Mantelkragen hoch.

Die goldene Kugel auf der Spitze des Kirchturms blinkte ihr im Regen und aufkommenden Nebel entgegen wie ein Signalfeuer in dunkler Nacht.

Wer auch immer die Kirche auf dieser hohen Felsnase erbaut hatte, hatte damit eine bestimmte Absicht verfolgt. In dieser gottverlassenen Gegend, fern vom Herzen des Glaubens, sollte die Kirche ein Bollwerk gegen finstere Mächte sein.

Lissie stieg die Stufen hinauf. Rechter Hand ragte jetzt der

Turm über ihr auf. Hinter der Mauer mussten sie sein, die Gräber. In Orten wie Katharinaberg gehörten Dorfkirche und Friedhof zusammen wie Zwillinge.

Sie ging am Haupteingang der Kirche vorbei und warf noch einmal einen schiefen Blick auf die große Rasenfläche, die jetzt, im November, einen struppigen und ungepflegten Eindruck machte. Nichts wies darauf hin, dass in der letzten Nacht hier etwas nicht mit rechten Dingen zugegangen war.

Lissie hielt inne. Merkwürdig. In den meisten Dörfern lagen hier, in unmittelbarer Nähe der Kirche, die ältesten Gräber. Es sah fast so aus, als dulde die Kirche keine Toten bei sich.

Lissie schauderte, doch dann schüttelte sie den Gedanken ab wie eine torkelnde Wespe, die den ersten Nachtfrost überlebt hat, und umrundete die Kirche.

Der Friedhof befand sich auf der Rückseite. Eine gusseiserne Pforte, kunstvoll in der Form eines Engelsflügels geschmiedet, führte hinein. Sie wollte die Klinke drücken, da griff eine kalte Hand nach ihr. Lissie fuhr zusammen, aber es war nur eine Hand aus Schmiedeeisen, die Daumen, Zeigefinger und Mittelfinger nach ihr ausstreckte. Lissie strich mit dem Zeigefinger über die schwarzen Fingerkuppen, die aussahen, als habe ein Feuer die Haut verkohlt, und sie zuckte zurück.

Neben der sanften, silbrigen Rundung des Flügels sah die Klinke aus wie eine Hand aus der Hölle.

Die Gräber waren klein und standen dicht beieinander. Überall ragten schmiedeeiserne Grabkreuze aus der Erde. Die Kreuze sahen allesamt alt und verwittert aus, doch als Lissie durch die Reihen schritt, merkte sie, dass der erste Eindruck täuschte. Das Metall war patiniert und damit einem künstlichen Alterungsprozess unterzogen worden.

Kreuz und quer ging Lissie durch die Reihen und studierte die Inschriften auf den Holztafeln.

Geliebte Mutter und Schwester, nach langem Leiden verstorben am 3. Juli 2011.

Unser lieber Vater, Gott hab ihn selig, plötzlich aus dem Leben geschieden am 11. Januar 2003.

Unser Bub, verunglückt am Berg am 24. August 2000. Wir werden dich nie vergessen.

Wo war eigentlich das Grab von Katharina und Alberto Zomba?

Nach einer Weile fiel es ihr auf. Kein Grab war älter als fünfzehn Jahre. Kein einziges.

Wo waren die alten Gräber?

Lissie fand diesen Friedhof gruselig, irgendwie war sie aber auch erleichtert. Selbst wenn ihrem Vater hier etwas zugestoßen war – auf diesem Friedhof würde sie ihn bestimmt nicht finden.

Im rückwärtigen Teil, direkt am steilen Abhang, stieß Lissie auf die Aussegnungshalle. Sie lugte durch ein kleines vergittertes Fenster ins Innere. Die Halle war kahl, bis auf einen Weihwasserkessel an der Wand und eine Bahre, die direkt vor einer großen Schiebetür aus Glas stand.

In ihrer Vorstellung glitt die Glasfront zur Seite, die Bahre kippte in eine Schräglage, und das, was sich auf der Bahre befand, sauste in den Talschlund hinab.

War es das, was man mit den Leichen gemacht hatte, als man Platz auf dem Friedhof brauchte?

Die Vorstellung war so absurd, dass sie lauthals lachen musste, doch das Lachen schmeckte bitter. Vielleicht sollte sie es so mit ihrem Leben machen. Die Überreste einfach wegkippen.

»Gelächter höre ich hier eher selten.«

Lissie fuhr herum. Vor ihr stand ein Mann ungefähr Ende dreißig, der eine schwarze Soutane trug. Sie starrte ihn an. Er sah aus wie Cary Grant, der gerade die Rolle eines Pfarrers spielte. Warme braune Augen und eine geradezu unwiderstehliche Kinnspalte.

Cary Grant lächelte und entblößte zwei Reihen strahlend weißer Zähne. »Nennen Sie mich einfach Lukas. Hier sagt niemand ›Herr Pfarrer‹ zu mir.«

Lissie war überwältigt. In einem winzigen Teil ihres Gehirns, in das sein Charme noch nicht eingedrungen war, fragte sie sich, warum so ein Mann katholischer Priester geworden war.

»Ist das Ihre Kirche?«, brachte sie schließlich überflüssigerweise heraus.

Er nickte. »Ja, das ist meine Pfarrei. Das ganze Tal gehört zu meinem Sprengel. Es sind ja nur vier Dörfer mit ein paar tausend Einwohnern. Und natürlich kümmere ich mich auch um das Seelenheil der Touristen, die es hierher verschlägt.«

Er grinste, dann sah er sie an. »Sie sehen aber nicht aus wie eine Touristin.«

»Ist das so offensichtlich?«, versetzte Lissie, um etwas Zeit zu gewinnen.

»Nun, Sie machen nicht den Eindruck, als ob Sie wandern wollten«, sagte er. »Außerdem haben wir November. Die Saison für Wanderer ist zu Ende.«

Lissies Gedanken rasten. Tausend Lire für eine überzeugende Geschichte. Konnte sie noch so gut lügen wie früher als junges Mädchen? Der Hotelführer mit dem Staudamm fiel ihr ein. Sie konnte, und wie.

»Mein Großvater ist kürzlich verschieden«, fabulierte sie. »Er war Italiener und einer der Arbeiter, die den Staudamm gebaut haben, ein paar Jahre nach Kriegsende. Bei dem Bau wäre er beinahe ums Leben gekommen. Ein anderer ist an seiner Stelle gestorben. Deswegen hat er in seinem Testament bestimmt, dass seine Asche im See verstreut wird. Um das zu tun, bin ich hier.«

Stille. Der Pfarrer starrte sie an. Dann kam eine Frage, mit der sie nicht gerechnet hatte.

»Warum sind Sie dann hier in Katharinaberg und nicht oben in Vernagt, wo der Stausee ist?«

Sieh an, dieser Pfarrer ist ein scharfer Denker, dachte sie.

»Ich war gerade mit meinem Cousin zum Stausee unterwegs, da kam der Anruf wegen eines neuen Falls in Katharinaberg.« Sie blickte ihm fest in die Augen. »Sie haben bestimmt davon gehört. Man hat menschliche Überreste gefunden. Mein Cousin ist Polizist, wissen Sie.«

»Aha«, machte der Pfarrer. Sein Blick war unergründlich.

»Ich muss jetzt gehen«, sagte Lissie.

Wie aufs Stichwort knipste der Pfarrer seinen Charme wieder an.

»Kommen Sie wieder. Ich würde mich freuen.« Die Lachfältchen in seine Augen vertieften sich. »Übrigens: Als Beichtvater bin ich es gewohnt, Geheimnisse zu bewahren.«

»Geheimnisse?« Lissie erstarrte.

»Ich bin ein guter Zuhörer, wenn Sie etwas auf dem Herzen haben.« Er lächelte. Die nach oben gekrümmten Mundwinkel sahen wie Widerhaken aus.

»Danke, aber mir geht's gut.« Sie war schon an ihm vorbei, als sie sich noch einmal umdrehte. »Warum gibt es hier keine alten Gräber?«

»Ach das.« Pfarrer Lukas schwieg einen Moment. »Hier spricht niemand gern darüber.«

Er deutete gegenüber zum Kircheneingang. »Dieses Stück Rasen vor der Kirche war einmal der alte Friedhof.«

Lissie riss die Augen auf.

»Die Kirche hat die Entscheidung nicht gern getroffen, aber es ließ sich wohl nicht vermeiden. Die Menschen begannen, sich in ihren Häusern zu verbarrikadieren und Knoblauch an Fenster und Türen zu hängen.«

Er strich über die tiefe Grube an seinem Kinn. »Wegen des felsigen Untergrunds waren die Gräber allesamt nicht tief genug in der Erde. Es kam zu Gasentwicklung. Die blauen Flämmchen, die nachts über den Friedhof geisterten, waren schlecht für die Moral. Die Leute hatten furchtbare Angst, da konnte mein Vorgänger predigen, was er wollte.«

Der Pfarrer schüttelte langsam den Kopf. »Ende 1997 war endgültig Schluss. Das Areal wurde zubetoniert, mitsamt den Toten.«

Er schaute auf die Uhr. »Himmel, so spät schon. Ich muss los, Besuche machen. Kommen Sie ins Pfarrhaus, wenn Sie Langeweile haben.« Seine Augen funkelten. »Ihr ... Cousin, der Polizist, ist ja wohl derzeit anderweitig beschäftigt.« Er grinste.

»Was für ein Zufall, dass Sie beide gerade rechtzeitig hier waren, als eine Leiche auftauchte, nicht wahr? Das nenne ich Timing!«

***

»Hiergeblieben. Der Hund kommt mir nicht ins Haus. Wir sind kein Hundehotel.«

»Hier steht: ›Kleine Hunde erlaubt‹!« Pavarotti sah, dass Lissie auf einen Hotelprospekt tippte, mit dem sie sich offenbar präpariert hatte. Er hatte Mühe, nicht zu grinsen.

»Na und? Der da ist doch wohl kein kleiner Hund!«

Lissie stopfte die Broschüre in ihre Jackentasche. »Ansichtssache. Es handelt sich ja wohl kaum um eine Dogge. Der Hund ist nur Haut und Knochen, das sehen Sie ja wohl. Der wiegt kaum mehr als dreißig Kilo. Da kenne ich Dackel, die schwerer sind.« Spock bellte, und Pavarotti sah, wie Lissie den Hund in Richtung Treppe zerrte.

»Hören Sie mal«, schrie ihr die Frau hinterher, doch Pavarotti fuhr dazwischen:

»Können Sie jetzt endlich meine Frage beantworten?«

»Das haben wir doch schon vor zwanzig Jahren durchgekaut«, murrte Erna Steinvatterer.

»Und das machen wir so oft, wie ich das für richtig halte«, sagte Pavarotti. »Also: Wo waren Sie an dem Tag, als Ihr Neffe verschwand?«

Erna Steinvatterer verdrehte die Augen. »Das steht alles in Ihrer Akte. Oder haben Sie die in den Müll geworfen, als Sie den Fall nicht lösen konnten?«, fragte sie boshaft.

»Ich kann Sie auch vorladen lassen.«

»Meine Güte. Sie wissen ganz genau, dass ich hier im Hotel war. Ich stand in der Küche, um Mittagessen für die Hausgäste zu kochen. Ganz allein, wenn Sie's genau wissen wollen. Mein Herr Sohn, der mir helfen sollte, kam zu spät.«

»Und Ihr Vater?«

Sie schnaubte nur. »Meinem Vater hat das Hotel gehört. Glauben Sie, der hätte sich in die Küche gestellt? Außerdem hatte er damals schon seit Jahren Alzheimer. Er hätte seine Schuhsohlen in die Pfanne gehauen und das Schnitzel in seine Schuhe gesteckt.«

»Ich habe gemeint, wo Ihr Vater zum fraglichen Zeitpunkt war.«

Pavarotti erinnerte sich, dass sein Chef mit Steinvatterer senior gesprochen hatte. Allerdings fehlten Aufzeichnungen hierzu in der Akte.

Mit dem Spürsinn einer Hyäne witterte Erna Steinvatterer seine momentane Schwäche. »Ich wette, Ihr Chef war besoffen, als er meinen Vater verhört hat. Schade, dass ich nicht dabei war. Sie müssen sich gut verstanden haben. Der eine besoffen, der andere dement.«

Sie schüttelte sich vor Lachen, aber es war ein geisterhaftes Gelächter, denn kein Geräusch kam über ihre Lippen. »Die beiden waren vielleicht ein Pärchen. Ab Mittag hielt er sich hier an der Theke fest, der Herr Chefermittler, und wenn es sich wirklich einmal nicht vermeiden ließ, dass er nach draußen ging, musste ich seinen Flachmann auffüllen. Gott, was hatten Sie Angst vor dieser Pfeife. Erinnern Sie sich daran, wie Sie gekuscht haben?«

Und wie gut er sich erinnerte.

Mit einem Ruck richtete sich Pavarotti auf.

»Das muss alles sehr schwierig für Sie gewesen sein. Als Ihre Schwester heiratete, was haben Sie da gedacht? Dass es Ihnen zugestanden hätte, nicht wahr? Schließlich waren Sie es, die sich nach dem Tod Ihrer Mutter im Hotel abgerackert hat. Außerdem waren Sie die Ältere. Sie hatten sich Ihr Recht auf ein eigenes Leben redlich verdient. Stattdessen mussten Sie ihn pflegen. Wie lange hat es noch gedauert, bis er starb?«

Erna Steinvatterer wurde puterrot. »Glauben Sie im Ernst, ich hab die dusslige Kuh beneidet? Weswegen denn? Vielleicht, weil sie sich von einem Walschen, der keine Lira hatte, ein Balg hat anhängen lassen?«

»Bestimmt nicht wegen der Dinge, die sie später durchgemacht hat«, gab Pavarotti trocken zurück.

Erna Steinvatterer hob die Hand zum Mund, ließ sie dann

wieder sinken, bevor ihre roten, geschundenen Finger ihre Lippen berührten.

»Sie haben meine Frage nicht beantwortet. Wo war Ihr Vater an dem Tag?«

Sie stieß einen verächtlichen Laut aus. »Woher soll ich das wissen? Vermutliche schlurfte er irgendwo im Haus herum. Oder er hockte in seinem …«

Mit leerem Blick schaute sie an ihm vorbei. Er merkte, dass sie auf eine andere Zeitebene umgeschaltet hatte.

»Er hockte wo?«

Erna Steinvatterer antwortete nicht. Geistesabwesend gruben sich ihre Finger in ihr rechtes Handgelenk, als wollten sie die Hand festhalten.

Plötzlich zuckte sie zurück und blinzelte kurz. »… Bett. Er kauerte oft auf seinem Bett. Völlig angezogen. Mit dreckigen Straßenschuhen auf den Laken.« Sie verzog das Gesicht. »Die ich hinterher abziehen durfte.«

Bestimmt waren es nicht die Laken, an die sie hatte denken müssen. Sie hatte nicht aufgepasst, und ein widerlicher Gestank aus einer Kammer in ihrem Inneren, die sie sonst gut verschlossen hielt, war ihr in die Nase gestiegen.

Pavarotti konnte buchstäblich hören, wie die Tür mit einem Bums ins Schloss fiel.

»Ihr Sohn. Er war damals …« Er blätterte kurz in seinen Unterlagen. »… sechzehn. Er war die letzte Person, die Ihren Neffen an dem Tag lebend gesehen hat.« Prüfend schaute er Erna Steinvatterer an, die aus dem Fenster starrte. »Ich möchte mit ihm sprechen. Wo ist er?«

Die Frau lachte höhnisch. »Da muss ich Sie enttäuschen, Commissario. Meinen Sohn werden Sie nicht mehr in die Mangel nehmen können. Am Tag, nachdem er mit der Schule fertig war, ging er klettern, in die Wand der Hohen Weißen. Er ist nicht zurückgekommen.«

***

Endlich war der Hund eingeschlafen. Lissie spähte durch das Treppenhaus nach unten. Die Stimmen aus dem Aufenthaltsraum des Hotels waren nur ein Murmeln.

Die Rezeption war unbesetzt und verführerisch.

Wie lange Pavarotti die Frau wohl noch beschäftigen würde? Sollte sie …?

Mach schon.

Der Computer kam nicht in Frage. Damit konnte sie nicht umgehen.

Die Schubladen waren abgeschlossen.

Aber ihre Schnüffelei war nicht umsonst. Auf dem untersten Fach hinter dem Tresen stapelte sich ein Dutzend dicker Bücher in roten Kunstledereinbänden.

Gästebücher!

Die obersten vier Gästebücher waren neueren Datums. Sie schob sie wieder ins Fach zurück. Der erste Eintrag des untersten Bandes datierte vom März 1990.

Sie strich über das dicke Büttenpapier der Seiten, das die Aura von etwas Bedeutsamem und Dauerhaftem verströmte. Mit klopfendem Herzen blätterte sie die ersten Seiten um. Ein Eintrag im April. Vier im Mai. Ein paar mehr im Juni.

Und plötzlich lag sie vor ihr, die magische Seite mit einem Eintrag vom 1. Juli 1990, und sie erkannte die Schrift sofort.

Es war ihre eigene, die da zu ihr hochstarrte, und die kindliche Form der Buchstaben mit ihrer Tendenz, nach hinten zu kippen, ähnelte ihrer heutigen Handschrift so sehr, als habe Lissie erst gestern den Kugelschreiber aus der Hand gelegt und das Buch zugeklappt.

Muss es denn jedes Mal zu Ende gehen? Die Wanderung zum Stausee war unsere letzte in diesem Jahr, und heute ist Abschiedsabend. Paps sitzt schon im Auto und hupt. Es war toll hier oben. Wir kommen wieder – im nächsten Jahr!

Lissie von Spiegel, Frankfurt am Main, 1. Juli 1990

Lissie ließ das Buch sinken. Sie wusste, dass die Bilder im Kopf von der Hinfahrt nach Katharinaberg stammten, denn nur aus dieser Richtung konnte man die Kirche von der Straße aus sehen.

Nichts war damals im Tunnel passiert. Sie waren oben angekommen, hatten eine Wanderung gemacht – und waren wieder abgefahren. Das war alles.

Wie ein boshafter Theaterdirektor hatte ihr Gehirn den erstbesten Erinnerungsfetzen nach draußen geschubst wie die zweite Besetzung in einem schlechten Bühnenstück.

Lissie kauerte am Boden hinter dem Tresen. Ihr war jämmerlich zumute, doch auf einmal kehrte dieser eigenartig grundlose Zorn zurück, der aus unerforschten Untiefen in ihrem Inneren zu schlummern schien, und sie packte das Buch, um es mit Wucht zu …

Es entglitt ihren Fingern und öffnete sich bei einem Eintrag. Er war mit rotem Kugelschreiber und mit übergroßen Lettern verfasst.

Als erstes blinkte Lissie das Datum des Eintrags entgegen wie ein roter Bühnenspot, der das Erscheinen des Bösewichts ankündigt.

7. September 1997

Der Tag, an dem Johannes Zomba verschwand.

Der Text war ebenso kurz wie mysteriös.

Ich weiß Bescheid. H.M.

Eine Drohung in einem Gästebuch? Wie bizarr war das denn? Ungefähr so bizarr wie der Tod eines Schauspielers durch eine Pistole aus Pappmaché.

Die anschließenden Seiten waren leer.

»… mit ihm sprechen. Wo ist er?« Pavarotti, mit seiner gebieterischen Stimme, mit der er die Leute weniger beeindruckte, als er vielleicht glaubte.

Lissie erwachte aus ihrer Erstarrung und rappelte sich auf.

Ein unangenehmes Lachen aus der Kehle ihrer Wirtin, gefolgt von einer gemurmelten Antwort. Kurz bevor Erna Steinvatterer mit einem Gesicht aus Granit um die Ecke bog, kroch Lissie aus ihrem Versteck und huschte über die Treppe in den ersten Stock.

Plötzlich merkte Lissie, dass sie am ganzen Körper bebte, und sie tastete nach dem lilafarbenen Rechteck auf dem Nachttisch, damit das Zittern aufhörte. Doch die Tafel enthielt nur noch ein paar Reste aus zerknittertem Stanniolpapier.

9

»Irgendetwas ist faul an diesem Telefonanruf, der Alberto Zomba ein Alibi verschafft hat.« Pavarotti massierte sich den Nacken. »Dieser Sandler lügt.«

»Vielleicht war er selbst der Anrufer«, gab Emmenegger zu bedenken.

»Das glaube ich nicht. Warum hätte er damit hinter dem Berg halten sollen? Ein Schuldirektor kann tausend Gründe haben, einen seiner Lehrer zu Hause anzurufen. Dieser Sandler ist zwar ein seltsamer Typ, aber dumm ist er nicht. Nur Idioten erzählen unnötige Lügen. Nein, da steckt etwas anderes dahinter.«

Pavarotti fing an, den Bereitschaftsraum abzuschreiten. »Ich wette, der Mann ist in irgendeiner Form in die Sache verwickelt.«

Er blieb vor Emmeneggers Schreibtisch stehen und fixierte seinen Mitarbeiter. »Wie reimen Sie sich das Ganze zusammen, Vice Ispettore?«

Emmeneggers Wangen röteten sich ein wenig, und seine Augen hefteten sich hilfesuchend auf den Aktenschrank, der die geklärten Fälle A–F enthielt.

»Der Grund, warum Sandler lügt, muss mit dem Anruf und dem Alibi nichts zu tun haben, Commissario. Vielleicht geht es um den Brand in der Schule. Vielleicht hat eine der Schülerinnen gezündelt, und Sandler glaubt, dass man ihn dafür haftbar machen kann, wenn es herauskommt.«

Nervös wegen eines Brandes ohne Personenschaden, nach zwanzig Jahren?, wollte Pavarotti schon sagen, doch da durchzuckte es ihn. »Emmenegger, Sie sind ein Genie!« Der so plötzlich in den polizeilichen Olymp Beförderte wurde tiefrot, doch Pavarotti beachtete ihn nicht.

»Der Brand ist die Lösung! Die Akte darüber ist bestimmt noch im Archiv und damit auch die Vernehmungsprotokolle!«

Jedenfalls hoffe ich das.

»Damit kriegen wir die Namen der Schüler auch ohne Sandlers Hilfe! Emmenegger, ich brauche diese Akte!«

Pavarotti stürmte zur Tür. Schon halb draußen, kehrte er wieder um. »Und wenn Sie schon dabei sind, ich möchte alles über diesen Sandler wissen, jedes seiner schmutzigen kleinen Geheimnisse! Der Kerl spielt nicht ohne Grund seit zwanzig Jahren Hausmeister.«

Er hatte das letzte Wort noch nicht zu Ende gesprochen, da klebte der Telefonhörer bereits an Emmeneggers Ohr.

10

Die Spitze der Zigarette glimmt auf und wirft einen kurzen Moment lang einen Schein auf das Gesicht im Halbdunkel. Auf einen Mund, der lächelt.

Glück zu haben ist eine herrliche Sache, vor allem wenn man ein Spieler ist.

Die meisten warten ihr Leben lang auf ein Fitzelchen Glück. Manche beten, andere denken sich banale Tricks aus.

Die ARMEN, ARMEN MENSCHEN, sie mühen sich vergeblich, denn sie wissen nicht, dass Pech ihr Schicksal ist. Es ist jämmerlich, ihnen dabei zuzusehen.

Glück ist nur den Auserwählten beschieden.

Ob man dazugehört, merkt man früher oder später selbst, weil es im Grunde egal ist, was man tut. Das Glück landet auf einem wie die Fliegen auf einem Haufen Kuhmist.

Die Finger fliegen über die Tastatur.

Bei der Suche nach »von Spiegel« kippt Google einen Müllberg aus. »Lissie von Spiegel« – das Netz schweigt verdrossen. Aber dann …

»L i s e l o t t e von Spiegel«. Enter – BINGO!

Der Bildschirm färbt sich strahlend blau, als würde gleich ein blinkendes Textfeld mit der Aufschrift »Treffer« erscheinen, begleitet von einem Heulton. Und da ist es, ein großformatiges Bild.

Sie sieht ganz anders aus als die Frau in Katharinaberg, aber sie ist es schon.

Wie überheblich sie da in die Kamera blickt. Eine Alpha-Frau, bis vor zwei Jahren Führungskraft einer Bank in Frankfurt.

Heute schleicht sie blass und hohlwangig durch die Gassen von Katharinaberg, ein Gespenst, das vor seinem eigenen Schatten erschrickt.

Jeder kann sehen, dass die Angst sie langsam auffrisst.

Und die soll das Dorf im Auftrag der Polizei ausspionieren und ein Täterprofil für den Mörder des KURZHALSIGEN erstellen?

Der Kehle entschlüpft ein boshafter Laut.

Wenn in Deutschland so Polizisten aussähen, dann wäre Deutschland ein Schlaraffenland für Mörder.

Was wohl mit ihr passiert ist?

Mit ein bisschen Geschick lässt sich heutzutage alles herausfinden.

Der Gedanke, die Frau zu quälen, ist erregend. Wie viel wäre nötig, damit sie über die Klinge springt? Das letzte Spiel ist viel zu lange her, und mittlerweile fehlt dem Leben die Würze.

Der Blick fällt aus dem blauen Fensterviereck in die heraufziehende Nacht – und auf einmal ist sie da. Sie geht langsam zur Dorfstraße, und sie hat den LANGNASIGEN dabei.

Glück, du wonniges Ding!

Es macht fast so viel Spaß, LANGNASIGE zu töten wie KURZHALSIGE. Beide sind so ÜBERFLÜSSIG.

Mord ist das schönste aller Spiele.

Lasset die Spiele beginnen!

11

Spock bellte und wand sich unter Lissies Griff, doch sie wagte noch nicht, ihn von der Leine zu lassen.

Der Regen hatte nachgelassen, aber die Luft tropfte vor Feuchtigkeit. Von den Bergen im Osten, dort, wo das Tal endete, glitt eine Nebelfront auf sie zu.

Ohne Nachschub fühlte sie sich verloren und kraftlos.

Im Hotel gab es keine Schokolade zu kaufen.

»Wir sind eine Pension, kein Vier-Sterne-Hotel mit Mini-Bar!«, hatte ihre Wirtin sie abgefertigt.

Da war die schwarze Wolke auf sie zugeglitten.

Doch dann hatte sie den rettenden Einfall gehabt. An der Hauptstraße, vor dem Tunnel, gab es eine Tankstelle.

Ja, die Tankstelle habe noch geöffnet, sagte die Wirtin mit einem kleinen, bösen Lächeln. »Aber der Tunnel ist nicht beleuchtet. Passen Sie gut auf sich auf.«

Die Dämmerung fiel herab, als sie das steile Sträßchen hinuntergingen, das zur Hauptstraße führte. Ein Wagen fuhr an ihnen vorbei. Der Fahrer hupte, und Lissie drückte sich mit dem Hund gegen die Leitplanke. Als das Auto die nächste Kurve umrundete, schaltete der Fahrer das Licht ein.

Die Dunkelheit kam jetzt sehr schnell.

Lissie fing an zu laufen.

Spock verfiel in einen Galopp, mit dem sie nicht mehr mithalten konnte. Sie strauchelte, hetzte weiter und hielt dabei die Leine mit beiden Händen fest. Als sie sich wieder fing, versuchte sie, die Geschwindigkeit zu bremsen. Endlich gelang es ihr. Der Hund wurde langsamer und kehrte schließlich zu ihr zurück. Sein Maul war offen, er schien bass erstaunt, dass sie so außer Atem war.

Lissie streichelte sein kurzes, nass glänzendes Fell, bis ihr Atem wieder ruhiger wurde.

Als sie aufblickte, öffnete sich der dunkle Tunneleingang unmittelbar vor ihr wie ein schwarzer Schlund.

Direkt über ihr, hoch oben, thronte die Kirche von Katharinaberg. Die goldene Kugel an der Turmspitze begann im Licht der Außenbeleuchtung zu funkeln und tauchte den Nebel, der den Berg hinaufkroch, in ein kränkliches gelbes Licht.

Lissie blickte zurück zu der schwarzen Öffnung.

Plötzlich wurde ihr etwas klar. Das war

DER TUNNEL

die Fahrt – schwarz-weiß – und dann nichts mehr

ihre letzte Erinnerung

Es war kein Zufall, dass sie heute Abend hier war.

Mit unsicheren Schritten ging sie auf den Eingang zu.

Kurz bevor die Dunkelheit sie gefangen nahm, streckte sie die Hand aus. Dort, wo die blaue Dämmerung endete und die Schwärze begann, konnten ihre Finger die unsagbar dünne Membran fühlen, die sie von ihrem früheren Leben trennte. Wenn sie diese Grenze zwischen Erinnern und Vergessen beiseiteschob und in die Dunkelheit eintauchte, stünde sie in einer anderen Zeit. In ihrer eigenen Vergangenheit.

Neben ihr tobte der Hund, doch sie nahm es nicht wahr.

Lissie machte einen Schritt vorwärts. Über ihr war ein schabendes Geräusch zu hören. Ein leichter Wind aus dem Tunnel streifte ihre Wange. Sie beugte sich vor und …

Plötzlich ein knirschendes Geräusch über ihr, das ihr durch Mark und Bein fuhr. Dann ein lautes Donnern, als ob der ganze Berg einstürzte. Gleichzeitig hörte sie ihren Hund einmal laut und jämmerlich aufjaulen, dann ein kurzes letztes Keuchen – und Stille.

Die Stille war lauter als das Poltern und Donnern. Mit wild klopfendem Herzen tastete sich Lissie an der Leine zurück. Mit der freien Hand zog sie ihre Taschenlampe aus dem Rucksack. Um die Tränen, die über ihre Wangen kullerten, kümmerte sie sich nicht.

Er lag auf der Seite, neben einem großen Gesteinsbrocken. Sie sank neben ihm auf die Knie. Als sie den Hund vorsichtig betastete, fühlte sie, dass eine Stelle in seinem Brustkorb eingedrückt war. Er lebte noch. Seine Augen waren halb geschlossen, und er atmete schnell und rasselnd.

Weinend hob Lissie den Hund hoch. Sein Gewicht drückte sie schier zu Boden, doch sie kämpfte sich verzweifelt voran. Nach fünfzig Metern merkte sie, dass sie nicht die geringste Chance hatte. Jammernd sank sie mit ihrer Last zu Boden.

Als sie den Hund neben sich bettete und begann, seinen Kopf zu streicheln, sah sie das Licht von Autoscheinwerfern, das aus dem Tunnel kam und über sie hinwegstrich. Sie rappelte sich hoch, stellte sich mit wilden Armbewegungen mitten auf die Straße und schrie, so laut sie konnte.

Der Lieferwagen kam knapp vor ihr zum Stehen.

»Sie sind wohl …«, schrie der Mann aus dem offenen Seitenfenster. Doch dann sah er den blutenden Hund, der am Straßenrand lag. »Ach du liebe Zeit. Kommen Sie, ich bringe Sie schnell zum Tierarzt.«

Vorsichtig luden sie Spock auf die offene Ladefläche und breiteten eine Decke über ihn.

Lissie legte sich neben ihren Hund und bettete seinen Kopf in ihre Hand. Ruckelnd fuhr der Wagen an. Es hatte wieder angefangen zu regnen, und die Tropfen fielen schwer auf ihr Gesicht. Sie merkte es nicht.

Ihr Hund durfte nicht sterben. Er war das Einzige, was ihr geblieben war.

Erst als sie längst an Katharinaberg vorbei waren, auf halbem Weg zum Nachbardorf, wurde ihr klar, dass sie die Stimme ihres Retters kannte.

Am Gletscher über Katharinaberg

1. Januar 1993

Berto war hier.

Allein!

Sie hatte es doch gewusst.

Langsam und vorsichtig, als würden sich die Skier an der Hüttenwand in Luft auflösen, wenn sie sich zu schnell bewegte, stieg Katharina aus ihren Bindungen. Außer der ihren gab es eine zweite frische Spur. Sie führte zum rückwärtigen Teil der Hütte, wo die schwarze Piste anfing.

Ihr Herz klopfte. Er war bestimmt dort, um sich aufzuwärmen, vielleicht die Schneeverhältnisse zu prüfen, bevor er die Skier nachwachste.

Er würde sich zu ihr umdrehen, sie anlächeln. Vielleicht würde er sogar die Gelegenheit nutzen, sie zu küssen … seine Hände würden …

Doch dann überkam sie eine maßlose Enttäuschung. Die Skier waren zerschrammte billige Dinger von vorgestern. Ganz bestimmt keine Race Carver GS von Rossignol, wie sie der große Alberto Tomba benutzte.

Tränen der Enttäuschung traten in ihre Augen, und sie stampfte mit ihrem Skischuh auf den Boden. Irgendein blöder Anfänger mit geliehenen Skiern. Wahrscheinlich schaute er gerade nach unten und gruselte sich wohlig, wissend, dass er die Piste niemals selbst meistern würde.

Oder es war der Kerl von der Pistenraupe, der pinkelte oder eine Zigarette rauchte. Was fiel ihm überhaupt ein, die Raupe mitten im Weg stehen zu lassen!

Katharina marschierte den Spuren nach. Plötzlich hörte sie einen Laut wie das Knurren eines Hundes, dann ein dumpfes Geräusch, mehrfach hintereinander, eine Art Knacken.

Hinter der Hütte stand ein Mann in einem silbernen Skioverall über ein formloses Etwas gebeugt, das im Schnee lag. Seine Hand umklammerte einen Felsbrocken. Der Schnee war voller roter Spritzer.

Katharinas Hand fuhr zum Mund. Sie wollte schreien, brachte aber keinen Ton heraus. Bevor sie einen klaren Gedanken fassen konnte, drehte sich der Mann um.

Sein Gesicht war zu einer Grimasse verzerrt, der Mund nur ein Strich.

»Manche Menschen sind einfach Schweine«, sagte er zu Katharinas Überraschung. »Ballern auf Tiere, ohne wenigstens hinterher nachzusehen, ob sie auch wirklich tot sind.« Er ließ den blutigen Stein in den Schnee fallen. »Und andere dürfen dann die Drecksarbeit machen.«

Zögernd kam Katharina näher. Im Schnee lag ein toter Fuchs. Der Bauch war von Schrotkugeln zerfetzt. Der Kopf war nur noch ein blutiger Brei.

»Sie haben den Fuchs getötet?« Angeekelt richtete sie ihre Augen auf den Mann. Er war Mitte zwanzig, und er sah fast so gut aus wie Alberto Tomba. Genau genommen ähnelte er ihm sogar ein wenig. Scharf geschnittene Züge. Ein italienisches Gesicht mit klassischem Profil. Eine Ader pumpte an seiner linken Schläfe. Sie hätte gern mit dem Finger darüber gestrichen.

Als er seine Schirmmütze vom Kopf nahm, um sich zu kratzen, sah sie, dass er blonde Haare hatte.

»Was blieb mir denn anderes übrig?« Er zuckte mit den Achseln. »Er wäre doch bloß elend verendet. Helfen Sie mir mal.«

»Ich soll den Fuchs anfassen?« Katharina verzog den Mund, aber dann half sie doch mit abgewandtem Gesicht, das Tier zur Seite zu ziehen, weg vom Start der Piste, und Schnee darüber zu häufeln.

Sie konnte nicht umhin, seine schmalen Hüften und seinen knackigen Po in dem engen Overall zu bemerken. Auch über seine Lenden spannte der Stoff, und Katharina konnte deutlich sehen, wie gut er ausgestattet war. War das am Ende …? Schnell schaute sie weg und wurde rot, als ihr klar wurde, dass er sie beobachtet hatte.

»Wollen Sie mal Maß nehmen?«, fragte er feixend. Am liebsten wäre sie in den Boden versunken. Er packte ihre Hand und griff nach ihrem Kinn, um ihr Gesicht zu sich heranzuziehen, aber sie riss sich los.

»Fassen Sie mich bloß nicht an mit Ihren Drecksfingern, mit denen Sie einem Tier den Kopf eingeschlagen haben. Wer sind Sie überhaupt?«

Er machte eine übertriebene Verbeugung und zog die Mütze vom Kopf.

»Gestatten, Alberto Zomba.«

Katharina starrte ihn an. »Was? Sie wollen mich wohl verscheißern?«

Der Mann zog wortlos eine eingeschweißte Plastikkarte unter seinem Overall hervor, die er um den Hals trug. Auf der Karte stand

Ausweis der Schnalstaler Gletscherbahn
Streu- und Räumdienste
Alberto Zomba

Katharina war sprachlos.

Er deutete mit dem Kinn nach oben, zur Pistenraupe. »Ich helfe manchmal beim Räumdienst aus, am Wochenende oder so. Heute Morgen ist wieder jemand ausgefallen. Ganz netter Nebenverdienst. Ansonsten bin ich Italienischlehrer, unten in Meran.«

»Können Sie überhaupt Ski laufen?«

Er grinste. »Ist der Papst katholisch?«

Katharina hob die Augenbrauen und schaute ihn so hochmütig an, wie sie nur konnte. »Das will ich sehen. Wir machen ein Rennen.« Sie zeigte auf die schwarze Piste. »Bis ins Tal hinunter.« Nein, da würde sie ihr Vater sehen. »Bis zur Mittelstation«, korrigierte sie sich. »Wenn Sie es schaffen, mich mit den Dingern …«, sie zeigte in Richtung Hütte, wo seiner Skier standen, »… zu schlagen, dann … ja, dann überlege ich mir, ob Sie mich küssen dürfen.«

12

Die Uhr an der Wand tickte. Die Minuten verstrichen. Durch die Glastür der Praxis fiel die Dunkelheit in den Flur. Eine Neonröhre an der Decke warf ihr Licht auf eine Strichzeichnung an der Wand. Ein kleiner Hund mit einer verbundenen Pfote, daneben ein lachendes Kind. Unter der Zeichnung stand: »Danke, Frau Dr. Dulsao!«

Der kleine Hund hatte es gut. Lissie war zum Heulen zumute.

Nach einer Ewigkeit öffnete sich die Tür. Die Ärztin streifte ihre OP-Handschuhe ab. »Kommen Sie.«

Spocks Augen waren halb geschlossen. Seine Lefzen zitterten. Der Hund lag auf der Seite, seine Pfoten hingen über die Kante des Behandlungstisches. Sein verbundener Brustkorb hob und senkte sich viel zu schnell.

Lissie sah, wie die Ärztin eine Plastikverpackung aufriss und die Nadel vorsichtig unter die Haut von Spocks Hinterlauf schob. Das Tier zuckte einmal kurz, dann lag es wieder still.

»Er bekommt jetzt eine Infusion, damit sich sein Kreislauf stabilisiert. Dann bleibt er zur Beobachtung auf der Krankenstation.«

Lissie wagte nicht, zu fragen, aber dann tat sie es doch. »Wie … wie geht es ihm?«

Dr. Dulsao rollte das Infusionsgerät heran. Sie wartete mit der Antwort, bis sie die Nadel mit dem Infusionsschlauch verbunden hatte. Dann schaute sie Lissie ins Gesicht. »Ich habe die gebrochenen Rippen gerichtet und eine Drainage gelegt. Er hat einen ziemlich großen Riss in der Lunge, weil sie von einer der Rippen punktiert wurde.« Sie zögerte, dann fügte sie hinzu: »Ihr Hund ist jung und kräftig. Seine Chancen stehen nicht schlecht. Aber wir müssen die Nacht abwarten.«

»Ich bleibe hier«, sagte Lissie, als sie ihre Stimme wieder unter Kontrolle hatte.

Dr. Dulsao nickte und holte eine Decke aus dem Schrank.

»Helfen Sie mir mal.« Gemeinsam schoben sie die Decke unter den Hund und deckten ihn zu. »So. Jetzt schieben wir ihn ins Aufwachzimmer«, sagte die Ärztin. »Da steht auch eine Pritsche, die können Sie benutzen.«

Ihr Fahrer stand an der Uferpromenade des Stausees und schaute auf das schwarze Wasser hinaus. Als er sie kommen hörte, drehte er sich um und drückte seine Zigarette aus.

»Entschuldigen Sie, dass es so lange gedauert hat«, sagte Lissie. »Er lebt, aber gerade so. Die OP hat bis jetzt gedauert. Ich bleibe heut Nacht hier.«

Der Mann nickte, dann fragte er: »Soll ich Sie morgen abholen? Ich komm auf meiner Tour in der Früh sowieso wieder vorbei.«

Als sie ihn verwundert anschaute, setzte er hinzu: »Ich hatte auch mal einen Hund. Meine Heidi. Sie hätte nicht so früh sterben müssen. Manche Menschen sind einfach Schweine. Also dann, bis morgen.«

***

Pavarotti lag auf dem Bett und starrte zum Fernseher hinüber. Die DVD im Rekorder war eingelegt, aber er brachte es nicht fertig, den Play-Knopf zu drücken.

Sinnlos. »Hitch« würde ihm diesmal nicht helfen können.

Stundenlang war Pavarotti durch die Stadt gelaufen, unruhig und voller finsterer Gedanken.

Die Zeit verging so langsam, als hingen Bleigewichte an den Zeigern der großen Uhr von Sankt Nikolaus.

Körperlich fühlte er sich hundemüde. Dafür tanzten seine Gedanken unermüdlich den Stakkato-Tanz: *War-um, war-um?*

Warum war Alberto Zomba nicht mit Frau und Kind nach Meran gezogen, in die Nähe seiner Arbeitsstelle? Warum hatte sich der Mann nicht nach Katharinaberg versetzen lassen, wo es nicht viel gab, aber eine Schule?

Plötzlich befand sich Pavarotti wieder in der großen Halle

von Zombas Schule. Diesmal war die Halle nicht still und leer, sondern das Gebäude summte und vibrierte. Stimmen, Fußgetrappel, Türenschlagen, Gelächter.

Pavarotti wusste, dass es nur ein Traum war, trotzdem fürchtete er sich vor dem, was gleich geschehen würde.

Er sah sich selbst in der Menge, ein viel zu magerer Junge, der still und starr inmitten eines Wirbelwinds von Lärm und ungestümen Bewegungen stand. Die Augen hatte er niedergeschlagen, seine Finger zupften an seinem schwarzen Anzug aus steifem, billigem Stoff, für den er sich schämte.

Sie rempelten ihn so lange an, bis er hinfiel. Der Schmerz und der Hunger ließen ihn für ein paar Sekunden die Besinnung verlieren, und ihm graute davor, dass ihm das jetzt immer häufiger passieren würde.

Die Klingel nach der Pause läutete zur Gesangsstunde. Mühsam rappelte er sich auf. Die Tür zum Unterrichtsraum war ein dunkles Loch, das immer größer wurde und ihn zu verschlingen schien. Aus dem fensterlosen Zimmer hörte er lautes Geschrei. »He, du hässliche Krähe! Geben sie dir nichts zu fressen daheim? Sing doch, sing doch!«, johlten sie. »Kannst ja gar nicht, kannst ja gar nicht! Krähe, schwarze Krähe!«

Es läutete wieder. Der Ton schrillte und schrillte in sein Ohr und wollte einfach nicht aufhören. Er hielt sich die Ohren zu, schlug um sich.

Plötzlich fuhr Pavarotti hoch. Das Telefon. Er tastete auf dem Nachttisch danach.

Schon nach halb elf. Was zum Teufel …?

»Oh«, hörte er Lissie atemlos sagen. »Haben Sie schon geschlafen?«

Er verzichtete auf eine bissige Bemerkung, als er ihren Tonfall hörte.

»Ist etwas passiert?«

Ein paar Sekunden lang war nur ihr Atmen zu hören. »Jemand hat versucht, mich umzubringen.«

»Was? Wo sind Sie? Sind Sie verletzt?« Pavarotti sprang vom Bett auf.

»Ich bin beim Tierarzt. Ich weiß nicht, ob er durchkommt.« Sie fing an zu schluchzen.

»Wie? Wieso Tierarzt?« Pavarotti begriff nicht.

Stockend begann sie zu erzählen.

Er war erleichtert. »Ein Steinschlag nach dem vielen Regen. Sehr gefährlich. Da haben Sie Glück gehabt.«

»Das nennen Sie Glück?«, schrie sie. »Mein Hund stirbt, und das soll Glück sein?«

»Ich bin nur froh, dass Sie selbst nicht verletzt sind«, sagte er besänftigend.

Schweigen. »Das war kein Steinschlag«, sagte sie dann. »Das war ein Mordversuch.«

»Lissie ...«

»Nennen Sie mich nicht so!« Ihre Stimme kippte beinahe. »Hören Sie auf, mich wie ein Kind zu behandeln! Ich habe Geräusche über mir gehört, kurz bevor der Stein herunterkam.« Sie schnäuzte sich. »Irgendjemand will mir ans Leder. Scheiße, dieser ... Mörder, der glaubt, ich hab was mit der Polizei zu tun!« Sie endete mit einem lang gezogenen, schrillen Ton, der in einen Hustenanfall überging.

Du wolltest doch unbedingt nach Katharinaberg, dachte Pavarotti. Der boshafte Gedanke kam aus dem Nichts. Sofort tat es ihm leid.

»Frau von Spiegel«, sagte er betont ruhig. Sie war eindeutig zu früh aus dem Krankenhaus entlassen worden. »Ihnen droht keine Gefahr. Die Sache mit Ihrem Hund tut mir sehr leid. Vielleicht sollten Sie doch einmal in den nächsten Tagen einen Psychotherapeuten ...«

Weiter kam er nicht.

Klick. Die Leitung war tot.

***

Draußen, vor dem Autofenster, flog eine regennasse und dunkle Straße vorbei, die Morgendämmerung hatte noch nicht eingesetzt. Im Lieferwagen duftete es herrlich nach frischen Brötchen und Schokolade. Und was viel wichtiger war, Spock war am Leben, und er hatte sogar vorhin ein wenig gefressen.

Lissie konnte nicht anders, sie musste sich nach der Ladefläche umsehen, die an diesem Morgen mit einer Plane überspannt war.

Der Mann am Steuer lächelte, griff nach hinten und hielt ihr eine Tüte hin. »Da drin sind Schokohörnchen. Nehmen Sie sich eins.«

Sie biss herzhaft hinein, und die Schokolade floss über ihr Kinn. Als sich Wärme von ihrem Magen in ihrem ganzen Körper ausbreitete, nutzte sie das erste Mal die Gelegenheit, den Fahrer eingehend zu mustern. Das Alter war schwer zu schätzen, vielleicht Anfang fünfzig, könnte aber auch jünger sein. Ein wettergegerbtes Gesicht. Die Haut schlaff und fleckig, rechts und links neben Nase und Mundwinkel hatten die Jahre tiefe Falten gekerbt. Der graue Haarschopf war dicht und hing ihm über die Stirn, konnte aber nicht die Falte kaschieren, die von der Nasenwurzel steil über die Stirn stieg.

Das Leben hatte ihn nicht auf Händen getragen.

Als er den Kopf wandte, um sie anzusehen, blickte Lissie in klare, braun gesprenkelte Augen, die von einem Faltenkranz umgeben waren. Er zwinkerte ihr zu, und die Fältchen vertieften sich. »Na, Musterung abgeschlossen?«

»Ich kenne Sie«, sagte Lissie kauend. Eigentlich wollte sie einen strengen Ton anschlagen, aber der Bissen im Mund hinderte sie daran. »Sie waren das doch neulich Nacht vor der Kirche in Katharinaberg.«

Dich hab ich jedenfalls nicht bloß geträumt, dachte sie.

Sein Lächeln verschwand. Er wandte das Gesicht wieder der Straße zu. »Wie geht es Ihrem Hund?«

»Er wird es überstehen, meint die Tierärztin. Die Lunge erholt sich, er atmet wieder gleichmäßiger, und die Rippen … Nun, das dauert halt. Er muss noch ein paar Tage in der Klinik bleiben. Vielen Dank, dass Sie mich mitgenommen haben«, sagte sie. »Hoffentlich kriegen Sie keinen Ärger. Weil ja jetzt ein Stück fehlt.« Sie zeigte mit dem Daumen nach hinten, wo sich Tüten und Brotkörbe türmten.

Er spuckte aus dem offenen Seitenfenster. »Die können froh sein, dass sie überhaupt etwas kriegen.«

Lissie warf ihm einen Seitenblick zu. Seine Lippen waren zusammengepresst, der Mund nur noch ein Strich.

»Sie mögen die Leute aus Katharinaberg nicht?«

Der Mann gab keine Antwort. Er starrte geradeaus durch die Windschutzscheibe auf die Fahrbahn, auf der nächtlicher Raureif gefährlich glitzerte.

»Eins steht fest. Mich mögen die auch nicht«, murmelte Lissie. Sie war drauf und dran, alles hervorzusprudeln, was in den letzten Tagen passiert war und was ihr auf der Seele lag. Ihre Angst. Ihre Enttäuschung über Pavarotti. Da sah sie den scharfen Blick, den der Mann ihr zuwarf. Er dauerte nur einen winzigen Moment, doch Lissie hatte einen merkwürdigen Funken in seinen Augen aufglimmen sehen.

Mit einem scharfen Ruck kam der Wagen vor ihrem Hotel zum Stehen. Der Mann blieb hinter dem Lenkrad sitzen und starrte geradeaus. Er machte einen unschlüssigen Eindruck.

Lissie wartete.

»Na dann, nochmals vielen Dank«, sagte sie schließlich und streckte die Hand nach dem Türgriff aus.

»Einen Moment noch«, sagte er, als sie vom Sitz glitt, und packte ihren Arm. »Hören Sie zu. Sie sind hier nicht sicher. Ich hab's Ihnen neulich schon gesagt, und ich wiederhole es jetzt: Verschwinden Sie. Diese Sache gestern Abend war nur der Anfang.«

»Sie tun mir weh!« Lissie griff nach seinen Fingern, die sich wie Klauen um ihren Arm schlossen, und versuchte seine Hand abzuschütteln.

»Ich hab Sie gesehen. Wie Sie Ihren Hund gestreichelt haben.«

Lissie erstarrte. »Sie haben mir hinterherspioniert?«

»Ist es Ihnen denn nicht aufgefallen?«, fragte er, ohne auf ihren eisigen Tonfall zu achten. »Ich meine, dass es im Dorf keine Hunde gibt. Ihrer ist der einzige.«

Lissies Augen wurden groß.

»Gehen Sie weg, so schnell Sie können. Hunde haben hier kein langes Leben«, sagte er und stieß ihre Beifahrertür auf.

Dann langte er nach hinten, packte einen zugebundenen Jutesack und schleuderte ihn vor die Tür des Hotels. Lissie war kaum draußen, da drückte er aufs Gas, dass der Motor aufheulte, und schoss Richtung Kirchplatz davon.

***

Benommen stand Lissie neben dem Sack mit Brot. Erna Steinvatterer kam aus dem Haus gerannt. Ihr Gesicht war zu einer wütenden Fratze verzogen. Sie packte den Sack und hievte ihn durch die Tür.

Als Lissie ihr in die Eingangshalle folgte, verstellte die Frau ihr den Weg.

»Wo waren Sie gestern Abend? Das Essen zahlen Sie trotzdem, damit das klar ist. Was haben Sie mit diesem Mistkerl zu schaffen?« Die Worte prasselten auf Lissie nieder.

»Ich verstehe nicht.« Lissie trat einen Schritt zurück, um die Frau auf Abstand zu halten.

»Mit dem Kerl, mit dem Sie gekommen sind! Dieses miese Schwein wirft mir seit Jahren das Brot vor die Tür.«

Wortlos reichte Erna Steinvatterer den Sack dem Koch, der gerade aus der Küche trat und sich die Schürze umband. »Es ist nicht zu fassen. Ich beschwere mich andauernd, aber die schmeißen den Kerl trotzdem nicht raus.«

»Anscheinend mag er die Leute hier nicht. Wieso eigentlich?«, sagte Lissie.

Die Frau kniff die Lippen zusammen. »Was fragen Sie mich?«

»Zu mir war er nett«, sagte Lissie. »Er hat mich zum Tierarzt gefahren. Mein Hund ist gestern krank geworden.« Gleich darauf bereute sie es. Das ging die Frau nichts an.

»Ah so?«, machte die Steinvatterer, und ihre Augen glitzerten. »Wird er wieder?«

»Es ist nicht so schlimm«, log Lissie.

»Werden Sie uns heute Abend mit Ihrer Anwesenheit beehren?«, fragte die Frau. »Ich muss schließlich wissen, ob ich einkaufen soll.«

Einkaufen. Die Frau kam herum im Dorf. Kannte jeden.

»Es tut mir leid, dass Sie wegen mir Unannehmlichkeiten hatten«, sagte Lissie mit falscher Freundlichkeit. »Darf ich Sie auf einen Kaffee einladen?«

***

»Dieser walsche Kommissar ist ein Verwandter von Ihnen?«

Erna Steinvatterer hatte sich vorgebeugt und starrte Lissie entgeistert an. »Aber Sie sind doch Deutsche!«

»Unsere Großmutter war auch Deutsche. Sie hat einen Italiener geheiratet und ist ihm nach Italien gefolgt«, log Lissie. »Meine Mutter hat dann den Spieß umgedreht und einen Deutschen geheiratet.«

Erna Steinvatterer lehnte sich zurück. »Sie sind also gar nicht wegen dieses … dieser Sache hier?«

»Welcher Sache? Ach so, Sie meinen diesen Leichenfund? I wo, nein.« Lissie riss die Augen auf. »Aber Sie müssen das ja furchtbar spannend finden, so direkt in der Nachbarschaft! Ups, Entschuldigung!« Lissies Hand fuhr hoch zu ihrem Mund. »Jetzt bin ich aber in einen Fettnapf getreten! Wie kann man nur dermaßen unsensibel sein? Schließlich sind Sie die Tante von dem Kleinen.«

Erna Steinvatterer kniff die Lippen zusammen. »Von Diskretion hält Ihr Cousin wohl nicht viel.«

Lissie zog eine Grimasse. »Er redet von nichts anderem als von dem Fall. Und platzt fast vor Wichtigkeit. Typisch Italiener.« In beiderseitigem Einverständnis grinsten sich die beiden Frauen an.

Nachdenklich rührte Erna Steinvatterer in ihrem Kaffee. »Ich hab den Kleinen kaum noch zu Gesicht bekommen. Am Anfang schon, da hab ich oft auf ihn aufgepasst, als meine Schwester noch in der Engelsburg bedient hat.« Ihr Blick wanderte zum Fenster. »Aber ein paar Monate bevor er verschwand, hörte das auf. Ich bin oft hinüber und hab geklingelt, doch sie hat nicht aufgemacht. Ich wusste aber ganz genau, dass sie und der Kleine zu Hause waren.«

»Das spürt man, nicht wahr?«, warf Lissie ein.

Die Frau warf ihr einen abfälligen Blick zu.

»Einen sechsten Sinn hab ich dafür nicht gebraucht. Der Kleine hat geschrien wie am Spieß. Das Gebrüll war bis auf die Straße raus zu hören. Ich hab mir ein bisschen Sorgen gemacht.«

Lissie sagte darauf nichts.

Die Augen der Frau wichen ihr aus. »Jetzt schauen Sie nicht so. Man handelt sich nur Ärger ein, wenn man sich in anderer Leute Angelegenheiten einmischt.« Sie schniefte. »Einmal pro Woche kam sie mit dem Kinderwagen aus dem Haus und ist hinüber zur Bushaltestelle gerannt. Ich hab aus dem Fenster geschaut und gesehen, wie sie einstiegen, in den Bus, der hinunter nach Meran fährt. Keine Ahnung, wohin sie ständig mit dem Kind ist.«

»Vielleicht zu einem Arzt«, sagte Lissie, erntete aber nur einen erneuten verächtlichen Blick.

»Blödsinn. Dann wäre sie in die andere Richtung gefahren. Der Kinderarzt hat seine Praxis in Karthaus.«

Erna Steinvatterer stemmte sich vom Tisch hoch.

»Einen Rat gebe ich Ihnen gratis. Wenn Sie Florian Perlkofer noch einmal über den Weg laufen, würde ich an Ihrer Stelle nicht erwähnen, dass Ihr Großvater am Staudammbau beteiligt war. Die Perlkofers sind überschwemmt worden, damals, als das Wasser kam. Die haben alles verloren. Der Florian war zwar damals noch ein Kind, hat aber seither einen krankhaften Hass auf alle Beteiligten.« Erna Steinvatterer tippte sich an die Stirn. »Er ist nicht ganz richtig da oben, also Vorsicht. Nicht dass Sie mir noch zu Schaden kommen.«

13

Pavarotti zog die Kapuze seines Anoraks über den Kopf, um sich vor dem prasselnden Regen zu schützen. Dann faltete er seinen großen schwarzen Schirm zusammen und senkte die Schirmspitze ins tiefe Gras. Er bewegte den Schirm vorsichtig vorwärts. Der Stolperdraht war verschwunden.

Pavarotti kniff die Lippen zusammen. Er hätte den Kerl liebend gern eingebuchtet.

Er marschierte am Haus vorbei in Richtung Eingangstür. Im Gehen zog er den Zweitschlüssel heraus, den Emmenegger von der Stadtverwaltung besorgt hatte. Dabei nahm er aus dem Augenwinkel ein Graffito wahr, das bei seinem letzten Besuch noch nicht da gewesen war. Neben einem erigierten Penis stand

Sandler du Schwanzlutscher

Das schadenfrohe Grinsen verging Pavarotti, als er die düstere Halle der alten Schule betrat.

Das schummrige Licht aus den kleinen Buntglasfenstern schien sich in den Augen der ausgestopften Tiere zu fangen. Plötzlich war ihm, als verfolgten sie jede seiner Bewegungen.

Der große Steinbock schien einige Zentimeter näher gerückt zu sein. Die Augen des Steinadlers glitzerten. Waren seine Schwingen gestern auch ausgebreitet gewesen, als ob der Vogel sich auf ihn stürzen wollte?

Pavarotti fand den Lichtschalter unter einem Vorhang neben der Tür. Als das Licht anging, schien das ganze Haus den Atem anzuhalten.

An seinem rechten Hüftgelenk knisterte es wie aus einer kaputten Steckdose. Pavarotti zuckte zusammen, dann fuhr seine Hand in die Jackentasche. Auf einem kleinen Papierzettel mit Goldrand standen Informationen, die Emmenegger für ihn notiert hatte.

Guido Sandler, 59, geschieden, eine Tochter Maria, ledig, 33. Lebt beim Vater, beide wohnhaft in Meran, Lauben 34, Hinterhaus B (ehem. Schulgeb.)

Der zweite Zettel war größer und entpuppte sich als Kopie eines Ermittlungsberichts vom 25. September 1997 mitsamt einer Skizze. Pavarotti starrte auf den kurzen Text.

Was ihm Sandler beim letzten Mal verschwiegen hatte, war, dass der Brand in dem Zimmer ausgebrochen war, in dem Alberto Zomba unter der Woche gewohnt hatte.

Noch eine Information hatte ihm der ehemalige Rektor unterschlagen. Sandlers eigene Tochter war es gewesen, die den Brand gelegt hatte.

Pavarotti hob den Kopf und lauschte. Da war es wieder, genau wie bei seinem letzten Besuch. Schlurfende Schritte, dann ein knarzender Laut, irgendwo weit entfernt in den Fluchten des Hauses.

Leise ging er die Treppe hinauf. Von Sandler war nichts zu sehen.

Die Tür zum ehemaligen Rektoratszimmer war versperrt. Pavarotti bückte sich und schaute durch das Schlüsselloch. Im Zimmer brannte Licht. Der kleine Ausschnitt gab den Blick frei auf das Bücherregal. Einer der Bildbände fehlte.

Das Zimmer schien leer zu sein. Kein Laut drang an sein Ohr.

Pavarotti erhob sich und spähte den langen Flur entlang, der irgendwo weit hinten in eine formlose Dunkelheit überging. Er konsultierte die Skizze, die der Brandmeister angefertigt hatte.

Zweiter Stock. Am westlich gelegenen Ende des Flurs.

Dahinten musste es sein, in der Dunkelheit.

Pavarottis Slipper verursachten knarzende Geräusche auf dem alten Parkett, dessen Holz rau und stumpf aussah nach Jahrzehnten grober Misshandlungen.

Pavarotti schlüpfte aus seinen Schuhen. Auf Zehenspitzen schlich er voran, vorbei an der Nische mit dem Münzfernsprecher.

Der rosafarbene Hörer lag nicht auf der Gabel, sondern baumelte an der Schnur über dem Boden.

Die Decke war unglaublich hoch. Als er den Kopf in den Nacken legte, sah er weit oben eine Glühbirne mit einem kleinen Schirm aus Blech, die leicht hin- und herschwang. Irgendwo in der Nähe musste ein Fenster offen stehen.

Er kam am Treppenhaus vorbei, beugte sich über das marmorkalte Geländer und schaute nach unten in die Treppenflucht, die schier endlos schien, obwohl es nur zwei Stockwerke waren.

Die Luft roch abgestanden und schimmlig, ein Kondensat aus Langeweile, Furcht und unerfüllten Sehnsüchten. Von unten kam der Lufthauch definitiv nicht.

Das letzte Zimmer an der Stirnseite des Flurs befand sich direkt neben einem rostigen Lastenaufzug.

Hier waren von dem kleinen Lämpchen an der Decke nur noch spitze Scherben übrig. Die Spuren des Brandes waren notdürftig beseitigt worden. Man hatte den Türstock ausgetauscht und eine billige Tür aus unbehandelten Spanplatten eingesetzt. Das verkohlte Parkett zeigte deutlich, wie sehr der Brand gewütet hatte.

Die Tür stand einen Spalt offen.

Der Schimmelgeruch war jetzt unerträglich.

Plötzlich hörte er ein Zischen, das ihm einen Schauder über den Rücken jagte. Er versetzte der Tür einen Fußtritt. Sie schwang nach innen auf und schlug krachend gegen die Zimmerwand.

Auf dem Boden des Zimmers saß eine dicke Frau und hielt ein brennendes Streichholz gegen ein großes Buch. Pavarotti wusste sofort, dass es sich dabei um den fehlenden Bildband aus dem Rektoratszimmer handelte.

Flammen züngelten bereits über den Buchdeckel. Pavarotti stürzte auf sie zu und entriss ihr das Buch. Dann schlug er mit seiner Jacke auf die Flammen ein.

Die junge Frau rappelte sich auf, griff mit beiden Händen nach ihm und wollte ihm das Buch wieder entreißen.

Es war ein stummer, verbissener Kampf. Einer plötzlichen

Eingebung folgend, ließ Pavarotti los und gab der Frau stattdessen eine schallende Ohrfeige. Sie ließ das Buch fallen, taumelte zurück und sank auf den Boden.

Keuchend glitt Pavarotti mit dem Rücken an der Wand hinunter und setzte sich neben sie auf den Boden.

Das Zimmer war unmöbliert. In einer Zimmerecke türmten sich Hunderte von Fast-Food-Kartons, die fauligen Geruch ausströmten.

Ein Teil der Tapeten hing als verkohlte Fetzen von den Wänden. Bei dem Rest hatte das Löschwasser dafür gesorgt, dass sie sich von der Wand lösten und auf dem Boden landeten. Der Parkettboden war komplett verbrannt. Zum Teil war der Untergrund aus Zement zu sehen.

Unter dem Fenster sah es am übelsten aus. Vermutlich der Brandherd.

Er fasste zu der Frau hinüber und entwand die Streichholzschachtel ihren Nägeln, die sich an der Spitze nach innen bogen.

Ihr Gesicht war aufgedunsen. Mit den dicken Fettrollen am Hals sah sie aus wie ein übergewichtiger Mops. Mit dem ätherischen Wesen auf dem Schulfoto hatte sie nicht die geringste Ähnlichkeit mehr. Nur die hellen Augen erinnerten noch an die blonde Fee von damals.

Als sie sah, dass er sie musterte, verbarg sie ihr Gesicht zwischen den gewaltigen Oberschenkeln und fing an zu jammern wie ein kleines, angsterfülltes Tier.

Pavarotti holte ein Taschentuch aus seiner Hosentasche und berührte sie am Arm.

»Hier. Sie sind Maria Sandler, nicht wahr?«

Sie hob den Kopf und starrte ihn an. Plötzlich war ihre Feindseligkeit wieder da. »Geben Sie her! Das gehört mir!« Sie streckte ihren fleischigen Arm nach dem Jahrgangsband aus. »Wer sind Sie? Was tun Sie hier?«

»Ich bin Polizist.« Pavarotti rappelte sich auf. »Das war Alberto Zombas Zimmer, stimmt's? Warum haben Sie sein Zimmer angezündet?«

Ihr Gesicht verzerrte sich zu einer Fratze, und sie stürzte auf ihn zu. »Er war der Teufel! Alles musste brennen, nichts durfte von ihm übrig bleiben!« Mit der Kraft der Verzweiflung packte sie ihn an der Schulter, stieß ihn an die Wand zurück. »Ich will das Foto, auf dem er drauf ist. Es muss … verschwinden!«

Bevor sie ihm den Arm auskugelte, ließ Pavarotti den Band auf den Boden fallen.

Stöhnend rieb er sich die schmerzende Schulter.

»Sie sind ja gemeingefährlich. Ich sorge dafür, dass man Sie in die Psychiatrie einweist«, sagte er gehässig. Er hatte den Satz noch nicht zu Ende gesprochen, da stieß sie einen markerschütternden Schrei aus und schleuderte das Buch gegen die Wand.

Die Tür wurde aufgerissen, und Sandler kam hereingerannt. »Was haben Sie ihr angetan?«, schrie er.

Pavarotti deutete auf den zitternden Fleischberg, der in der Ecke kauerte. »Sie war gerade dabei, das Haus das zweite Mal anzuzünden. Hätte ich zuschauen sollen?«

»Oh Gott«, flüsterte Sandler und kniete sich neben seine Tochter auf den Boden. Mit fliegenden Fingern begann er die leeren Fast-Food-Kartons zu öffnen. Die meisten enthielten schimmlige Reste von Frikadellen. Die Frau hatte anscheinend nur das Brot und die Mayonnaise verschlungen, das Fleisch aber liegen lassen.

Entsetzt sah Pavarotti, wie Sandler die grünlichen Fleischreste in der Hand zerkrümelte. Überall kamen kleine weiße Tabletten wie Maden zum Vorschein. »Sie hat sie wieder nicht genommen«, murmelte Sandler, dann lauter: »Helfen Sie mir! Wir müssen sie ins Bett schaffen.«

»Wir sollten einen Krankenwagen rufen. Sie muss in eine Klinik«, entgegnete Pavarotti.

»Nein!«

Pavarotti beschloss, die Diskussion auf später zu verschieben. Er versuchte, Maria Sandler unter die Achseln zu greifen, doch sie begann, wie wild zu zappeln und zu treten.

Da packte Sandler sie beim Genick wie eine Katze. Plötzlich saß sie da wie eine Marionette, schlaff, mit gesenktem Kopf, die Beine weit gespreizt.

Sandler schnitt eine Grimasse. »Es tut mir leid, Maria, du hättest die verdammten Tabletten nehmen sollen.«

Gemeinsam schleiften sie sie aus dem Zimmer und in den Lastenaufzug. »Er führt direkt in meine Wohnung«, keuchte Sandler. »Fahren Sie mit ihr runter, ich nehme die Treppe und sperre auf.«

Pavarotti warf dem Aufzug einen misstrauischen Blick zu, doch dann nickte er und machte einen Schritt vorwärts, um sich nach der Frau in die kleine Kabine zu pressen.

Plötzlich sah er hinter sich einen Schatten. Bevor er reagieren konnte, fuhr ihm ein furchtbarer Schmerz in den Rücken.

Pavarotti merkte noch, wie er auf den weichen Körper fiel. Dann wurde alles um ihn dunkel.

14

Nicht einmal ein Stück Traubenzucker war aufzutreiben. Schokolade hatte sie schon lange nicht mehr.

Vergeblich wühlte Lissie in ihrem Rucksack, dann durchsuchte sie ihre Jackentaschen.

Sie sank aufs Bett.

Hinter ihrer Stirn pochte es, ihr war schwindlig. Das Verlangen, sich etwas Süßes in den Mund zu stecken, wurde immer stärker.

Dann stemmte sie sich hoch. Wenn sich herausstellte, dass sie nicht an Halluzinationen litt, dass sie keinen Psychiater brauchte, dann hörte vielleicht dieser Drang nach Zucker auf, der immerfort an ihr nagte.

Der Himmel sah so aus, als stünde der nächste Regenguss bevor.

Auf der rückwärtigen Seite des Tunnels entdeckte sie eine in den Fels gehauene Treppe, die nach oben zur Tunneldecke führte. Die Stufen waren bemoost und feucht. Lissie klammerte sich an dem Buschwerk fest, das aus den Felsritzen wuchs, und hoffte, dass die Pflanzen fest eingewurzelt waren.

Vorsichtig tastete sie sich auf den abschüssigen Steintritten nach oben, konnte aber nicht verhindern, dass sie ausglitt. Verzweifelt griff sie mit der Hand nach dem Erstbesten, das sich in ihrer Reichweite befand. Sie bekam eine Felskante zu fassen, die ihr wie eine Messerklinge in die Haut schnitt, und sie schrie auf. Aber ihre Füße hatten wieder Tritt gefasst.

Es erschien ihr wie eine Ewigkeit, bis sie den oberen Rand der Treppe erreicht hatte.

Sie zwang ihre zitternden Knie zur Ruhe, und endlich stand sie auf dem Dach des Tunnels.

Die Tunneldecke war leicht abgeschrägt. Der Weg zur anderen Seite erwies sich als Balanceakt. Einige Geröllbrocken hatten sich aus der Felswand gelöst und lagen ihr im Weg.

Der Schweiß lief ihr in Strömen über den Rücken. Ihr war eiskalt, trotz ihrer Regenjacke. Ihre Knie zitterten wieder, und in ihrer Brust pumpte das Adrenalin.

Da – ein Zigarettenstummel.

Wahrscheinlich hat das Schwein genau hier gestanden.

Lissie wurde schwach vor Aufregung. Als ihre Finger nach dem Stummel griffen, versetzte sie ihm versehentlich einen Schubs. Er rutschte über den Tunnelrand und verschwand im Gestrüpp neben der Straße. Mit einem frustrierten Ruf beugte sie sich nach vorn.

Auf einem Stein, direkt an der Tunnelkante, lag ein Stück Papier.

Sie hob es auf. Es war eine Tankstellenquittung.

Sie glättete das Papier – und erstarrte.

Tankstelle Schnals

So hieß die Tankstelle unmittelbar hinter dem Tunnel.

Das Papier war durch den Regen aufgeweicht, aber ein paar Dinge ließen sich entziffern.

16,43 Euro
16.27h, 3.11.

Das war

GESTERN!

Irgendjemand war gestern in der Tankstelle gewesen, eine Viertelstunde bevor Spock von dem Stein getroffen wurde. Dieser Jemand hatte sie kommen sehen, war hier heraufgeklettert und hatte den Stein ins Rollen gebracht. Und dabei war ihm die Quittung aus der Tasche gerutscht.

»He, Sie! Was machen Sie da?«

Sie schrak zusammen und stolperte. Es gelang ihr, den Sturz abzufangen, aber sie landete auf ihrem Hintern.

Unten stand ein Mann in Blaumann und orangefarbener Schutzweste, der eine Schaufel in ihre Richtung schwenkte.

Am Straßenrand parkte ein kleiner Laster mit einer Ladefläche voller Steine und Schutt.

»Kommen Sie sofort da runter, oder ich hole die Carabinieri!«

Lissie rappelte sich auf. »Ist ja gut!«

Als Lissie wieder unten war, starrte der Bauarbeiter fassungslos auf ihre schmutzverkrustete Hose und ihre blutige Hand. »Sind Sie verrückt? Sie hätten sich das Genick brechen können!«

Lissie zuckte die Achseln. »Es ist ja nichts passiert. Können Sie mich eventuell an der Bushaltestelle absetzen?«

»Wenn Sie zum Arzt wollen: Ich fahre sowieso nach Karthaus.«

»Ich will nicht zum Arzt. Ich will zur Mordkommission.«

Der Mann warf ihr einen Blick zu, als ob sie jetzt endgültig den Verstand verloren hätte.

***

Pavarottis Körper pulsierte vor Schmerz, und seine Lider fühlten sich an wie Sandpapier. Vorsichtig öffnete er die Augen – und schloss sie sofort wieder. Das Licht einer LED-Leiste an der Zimmerdecke drang wie Messerstiche in seine Pupillen.

Er lag auf einer Pritsche. Pavarotti versuchte, sich aufzusetzen. Entsetzt merkte er, dass er sich nicht bewegen konnte.

Seine Beine waren festgeschnallt. Seine Arme waren durch irgendetwas Schweres, das nach Gummi roch, eng an seinen Körper gepresst.

Eine Zwangsjacke. Er steckte in einer Zwangsjacke.

Wo war Sandler?

Was er in seiner Lage sehen konnte, war ein Kühlschrank. Ein Tisch mit Stahlplatte. Darauf Reagenzgläser, Glasbehälter, Einwegspritzen. Und seine Pistole.

Er war in einem Labor. Pavarotti brach der Schweiß aus. Was hatte Sandler mit ihm vor?

Eine Spritze, von der die Schutzhülle abgerissen war, lag mitten auf dem Tisch, wie ein gefährliches Insekt. Der Zylinder der Spritze war mit einer milchigen Flüssigkeit gefüllt.

Er wusste jetzt, was Sandler plante.

Die Spritze enthielt den Tod. Er fühlte bereits, wie sich die Flüssigkeit in seinen Venen ausbreitete, sein Herz lähmte. Dann würde Atemstillstand eintreten, sein Körper würde erstarren, und er würde niemals wieder erwachen.

Pavarotti brüllte, so laut er konnte.

Die Tür öffnete sich, und Sandler kam herein.

»Sie können schreien, so viel Sie wollen. Hier unten hört Sie keiner.«

»Meine Kollegen wissen, wo ich bin«, brachte Pavarotti hervor.

Sandler lächelte fein. »Na und? Die werden Sie hier nicht finden. Wir befinden uns im Kellergewölbe der Schule, die Mauern sind einen halben Meter dick. Wenn einer von euch kommt, sage ich einfach: Richtig, der Commissario war hier, ist aber wieder gegangen. Wohin er wollte? Das hat er mir nicht gesagt.« Sandlers Miene machte deutlich, dass er die Vorstellung für einen guten Witz hielt.

Garantiert wird Emmenegger ihm die Scharade abkaufen, dachte Pavarotti. Einzig und allein Lissie wäre intelligent genug, um Sandler zu durchschauen. Trotzdem hoffte er inbrünstig, dass sie nie in die Nähe dieses Irren geriet.

»Die dicken Mauern werden Ihnen nichts helfen. Vielleicht gelingt es Ihnen, meine Kollegen beim ersten Mal abzuwimmeln. Doch sie werden wiederkommen und hier jeden Stein umdrehen. Sie werden meine Leiche finden, und dann sind Sie dran«, sagte er mit einer Festigkeit, die er nicht empfand. »Mein Stellvertreter ist ein Terrier, der gibt niemals auf.«

Sandler trat an den Tisch und griff nach der Spritze. »Keine Sorge, es wird schnell gehen. Ich bin ja kein Unmensch. Aber ich kann nicht zulassen, dass Sie mir meine Tochter wegnehmen.«

Pavarotti konnte fühlen, wie ihn die Lebensenergie verließ. Er würde in einem Kellerloch verschimmeln, wie der kleine Johannes Zomba vor zwanzig Jahren.

Als er die Fäuste ballen wollte, merkte er, dass er ein paar Finger seiner rechten Hand trotz der Verschnürung bewegen konnte, und er spürte das kalte Gewicht eines Gegenstands, der in seiner Jackentasche steckte. Mit fast übermenschlicher Anstrengung streckte er die Finger danach aus, aber sein Messer befand sich ein paar Zentimeter außerhalb seiner Reichweite.

Seine einzige Chance war, Sandler kurz abzulenken. Aber wie?

Pavarottis Gedanken rasten. Wenn ihm nicht sofort etwas einfiel, war er in ein paar Minuten tot.

Sandler hielt die Spritze hoch und drückte probeweise auf den Kolben. Ein kleines Rinnsal lief aus der Spitze der Kanüle.

»So weit alles vorbereitet. Sie haben es gleich überstanden, Commissario.« Sandler lächelte beruhigend wie ein Arzt, der alle Schmerzen dieser Welt auf einen Schlag verschwinden lassen kann.

Pavarotti spürte das erste Mal seit langer Zeit, wie sehr er leben wollte.

***

»Ach du liebe Zeit! Warten Sie, ich bin gleich wieder …« Emmenegger eilte hinaus. Türenschlagen, Emmeneggers lauter Befehlston auf dem Flur.

Der Vice Ispettore erschien mit einer Pinzette nebst einem Fläschchen und Verbandszeug. Entschuldigend sagte er: »Das wird ein bisschen wehtun. Da steckt Sand in der Wunde.«

Lissie biss die Zähne zusammen und merkte, dass sie Emmenegger mochte. Keine Vorwürfe, keine bohrenden Fragen, mit denen Pavarotti sie gelöchert hätte.

»Wo ist denn Ihr Chef?«

Emmeneggers Gesicht verzog sich vor Sorge. »Er wollte noch einmal zu der Schule, in der Alberto Zomba unterrichtet hat. Das ist mehr als fünf Stunden her! Und auf seinem Handy kann ich ihn nicht erreichen.«

Er schob Lissie einen Computerausdruck hin. »Das psychologische Gutachten habe ich leider erst bekommen, als er schon gegangen war. Diese Maria Sandler ist psychisch schwer gestört.

Hier ist von manischer Depression die Rede. Anscheinend neigt sie …«, Emmenegger schluckte schwer, »… in ihren manischen Phasen dazu, sich selbst und andere Personen zu verletzen.«

»Machen Sie sich keinen Kopf. Ihr Chef wird mit ihr fertig. Der ist doch ein harter Hund.«

Emmenegger schwieg darauf. Sein Blick wanderte unentwegt zur Tür.

***

Sandler tastete nach Pavarottis Halsschlagader. Pavarotti wand sich. Sofort schnürte sich ihm der Hals zu, und er bekam keine Luft mehr.

Nur ein einziger Joker, dann war es vorbei.

»Hören Sie auf, bevor es zu spät ist. Es hat keinen Sinn mehr«, flüsterte er heiser. »Die Kollegen sind schon im Anmarsch. Glauben Sie denn, wir schauen zu, wie Sie direkt neben einem Kinderspielplatz mit einem Gewehr hantieren? Ich habe den Haftbefehl bereits dabei. Wenn Sie mich jetzt umbringen, landen Sie in der Gefängnispsychiatrie, und zwar für den Rest Ihres Lebens.«

»Sie lügen. Ihre Kollegen kommen nicht. Sie sind allein, genau wie beim letzten Mal.« Sandlers Stimme klang nicht mehr so überheblich, aber die Spritze schwebte immer noch über Pavarottis Hals.

»Und Ihre Maria, die wird wieder in der Psychiatrie verschwinden, im LKH in Bozen, wo sie schon einmal war«, sagte Pavarotti krächzend. »Nicht gerade ein Wellnesshotel. Wenn Sie im Gefängnis landen, wird sie mutterseelenallein sein.«

»Sie lügen schon wieder!«, schrie Sandler. »Keiner außer Ihnen weiß etwas von Maria!«

»Schauen Sie in meine linke Hosentasche. Da stecken der Haftbefehl und die Einweisung Ihrer Tochter.«

»Das ist doch bloß ein Trick. Sie wollen nur, dass ich Sie losbinde!«

Pavarotti schaute Sandler in die Augen. »Was soll schon passieren? Sie haben mir meine Waffe doch abgenommen.«

Sandler musterte ihn misstrauisch. Pavarotti hielt den Atem an. Der Kerl hatte ihn nicht gründlich abgetastet, sonst hätte er das Messer gefunden.

Sandlers Augen begannen unruhig zu flackern. Pavarottis Herz schlug schneller. Er hatte den Kerl. Es war ihm gelungen, ihn zu verunsichern.

»Wenn Sie mich anlügen, verpasse ich Ihnen einen Cocktail, dass Ihnen die Nase bei lebendigem Leib abfault«, sagte Sandler drohend. Dann begann er, an der Liege zu nesteln. Pavarotti spürte, wie die Verschnürung nachließ. Sandler beugte sich über ihn hinweg und tastete nach Pavarottis linker Hosentasche.

Pavarottis rechte Hand kroch nach unten. Er hatte keine Zeit zu verlieren.

Brems dich. Langsam. Ganz behutsam.

Sandlers Hand war vielleicht dreißig Zentimeter von seiner eigenen entfernt. Wenn Sander spürte, dass Pavarotti seine Hand bewegte, war es aus.

Mit der Spitze seines Zeigefingers fühlte Pavarotti die Naht der Jackentasche. Würde der Spielraum ausreichen, nach dem Messer zu angeln? Ein Eishauch streifte ihn. Was, wenn er sich getäuscht hatte? Vielleicht lag das Messer zu Hause. Oder es war herausgefallen, irgendwann, als …

Mit klopfendem Herzen ließ er den Finger zwischen die beiden Stoffbahnen wandern. Nach einer Ewigkeit stieß er auf etwas Hartes, Kaltes. Gottlob.

Fast hätte er vor Aufregung und Erleichterung gekeucht. Sandlers Oberkörper war direkt über ihm. Er konnte die Hüften des Kerls an seinem Bauch fühlen.

Jetzt oder nie.

Mit einer einzigen fließenden Bewegung schob Pavarotti den Daumen nach, packte den Messergriff und löste den Schnappmechanismus aus. Sandler wollte sich gerade alarmiert aufrichten, da stieß ihm Pavarotti das Messer mit Wucht in seine Seite, unterhalb der Herzgegend.

Sofort breitete sich ein großer Blutfleck auf Sandlers Hemd aus. Der Mann griff sich an die Brust und schaute verwundert auf die Waffe, die aus seinem Hemd ragte. Dann sank er neben der Liege in sich zusammen. Am Boden zuckte er noch ein paarmal, und aus seiner Kehle kam ein rasselndes Geräusch. Schließlich lag er still.

Pavarotti ließ sich zurücksinken. Sein Atem ging stoßweise, und der Schweiß brach ihm aus. Doch dann ruckte sein Kopf hoch. Fieslinge waren zäh. Vielleicht rappelte sich der Kerl gerade auf, während Pavarotti nichts ahnend auf der Pritsche lag und sich in seiner vermeintlichen Befreiung suhlte?

Aber Sandlers Körper lag genauso da wie vorhin, bis auf die Blutlache, die sich immer weiter ausbreitete.

Pavarotti begann, an der Verschnürung der Zwangsjacke zu zerren.

Danke, du Mistkerl, dass du schon vorgearbeitet hast.

Am Ende war er so weit, seinen Oberkörper von der Pritsche zu rollen. Als er schließlich kopfüber von der Liege hing, fluchte er laut und gotteslästerlich. Es schmerzte höllisch wegen der arretierten Knöchel, aber schließlich fand er die Schlüssel zu seinen Fußfesseln in Sandlers Hosentasche.

Als er aufstand, merkte er, dass seine Beine wie Gummi waren.

Sandlers Augen waren geschlossen. Dem Gesicht fehlte auch im Tod der Friede des ewigen Schlafs. Pavarotti dachte, dass der Kerl nur bekommen hatte, was er verdiente. In seiner Kehle stieg Gelächter hoch, weil er den Spieß umgedreht und Gevatter Tod, der fraglos diese ganze Scheiße zur eigenen Unterhaltung angezettelt hatte, vom Fließband in Richtung Hölle gesprungen war.

Hinter diesem Kichern kroch ein dunkles, stinkendes Etwas aus ihm heraus, direkt aus dem Mülleimer seiner Seele. Es hatte Spaß gemacht, Sandler das Messer in den Bauch zu rammen.

Er hockte sich neben den Toten. Auf einmal öffnete Sandler den Mund, als wolle die Leiche etwas sagen. Pavarotti schrie auf.

Verdammt.

Er packte Sandlers schlaffes Handgelenk. Tatsächlich. Da war ein Pulsschlag, nur noch ein leichtes Flattern zwar, aber Sandler lebte.

Jetzt wäre der Zeitpunkt gewesen, etwas zu unternehmen, doch Pavarotti blieb, wo er war. Hinterher hätte er nicht sagen können, wie lang er vor Sandler gekniet hatte. Seine Augen hingen an dem Messergriff, der aus Sandlers Bauch ragte. Es wäre ein Leichtes, das Messer noch einmal …

Irgendwann rieb er sein Gesicht und stand auf. Pavarotti fand sein Mobiltelefon neben seiner Pistole auf dem Tisch.

Sein gesamter Körper schmerzte, ganz besonders die Beine. Er humpelte aus dem Labor. Im Erdgeschoss der Schule rief er den Notarzt und den Erkennungsdienst an, nachdem er sich mehrfach vertippt hatte. Er dachte an Maria Sandler und forderte eine weibliche Polizistin an.

Dann setzte er sich auf den Boden neben den Steinbock, der ihn drohend anstarrte.

Was für ein Irrsinn.

15

»Ich muss sagen, Sie sorgen für Abwechslung in meinem Arbeitsalltag«, sagte Sara Landers trocken, als Sandler in den Rettungswagen geschoben wurde.

Sie schlüpfte aus ihrem Ärztekittel, unter dem ein elegantes taubenblaues Kostüm zum Vorschein kam. »Sie haben Glück. Er wird es überleben.«

Als Pavarotti die gedrungene Gestalt in Uniform erkannte, die eben auf ihn zuschritt, war klar, dass der Tag nicht besser würde.

Agente Paula Rotta von den Carabinieri war eine humorlose Prinzipienreiterin, die sich einen Spaß daraus machte, andere zu schikanieren. Sie blieb vor ihm stehen und musterte ihn. Die von dicken Lidstrichen eingerahmten Augen sahen aus wie kleine, kalte Leuchtfunken, in deren Blau nicht mehr Leben war als in der Leuchtdiode seines Handys, das in seiner Hand blinkte.

»Sie haben mich angefordert.«

Ganz bestimmt nicht dich, dachte Pavarotti. »Kommen Sie mit. Es geht um die Vernehmung einer psychisch gestörten Frau.«

Ohne ihn aus den Augen zu lassen, nestelte die Rotta an ihrem Uniformhemd, an dem ein Knopf zu viel geöffnet war. »Wie Sie wünschen.«

Als Pavarotti vor der Frau herging, roch er ihr Parfum. Maiglöckchen. Die Rotta verströmte eine überreife sexuelle Aura, die ihm zuwider war.

Maria Sandlers Schlafzimmer war eine fensterlose Rumpelkammer neben Sandlers Privatlabor. Die Dicke saß auf dem schmalen Bett und hatte die Beine angezogen. Jetzt trug sie ein Nachthemd, das mit Essensflecken übersät war.

Das Nachthemd spannte stark um ihren Bauch und die Hüften. Die Knopfleiste stand offen und gab eine schwere Brust frei.

Pavarotti machte auf dem Absatz kehrt. »Agente Rotta!«

Die Rotta schnaufte. Er brauchte nicht hinzusehen, um zu wissen, dass das Gesicht der Frau vor Abscheu verzogen war. Er hörte das Rascheln von Stoff, kurze Zeit später plätscherte Wasser.

»Kann ich mich umdrehen?«

»Wenn Sie unbedingt wollen.«

Die Polizistin stand am Handwaschbecken neben dem Bett, drehte das Wasser ab. Dann zog sie eine Desinfektionslösung aus ihrer Tasche, mit der sie ihre Hände besprühte.

Die Knöpfe waren bis oben hin geschlossen. Pavarotti sah, wie die Finger der Frau an dem engen Ausschnitt zupften, der ihren Hals einschnürte.

Kurz entschlossen trat Pavarotti auf sie zu und öffnete den obersten Knopf.

Maria Sandler sah zu ihm auf.

Bevor er sich klar werden konnte, wie er das Gespräch beginnen sollte, fragte sie: »Ist er tot?«

»Nein«, antwortete Pavarotti.

Die fleischigen Schultern sanken herab. Im Zimmer war es still, bis auf das geräuschvolle Atmen der Rotta in seinem Rücken.

Pavarotti dachte an die Tabletten in den Fleischresten und an das mit Psychopharmaka vollgestopfte Zimmer.

Er sagte so behutsam, wie er konnte: »Sie wollten die Tabletten, die Ihr Vater Ihnen gegeben hat, wohl nicht mehr nehmen.«

Tränen traten in ihre Augen. »Er hat mich gezwungen. Wenn ich mich gewehrt hab, kam er mit dem Stromdings, und ich war weg vom Fenster.«

Stromdings. Die Elektroschockpistole, mit der Sandler Pavarotti ausgeschaltet hatte. Damit hatte Sandler seine Tochter ruhiggestellt und ihr anschließend einen Chemiecocktail verabreicht, den er selbst gemixt hatte. Pavarotti schauderte.

»Anfangs fand ich die Tabletten gut«, sagte die Frau. »Ich konnte schlafen, wann immer ich wollte. Einfach so.« Sie schnippte mit den Fingern. »Aber dann bin ich immer dicker geworden. Mein Vater sagte, mit der Figur hätte ich wenigstens meine Ruhe. Als ob ich die nicht sowieso hätte, ich darf ja nicht raus hier.«

Auf einmal fasste sie in ihren Mund.

Entsetzt sah Pavarotti, wie sie einen Backenzahn herauszog, an dem noch eine halbe Zahnwurzel baumelte. »Die Zange hab ich aus seiner Werkzeugkiste geklaut«, sagte sie im Plauderton. »War gar nicht so schlimm, wie ich anfangs gedacht hab. Das Loch war wirklich praktisch. Ich hab die Tablette reingestopft, Zahn obendrauf, und dann konnte er ruhig meinen Mund kontrollieren.«

Sinnend betrachtete sie den Zahn in ihrer Hand. Pavarotti konnte den Blick nicht von dem grauen Zahnfragment abwenden, das aussah, als komme es direkt aus dem Mund einer Leiche.

Maria Sandler blickte auf. In ihrem Blick lag Verzweiflung. »Trotzdem hab ich kein Gramm verloren, es hat einfach nicht geklappt! Ich hab mich schrecklich gefühlt, aber das können Sie wohl nicht verstehen.«

Und ob er sie verstand. Noch vor einem halben Jahr hätte er dem Teufel seine Seele verkauft, wenn er ihm dafür einen anderen Körper gegeben hätte. Und der Teufel hatte ihn beim Wort genommen.

»Ich war auch einmal sehr dick«, hörte er sich sagen. Hinter ihm sog die Rotta den Atem ein.

Neidisch schaute Maria Sandler ihn an.

»Es gibt Menschen, die Ihnen helfen können«, sagte er. Es hatte keinen Sinn, ihr die brutale Wahrheit ins Gesicht zu schleudern. Er hielt sie für zu labil, um einen harten Diätplan durchzuziehen. Psychopharmaka waren schlimme Dickmacher, aber ohne sie würde sie wohl nicht zurechtkommen.

Doch dann fiel sein Blick auf seine eigenen Oberschenkel, und er fragte sich, woher er eigentlich seine Überheblichkeit nahm. Was wusste er denn schon von dieser Frau?

Behutsam sagte er: »Sie hatten als Schülerin eine Liebesbeziehung zu Alberto Zomba, nicht wahr?«

Sie schwieg lange. Dann hob sie den Blick. »Es war nur einmal. Nach einer Sportveranstaltung. Er hat neben Italienisch auch Sport unterrichtet.« Sie lächelte, und auf ihren Lippen lag eine Ahnung des elfenhaften Lächelns, das der Schulfotograf vor fast zwanzig Jahren eingefangen hatte.

»Ich wurde an dem Tag Landesjugendsiegerin auf dem Schwebebalken. Können Sie sich das heute vorstellen?« Sie schaute an sich herunter. »Hinterher, in der Umkleide, als alle weg waren, haben wir Red Bull mit Wodka getrunken und nach ›I Believe I Can Fly‹ getanzt. Alberto hatte einen kleinen CD-Player dabei. Danach haben wir's getan. Es war mein erstes Mal. Er war nicht besonders zärtlich, und es tat weh, aber ich dachte, das gehört halt dazu.«

Pavarotti drehte sich abrupt um. Das anzügliche Grinsen auf Rottas Gesicht verschwand in Sekundenschnelle, aber nicht schnell genug. Er hätte ihr gerne eine Ohrfeige gegeben, beherrschte sich aber.

Maria Sandler hatte nichts bemerkt, ihr Blick war nach innen gerichtet.

Ein Mädchen wie eine Feder. Pavarotti sah sie vor sich, wie sie leicht und biegsam durch die Luft schwebte, sicher auf den Füßen landete. Ihr Rückgrat streckte, die Arme ausbreitete.

»Er hatte es geplant, nicht wahr?«

Marias Blick wich seinem aus. »Das kann schon sein. Na ja … er wird gemerkt haben, dass ich auf ihn flog.«

»Und danach?«

Sie biss sich auf die Lippen. »Es gab kein Danach. Nach diesem Tag fingen die Sommerferien an. Ich durfte ja nicht anrufen, aber er hatte versprochen, er würde … Als er nach den Ferien wiederkam, war es vorbei. Er hat mich nicht einmal mehr angesehen.«

»Er hatte, was er wollte«, sagte Pavarotti.

Maria Sandler fing an, hemmungslos zu weinen.

»Warum haben Sie diesem Kerl ein Alibi gegeben?«

Sie schüttelte den Kopf und schluchzte.

»Bringen Sie es hinter sich. Sie werden sich besser fühlen, wenn Sie es ausgesprochen haben.«

Er zuckte zusammen, als er dieses verlogene Klischee, das Polizisten liebten, aus seinem eigenen Mund hörte.

Maria Sandler wühlte in ihrem Bett, zog ein Taschentuch hervor und schnäuzte sich. »Das hab ich gar nicht. Es war doch ganz anders.«

Pavarotti beugte sich vor.

»Als die Schule wieder anfing, war Alberto wie verwandelt. Keine witzigen Sprüche mehr im Unterricht, die alle cool fanden. Keine Neckereien mehr. Ich war natürlich die ganze Zeit eifersüchtig bis zum Verrücktwerden …«

Mit der Hand wischte Maria die Erinnerung weg wie eine Fleischfliege. »Jedenfalls war es nach seinem Urlaub damit vorbei. Er hat den Stoff durchgenommen, und damit hatte es sich.«

Sie starrte auf den Fußboden. Pavarotti wartete. Er war kein talentierter Schweiger, aber mittlerweile wusste er, wie magnetisch die Stille für die Wahrheit sein kann.

»Wochenlang hab ich versucht, mit ihm zu sprechen. Nach der Stunde hab ich so lange getrödelt, bis alle anderen weg waren, aber er ist einfach rausgegangen, an mir vorbei, als ob ich Luft für ihn wäre. Ich hab versucht, ihn auf dem Schulhof abzupassen, doch er hat mich stehen lassen, ohne ein Wort zu sagen. Einmal hab ich vor dem Lehrerzimmer auf ihn gewartet. Da hat er mich am Arm gepackt und gesagt, ich soll endlich aufhören, ihn zu nerven, sonst passiert was.«

Ihre Augen fixierten Pavarottis Telefon, das er immer noch in der Hand hielt. »Das Ding explodiert gleich«, sagte sie. »Blink-blink-blink. Die-Zeit-läuft-ab.«

Es war eine SMS von Emmenegger, mit untrüglichem Gespür für den richtigen Augenblick. Ärgerlich steckte Pavarotti das Gerät in seine Hosentasche.

Doch der intime Moment zwischen ihm und Maria war verflogen. Die Elfe war durch einen kleinen Spalt in der Zeit zurück in die Vergangenheit geschlüpft. »Ich bin müde. Ich will eine von meinen Tabletten. Lassen Sie mich in Ruhe«, sagte Maria Sandler mit zänkischer Stimme. Dann warf sie sich aufs Bett und drehte den Kopf zur Wand.

Pavarotti hätte schreien mögen vor Frustration. Er wandte sich zu der Rotta um, in deren Gesicht es verdächtig zuckte. »Bringen Sie Frau Sandler ins Krankenhaus. Aber wehe, der Arzt pumpt sie mit irgendwelchen Ruhigstellern voll!«

***

Die Tür zum Kommissariat flog auf, und Pavarotti stürmte herein.

»Gott sei Dank, Commissario!«, rief Emmenegger und sprang auf.

Lissie grätschte dazwischen: »Ich muss Ihnen unbedingt etwas –«

»Klappe halten«, sagte Pavarotti. Sein Blick flog zu Emmeneggers Schreibtisch. Der Rimini-Schriftzug auf der Brust des kleinen Jungen glitzerte mit dem Blut in der Küche der Zombas um die Wette. Unwillkürlich schloss Pavarotti die Augen, weil ihm einen Augenblick lang so war, als breite sich die Blutlache aus und würde sich demnächst aus dem Foto auf die Tischplatte ergießen.

Er bemerkte, dass Lissie auf die Großaufnahme von Katharinas leichenblassem Gesicht starrte. Erst jetzt fiel ihm auf, dass Katharina im Tod aussah wie Schneewittchen, obwohl ihr Hals direkt unter dem Kinn blau angelaufen war und die Zungenspitze aus dem Mund ragte. Die Frau war zweifellos schön gewesen. Warum war ihm das nicht zu ihren Lebzeiten aufgefallen? Wieso hatte er in ihr nicht mehr gesehen als ein dünnes, verhärmtes Wesen?

Am liebsten hätte er Emmenegger eine geknallt, der diese Kopien aus irgendeiner verdammten Schublade gezogen hatte. Die Originale lagen sicher verwahrt in der Mordakte, die sich in seinem Wagen befand.

Plötzlich war ihm schlecht, und er musste sich am Schreibtisch festhalten, damit seine Knie nicht unter ihm nachgaben. Sein Gehirn war eine vernebelte Masse, und von überall her roch es nach Alkohol wie in einer Kneipe. Er fuhr zu Lissie herum und verengte seine Augen. »Haben Sie getrunken?«

»Wie kommen Sie darauf?«, empörte sich Lissie. »Ich trinke niemals Alkohol!« Pavarotti stieß ein belustigtes Lachen aus.

Emmenegger sprang ihr bei. »Ich hab Frau von Spiegel verarztet. Sie hatte sich an der Hand verletzt.« Er griff nach Lissies verbundener Hand und hielt sie hoch wie der Ringrichter die Boxhand des Champions.

Pavarotti fixierte den Verband. »Was zum Teufel haben Sie angestellt? Kann man Sie denn keine Sekunde aus den Augen lassen?«

Lissie knirschte mit den Zähnen, aber er beachtete sie nicht. »Und Sie, Vi-ce Is-pet-to-re …«, Pavarotti betonte jede Silbe von Emmeneggers neuem Rang, »… Sie haben mich zum zweiten Mal in diese Schule gehen lassen, ohne mir mitzuteilen, was für Spinner dort wohnen! Um ein Haar hätte dieser Sandler mich umgebracht! Aber was soll's!«

»Um Gottes willen, Chef«, flüsterte Emmenegger.

Entsetzt hörte Lissie mit an, was Pavarotti durchgemacht hatte. Auch in Emmeneggers Augen stand Entsetzen, aber ebenso ein Quäntchen Trotz. Als Pavarotti fertig war, sagte er: »Ich hab Ihnen doch gesagt, Sie sollen mich mitnehmen.«

Pavarottis Gesicht lief rot an. »Klar. Es war ganz allein mein Fehler.«

Schnell warf Lissie ein: »Darf ich etwas sagen?«

Bevor Pavarotti sie unterbrechen konnte, sprudelte sie alles heraus. Die Tankstellenquittung. Der Zigarettenstummel auf dem Dach des Tunnels.

Sie sah seinen Blick und wusste, dass sie sich die Worte hätte sparen können. »Sie brechen sich noch den Hals, wenn Sie weiterhin Ihrem Phantom nachjagen«, sagte Pavarotti kopfschüttelnd. »Ihre angeblichen ›Beweise‹ sind überhaupt keine. Der Zigarettenstummel stammt vermutlich von einem Straßenarbeiter. Er liegt bestimmt schon seit Tagen da oben. Und die Quittung wird der Wind dort hinaufgewirbelt haben.«

Lissie schwieg zornig. Mit ein paar lakonischen Sätzen hatte Pavarotti ihre Beweise in kleine Fetzen zerpflückt.

Pavarotti wandte sich an Emmenegger.

»Ich fahre jetzt noch einmal ins Tappeiner-Krankenhaus, um die Vernehmung zu Ende zu bringen – die Sie mir mit Ihren Kontrollanrufen prächtig vermasselt haben, Vice Ispettore.«

»Ich komme mit«, fuhr Lissie dazwischen.

Pavarotti winkte ab. »Auf gar keinen Fall.«

»Ich habe einen Nachsorgetermin in der Neurologie bei Professor Walter. Es wäre nett, wenn Sie mich fahren könnten«, konterte Lissie. Der Termin war zwar erst nächste Woche, aber der Professor würde sie bestimmt auch früher empfangen, so scharf, wie der auf ihr Gehirn war.

Pavarottis Miene wurde eine Kleinigkeit weicher. »Wenn es sein muss. Dann aber Beeilung, ich will vermeiden, dass die Sandler nicht mehr ansprechbar ist.«

Mit langen Schritten und hocherhobenem Kopf marschierte Pavarotti zu seinem Wagen. Als sie ihn eingeholt hatte, berührte sie ihn am Arm. »Was hab ich Ihnen getan? Und Ihr Kollege …« Sie verstummte.

Pavarotti lehnte sich an die Autotür und verschränkte die Arme. »Hören Sie, Lady. Mischen Sie sich da nicht ein. Der Vice Ispettore kennt mich und weiß, wie ich bin. Sie dagegen wissen … nichts … über mich. Will die Dame jetzt mit oder nicht?« Mit einer übertrieben ehrerbietigen Geste öffnete er ihr den Schlag.

Lissie kniff die Lippen zusammen und stieg ein.

16

Der kleine Vorplatz vor dem Krankenhaus war voller Menschen, aber ihre Stimmen fehlten.

Ein älteres Ehepaar, das sich wortlos umarmte. Neben der Frau stand eine Reisetasche. Ein Mann, der einen Rollstuhl mit einem kleinen, blassen Mädchen durch die Tür nach draußen schob, neben ihm ein älterer Junge, der verlegen zur Seite schaute.

Ein James Dean, der an einem Pfeiler lehnte und rauchte. Wegen der Halskrause und des eingegipsten Beins wirkte er nicht so cool wie der echte. Dafür lebte er noch.

Auch Pavarotti schwieg. Er wusste nicht, woher dieser Drang kam, ihr wehzutun. Hinterher tat es ihm leid, aber es passierte immer wieder.

In der Eingangshalle huschte ihr Blick nach oben, über die Rolltreppe hinweg nach links, wo der Flur zur Neurologie abzweigte.

Sie war blass, die Augen groß.

»Kann ich zur Vernehmung mitkommen? Ich möchte nicht hier sitzen, bis ich dran bin.«

Sie klang, als warte sie auf ihre Hinrichtung.

Pavarotti gab sich geschlagen.

Er brauchte sowieso die Anwesenheit einer Frau. Lissie war ihm allemal lieber als die Rotta. »In Ordnung. Aber Sie halten sich im Hintergrund. Okay?«

Sie nickte, und der Anflug eines Lächelns verzauberte ihr schmales Gesicht. Pavarotti musste sich zusammenreißen, um ihr nicht eine silbrige Haarsträhne aus der Stirn zu streichen. Ihm ging durch den Kopf, dass Maria Sandler heute ungefähr so aussehen würde, wäre ihr elfenhaftes Wesen nicht im Laufe der Jahre in einer Flut von Pillen und Fast Food versunken.

Der Arzt fing sie vor dem Krankenzimmer ab. Prompt kam die auswendig gelernte Ansage, ohne die anscheinend kein Mediziner seine Approbation erhielt: »Nicht länger als eine Viertelstunde, dann braucht sie Ruhe!«

»Wie geht es ihr?«

»Körperlich gut. Aber psychisch …« Der Arzt schnitt eine Grimasse. »Wir werden ihr nachher ein Sedativum verabreichen. Wir wollen ja nicht, dass die Frau plötzlich anfängt zu randalieren. Schließlich haben wir hier keine Psychiatrie und sind auf psychische Störungen nicht vorbereitet.«

Pavarotti richtete sich auf. »Sie werden nichts dergleichen tun. Wenn Sie Frau Sandler mit Psychopharmaka ruhigstellen, bevor ein Facharzt die Gelegenheit hat, sie zu untersuchen, verlieren Sie Ihre Zulassung. Dafür sorge ich höchstpersönlich.«

Zu seiner Überraschung lag Maria Sandler nicht im Bett, sondern kam vollständig angezogen aus dem Bad. Ihre Haare waren nass. Verlegen zerrte sie an ihrem Strickpullover.

»Entschuldigen Sie bitte. Alle meine Sachen sind zu eng. Die Nette, die mich in der Schule untersucht hat, hat mir den Pullover gebracht«, sagte sie.

Sieh an, unsere Eiskönigin, dachte Pavarotti. »Frau Sandler, fühlen Sie sich zu einem Gespräch in der Lage? Das ist übrigens Frau von Spiegel, eine … polizeiliche Assistentin«, fügte er hinzu.

»Ich heiße Lissie«, warf Lissie ein.

Pavarotti schloss kurz die Augen. »Sie nimmt heute an der Befragung teil anstelle … der Dame gestern.«

»Da bin ich aber froh«, sagte Maria. »Die war vielleicht gruselig.«

Pavarotti sah, wie die alte Frau im Nachbarbett den Kopf reckte, um nur ja nichts zu verpassen.

»Wir gehen in den Garten«, entschied er.

»In den Garten darf ich nicht«, entgegnete Maria Sandler unsicher. »Das hat mir der Vater verboten.«

»In meiner Begleitung dürfen Sie«, sagte Pavarotti.

Als sie auf zwei Bänken in der kleinen Gartenanlage des Krankenhauses saßen, bereute Pavarotti seine Entscheidung. Maria

Sandler benahm sich wie ein kleines Kind. Sie schaute hierhin und dorthin, lief zu einer Katze, die schleunigst um die Hausecke verschwand, legte den Kopf in den Nacken, als wolle sie die Wolken studieren.

Als sie sich schließlich in das nächstgelegene Beet setzte und mit den Fingern durch unkrautdurchwurzelte Erde strich, wurde es Pavarotti zu bunt. Aber Lissie kam ihm zuvor. Sie kniete sich neben die Frau und fragte: »Wie lange waren Sie nicht mehr draußen?«

Maria Sandler spitzte die Lippen. »Hm. Ich weiß es nicht so genau. Zehn Jahre vielleicht?« Sie sah Lissie fragend an, als ob sie die Antwort wüsste.

Mein Gott. Pavarotti schluckte. Wieso war er nicht darauf gekommen?

Die arme Frau war Gefangene in der privaten Irrenanstalt ihres Vaters gewesen. Zehn Jahre lang ein Leben wie in einem Sarg.

Lissie half Maria Sandler auf die Beine. Beide setzten sich auf die Bank ihm gegenüber. Pavarotti sah, dass Lissies schmale Oberschenkel Marias berührten. Diese winzige Berührung schien Maria Sandler Kraft zu geben.

Sie hob den Kopf und schaute Pavarotti an. »Sie sind wegen des Telefonanrufs hier, nicht?«

Er nickte nur.

»Es war ein paar Tage vor diesem Sonntag, an dem diese Sache mit seinem Sohn passiert ist«, sagte Maria Sandler. »An dem Tag hab ich zufällig gehört, wie Alberto zu meinem Vater gesagt hat, er müsse am Sonntag auf seinen Jungen aufpassen, weil seine Frau bei einem Dorffest im Nachbarort ist. Er klang ziemlich sauer deswegen.«

In Pavarottis Kopf klickte etwas.

»Und da haben Sie beschlossen, ihn an diesem Sonntag zu Hause anzurufen, um einen letzten Versuch zu starten.«

Maria Sandler schniefte. »Es war das schlimmste Telefonat meines Lebens. Er war auf der Stelle wütend und wollte wissen, was mir einfalle, ihn anzurufen. Ich habe gesagt, dass ich ihn so oft anrufen werde, bis er mir endlich sagt, was aus uns wird. Und dass ich schwanger bin. Das war aber gelogen.«

Lissie seufzte leise.

»Da fing Alberto an zu brüllen. Ich sollte es auf der Stelle wegmachen lassen. Er schrie und tobte, als wäre er von Sinnen. Ich stand einfach nur da, mit dem lächerlichen rosa Telefon am Ohr, und brachte kein Wort heraus.«

Maria Sandler liefen die Tränen über die Wangen.

»Dann hörte ich, wie es an seiner Haustür läutete, und es schepperte in mein Ohr, als Alberto den Hörer neben dem Telefon auf einen Tisch oder so fallen ließ.«

Maria Sandler bohrte mit den Fingern in ihren Augen, als könne sie die vergossenen Tränen wieder hinter die Augäpfel zurückstopfen.

»Er war ziemlich lange weg.« Sie hielt kurz inne. »Ich hab Rotz und Wasser geheult. Immer wieder hab ich gerufen … ›Alberto? Alberto, wo steckst du …?‹ Und plötzlich war er wieder am Telefon. Auf einmal war er vollkommen ruhig, und seine Stimme war kalt wie Eis. ›Wenn du jemandem erzählst, dass wir gefickt haben, dann bist du tot‹, hat er gesagt. Dann hat er aufgelegt. Ich habe immer noch Angst vor ihm, obwohl er schon so lange weg ist«, sagte Maria Sandler, und ihre Stimme zitterte.

Lissie gab ihr ein Taschentuch, und die Frau putzte sich die Nase. »Ich habe keine Ahnung, was er während der Zeit gemacht hat, als der Hörer neben der Gabel lag.«

***

»Ich hab gehört, dass dir einer ans Leder wollte. Ein Südtiroler soll's angeblich gewesen sein.«

»Stimmt. Ein Landsmann von dir.«

Eisiges Schweigen.

Pavarotti wusste, dass Arnold Kohlgruber in Wahrheit anrief, um sich zu vergewissern, dass alles in Ordnung war.

Mittlerweile war Kohlgruber ein Freund, ohne den Pavarotti die vergangenen Monate nicht durchgestanden hätte. Beide waren sich dessen bewusst, keiner sprach darüber.

»Du warst doch damals mit dabei, als der Erkennungsdienst

den Tatort untersucht hat. Die Küche, in der Katharina Zomba ihren Mann erstochen hat.«

Pavarotti hörte ein Schnaufen aus dem Hörer. »Na und?«

»Kannst du dich noch erinnern, ob damals irgendetwas auffällig war?«

»Auffällig? Machst du Witze? Die Küche war ein Schlachthaus. Es roch, als ob jemand gerade einen Ochsen ausgeweidet hätte. Mir war tagelang noch übel danach.« Kohlgruber stöhnte. »Musst du mir ausgerechnet jetzt damit kommen? Ich habe immer noch Schnappatmung, nach dem finsteren Kellerloch vorgestern. Dieser Geruch nach Moder und toten Ratten. Ein paar Meter weiter war die Decke eingestürzt. Ich hasse es, wenn es um Kinder geht.«

»Wir haben damals bei dem Jungen schlampig ermittelt«, bekannte Pavarotti. »Das Alibi des Ehemanns ist nichts wert. Ich könnte mich ohrfeigen. Ich …« Pavarotti verstummte, als er an den Aktenvermerk dachte: »Anruf verifiziert«. Maby, sein damaliger Chef, hatte das Telefonat höchstpersönlich überprüft.

Pavarotti konnte sich ziemlich gut vorstellen, wie einsilbig eine in ihrem Stolz verletzte Fünfzehnjährige, die vor lauter Angst fast verging, auf Maby reagiert hatte. Dem Alten war es egal gewesen. Der ganze Fall interessierte ihn nicht.

Hätte ich es gemerkt?

»Wir haben damals über diesen Anruf gesprochen«, sagte Kohlgruber.

»Wirklich?« Pavarotti erinnerte sich nicht.

»Du hast ihm misstraut«, sagte Kohlgruber. »Angeblich hatte Zomba das Telefonat komplett vergessen. Er hat es erst ein paar Tage später zur Sprache gebracht. Das kam dir verdächtig vor.«

Pavarottis Hand krampfte sich um sein Mobiltelefon.

»Du hast gesagt, dieses Alibi klingt nach einem letzten Joker, den er aus dem Ärmel zieht.«

»Hatte ich damals einen Verdacht, wer der Anrufer war?«, fragte Pavarotti. Er musste einfach Bescheid wissen.

»Du hast gesagt, es sei eine Schülerin«, sagte Kohlgruber. »Ich glaube aber nicht, dass ein Name fiel.«

»Oh Gott.« Pavarotti stöhnte laut.

Warum hab ich nicht nachgefasst?

Kohlgruber räusperte sich. »Hör auf damit. Gerlinde Maby war eine Freundin meiner Mutter. Im Sommer 1997, als Bauchspeicheldrüsenkrebs bei ihr festgestellt wurde, hat meine Mutter anfangs versucht, ihm zu helfen, während sie im Krankenhaus lag«, sagte er mit flacher Stimme. »Nach ein paar Wochen hat sie es dann aufgegeben. In dem Mann wütete ein furchtbarer Zorn, den er an seinen Mitmenschen ausließ. Alle gingen ihm damals aus dem Weg.«

Pavarotti wusste, er hätte nachfassen müssen. Aber dann hatten sich seine beiden Pelzwesen gerührt.

Er ist der leitende Ermittler, nicht du.

Halt dich an die Anweisungen und halt deinen Mund.

Willst du vielleicht einen Eintrag ins Klassenbuch?

»Er hätte dir ohnehin nicht zugehört, besoffen, wie er war«, sagte Kohlgruber. »Was hättest du tun sollen? Du warst ihm schließlich unterstellt, und er hat die Akte geführt.«

Pavarotti schwieg.

»Was denkst du, warum hat Zomba seinen Kleinen umgebracht?«, fragte Kohlgruber nach einer Weile.

»Manchmal gibt es kein Motiv«, sagte Pavarotti. »Vielleicht hat der Junge geweint. Die Mutter war nicht da, um das Kind zu beruhigen. Das Geplärr hat ihn genervt, und er hat dem Jungen den Hals umgedreht wie einem Hahn, der zur falschen Zeit kräht.«

»Also schlicht und einfach verrückt«, sagte Kohlgruber.

Pavarotti dachte an Zombas verquere Briefe, die mit wahnhaft klingenden Formulierungen gespickt waren, und an die permanenten Anrufe des Mannes, die ihm gegolten hatten. Ihm kam ein Gedanke. »Was, wenn er nicht nur seinen Jungen ermordet hat, sondern auch seine Frau töten wollte? Und Katharina Zomba hat ihn in Notwehr erstochen? Mit einem Küchenmesser, der erstbesten Waffe, die gerade auf dem Küchentisch lag?«

»Interessante Idee. Sie passt nur nicht zu den Fakten. Ist dir eigentlich klar, dass es heute Internet gibt? Drei Klicks und ein

Passwort, und du hast die Autopsieberichte von damals auf dem Bildschirm.«

Aus dem Hörer kamen Tastaturgeräusche. »Hier steht's«, sagte Kohlgruber. »Die Leiche der Frau wies keine Abwehrverletzungen auf. Außerdem: Warum hätte sie sich anschließend umbringen sollen, wenn es Notwehr war? Es war ein erweiterter Selbstmord und damit basta. Das Blut des Ehemanns war unter den Schuhsohlen seiner Frau. Die blutigen Schuhabdrücke führten schnurstracks von der Küche ins Kinderzimmer, wo sie sich erhängt hat. Sein Blut klebte sogar noch an dem umgefallenen Stuhl. Wenn ich dir einen Rat geben darf: Schließ den Fall endlich ab.«

Kohlgruber legte auf.

Lissie saß auf einem Stuhl im Wartebereich vor der Neurologie. Ihre Schultern bebten. Als sie zu ihm aufblickte, sah er, dass ihre Wangen feucht waren.

»Ich brauche wohl nicht zu fragen, wie die Tests verliefen.«

Resigniert zuckte Lissie mit den Schultern.

»Keine Veränderung bei den Gehirnströmen. Nicht das kleinste bisschen. Professor Walter hat es zwar nicht gesagt, aber ich konnte es an seiner Miene ablesen. Er denkt, dass diese scheißretrograde Amnesie … wohl nicht verschwinden wird.«

Pavarotti setzte sich neben sie, und bevor er wusste, was er tat, legte er ihr den Arm um die Schulter. Lissie blieb reglos sitzen, ohne ihn anzusehen.

Ihr Körper fühlte sich so unglaublich substanzlos an; das Kräftigste, das Pavarotti unter seinen Fingern spüren konnte, war der raue Stoff ihres dick gefütterten Parkas, auf dem seine Hand ruhte. Darunter waren Haut und Knochen.

Sie war wie eine Spätzin in seiner Hand, mit zitternden Flügeln und einem kleinen Herzen, das schnell pochte, voller Angst.

»Ich brauche einen Schuss Zucker«, sagte sie.

Katharinaberg

16. Mai 1993

Sie starrte ihr Spiegelbild an und wischte mit dem Handrücken über den Mund. Sie wünschte, sie könnte die Erinnerung wegwischen wie einen ordinären Lippenstift.

Die blauen Flecken, die waren ihr egal. In einer Woche würden sie weg sein. Das, was vor den Prügeln passiert war, das würde nicht verschwinden.

Vorsichtig betastete sie ihren Hals und besah sich die Bescherung. Die rechte Seite, dort, wo die Faust ihres Vaters sie getroffen hatte, schmerzte höllisch. Die Haut war stark gerötet, und das Gewebe begann anzuschwellen. Sie versuchte, das saure Gefühl im Mund hinunterzuschlucken, aber ihr Hals war wie zugeschnürt. Es fühlte sich an, als müsse sie innerlich Anlauf nehmen, um den Speichel in die Speiseröhre und in den Magen zu befördern.

Ein Tuch … Ja, mit einem Halstuch würde es gehen. Sie wühlte in ihrem Rucksack, doch dann hielt sie inne und strich mit dem Zeigefinger über das Jochbein unter dem rechten Auge. Sinnlos. Das Veilchen war bereits voll erblüht, und kein Make-up dieser Welt könnte es überdecken. Sie fuhr sich durch das kastanienbraune Haar und bauschte es über ihrem Auge.

Warum hatte er ihr ins Gesicht schlagen müssen?

Ein Klaps auf den Hintern hätte auch gereicht. Sie war doch sein Engelchen, jedenfalls hatte er das zu ihr gesagt, seit sie denken konnte. Wenn er ausrastete, bekamen das andere ab, aber sie doch nicht. Doch an diesem Nachmittag war der Zorn ihres Vaters explodiert wie ein Schrapnell, noch bevor sie Zeit hatte, ihren Charme spielen zu lassen.

Plötzlich stieg ein Kichern in ihrem wunden Hals hoch, und sie grinste ihr Spiegelbild an. Es war schon ein starkes Stück, das sie sich da geleistet hatte.

Klammheimlich hatte sie alles vorbereitet, die Papiere besorgt. Heute Mittag hatten sie auf dem Standesamt in Naturns, unten im Passeiertal, geheiratet.

Weil Berto kein Auto besaß, war ihnen nichts anderes übrig geblieben, als sein uraltes Rad zu nehmen. Sie selbst hatte sowieso keins. Niemand in der Familie Steinvatterer verfügte über ein Fortbewegungsmittel, bis auf den Vater natürlich.

Der Gepäckträger war hart gewesen und die Straße stellenweise holprig. Sie hatte die Arme um seine Brust geschlungen, und ihre Wangen hatten an seinem Rücken gerieben. Sie hatte die Augen geschlossen, den Duft von Kamille und Bergminze eingeatmet und sich von ihm forttragen lassen. Leicht hatte sie sich gefühlt, fast schwerelos.

Berto war kräftig, und trotzdem hatte sich sein Hemd nach kurzer Zeit tropfnass angefühlt. Es waren schließlich dreihundert Höhenmeter vom Standesamt in Naturns bis hier herauf.

Als sie ungefähr die Hälfte der Strecke hinter sich hatten, wollte er eine Verschnaufpause einlegen. Während er das Rad an einen Baum lehnte, lief sie durch das hohe Gras der Bergwiese. Niemand war zu sehen. Es war ganz still, nicht einmal Vogelgezwitscher war zu hören.

Als sie ihn keuchend näher kommen hörte, ließ sie sich auf den warmen Boden fallen. Sollte ihr bestes Kleid doch Grasflecke kriegen. Sie wollte, dass er sie jetzt küsste, sie streichelte …

Die Halme kitzelten in ihrer Nase, und als sie die Hand zum Schutz gegen die Sonne über die Augen hielt, sah sie, wie er im Gegenlicht dunkel über ihr stand und sich das Hemd über den Kopf zog. Dann kniete er über ihr. Ihr Herz klopfte vor Aufregung.

Mit der einen Hand schob er ihren Rock hoch, mit der anderen griff er unter ihren Rücken. »Dreh dich mal, so komm ich nicht an den blöden Reißverschluss. Scheiße, das Ding ist ja so lang wie 'n Bandwurm. Ging's nicht einfacher?« Dann zerrte er an ihrem BH, und seine Finger wanderten über ihre Brust, bis sie die Brustwarze fanden.

Während sie noch überlegte, wie sie ihm beibringen sollte, dass ihr das Kneten wehtat, ohne dass er beleidigt war, spürte sie, wie er an ihrem Slip zog und ihre Beine auseinanderschob. Sie wollte protestieren, doch da drang er bereits in sie ein.

Es war ihr erstes Mal, und sie war nicht im Geringsten feucht. Der Schmerz war fürchterlich. Es fühlte sich an, als schabe jemand mit der Kartoffelreibe ihrer Mutter in ihr herum. Verzweifelt probierte sie, sich unter ihm wegzurollen, aber er war viel zu schwer und hielt ihre Arme eisern nieder. Schließlich biss sie die Zähne zusammen und betete, es möge schnell gehen.

Und tatsächlich hörte das Pumpen nach fünf, sechs Stößen auf, und sie spürte, wie er aus ihr glitt und sich neben sie ins Gras warf.

»Mamma mia, kein schlechter Fick«, sagte er. »Mir kommt's immer am besten, wenn's richtig hart ist. Schleim in der Muschi find ich eklig, echt.«

Katharina antwortete nicht. Als er eingeschlafen war, zog sie ihren Rucksack zu sich heran. Flüchtig dachte sie daran, dass sie die Tempotaschentücher morgens eingepackt hatte, falls sie anfing zu weinen, während der Standesbeamte sein Sprüchlein aufsagte.

Langsam begann sie, die klebrige Flüssigkeit und das Blut zwischen ihren Beinen aufzuwischen.

Sie hatte Berto gewollt. Und jetzt hatte sie ihn.

17

Die Frau am Nebentisch trug eine billige Perücke. Ihre Hände zitterten, als sie nach dem Glas mit der cognacfarbenen Flüssigkeit griff.

Gierig trank sie, mit schnellen Schlucken. Sofort wurde ihr Gesicht grau, und sie stürzte an ihnen vorbei in Richtung Toilette.

Pavarotti blickte der Frau nach. Ein Lokal direkt neben dem Krankenhaus mit Patienten, die aus der Chemo kamen, war nicht unbedingt das Richtige, um Lissie aufzuheitern. »Wir gehen«, sagte er. Aber Lissie schüttelte den Kopf und blieb sitzen.

»Glauben Sie, er hat sie geliebt?«

Überrascht sah er Lissie an. Eine solche Frage hätte er von ihr nicht erwartet. »Unsinn.«

Lissie nippte an ihrer Coca Cola. »Ich meine nicht Maria Sandler. Sondern Katharina, seine Frau.«

Pavarotti zuckte die Schultern. »Keine Ahnung. Der Fall strotzt vor Widersprüchen, genau wie die Ehe der beiden.« Er massierte seinen Nacken. »Zuerst heiratet sie ihn gegen alle Widerstände. Ein Dreivierteljahr später bekommt sie ein Kind. Trotzdem unterrichtet der Vater weiter in Meran und verbringt nur das Wochenende zu Hause. Als der Junge zwei Jahre alt ist, schließt seine Frau die Gaststätte und reduziert ihre sozialen Kontakte bis auf das Allernötigste. Ihr Mann vergnügt sich derweil mit einer Schülerin, die er plötzlich ohne ersichtlichen Grund wegstößt. Eines schönen Tages verschwindet sein Sohn, und ein paar Wochen danach wird er von seiner Ehefrau getötet, die sich anschließend selbst umbringt.« Er seufzte. »Irgendwo dazwischen klafft eine riesige Lücke.«

»Sie ist mit dem Kleinen öfter mit dem Bus hinunter nach Meran gefahren«, sagte Lissie langsam.

»Wer behauptet das?«

»Ihre Schwester, Erna Steinvatterer.« Lissie folgte mit den Augen der Frau, die mit kahlem Kopf von der Toilette zurückkam und trotzig in die Runde blickte.

»Erna Steinvatterer weiß allerdings nicht, wohin ihre Schwester wollte«, ergänzte Lissie. »Sie behauptet, Katharina habe ein ziemliches Geheimnis draus gemacht. Aber es kann genauso gut sein, dass Katharina ihre Schwester nicht besonders mochte und keine Lust hatte, mit ihr zu reden. Was ich ihr nicht verdenken kann.«

»Vielleicht war Katharina Zomba eifersüchtig? Vielleicht war Maria Sandler nicht die Einzige, und sie ist nach Meran, um sich Klarheit zu verschaffen?«

Lissie schaute ihn groß an und begann zu nicken. »Und den Kleinen musste sie mitnehmen. Ja. Das könnte es gewesen sein.«

Plötzlich sah sie niedergeschlagen aus. »Mein Gott, wie dumm ich bin. Ich dachte wirklich, ich hätte eine Spur.«

Keiner von ihnen wusste etwas zu sagen. Pavarotti legte ein paar Münzen auf den Tisch und wollte sich schon vom Stuhl hochstemmen, da hielt sie ihn zurück.

»Darf … darf ich Sie etwas fragen?«

Mit bangem Gefühl in der Brust ließ sich Pavarotti wieder zurücksinken.

»Stimmt es, dass wir befreundet waren?«

Pavarotti öffnete den Mund, konnte aber am Ende nur nicken, weil er keinen Ton herausbrachte.

Lissie wurde rot, dann wieder blass. Ihr Blick geisterte im Lokal umher, doch dann fasste sie sich ein Herz.

»Waren wir, ich meine … Oh Gott, ist das peinlich. Waren wir ein Paar?«

Maledetto. Was sollte er nur darauf antworten?

»Nein. Ich meine … nicht wirklich«, sagte er und verfluchte seine Unbeholfenheit. Aber was sollte er auf eine Frage, auf die er selbst gerne eine Antwort hätte, schon sagen?

Lissies Wangen brannten inzwischen feuerrot. Dennoch heftete sich ihr Blick unverdrossen auf sein Gesicht. Pavarotti wand sich, doch er konnte nicht anders, als ihren Mut zu bewundern, der ihm fehlte.

»Das heißt, wir haben … nicht …? Oder haben wir … doch …?«

Sämtliche Ohren im Lokal waren auf Empfang geschaltet.

Der Kellner stand bewegungslos mitten im Raum. Die Frau am Nebentisch hatte den Oberkörper nach vorn gebeugt und schaute unverhohlen zu ihnen herüber.

»… miteinander geschlafen?« Lissie grinste plötzlich und verdrehte die Augen. »Puh. Jetzt ist es raus. Nun sagen Sie es schon. Ich falle gleich tot um vor Scham. Und auch der Rest der Belegschaft ist der Spannung kaum noch gewachsen.«

Pavarotti konnte nicht anders, er musste lächeln.

»Nein, haben wir nicht.«

»Och, wie schade«, entfuhr es der Tischnachbarin.

Lissie kicherte. Plötzlich war die Atmosphäre in der düsteren Bar beinahe fröhlich. Der Kellner schoss vorüber und klapperte mit den Resten eines Shakes wie in einer Milchbar aus den Sechzigern. Die Nachbarin zog einen Spiegel hervor, zog die Lippen nach und richtete ihre Perücke. Lissies Augen funkelten verwegen.

Nur Pavarotti war eigenartig schwer ums Herz.

Warum hatte sie ihn nicht gefragt, ob sie sich geliebt hatten?

Ihr Handy läutete, und als sie in den Hörer lauschte, leuchtete ihr Gesicht auf.

»Mein Hund«, sagte sie nach dem Anruf zu Pavarotti. »Er ist endgültig über den Berg. In ein paar Tagen ist er so weit, dass ich ihn abholen kann.«

Als er hinter ihr das Lokal verließ, wurde er von einer grenzenlosen, irrationalen Eifersucht auf das Tier überflutet.

18

Er sah noch ziemlich ramponiert aus. Fast sein ganzer Bauch war rasiert, und eine hässliche Narbe verlief von seinem Vorderlauf bis zum unteren Teil des Brustkorbs.

»Wenn Fell nachgewachsen ist, wird nicht mehr viel zu sehen sein«, sagte Dr. Dulsao.

Spock wollte sich von der Decke hochstemmen, auf der er lag, doch seine Beine knickten unter seinem Körper weg. Der Anblick, wie er vergeblich versuchte, sich aufzurichten, versetzte Lissie einen Stich ins Herz. Als sie sich zu ihm hinabbeugte, wollte er ihr Gesicht lecken, doch die Halskrause hinderte ihn daran. Vergeblich wand er den Kopf, um sie abzuschütteln. Sein wütendes Gebell klang satt und kräftig in Lissies Ohren, und sie musste lächeln.

Als die Ärztin sie zurück zum Ausgang begleitete, fiel Lissie erneut auf, dass das Wartezimmer komplett leer war.

»Ist es wahr, dass es in den Dörfern hier oben kaum noch Hunde gibt?«

Überrascht blieb die Ärztin stehen. »Wer hat Ihnen denn das erzählt?«

»Jemand aus dem Dorf«, gab Lissie zurück. »Stimmt es denn?«

Dr. Dulsao kniff die Lippen zusammen. »Leider ja. Gott sei Dank habe ich eine gut gehende Online-Praxis. Von dieser hier könnte ich weiß Gott nicht leben. Es gibt hier jemanden, der es auf Tiere abgesehen hat. Vor allem Hunde sind die Zielscheibe. Anfangs hat er sie abgeknallt, aber da starben ihm die Tiere wohl zu schnell. Danach hat er alles Mögliche ausprobiert, zum Beispiel Köder mit Arsen, Strychnin, Rattenvernichtungsmittel, etwas in der Art. Manchmal ist der Brustkorb eingedrückt, oder ein Bein ist abgehackt, sodass die Tiere elend zugrunde gehen. Einmal hat er einem kleinen Terrier einen rostigen Nagel in den Hals getrieben. Der Hund hat noch gelebt, aber ich konnte ihn nur noch einschläfern.«

Mit einem eigenartigen Laut, einer Mischung aus Schluchzen und Knurren, ließ sich Dr. Dulsao auf einen Stuhl im Wartezimmer sinken. »Als sie tot waren, hat er sie den Leuten auf die Türschwelle gelegt. So ein mieses Schwein.« Bei den letzten Worten wandte sie sich Lissie zu, ihre Augen funkelten vor Zorn. »Ich kann mir lebhaft vorstellen, was da abläuft. Der Kerl setzt sich hin und schaut den Tieren in aller Seelenruhe zu, wie sie leiden. Wenn ich daran denke, wie dieser Mensch wehrlose Hunde quält, um seine Machtgelüste zu befriedigen, wird mir schlecht.«

»Haben Sie einen Verdacht, wer es ist?«

Alle Kraft schien aus dem Körper der Ärztin zu weichen. »Keinen. Dieser Mistkerl passt teuflisch gut auf. Jetzt gibt es hier ohnehin keine Hunde mehr. Niemand schafft sich noch einen an. Ihr Hund ist der einzige. Passen Sie gut auf ihn auf«, sagte sie ernst. »Sind Sie sicher, dass es ein Unfall war?«

Unsicher schüttelte Lissie den Kopf. »Zuerst dachte ich … Ich weiß nicht. Ich glaube …« Ihre Gedanken schweiften zu Pavarottis schnell hingeworfener Erklärung, die sich so logisch anhörte und gleichzeitig vollkommen verkehrt klang.

Sie hörte Dr. Dulsao leise sagen: »Es ist nicht das erste Mal, müssen Sie wissen.«

Verwirrt schaute Lissie die Ärztin an.

»Ich habe die Praxis von meinem Vater übernommen, der sie zwanzig Jahre lang geführt hat«, sagte Dr. Dulsao. »Als es letztes Jahr anfing, hat er gesagt, er habe immer gewusst, dass es irgendwann wieder losgehen würde. ›Der Teufel ist zurückgekommen‹, so hat er sich ausgedrückt.«

»Hab ich Sie richtig verstanden? So eine Serie gab es hier schon früher einmal?«

Dr. Dulsao starrte ins Leere. »Vom Frühjahr 1995 bis zum Herbst 1997. ›Das große Hundesterben‹, so hat mein Vater es genannt. Als er in Pension ging und es plötzlich wieder von vorn anfing, ist er im Dorf herumgelaufen, jeden Tag, bei jedem Wetter, um das Schwein auf frischer Tat zu ertappen. Dieser alte, sture Bock«, sagte sie zärtlich. »Er war wie besessen davon.«

Sie sah jetzt sehr traurig aus. Gleichzeitig nahmen ihre Augen einen eigenartig fragenden Ausdruck an. »In seinen letzten Wochen hat sich mein Vater verändert. Plötzlich war er wortkarg, was gar nicht zu ihm passte. Dann bekam er eine Lungenentzündung und hohes Fieber. Nach vier Tagen ist er gestorben.«

Die Frau starrte ins Leere. »Auf dem Totenbett hat mein Vater etwas zu mir gesagt, was mir bis heute ein Rätsel ist. Er sagte, dass der kleine Zomba etwas mit den toten Hunden zu tun hat.«

Lissie erstarrte. »Der ermordete Junge? Was soll das bedeuten?«

Dr. Dulsao zuckte die Achseln. »Eins steht jedenfalls fest, ich habe es nachgeprüft: Mein Vater hatte recht. Nachdem der Junge weg war, hatten die Hunde ihre Ruhe. Fünfzehn Jahre lang.«

***

In der Kapelle am Seeufer brannte Licht. Die Tür stand einen Spaltbreit offen. Lissie trat aus der Praxis und überquerte die Straße.

Die Kapelle war winzig. Das Holz des Gestühls war alt, aber glatt poliert und ohne Wurmlöcher. Rechts und links vom Mittelgang standen jeweils zwei Bankreihen. Linker Hand beugte sich ein Stehpult nach vorn wie ein Greis mit krummem Rücken. Im Mittelgang versperrte ein großer Kübel mit mehreren Blumensträußen den Weg. An dem barocken Altar, der die Wand gegenüber dem Eingang ausfüllte, war eine Frau in den Sechzigern, wohl die Mesnerin, damit beschäftigt, Blumengebinde in Vasen anzuordnen.

Lissie setzte sich in die hinterste Bankreihe. In der Kapelle herrschte Dämmerlicht. Es roch nach einer Mischung aus Holzpolitur, Rosen und Weihrauch. Vorn am Altar raschelten Zweige und Blätter.

Das Licht und die Geräusche waren dazu angetan, sie in eine schläfrige Stimmung zu versetzen, aber das Gegenteil war der Fall.

Lissie fühlte sich unruhig, irgendetwas nagte an ihr. Als würde sie etwas Wichtiges übersehen. Aber was?

Ihr Magen meldete sich mit scharfen Stichen. Seit dem Überfall auf Spock war diese Körperregion ein schwarzes Loch mit rotem Rand, und der Rand pulsierte. Seit Tagen hatte Lissie außer Schokolade kaum etwas gegessen. Der Weihrauch roch modrig und verstärkte ihre Übelkeit.

In der Jackentasche fanden ihre Finger eines der Bonbons, die Dr. Dulsao für die Kinder im Wartezimmer bereithielt. Gierig steckte sie es in den Mund und begann zu lutschen.

Die Frau am Altar beobachtete sie. Als Lissie ihr gezwungen zulächelte, wandte sie sich wieder ihrer Arbeit zu. Lissies Blick blieb an dem dreiteiligen Altarbild hängen. Im Mittelteil war die jungfräuliche Maria mit dem kleinen Jesus im Arm abgebildet. Ihr war, als schaue Maria zu ihr herüber.

Glaube ich an Gott und an die Jungfrau Maria?

Maria blieb stumm.

Lissie schloss die Augen und faltete die Hände.

Maria, du Schmerzensreiche …

Auf einmal fügten sich die Worte mühelos zum Gebet, kamen von

GANZ FRÜHER

zu ihr herübergeweht. Zum Schluss sprach sie eine Fürbitte.

Bitte beschütze meinen Hund.
Er ist alles, was ich noch habe.

DANN KÜMMERE DICH GEFÄLLIGST DARUM
UND LASS DEINEN VATER IN FRIEDEN

Der Gedanke marschiert an ihrem Kopf vorbei wie eine Festkapelle.
Jemand drückt die Taste der Trompete,
aus der Öffnung steigt der Satz empor.

Sie wusste sofort, dass der Satz die Wahrheit war.

Es war jetzt nicht die Zeit, alten Rätseln hinterherzuhecheln.

Pavarotti glaubte nicht an einen Anschlag auf ihren Hund. Über einen Zusammenhang zwischen dem großen Hundesterben und der Ermordung des Jungen würde er sich mokieren. Für ihn hieß der Täter Alberto Zomba und war längst tot.

Lissie setzte sich auf.

Was wusste sie inzwischen über den Überfall?

Sie wusste, dass es sich um einen Mann handelte. Eine Frau hätte den großen Steinbrocken unmöglich bewegen können.

Die Sicht in der regennassen Dunkelheit zehn Meter über ihr war viel zu schlecht gewesen, um exakt zielen zu können. Der Kerl musste etwas anderes im Sinn haben, als einen Hund zu töten.

Er will mir wehtun, egal wie.

Das Schwein will mich dazu bringen, dass ich von hier abhaue.

Aber warum?

Das große Hundesterben hatte aufgehört, als der Junge verschwand.

Irgendetwas hatte in diesem Dorf jahrelang gebrodelt und Tiere das Leben gekostet, bis es sich schließlich an jenem 7. September 1997 in einem gewaltigen Strudel entlud und einen kleinen Jungen mit sich riss.

Was? Was war an dem Tag geschehen?

Plötzlich fiel es ihr ein.

Ihr Herz fing an zu klopfen, aber sie zwang sich zur Ruhe und schlenderte wie eine Touristin zu der Frau am Altar.

Als sie die Frage nach dem Dorffest vorbrachte, schaute die Frau sie misstrauisch an.

»Mein Großvater hat damals am Staudamm mitgearbeitet«, sagte Lissie schnell. Mittlerweile kam ihr die Geschichte ziemlich flüssig über die Lippen.

Jetzt nickte die Frau, als freue sie sich über die Gelegenheit, über alte Zeiten zu plaudern.

»Das Fest, das Sie meinen, war tatsächlich am 7. September 1997. An dem Tag hat der alte Pfarrer Sutter diese Kapelle hier eingeweiht. Beinahe das ganze Tal war anwesend.«

Der Faltenkranz um ihre Augen vertiefte sich, als die Mesnerin lächelte. »An diesem Tag haben wir die erste Messe nach dem Wiederaufbau gefeiert. Das erste Mal nach vierzig Jahren läuteten die Glocken wieder durch das Tal.«

»Was ist denn mit der alten Kapelle passiert?«, fragte Lissie.

Die Ältere schaute sie überrascht und ein wenig mitleidig an. »Hat Ihr Opa Ihnen das verschwiegen? Nun, meine Liebe, das werden Sie jetzt nicht gerne hören. Aber Ihr Großvater hat daran mitgewirkt, dass damals, nach dem Krieg, mehr als hundert Menschen ihr Hab und Gut und ihre Heimat durch das Wasser verloren haben.«

»Ich weiß«, sagte Lissie und biss sich auf die Lippen, um ihre Scham niederzukämpfen, dass die Frau ihr gegenüber Mitgefühl empfand, das ihr überhaupt nicht zustand. »Mein Großvater hat das zeitlebens bereut.«

Die Frau drückte ihre Hand, und Lissie merkte, wie sie rot wurde. »Sie können doch nichts dafür«, sagte die andere warm. Ein paar Minuten blieb es still in der kleinen Kapelle.

»Es war das schönste Hochtal weit und breit. Ich weiß noch, wie es aussah, obwohl ich noch sehr klein war, als es unterging.«

Die Augen der Frau richteten sich auf das blaue Rechteck des Sees, das durch die geöffnete Kirchentür zu sehen war.

»Hier gediehen die fettesten Wiesen dieser Gebirgsregion. Wildblumen blühten, so weit das Auge reichte. Mitten durch das Tal schlängelte sich der Fluss. Es gab vier kleine Ortschaften mit einem knappen Dutzend großer Bauernhöfe. Die alte Kapelle, nach der Sie gefragt haben, stand ebenfalls dort. 1957 war alles vorbei, als sie den Stausee geflutet haben. Natürlich ist damals auch die Kapelle verschwunden.«

Der Kopf der Frau deutete in Richtung See. »Da drüben sieht man manchmal, bei niedrigem Wasserstand, im Frühjahr vor der Schneeschmelze, die Reste des Türmchens aus dem Wasser ragen.« Die Frau griff nach unten, um das letzte Gebinde aus dem Eimer zu nehmen, und rieb sich den Rücken, als sie sich mühsam wieder aufrichtete.

»Mitte der Neunziger haben wir Geld gesammelt und die Kapelle von einst hier wieder aufgebaut. Ein paar Bestandteile der Inneneinrichtung von damals haben wir ja retten können. So, jetzt muss ich hier fertig werden. Sonst kriege ich Ärger mit unserem jungen Pfarrer.«

Sie lächelte trotz ihrer Rückenschmerzen und zwinkerte Lissie zu. »Auf dem Ständer neben der Kirchentür liegt ein Fotoalbum. In dem Band haben wir das Dorffest und die Einweihung der Kapelle dokumentiert. Vielleicht haben Sie Lust, sich die Fotos anzusehen.«

Fotos. Vom selben Morgen, an dem der Junge verschwand.

Vielleicht ist auf einem der Bilder … etwas.

Das Album war ein schmaler Band mit einem kartonierten Umschlag. Nach den ersten Seiten blätterte Lissie schneller um. Sie sah Menschen in Feierstimmung an sich vorüberziehen. Die üblichen Schnappschüsse von einem Fest.

Doch dann merkte sie, dass das nicht ganz stimmte. Ohne die Aufschrift auf dem Umschlag – »Festgottesdienst zur Einweihung, 7. September 1997, 10 Uhr« – hätte es sich genauso gut um eine Trauerfeier handeln können.

Eine Prozession mit dem Pfarrer an der Spitze. Er war klein und alt. Sein Blick war starr und fixierte den silbernen Kelch in seiner Hand. Im Hintergrund des Fotos ragte der Staudamm aus der Tiefe wie eine Gefängnismauer auf.

Eine Menschentraube umlagerte die Kapellentür. Alle hatten dunkle Tracht angelegt. Auch die Gesichter trugen Trauerkleidung.

Bei einer Einweihung?

So feierlich und ernst schauten sie drein.

Männer mit steinernen Gesichtern, die Bierkrüge heben.

Die Plane am Eingang zum Festzelt, die im Wind flattert.

Zwei Jungs im Gras, die miteinander raufen. Ein etwas älterer Junge auf dem Rad, der finster zu ihnen herüberblickt.

Plötzlich sah Lissie Katharina Zomba.

Der Fotograf hatte die Frau herangezoomt, sodass nur das Gesicht, die porzellanweiße Haut ihres tiefen Ausschnitts und die Rundung ihrer Brust zu sehen waren.

Schneewittchen war wieder lebendig geworden. Katharina Zomba war eine sehr schöne Frau gewesen. Dunkles Haar, das im

Sonnenlicht schimmerte. Strahlend blaue Augen unter schwarzen, dichten Augenbrauen. Ein langer Schwanenhals. Sie lachte und entblößte dabei eine Reihe blendend weißer Zähne.

Aber das Auffallendste war:

Sie lacht als Einzige.

Die Frau auf dem Foto wirkte so lebendig, dass Lissie fast sehen konnte, wie sich Katharinas Brust hob und senkte und wie ihre Lippen sich zu dem Wort formten, das sie gleich sagen würde.

Eines der letzten glücklichen Worte ihres Lebens.

Sie war nicht allein. Ihr Blick war auf jemanden gerichtet, der seitlich von ihr stand und dem ihr Lachen galt.

Es war ein Mann.

Von ihm waren nur ein brauner, etwas ungebändigter Haarschopf und kräftige Schultern zu sehen, die in einer schwarzen Lodenjacke steckten. Das Gesicht war von der Kamera abgewandt.

Nachdenklich strich Lissie über das Foto. Jeder beschrieb Katharina Zomba als abweisend und verschlossen, eine Frau, die nicht gern unter Menschen ging.

Und hier stand sie nun, an einem Sonntagvormittag bei einem Fest im Nachbardorf, und lachte.

In ihrem Lachen, in ihren Augen, da war etwas … unbeschreiblich Glückliches. Eine Verheißung … eine …

»Haben Ihnen die Fotos gefallen?«

Die Frau von vorhin stand vor ihr und lächelte entschuldigend. »Ich muss die Kapelle jetzt abschließen.«

»Sie sind wunderbar. So lebendig.« Lissie tippte mit ihrem Finger auf das Bild mit Katharina Zomba. »Besonders das hier. Tolle Frau, die hätte meinem Opa gefallen. Er war …«, sie setzte ein Grinsen auf, … »ein ganz schöner Schwerenöter. Wissen Sie, wer die beiden sind?«

Noch in dem Moment, als sie es hervorsprudelte, war ihr klar, es war die falsche Story.

Augenblicklich verschloss sich das Gesicht der Mesnerin. »Nein.«

Die Frau ging zur Tür und klimperte vielsagend mit dem Schlüsselbund. Der Moment der Redseligkeit war vorbei.

»Moment, ich habe mein Handy vergessen«, log Lissie. Sie lief zurück, und als die Frau den Schlüssel ins Schloss steckte und nicht herübersah, versteckte sie das Foto unter ihrer Jacke. Dann ging sie mit einem Nicken und einem Lächeln an der Mesnerin vorbei zum Bus, der gerade um die Ecke bog.

Während der Bus auf der Strecke nach Katharinaberg eine Kurve nach der anderen nahm, zog sie ihre Beute unter der Jacke hervor.

Die Frau auf dem Foto war verliebt. Das konnte ein Blinder sehen.

19

Sogar leere Häuser waren ihm lieber als dieser Ort, an dem die Überreste von Leben verstauben.

Auch wenn Pavarotti die eigentliche Asservatenkammer, eine ausgedehnte Kellerflucht in den Katakomben unterhalb des Kornplatzes, gar nicht betreten musste, genügte ihm das Wissen, dass zahllose unglückliche Erinnerungen in seiner unmittelbaren Nähe lagerten.

Asservate können Erinnerungen speichern, und sie sind tausendmal langlebiger als die Menschen, denen sie einst gehörten.

Die Schachtel mit dem Aktenzeichen Zo-1997/65 lag bereits auf dem Tisch in dem kargen Raum, der als Lese- und Betrachtungszimmer für akkreditierte Besucher der Asservatenkammer diente.

Widerwillig hob er den Deckel aus grauem Karton. Ganz oben, in einem Beweismittelsack, lag das Küchenmesser, das Katharina Zomba benutzt hatte, um ihren Mann zu töten. Er strich über den rissigen Schaft, um nicht die dunkel verfärbte Klinge betrachten zu müssen.

Was willst du hier finden außer alten Wunden?

Doch sein Gewissen – oder war es die Stimme seines alten Partners? – zwang ihn, jede Einzelheit noch einmal zu prüfen, jeden Schritt von damals noch einmal zu gehen.

Eine Wäscheleine mit einer aufgeschnittenen Schlinge. Er war es selbst gewesen, der auf den Stuhl gestiegen und mit fliegenden Fingern die Schnur durchschnitten hatte, ohne auf Spuren zu achten. Natürlich war es zu spät gewesen, das hatte jeder sehen können. Eine amateurhafte Aktion, die ihm einen gewaltigen Anschiss von Kohlgruber einbrachte, mit dem er damals das erste Mal zusammenarbeitete.

Das Original dieses grauenvollen Zettels. Der letzte Hilferuf an Pavarotti steckte in einer Plastikhülle. Pavarotti konnte sich genau an den Blick erinnern, den Kohlgruber ihm zugeworfen hatte, als er den Papierfetzen eingetütet hatte.

Darunter lag ein kleines Heft mit blauem Plastikeinband und goldenem Aufdruck: »Patenbrief«.

Pavarotti schlug das Heft auf. Die Erinnerung kam jäh, mit einem heftigen Krampf im Unterleib, der ihn keuchen ließ. Auf der Innenseite des Patenbriefs klebte ein Farbfoto des kleinen Jungen mit dem T-Shirt »I love Rimini«.

Wegen dieses Fotos hatte ihm Katharina Zomba die Urkunde überlassen, als ihr Sohn verschwand. Pavarotti war nicht mehr dazu gekommen, sie ihr zurückzugeben.

Pavarotti fiel wieder ein, dass er sich gewundert hatte. Patenschaften wurden normalerweise unmittelbar nach der Taufe beurkundet. Diese Patenschaft war jedoch am 30. April 1997 eingetragen worden, nur ein knappes halbes Jahr vor dem Verschwinden des Jungen im Alter von drei Jahren.

Doch die Suche nach dem Kind hatte die Klärung zweitrangiger Fragen in den Hintergrund gedrängt, und bald hatte er nicht mehr daran gedacht.

Als Taufpate war … Pavarotti stutzte. Der Taufpate des kleinen Johannes Zomba war derselbe Mann gewesen, der ihn getauft hatte. Michael Sutter, der alte Pfarrer von Katharinaberg.

Offensichtlich war der Pfarrer ein guter Freund der Familie gewesen. Keiner war damals auf die Idee gekommen, Sutter zu befragen. War das ein Fehler gewesen?

Hör schon auf, nach jedem Strohhalm zu greifen.

Pavarotti stützte den Kopf in die Hände. Er war so schrecklich müde.

Als er die Urkunde zurück in die Schachtel legen wollte, fiel ihm ein geschlossener Briefumschlag aus grauem Umweltschutzpapier in die Hand, der die gleiche Farbe wie die Schachtel hatte und den er deshalb fast übersehen hätte.

Der Brief war an Katharina Zomba adressiert. Der Poststempel trug das Datum des 23. September 1997, des Vortags ihres Todes.

Pavarotti starrte den Briefumschlag an. Die Flecken waren noch zu sehen, aber sie waren nicht mehr rot. Vage erinnerte er sich an ein Kuvert, das auf dem Küchentisch im Haus der Zombas gelegen hatte. Jemand aus dem Team der Spurensicherung musste den Brief eingesammelt haben. Danach war er in der Asservatenkammer gelandet und der ewigen Aufbewahrung überantwortet worden.

Vorsichtig öffnete er den Umschlag. Darin befand sich eine Rechnung, genauer gesagt eine Mahnung, eine zweite, mit Pfändungsandrohung. Der ausstehende Betrag belief sich auf knapp fünf Millionen Lire, was für die Zombas eine astronomische Summe gewesen sein musste.

Der Absender der Mahnung war die Buchhaltung des Tappeiner-Krankenhauses.

Beigefügt waren die Übersicht eines Behandlungsplans und die Abgabe verschiedener Medikamente, deren Namen Pavarotti unbekannt waren.

Aber einen Namen erkannte er sofort.

Unterzeichnet war der Behandlungsplan von Maximilian Walter, damals noch einfacher Dr. med., heute Professor und Leiter der neurologischen Abteilung des Tappeiner-Krankenhauses in Meran.

Meran, Tappeiner-Krankenhaus

15. April 1997

Endlich hatte sie die Spitze der Schlange erreicht. Die Warterei vor der Diagnoseausgabe war endlos gewesen, und Johannes brüllte unentwegt. Katharina warf ihm einen besorgten Blick zu, als sie den Kinderwagen in Richtung Schalter schob. Mittlerweile hatte er ein puterrotes Gesicht und wand sich in dem Geschirr, in dem er hing.

Katharina seufzte. Der Wagen war ihm inzwischen viel zu klein, aber ohne ging es nicht, denn das Laufen klappte in letzter Zeit überhaupt nicht mehr, obwohl er eigentlich im Februar schon fast so weit gewesen war.

Zärtlich streichelte sie sein Köpfchen, als sie an den Schalter trat. Normalerweise lächelte er, wenn sie das machte, aber heute nicht. Wenigstens hörte das Brüllen auf. Sein Kopf hing kraftlos auf einer Seite. Ein Speichelfaden floss aus seinem Mund, und seine kleinen Finger zuckten auf der Bettdecke. Seit einigen Wochen war er nicht mehr in der Lage, sein geliebtes Playmobil-Gespenst festzuhalten, das im Dunkeln leuchtete. Auch die kleine gelbe Kuh, der er murmelnd Laute aus seiner Welt ins Plastikohr geflüstert hatte, landete neuerdings auf dem Fußboden. Dann schrie er. Es schnitt ihr so sehr ins Herz, dass Katharina beschloss, die Spielsachen zu entsorgen, wenn sie nach Hause kam. Sie betrachtete ihn. Mit seinen drei Jahren sah er aus wie ein alter Mann.

»Haben Sie eine Abholnummer, oder stehen Sie hier nur zum Spaß?«

Die Frau an der Diagnoseausgabe nahm die Nummer und schob Katharina ein Dokument hin. Langsam ging Katharina ein paar Schritte zur Seite und las, was da stand.

Immer wieder war von einer Erkrankung die Rede, von der sie noch nie gehört hatte. Es war eine Krankheit mit einem langen Namen, den sie nicht einmal aussprechen konnte, und einer Abkürzung, die nur aus drei Buchstaben bestand. Mit den Knochen hatte es nichts zu tun, soweit sie den Inhalt begriff.

Sie betrachtete Johannes, der mittlerweile schlief, und atmete auf. Insgeheim hatte sie sich Sorgen gemacht, mit seinen Knochen sei irgendetwas nicht in Ordnung, weil er in letzter Zeit so häufig hinfiel. Auch sprechen konnte er noch nicht richtig, aber das bereitete ihr weniger Kopfzerbrechen. Manche Kinder waren in dieser Hinsicht eben Spätstarter.

Katharina runzelte die Stirn, als sie versuchte, einen gestempelten Aufdruck am Ende des Schriebs zu entziffern.

DR. MAXIMILIAN WALTER
NEUROLOGIE
1. OG, ZIMMER 17 (ANMELDUNG)
SPRECHSTUNDE DIENSTAG/DONNERSTAG
10–12 UHR

Heute war Dienstag. Wenn sie sich beeilte, würde sie es noch schaffen, auch wenn sie hinterher vermutlich nicht schlauer als vorher war.

20

Es fühlt sich gut an, direkt hinter ihr im Bus zu sitzen, und sie weiß es nicht.

Ich bin ihr so nah, dass ich nach ihr greifen könnte.

Ich könnte sie sogar von hinten erstechen, mit einer schnellen Bewegung, und niemand würde es bemerken.

Die beiden Frauen zwei Reihen weiter hinten sind vollkommen in ihre Lieblingsbeschäftigung vertieft, über andere herzuziehen.

Ein Mann verschwindet hinter dem Sportteil. Die Alte in der letzten Reihe schnarcht laut, mit offenem Mund. Ich bin wie immer unsichtbar.

Aber warum sollte ich sie töten? Auf diese Art macht es viel mehr Spaß.

Gerade bekommt sie einen Anruf.

»Stimmt irgendetwas nicht? Sie klingen so … anders.«

Sie hört zu, und plötzlich setzt sie sich kerzengerade hin.

»Das ist ja furchtbar! Das arme Kind!«

Sieh an. Ich hätte nicht gedacht, dass das herauskommt, nicht nach all den Jahren. Aber mir kann es ja egal sein.

Eine Weile ist es still, dann höre ich wieder ihre Stimme, entschiedener diesmal. Sie ist vielleicht doch nicht ganz so schwach, wie ich dachte.

»Das finde ich nicht. Die Mutter hat das gleiche Motiv. Denken Sie an das Arsen. So etwas benutzen Frauen. Erst als es ihr mit dem Gift zu langsam ging, hat sie den Kleinen erdrosselt.«

Sie schüttelt den Kopf. Jammerschade, dass ich ihr Gesicht nicht sehen kann.

»Woher wollen Sie wissen, ob es stimmt? Sie haben doch nur ihre Aussage, wie lang sie auf dem Fest war, oder?«

Ich sehe, dass sich ihr Nacken versteift. Gleich werden sie sich streiten. Großartig!

»Das besagt gar nichts. Den Gendefekt hatten beide Eltern.

Beide waren gleich schuld an der Krankheit. Wir brauchen jemanden, der die beiden gekannt hat.«

Der Bus fährt den Berg hinauf, und sie drückt auf den Halteknopf. Als sie aufsteht, höre ich, wie sie sagt: »Der alte Pfarrer? Warten Sie auf mich. Ich komme mit.«

Ich fühle, wie mich ein wohliger Schauder überläuft.

Altes Spiel, neue Partie!

Meran, Tappeiner-Krankenhaus

15. April 1997

Katharinas erster Gedanke war, dass es besser gewesen wäre, zu dem alten Kinderarzt im Nachbardorf zu gehen und ihm den Schrieb zu zeigen.

Dieser hier war viel zu jung, er hatte bestimmt noch keine Kinder und wusste nicht, wie man mit ihnen umging. Johannes würde sofort brüllen, wenn er aufwachte.

Ungeduldig fragte sie sich, warum er derart fassungslos auf das Blatt Papier mit der Diagnose starrte.

Schließlich hob er den Blick.

»Das haben die Ihnen in die Hand gedrückt, einfach so, ohne Kommentar?«

Katharina nickte. Was sollte die Frage?

»Ja und?«, gab sie zurück. »So läuft es halt. Man bekommt eine Diagnosenummer, geht zum Ausgabeschalter …«

Sie verstummte, als sie das Gemisch aus Mitleid und Verzweiflung im Blick des jungen Arztes sah. Irgendetwas stimmte hier nicht.

Er räusperte sich. »Ich denke, es ist am besten, wir rufen Ihren Mann an. Damit er Sie unterstützt.« Er griff zum Hörer. »Wo kann ich ihn erreichen?«

Berto? Um ihr beizustehen? Wahrscheinlicher war, dass er sie irgendwann umbrachte. Wenn er an den Wochenenden zu Hause war, geilte er sich mit Gewaltorgien von Tarantino auf, danach stieß er sie grob aufs Bett. Vor ein paar Wochen hatte er angefangen, ihr dabei den Hals zuzudrücken. Seit gestern hatte sie ein Messer in ihrer Nachttischschublade.

Katharina sagte kalt: »Gar nicht. Der steht in seiner Klasse und unterrichtet.«

Merklich verunsichert schaute der Arzt zu ihr hinüber, dann auf das Blatt Papier in seiner Hand.

»Es tut mir sehr leid. Ihr Sohn leidet an Neuronaler Ceroid-Lipofuszinose«, sagte er schließlich, nahm seine Brille ab und wischte sich immer wieder über die Stirn.

Fasziniert beobachtete sie, wie dieser Doktor an seiner mickrigen Haartracht herumfummelte, als wolle er sich daran festhalten.

»Lesen kann ich selber«, sagte Katharina. »Was ist das für eine Krankheit? Muss er ins Krankenhaus?«

Unglücklich schüttelte der Arzt den Kopf. »Im Moment noch nicht. Wie es weitergeht ... Nun. Das werden wir sehen ...«

Katharina wartete. Sie wappnete sich. Es war etwas Schlimmes, auch wenn sie sich nicht denken konnte, was. Johannes war schließlich noch ein Kind, seine Organe waren doch so gut wie neu. Mit durchgestrecktem Rücken saß sie auf dem Stuhl. Sie war keine, die weinte. Sie war stark.

»NCL ist eine seltene Stoffwechsel-Erkrankung, gegen die es momentan noch kein Heilmittel gibt. Es tut mir leid«, wiederholte der Arzt.

Zorn stieg in Katharina hoch. »Hören Sie auf damit«, sagte sie scharf. »Was nützt mir Ihr Mitleid? Sagen Sie mir endlich, was meinem Kind fehlt!«

Der Arzt richtete sich auf. »Es handelt sich um eine Art Alzheimer-Erkrankung bei kleinen Kindern«, sagte er leise. »Ihr Sohn wird alle Fähigkeiten, die er sich bisher angeeignet hat, nach und nach wieder verlieren. Er wird vergessen, wie man läuft, spricht, lächelt. Wir können den Prozess durch Medikamente verlangsamen, aber nicht zum Stillstand bringen. Irgendwann wird das Gehirn sämtliche Funktionen verlieren, und er wird sterben.«

Er zog ein Taschentuch heraus und schnäuzte sich die Nase.

Katharina saß stumm und steif auf ihrem Stuhl. Sie fühlte nichts mehr.

»Wie lang wird es dauern?«, wollte sie schließlich wissen.

Dr. Walter wich ihrem Blick aus. »Das ist unterschiedlich. Ein paar Jahre höchstens.«

Ein paar Jahre höchstens.

Ein paar Jahre in der Hölle.

Sie stand auf. »Vielen Dank, dass Sie es mir gesagt haben. Jetzt muss ich nach Hause. Johannes ist es gewohnt, dass ich ihn um die Mittagszeit füttere und bade. Dann freut er sich.«

Sie stand auf und ging zum Kinderwagen. Das Kind schlief.

»Ich möchte zusehen, wie er lächelt. Solange er das noch kann.«

21

Nicht zum ersten Mal fragte sich der alte Pfarrer, ob er in dem blauen Sarg aus Beton dort unten im Tal sterben würde oder in seinem Bett hier oben.

Pfarrer Michael Sutter saß auf der Bank mit der besten Aussicht, die das Altenheim am Hang des Küchelbergs zu bieten hatte.

Die Bank stand mit dem Rücken zu einem steilen Abbruch unterhalb des Hauses und war fest in den Fels montiert. Trotz der herrlichen Aussicht weit hinein ins Passeiertal war die Bank nie besetzt. Um den schmalen und steinigen Weg zu bewältigen, der hierherführte, musste man noch gut zu Fuß sein. Was auf die Mehrzahl seiner Mitbewohner nicht mehr zutraf.

Liebevoll betastete Sutter seine Oberschenkel. Er war inzwischen recht klapprig, aber seine Beine machten noch mit.

Er blickte über Weinberge hinweg hinunter auf das Häusermeer Merans, auf den Zwiebelturm der Sankt-Nikolaus-Kirche, auf die wolkenverhangenen Berge. Bald würde es schneien. Ob er das nächste Frühjahr wohl noch erleben würde? Er bezweifelte es.

Wieder wurde sein Blick von dem blauen Block des Tappeiner-Krankenhauses angezogen, der direkt in seiner Blickachse lag.

Vor seinem Tod hätte er gerne noch etwas in Ordnung gebracht, das ihn seit Langem umtrieb. Aber er fand keine Möglichkeit, es zu tun.

Jetzt dunkelte es schnell. Seufzend schaute Sutter auf seine Uhr. Zeit fürs Abendessen. Er hatte noch keinen Hunger, aber er wollte die Routine im Speisesaal nicht durcheinanderbringen.

Sutter wollte sich gerade hochstemmen, als er das Kollern von Steinen auf dem Kiesweg hörte.

Der Pfarrer reckte den Hals. Als er das Gesicht im Licht der kleinen Laterne erkannte, erschrak er.

»Du? Ich dachte –«

Weiter kam er nicht. Eine Hand presste ihn zurück auf die Bank, dann wurde ihm eine Plastiktüte über den Kopf gezogen.

Sutter ruderte mit den Händen. Er zerrte an der Tüte, die ihm den Hals zuschnürte, doch es war ein ungleicher Kampf.

Als er starb, war sein letzter Gedanke, wie freundlich es doch vom Tod war, seinen Lieblingsplatz zu wählen.

Zweites Buch

Alles auf Schwarz

1

Die Schwester lächelte bedauernd. »Da kommen Sie leider zu spät, Commissario. Pfarrer Sutter hat uns vor einer Stunde verlassen.«

»Wie bitte?«

»Als er nicht zum Abendessen erschien, sind wir ihn suchen gegangen. Er saß auf seiner Lieblingsbank. Unser Arzt sagt, es war Herzstillstand. Er ist ganz friedlich eingeschlafen.«

Plötzliche Todesfälle versetzten Pavarotti stets in Alarmbereitschaft. Auch ältere Menschen starben nicht einfach grundlos.

»Wenn man stirbt, bleibt das Herz immer stehen«, entgegnete er. »Herzstillstand ist keine Diagnose. Ich möchte mit dem Arzt sprechen.«

Die Schwester kniff die Lippen zusammen. »Wie Sie wünschen.«

Der Arzt war mindestens so alt wie seine Patienten. Wie war es möglich, dass so ein Mann noch Totenscheine ausstellen durfte?

Freundlich neigte er den Kopf.

»Commissario, in einem Etablissement wie dem unseren gehört der Tod zum Alltag. Schließlich sind wir ein Altenheim.«

»War der Pfarrer krank? Hatte er ein schwaches Herz?«

»Nein, das nicht. Aber er war über achtzig. In letzter Zeit wurde er schnell müde. Sein Appetit ließ nach. Er war nur noch Haut und Knochen. Sein Lebenswille war ... nun ja ... weitgehend erloschen, könnte man sagen. Ich war nicht überrascht, als er uns heute verlassen hat.«

Pavarotti musste sich beherrschen, als er das zweite Mal innerhalb von zehn Minuten diesen Euphemismus für den Tod hörte, der ihm von Grund auf verhasst war.

»Wo ist er jetzt?«

Der Arzt schaute ihn an. »Wir haben ihn in seinem Zimmer

aufgebahrt. Der Bestattungsunternehmer kommt gleich morgen früh. Möchten Sie ihn gern sehen?«

Sutters Raum war spärlich möbliert. Die Wände ein schmuckloses Weiß. Ein Schaukelstuhl mit einem Tischchen, darauf ein Block und ein Kugelschreiber. Ein Bauernschrank mit roter Bemalung, ein Kreuz aus Messing über dem schmalen Eisenbett. Keine Nippsachen, keine gerahmten Erinnerungen.

Der Tote lag mit gefalteten Händen da. Pavarotti trat näher. Hals und Gesicht schienen auf den ersten Blick unversehrt. Er befühlte die Finger. Sie ließen sich voneinander lösen, die Leichenstarre hatte die Hände noch nicht erreicht.

»Was machen Sie denn da?«, fragte der Arzt, doch Pavarotti brachte ihn mit einer Handbewegung zum Schweigen. Unterhalb des Handgelenks war ein blauer Fleck zu sehen.

»Dieser eigensinnige Mensch«, sagte der Arzt. »Der Weg zu seiner Bank war am Ende doch zu steil für ihn. Offenbar ist er gestürzt.«

Plötzlich fiel ihm etwas ein. »Vielleicht war es die Aufregung. Wegen seines Besuchers. Er hat schon lange keinen Besuch mehr bekommen.«

Pavarotti drehte langsam seinen Kopf.

»Ein Besucher? Wer? Wann?«

»Es war ein Mann, kurz vor dem Abendessen. Ich habe ihn zufällig von meinem Zimmerfenster gesehen, als er den Weg zur Bank hinuntergegangen ist.«

»Wie sah er aus?«

Der Arzt schnitt eine bedauernde Grimasse. »Ich habe ihn nur von oben gesehen. Er war schwarz gekleidet und hatte einen schwarzen Hut auf dem Kopf. Ich habe bei mir gedacht, dass Pfarrer Sutter sich von einem Kollegen die Beichte abnehmen lässt.« Er seufzte. »Weil er geahnt hat, dass er nicht mehr lange leben wird.«

Handschriftliche Notizen von Lissie von Spiegel
Angefertigt in der Stadtbibliothek Meran

Irgendwo habe ich
GANZ FRÜHER?
gelesen, dass man die Vergangenheit eines Ortes kennen muss, wenn man ihn verstehen will.

Deswegen bin ich hier. Hier hat die Vergangenheit ihren festen Platz.

Aber anstatt mich dem Grund meines Hierseins zu widmen, starre ich auf einen leeren Stuhl ein paar Reihen vor mir. Hier saß einmal jemand, das weiß ich, aber mir fällt nicht ein, wer. Die Bibliothekarin lächelt mich an. Kennt sie mich?
Ich muss sie fragen.
Ich muss damit aufhören.

Als ich von der Toilette zurückkomme, hat sie mir ein Buch hingelegt, das ich gar nicht bestellt habe. Der Titel lautet: »Das Lieblingstal des Todes«. Der Name des Autors auf dem Umschlag sorgt dafür, dass sich die Härchen in meinem Nacken aufstellen. Anton Sutters Buch über Katharinaberg kommt mir vor wie sein kalter Finger aus dem Sarg.

Neugierig fange ich an zu lesen. Ich weiß nicht, wie fest Pfarrer Sutter an Gott geglaubt hat. Doch dass er den Teufel gefürchtet hat, daran besteht kein Zweifel.

Kann ein Ort wirklich das Böse anziehen?
Beispiel für Beispiel reiht Sutter aneinander, verfolgt die Spur weit zurück, belegt seine Theorie mit Daten, Zahlen und Ereignissen.

Wenn der Pfarrer recht hat, dann fing es mit der Pest an. Jedenfalls finden sich im Jahre 1635 die ersten Abweichungen von der Norm. Die Geißel der Menschheit rast durch die Dörfer um Katharinaberg schneller und todbringender als anderswo. Nur zwei Menschen überleben die Seuche, eine Frau und ein Mann, gerade als sei Gott dem Teufel in den Arm gefallen, kurz bevor das Leben und die Hoffnung auf Zukunft erloschen. Sicher, es gab in dieser gottverlassenen Gegend weder Ärzte noch Arznei, doch Pfarrer Sutter glaubt der Erklärung der Historiker nicht.

Und dann die vielen Brände. Es kommt vor, dass es brennt und dass Menschen dabei sterben. Doch in Katharinaberg brennt es ohne erkennbaren Grund. Die Brände in diesem Tal entwickeln sich in einer geradezu übernatürlichen Weise. Das Feuer explodiert, schießt wie eine Fontäne durch den Schornstein gen Himmel, und innerhalb weniger Minuten verschlingt es Haus und Hof, Mensch und Tier.

Am 26. Mai 1891 geht ein Wohnhaus in Vernagt, in dem drei Kinder und zwei Erwachsene leben, in Flammen auf. Innerhalb von Minuten verwandelt sich das Haus in eine kochende Hölle. Niemand überlebt, und die Brandursache bleibt ein Rätsel.
Als fünfunddreißig Jahre später Feuer im Kloster Karthaus ausbricht, kämpft ein ganzes Dorf verzweifelt gegen die Flammen. Doch die Spritze der Feuerwehr versagt ihren Dienst – was für ein Zufall! –, und das Schicksal des Klosters ist besiegelt. Hinterher wird man sagen, ein italienischer Wanderarbeiter habe im Stroh geraucht. Ich höre Pfarrer Sutters Spott über das menschliche Bedürfnis, eine natürliche Erklärung zu finden, klar und deutlich durch ein Loch in den Seiten.

Noch unerklärlicher ist das Verschwinden dieser Kinder. Nun, sie verschwinden nicht endgültig. Dass der kleine Johannes Zomba der Einzige war, der wirklich und wahrhaftig verschwand, hat Emmenegger schon korrekt recherchiert. Die anderen Kinder tauchen wieder auf, sobald der Schnee schmilzt. Immer wieder wird in diesem Tal ein Kind auf dem Schulweg von einer Lawine gefressen. In jedem anderen Hochtal in dieser Gegend vergehen Jahrzehnte, ohne dass ein solches Unglück geschieht. Verstehen Sie jetzt?, schreibt der Pfarrer, beinahe triumphierend.

Der Teufel setzt Lawinen in Gang, aber er führt auch Menschen die Hand.

Im Mai 1955 spielen zwei Arbeiter, die am Bau des neuen Staudamms beteiligt sind, im fertig errichteten Wasserschloss, tief im Stollen der Anlage, das beliebte italienische Fingerspiel Morra. Ein Dutzend weitere kiebitzen, denn die beiden sind gut und schnell mit den Händen. Der Damm ist so gut wie fertig, die Stimmung ist ausgelassen, bei dem Spiel geht es nicht um Geld, nur ein paar Lire liegen auf dem Tisch.
Der einzige Überlebende wird all das später berichten, und er überlebt nur, weil eine innere Stimme ihn nach Hause zu Frau und Kind ruft. Kurze Zeit später schießen Wassermassen mit der Wucht, die zehn Tonnen innewohnen, in das Wasserschloss und reißen alle Männer tausend Meter mit sich in die Tiefe, wo sie schließlich wie aufgequollene Fische aus der Rohrleitung purzeln. Es bleibt ein Geheimnis, wer für das Einschießen des Wassers verantwortlich war.

Im August 1965 versetzt der damalige Pfarrer von Katharinaberg, Jakob Steinvatterer, dem fünfjährigen Karl Erlkofer eine Ohrfeige, weil der Junge im Gottesdienst gelacht hat. Körperliche Züchtigung ist in diesen Jahren nicht ungewöhnlich, und der Pfarrer hat sich im Tal einen gewissen Ruf als »Prügel-Pfarrer« verdient. Doch aus unerfindlichen Gründen bleibt es nicht bei dieser Ohrfeige. Steinvatterer prügelt den Jungen windelweich und hört auch nicht auf, als Karl am Boden liegt und winselt. Dann packt er den Jungen und wirft ihn gegen die Kirchenwand. Als Karl auf dem Boden auftrifft, ist sein Genick gebrochen. Die Kirche vertuscht den Mord, aber Steinvatterer ist die längste Zeit Pfarrer gewesen.

Während der Jahre 1995 bis 1997 verenden knapp fünfzig Tiere, allen voran Hunde, elend. Seither gibt es dort oben keine Haustiere mehr. Die Welt in Katharinaberg ist noch leerer geworden. Wer für das große Hundesterben – Pfarrer Sutter nennt es genauso wie Dr. Dulsao – verantwortlich ist, bleibt bis heute ein Geheimnis.

Pfarrer Sutters Buch endet mit den Ereignissen im September des Jahres 1997. Am 7. September verschwindet der kleine Johannes Zomba spurlos aus seinem Elternhaus. Am 23. September finden seine Eltern ein blutiges Ende.

»Bis heute weiß niemand genau, wie es dazu kam«, schreibt er. »Obwohl …«

Obwohl?
Obwohl was?

Die Seite endet mit diesem Wort. Jemand hat das letzte Blatt herausgerissen. Auf der weißen Rückseite des Einbands prangt ein riesiger gezeichneter Smiley in gelber Farbe. Er zwinkert mir zu.

2

»Erstickt«, sagte Emmenegger. »Vermutlich mit einer Plastiktüte, sagt die Gerichtsmedizin. Er hatte Blutungen im Mund und in den Augäpfeln. Außerdem hat Landers Plastikpartikel unter seinen Nägeln gefunden.«

Pavarotti starrte aus dem Fenster. Im Bereitschaftsraum herrschte Stille, bis auf das Geräusch von Lissies Schritten, die im Zimmer auf und ab lief.

Plötzlich blieb sie stehen. »Dieser Arzt, der hat wirklich nur einen schwarzen Hut und Rock gesehen, sonst nichts?«

Pavarotti zuckte die Schultern.

»Größe? Figur?«

»Nichts.«

»Einen schwarzen Hut und einen schwarzen Anzug kann sich jeder besorgen. Jeder sieht nur den Pfarrer, nicht den Menschen«, sagte Emmenegger.

»Vielleicht war es tatsächlich ein Pfarrer«, warf Lissie ein. »Zumindest werden Sie mir jetzt glauben, dass der Täter von damals noch lebt. Außerdem … Dieses ganze Dorf ist … böse.«

»Wie bitte?« Pavarotti tat so, als habe er sich verhört.

»Frau von Spiegel, die Leute in Katharinaberg sind wirklich ein merkwürdiges Völkchen«, sagte der Vice Ispettore ruhig. »Ich glaube aber nicht, dass es jemand auf Sie abgesehen hat. Wenn der Täter wirklich noch in dem Tal dort oben lebt, warum sollte er Sie im Visier haben?«

Lissies Blick irrte durch den Raum. »Irgendjemand beobachtet mich …«

Emmenegger warf Pavarotti einen Blick zu. Dann sagte er: »Möchten Sie vielleicht … eine nette Pension … nicht weit vom Krankenhaus …?«

»Nein!«, sagte Lissie und blickte wild um sich. Kurz entschlossen warf sie das Foto aus der Kapelle auf den Schreibtisch. »Hier! Dass diese Frau verliebt ist, kann jeder sehen, der Augen im Kopf hat. Die Zomba hatte ein Verhältnis!« Sie tippte auf das Foto. »Und zwar mit diesem Mann!«

Emmenegger beugte sich über das Foto, dann schaute er Lissie fragend an. Pavarotti machte sich nicht erst die Mühe, die Aufnahme anzusehen.

Lissie musste sich beherrschen, dass ihre Stimme nicht zitterte. »Wir wissen doch jetzt, dass der Täter noch lebt. Ich bin fest davon überzeugt, dass es dieser Mann ist.« Sie wies auf das Bild.

Emmenegger schaute sich das Foto noch einmal aufmerksam an. »Zur Identifizierung taugt das nichts.«

»Vielleicht hatte sie ein Verhältnis. Und wenn schon«, warf Pavarotti ein. »Warum sollte der Kerl ihr Kind töten?«

»Er wollte die Frau, aber keinen dreijährigen Pflegefall.«

Pavarotti ließ sich auf einen Stuhl fallen. »Eins nach dem anderen. Wir wissen ja nicht einmal, ob der Mord an dem Pfarrer etwas mit der Sache zu tun hat. Ich glaube nach wie vor, Zomba hat das Kind getötet, weil ihn die Schulden für die Behandlung auffraßen.«

Lissie hob den Kopf. »Das ist wohl nicht Ihr Ernst. Der Mord an dem Pfarrer ist doch kein Zufall.« Sie überlegte einen Moment. »Sutter. Ich kenne den Namen. Er war es, der die Messe zur Einweihung der Kapelle gelesen hat, an dem Tag, als der Kleine verschwand.«

Pavarotti fragte: »Wenn Sie recht haben – woher zum Teufel wusste unser Mister X eigentlich, dass ich auf dem Weg zu dem Pfarrer war?«

Lissie und Emmenegger starrten ihn an.

Pavarotti wandte sich an Lissie. »Haben Sie irgendjemandem davon erzählt?«

»Nein.«

»Wir haben am Telefon darüber gesprochen. Wo waren Sie während des Telefonats?«

»Im Bus.«

»Wissen Sie noch, wer in Ihrer Nähe saß?«

Sie schloss die Augen. »Der Bus war ziemlich leer. Zwei Frauen, die ich nicht kannte. Jemand schnarchte, ich glaube, eine Frau, die in der letzten Reihe saß. Nach mir sind noch ein paar Leute eingestiegen, ich habe aber nicht darauf geachtet. Der Letzte muss gekommen sein, kurz bevor sich die Türen schlossen. Jedenfalls hörte ich, wie das Sitzleder hinter mir quietschte, als ob jemand …«

Lissie wurde eiskalt. Der Mörder hatte hinter ihr im Bus gesessen, nur einen halben Meter von ihr entfernt.

3

Es gab lediglich zwei Zapfsäulen, eine für Diesel und Lkw-Diesel und eine für Super-Benzin. Sie waren einmal leuchtend rot und blau gestrichen gewesen. Jetzt war die Farbe an vielen Stellen abgeblättert, und das stählerne Grau kam zum Vorschein.

Die Vorderseite der Säulen zierten Veranstaltungsplakate für das bevorstehende Musikfest. Die Hand eines grimmigen Mannes klammerte sich um eine Klarinette.

In Anbetracht dessen, dass es ihnen keinen Spaß macht, feiern diese Menschen häufig, dachte Lissie.

Sie passierte einen verschrammten Geländewagen und einen alten Fiat, die neben einem rostigen Luftdruckmesser standen, und steuerte auf das Tankstellengebäude zu.

Bei jedem Schnitt knisterte die alte Quittung in ihrer Jackentasche. In der anderen steckte das Foto von Katharina Zomba.

Als sie die Eingangstür aufstieß, lärmte ihr Discofox von den Bee Gees entgegen. An der Jukebox stand ein Halbwüchsiger und drückte wild auf einem Tastenfeld herum. Die Musik stoppte. Dann dröhnte »Beat It« von Michael Jackson aus den Boxen.

»Scheiße!«, schrie der Junge und versetzte der Jukebox einen Tritt. »Was für ein Mega-Schrott! Gibt's hier nichts Anständiges?«

Die Frau hinter der Theke hielt kurz inne, dann polierte sie weiter ihre Espressomaschine.

Da bemerkte er Lissie. »Hey, wen haben wir denn da? Nicht mehr ganz taufrisch, aber nettes Fahrgestell!« Er ließ seine Augen über ihren Busen und Po wandern. Lissie verfluchte den knappen Rolli und die Röhren-Jeans, in die sie am Morgen absichtlich geschlüpft war. Nichts davon hatte Pavarotti registriert.

Sie beschloss, nicht zu reagieren, und nahm die letzten fünf Schokoriegel und drei Keksrollen aus einem Regal, in dem ansonsten Leere herrschte. Die Verpackungen waren eingedrückt, und dicke Kekskrümel rollten heraus. Sie musste sich beherrschen, das Papier nicht sofort aufzureißen. Stattdessen steckte sie die Krümel in den Mund. Sofort fühlte sie sich besser.

Aus dem Augenwinkel sah sie, dass der Junge auf sie zuschlenderte. Seine Haare waren lang und klemmten hinter den Ohren. In der Art, wie er sich bewegte, lag etwas Herausforderndes.

»Zigarette?«

Er hielt ihr ein blaues Päckchen hin und steckte sich eine Filterlose in den Mund. Sie starrte die Zigaretten an. Rauchte sie?

GANZ FRÜHER

hatte sie es jedenfalls nicht getan.

Als er ein neongelbes BIC-Feuerzeug hervorzog, um die Zigarette anzuzünden, stand die Frau vor ihnen.

»Hier ist Rauchen verboten. Lass die Dame in Ruhe und verzieh dich. Oder muss ich deinen Vater anrufen, damit er dich holt?«

Das Gesicht des Jungen verzog sich zu einer Grimasse, und seine Augen bekamen einen gefährlichen Glanz.

»Das werden wir ja sehen. Du kriegst ein Feuerchen, das du nie vergisst«, zischte er und schob sich mit seinem wiegenden Gang an der Frau vorbei zum Zeitschriftenständer. Dort hielt er das Flämmchen seines Feuerzeugs an ein Exemplar des »Südtiroler«, das sofort Feuer fing.

»Spinnst du?« Die Frau rannte auf die Zeitschriften zu.

Nach einem kurzen Moment der Schockstarre folgte Lissie ihr. Sie sah, dass die Frau im Laufen einen Feuerlöscher von der Wand riss und die Düse auf den Ständer richtete. Alle Zeitungen brannten lichterloh.

Lissie rief ihr zu: »Geben Sie mir den Löscher! Rufen Sie die Polizei!«

Nach fünf Minuten hatte sie die Flammen gelöscht. Sie wischte sich den Schweiß von der Stirn. Der gesamte rückwärtige Teil der Tankstelle hatte sich in eine Schweinerei aus verkohltem Papier und Schaum verwandelt. Es stank bestialisch.

Ein Mann marschierte in die Tankstelle und schrie: »Wo ist der Junge?«

»Er ist abgehauen, als er gesehen hat, dass ich dich angerufen hab«, sagte die Frau und starrte an ihm vorbei auf das Chaos. »Schau dir an, was dein Sohn angerichtet hat. Entweder du zahlst alles, oder ich hole die Polizei.«

Der Mann kniff die Lippen zusammen und nickte. »Ich zahle.«

»Sie sind mein Zeuge«, sagte die Frau zu Lissie.

Der Mann starrte Lissie an, dann wirbelte er herum und rannte hinaus. Sie hörten, wie ein Motor aufheulte.

Die Frau ging zu den Überresten des Zeitschriftenregals hinüber. Sie stöhnte und fing an zu husten. »Oh Gott, dieser Gestank … Vielen Dank übrigens.«

»Soll ich Ihnen beim Aufräumen helfen?«

Die Frau schaute sie erstaunt an. »Das ist riesig nett von Ihnen.«

Nach zwei Stunden waren sie fertig. Die Zeitschriftenreste waren in der Mülltonne gelandet, und den Schaum hatten sie aufgewischt. Lissie setzte sich mit Rußflecken auf Jeans und Gesicht, aber mit dem Gefühl, etwas Sinnvolles getan zu haben, auf einen Barhocker am Tresen und nahm die Tasse mit dem Espresso dankbar entgegen.

»Das wird schlimm enden mit dem Jungen«, sagte die Frau und strich sich die Haare aus dem Gesicht.

»Warum tut er so etwas?«

»Er soll den alten Gasthof übernehmen, der auf der anderen Seite des Tunnels liegt. Dagegen wehrt er sich, aber sein Vater will ihn zwingen. Dieser Mann ist ein Vieh. Der Junge will weg, egal wohin. Nach Meran, nach Mailand oder nach Amerika. Sogar das Gefängnis wäre ihm lieber, glaube ich.«

»Ich habe eine Frage«, wagte sich Lissie vor.

Die Frau schaute sie aufmerksam an. »Habe ich mir doch gedacht, dass Sie etwas wollen. Umsonst ist nur der Tod. Na dann, raus damit. Aber flunkern Sie mir nichts vor, das kann ich nicht ausstehen.«

Lissie, die genau das vorgehabt hatte, stellte ihre Taktik blitzschnell um. Sie brauchte eine Verbündete.

»Neulich Nacht am Eingang des Tunnels«, sagte sie, »da hat jemand von oben mit einem Steinbrocken auf meinen Hund gezielt und ihn schwer verletzt. Dieses Schwein will ich finden.«

Die Frau hob die Hand zum Mund. »Oh nein, nicht schon wieder …«

Lissie zog die Tankstellenquittung aus der Jackentasche. »Die habe ich da oben gefunden. Wer auch immer es war, er hat eine halbe Stunde vorher etwas gekauft, hier bei Ihnen.« Sie strich das Papier glatt und schob es der Frau hin. »Können Sie herausfinden, von wem die Quittung stammt?«

Die Frau legte das Stück Papier auf den Tisch und glättete die Knitterfalten. Langsam schüttelte sie den Kopf. »Ich würde Ihnen furchtbar gern helfen, aber das kann ich leider nicht. Das war eine Barzahlung.« Sie beugte sich über das Papier, und ihre Augen glitten über die verschmierten Buchstaben und Zahlen. »Die Schrift ist unleserlich. Bloß der Preis lässt sich entziffern. Sechzehn Euro und ein paar Cent. Das kann Benzin gewesen sein, aber ebenso gut etwas anderes. Ein paar Flaschen Bier. Zigaretten.«

Zigaretten. Florian Perlkofer rauchte. Vielleicht war es kein Zufall gewesen, dass er ein paar Minuten nach dem Anschlag zur Stelle war?

»Können Sie sich an den Tag erinnern? An die Kunden, die Sie bedient haben? An etwas Ungewöhnliches, das passiert ist?« Lissie war nicht bereit, sich so schnell geschlagen zu geben.

Die Frau zog die Stirn kraus. Dann nickte sie. »Ich erinnere mich tatsächlich an den Tag. Weil ich am Nachmittag die Kündigung mit der Post erhalten hatte. Die Ölgesellschaft will hier schließen. Ich mache zu wenig Umsatz. Die haben an der großen Durchgangsstraße durch den Vinschgau, direkt an der Abzweigung zum Schnalstal, eine neue Tankstelle hingestellt.« Sie zuckte mit den Achseln. »Am Jahresende ist hier endgültig Schluss. Ich hab den ganzen Nachmittag gegrübelt, was aus mir werden soll.«

Dann sagte sie: »Der Bürgermeister war an diesem Abend hier. Außerdem der Pfarrer.« Ihre Stimme klang blechern, und sie schaute ins Leere. Lissie hatte das Gefühl, dass irgendetwas in der Frau gerade abschaltete. Doch nach ein paar Sekunden fügte sie mit ganz normaler Stimme hinzu: »Einer Sache bin ich mir ganz sicher. Es waren nur Leute aus dem Tal bei mir.«

Lissie hob die Augenbrauen. »Wieso wissen Sie das so genau?«

»Weil das die Einzigen sind, die noch kommen.«

4

So imposant die Kirche von Katharinaberg durch ihre Lage von außen aussah, so unscheinbar war ihr Inneres. Das Kirchenschiff war klein, und der Geruch von Weihrauch lag süß und dick in der Luft.

Lissie setzte sich in die letzte Bankreihe. Die Kirchgänger würden an ihr vorbeimüssen, und sie konnte in aller Ruhe ihre Hinterköpfe studieren.

Die Fotografie lag gut versteckt zwischen ihren Oberschenkeln auf der Sitzbank.

Der Mann, der in ihrem Hotel für die Küche zuständig war, war der Erste. Er setzte sich in eine der Mittelreihen. Sie betrachtete seinen Hinterkopf. Der Mann vor ihr war Mitte, Ende vierzig.

Das Alter passte.

Aber seine Haare waren aus einem feinen Dunkelblond, die Frisur kurz und akkurat geschnitten. Er war nicht der Mann auf dem Foto.

Jetzt kamen sie. Das ganze Dorf oder jedenfalls beinahe.

Die Mesnerin, mit der sie in der Kapelle am Stausee gesprochen hatte, ging gemessenen Schrittes vorbei. Lissie sah an ihrem Gesichtsausdruck, dass die Frau sie erkannte, aber der Gruß blieb aus.

Wieder knarzte die Kirchentür. Die Frau von der Tankstelle erschien, zusammen mit dem Jungen, der die Zeitungen in Brand gesetzt hatte, und seinem Vater. Lissies Augen weiteten sich. Verlegen schaute die Frau weg.

Der Junge grinste zu Lissie herüber, lehnte sich in aufreizender Haltung an das Gestühl und ließ sein Becken kreisen.

Die Stirn seines Vaters lief rot an. Er versetzte seinem Sohn einen Stoß, sodass dieser gegen die Sitzbank taumelte und auf die Kniebank fiel.

Das Gesicht der Frau wurde vor Verzweiflung ganz klein. Sie

flüsterte dem Mann etwas ins Ohr. Sein Stiernacken unter dem fast kahl geschorenen Kopf versteifte sich, und er packte sie am Arm. Er machte den Eindruck, als würde er seine unterdrückte Wut auf die Welt an jedem auslassen, der ihm in die Quere kam.

Derweil rieb der Junge sein Schienbein und schaute demonstrativ in die Runde, aber jeder wich seinem Blick aus und starrte nach vorn.

Eine Tür neben dem Altar öffnete sich, und Pfarrer Lukas kam herein, gefolgt von zwei Ministranten. Er lächelte und breitete die Arme aus, als wolle er die ganze Kirchengemeinde umarmen. Seine blauen Augen strahlten. Die Orgel setzte ein.

Die Töne klangen wie eine Aufnahme vom Band. Als habe der Pfarrer eine Regieanweisung erteilt, standen alle auf und fingen an zu singen. Lissie begann, sich wie in einem Film zu fühlen.

Verstohlen betrachtete sie das Foto.

Braune Haare, die leicht gelockt waren. Ein kräftiger Haarwuchs, der so aussah, als würden die Haare dem Träger bis ins Alter erhalten bleiben. Der Hals war muskulös. Schultern, die von schwerer Arbeit erzählten.

Südtiroler oder Italiener?

Sie blickte sich um. Keine der Rückfronten sah dem Mann auf dem Foto im Geringsten ähnlich. Ihr wurde klar, dass sie einen Denkfehler gemacht hatte. Die Menschen alterten und veränderten sich. Jeder hier konnte der Mann auf dem Foto sein.

Plötzlich merkte Lissie, dass sich das ganze Dorf zu ihr umdrehte. Sie hörte, wie der Pfarrer sagte:

»... freue ich mich sehr, dass ich heute auch eine Deutsche unter uns sehe, die sich momentan in unserem Dorf aufhält. Ich begrüße Sie ganz herzlich in unserer Mitte!«

Alle starrten sie an.

Lissie wurde puterrot vor Wut.

Aber der Pfarrer war nicht zu bremsen. »Meine Liebe, ich möchte Sie zu unserem Musikfest einladen. Ich hoffe, dass dieses

Fest Sie und uns alle auf andere Gedanken bringt.« Er setzte eine ernste Miene auf. »So bald wie möglich werden wir die sterbliche Hülle des kleinen Johannes zu Grabe tragen, der uns vor langer Zeit verlassen hat. Seine Seele möge in Frieden ruhen. Gedenken Sie seiner und sprechen Sie ein stilles Gebet.«

Pfarrer Lukas schloss die Augen. Seine Lippen bewegten sich. Schweigen senkte sich über die kleine Kirche.

Eine Frau hustete. Jemand scharrte mit den Füßen.

Wie auf Kommando setzte die Orgel wieder ein.

Lissie trat durch die Kirchentür ins helle Tageslicht hinaus. Sie sog die kalte Luft tief ein, um ihren Zorn abzuschütteln.

Als sie den Pfarrer sah, der sich mit einigen Kirchgängern unterhielt, ging sie zum Gegenangriff über.

»Was sollte das? Ich habe mich gefühlt wie auf dem Präsentierteller!«

Der Pfarrer machte ein unschuldiges Gesicht. »Ich wollte Ihnen doch nur das Gefühl geben, in unserer Gemeinde willkommen zu sein.«

Mittlerweile waren die Dörfler in Hörweite herangerückt. Das Raunen hatte aufgehört. Wieder schauten alle in ihre Richtung.

»Ich habe gehört, dass Sie in letzter Zeit ein wenig … Pech gehabt haben, und da dachte ich …«, sagte der Pfarrer laut in die Stille hinein.

Lissie erstarrte.

Meinte er den Anschlag mit dem Stein?

Oder etwa …?

Er weiß, dass ich keine Vergangenheit hab.

Gleich würde er ausplaudern, was mit ihr los war. Dann würde es der ganze Ort wissen.

Alle würden sich das Maul zerreißen. Alle würden wissen, dass mit ihr etwas

NICHT IN ORDNUNG NICHT IN ORDNUNG NICHT IN ORDNUNG

Lissies Kopf wurde vollkommen leer. Sie stand einfach da und merkte, wie ihre Knie nachgaben.

***

»Die Truppe von Kohlgruber hat den Weg vom Altenheim bis zu der Sitzbank erkennungsdienstlich untersucht, wie Sie angeordnet hatten«, sagte Emmenegger.

»Und?«

Emmeneggers Kinnpartie war hart vor Frustration. »Nichts. Keine verwertbare Fußspur, auch keine anderweitigen Spuren. Kein ausgetretener Zigarettenstummel, kein Stück Stoff an einem Felszacken. Zwischen den Steinen haben Kohlgrubers Leute ein paar Löcher im Boden gefunden, aber die stammen vom Pfarrer, der für das abschüssige Stück einen Wanderstock benutzt hat. Der Stock lehnte ja neben dem Toten an der Bank.«

»Der ist mir auch aufgefallen«, sagte Pavarotti. »Ein neues Modell, das bestimmt nicht ganz billig war.«

Emmenegger pausierte kurz.

»Der Polizeichef hat übrigens angerufen, aus seinem Urlaub. Er war sauer, dass der Fall immer noch nicht abgeschlossen ist. Ich habe ihm gesagt, dass wir eine weitere Leiche haben. Daraufhin hat Alberti getobt, als ob Sie daran schuld wären. Sie sollen übermorgen, wenn er wieder da ist, sofort bei ihm vorsprechen.«

»Bei ihm vorsprechen. Hat er das so gesagt?«

Emmenegger lächelte. »Nicht ganz, Commissario.«

Sie grinsten sich an.

»Was ist mit der Bank, auf der Sutter gesessen hat?«

Der Vice Ispettore schüttelte bloß den Kopf. »Tausende von Abdrücken, alle verwischt. Unter der Bank lagen vermoderte Blätter, Äste, die der Wind dorthin geweht hat, und die sterblichen Überreste einer Maus. Sonst nichts. Der Kerl ist extrem vorsichtig, oder er hat unverschämtes Glück.«

»Hat Kohlgruber Sutters Handy gecheckt?«

»Der Pfarrer war einer von der altmodischen Sorte. Ein Handy hatte er nicht. Auch keinen PC.«

»Hm«, machte Pavarotti. Seine Gedanken wanderten zurück zu dem Zimmer des alten Pfarrers.

Der kleine Tisch mit dem Blatt Papier und dem Kugelschreiber fiel ihm ein.

»Was stand auf dem Blatt Papier, das auf dem Tischchen in Sutters Zimmer gelegen hat?«

»Nichts.«

»Nichts«, wiederholte Pavarotti. Er begann, im Bereitschaftsraum auf und ab zu gehen. »Er wollte etwas zu Papier bringen. Er wusste nicht, wie er es formulieren sollte. Eine Beichte? Etwas, was ihn belastete, was er loswerden wollte, bevor er starb? Es fiel ihm schwer, und darum ging er hinunter zu seinem Lieblingsplatz, um einen Entschluss zu fassen. Und dann war es zu spät, weil …«

Er wirbelte zu Emmenegger herum. »Hat Kohlgruber das Blatt Papier untersucht?«

»Die Fingerabdrücke des Pfarrers waren auf Papier und Stift, wie es zu erwarten war«, sagte Emmenegger. »Kohlgruber hat die ganze Wohnung einpinseln und von allen Bewohnern und dem Personal Fingerabdrücke nehmen lassen. In der Wohnung gibt es keinen einzigen fremden Fingerabdruck, den sie nicht zuordnen konnten.«

»Auch der Teufel macht irgendwann einen Fehler«, sagte Pavarotti.

***

Lissie blinzelte. Vorsichtig öffnete sie die Augen. Helle Ovale.

»Sie kommt zu sich.«

Die ovalen Schemen wurden klarer und entpuppten sich als zwei Gesichter.

Lissie versuchte, sich zu konzentrieren, aber ihre Augen glitten weg. Endlich gelang es ihr. Vor ihr saßen Pfarrer Lukas und die Frau von der Tankstelle und beobachteten sie mit besorgten Mienen.

Lissie sah sich um. »Wo bin ich?«

»Im Pfarrhaus«, sagte die Frau von der Tankstelle. »Sie waren ohnmächtig.«

»In der Kirche war es stickig.« Mühsam richtete sich Lissie auf. Sie lag auf einem Bett in einem altmodischen Schlafzimmer mit dunklen Holzmöbeln.

»Mein Gästezimmer«, sagte der Pfarrer lächelnd.

Plötzlich erinnerte sich Lissie an ihre Erstarrung, kurz bevor sie das Bewusstsein verloren hatte. Das Gefühl kam ihr vertraut vor. Hatte sie

FRÜHER

schon einmal einen solchen Anfall gehabt?

Mit einem Mal wurde ihr Hals rau, und die Zunge lag in ihrem Mund wie ein Stein.

»Kann ich bitte etwas Wasser haben?«, bat sie.

Sofort sprang der Pfarrer auf.

Die Frau sah ihm eine Sekunde lang nach, dann beugte sie sich zu Lissie herüber.

»Ich heiße übrigens Bärbel Gardena. Es tut mir leid, dass ich es Ihnen nicht gesagt habe, dass der Junge mein Sohn ist. Aber ich hab mich einfach zu sehr geschämt wegen ihm.«

»Schon gut. Ich heiße Lissie von Spiegel.«

»Ich weiß«, sagte Bärbel. »Jeder hier weiß, wer Sie sind.«

Lissie erschrak. »Woher denn?«

Bärbel Gardena lachte. Es war ein eigentümliches Lachen, hell wie eine Glocke, aber mit einem boshaften Nachhall. »Können Sie sich das nicht denken? Sie wohnen doch bei Erna Steinvatterer, nicht wahr? Die Frau tratscht für ihr Leben gern. Unser Dorf ist klein.«

Sie machte eine kurze Pause.

»Alle fragen sich, was Sie bei uns wollen.«

Lissie öffnete den Mund, aber Bärbel Gardena winkte ab. »Die Geschichte mit Ihrem Opa hat schon die Runde gemacht. Das Problem dabei ist nur …«, sie kniff die Augen zusammen, »dass Ihnen niemand glaubt.«

»Und was denken sie dann?«, wollte Lissie wissen.

Bärbel Gardena kicherte. »Erna Steinvatterer geht herum und

erzählt allen, Sie seien eine deutschen Profilerin, die sich die Italiener ausgeborgt haben. Das ist natürlich Unsinn.« Sie schaute Lissie unverwandt an. »Warum sind Sie wirklich hier? Ich kann ein Geheimnis bewahren.«

Lissies Gedanken rasten.

»Ich bin von zu Hause abgehauen«, sagte sie. »Es war nicht mehr zum Aushalten mit ihm. Die Sauferei und die Prügel wurden immer schlimmer. Ich habe Angst gehabt, er bringt mich eines Tages noch um. Ich habe mir ein bisschen Geld von einer Freundin geliehen und mich in den Zug gesetzt. Hier findet er mich bestimmt nicht. Nicht einmal meine Freundin weiß, wo ich bin. Zur Sicherheit, seine Fäuste können nämlich recht überzeugend sein.«

Die Frau starrte sie mit offenem Mund an. Ihre Miene spiegelte Mitleid wider, aber da waren auch Spuren von Bitterkeit und Neid. »Jetzt versteh ich, warum Sie gelogen haben«, flüsterte Bärbel Gardena und beugte sich zu Lissie vor. »Vielen Dank, dass Sie es mir gesagt haben. Ich behalte es für mich, versprochen.«

»Was wollen Sie für sich behalten, meine Liebe? Frauen und ihre kleinen Geheimnisse, hmm?« Lissie drehte sich um. Breit grinsend stand der Pfarrer in der Tür, ein Glas Wasser in der Hand.

Sofort griff Bärbel Gardena nach Lissies Arm. Sie half ihr auf die Beine und legte ihren Arm um sie. »Jetzt müssen wir wirklich aufbrechen«, sagte sie zum Pfarrer. »Es geht ihr wieder gut.«

»Seien Sie bloß vorsichtig mit dem Pfarrer«, sagte Bärbel, als sie draußen standen. »Er ist noch geschwätziger als Ihre Wirtin.« Sie biss sich auf die Lippen. »Der Mann ist imstande und informiert Ihren Mann. Zu mir hat er gesagt, die heilige Institution der Ehe sei schon ein paar blaue Flecken wert. So jung und schon so reaktionär.«

Auf einmal blickte sie auf die Uhr und wurde blass. »Oh Gott. Schon halb zwölf. Ich muss sofort nach Hause. Wenn das Mittagessen nicht auf die Minute pünktlich auf dem Tisch steht, wird er wütend. In letzter Zeit hat er angefangen, mich ins Gesicht zu schlagen.«

Sie blickte Lissie noch einen Augenblick fest in die Augen, dann schwang sie sich auf ihr Rad.

Nachdenklich schaute Lissie ihr nach.

5

»0049–69–883228«.

Die Nummer auf dem Display hatte eine deutsche Vorwahl. Darüber stand ein Vorname. Alex.

Lissie wurde heiß. Das konnte nur bedeuten, dass die Nummer diesem merkwürdigen kleinen Telefon bekannt war. Der Anrufer war jemand, den sie

FRÜHER

gekannt hatte.

Auf einmal bekam sie furchtbare Angst. Es hatte schon seinen Grund, warum sie sich nicht erinnern konnte.

Weil ich mich nicht erinnern will.

Sie schloss die Augen und drückte auf die Taste mit dem grünen Hörer.

»Na endlich! Ist dir eigentlich klar, dass du dich seit Monaten nicht bei mir gemeldet hast? Ich hab mir wahnsinnige Sorgen um dich gemacht!«

Eine männliche Stimme, mit einem zänkischen Ton, der an ihren Nerven zerrte. Sie rief keine Erinnerung in ihr wach.

Lissies Finger, mit denen sie das Telefon umklammert hielt, zitterten so stark, dass sie die andere Hand zu Hilfe nahm.

»Ich habe einen Unfall gehabt«, sagte sie leise.

»Was? Ich kann dich kaum verstehen. Sprich doch lauter! Wo steckst du?«

»Ich hatte einen Unfall«, wiederholte sie.

»Scheiße. Warst du wieder betrunken?«

Lissie erstarrte. Ihr wurde eiskalt. »Ich trinke keinen Alkohol«, sagte sie mit einer Überzeugungskraft, die sie nicht empfand.

»Na, das ist aber eine Überraschung! Das hätte ich dir gar nicht zugetraut. Warst du auf Entzug? Du hättest mich anrufen sollen! Was ist überhaupt passiert? Nun sag schon!«

»Es ist alles wieder in Ordnung.« Sie stockte und wusste nicht, was sie nun sagen sollte.

Eine Sekunde lang war Atmen zu hören. Dann sagte er mit einer vor Selbstmitleid triefenden Stimme: »Du fehlst mir. Hör zu, ich weiß, dass ich mich wie ein Riesenarschloch benommen habe. Wirklich. Bitte komm zurück.«

Lissie presste das Telefon so fest ans Ohr, dass ihre Ohrmuschel zu brennen begann. Sie fühlte sich wie in einer bizarren Parallelwelt, in der jeder über sie Bescheid wusste, nur sie selbst nicht.

Das Gefühl, hilflos zu sein, war derart überwältigend, dass sie die Schluchzer, die in ihrer Brust nach oben drängten, nicht rechtzeitig hinunterschlucken konnte.

»Ich komme zu dir. Jetzt gleich«, sagte der Mann am anderen Ende der Leitung, und es klang ein Besitzstreben mit, das ihr Gänsehaut verursachte. »Von wegen alles wieder in Ordnung. Wo bist du? Ich fahre in zehn Minuten los, und dann holen wir dich nach Hause, und ich werde mich um dich kümmern, das verspreche ich dir.«

»Nein!« Sie schrie es fast.

»Lissie …!«

Sie drückte das Gespräch weg.

Sofort läutete es wieder. Sie drückte erneut auf die Aus-Taste.

Es piepste. Eine SMS. »Geh gefälligst ans Telefon. Wo bist du?«

Lissie starrte auf den Text.

Mit einem Piep kündigte sich eine weitere Textnachricht an. »Ich lasse mich von dir nicht abservieren! Ich finde dich schon, wart's nur ab!«

Sie erschrak. Hatte sie Bärbel Gardena die Wahrheit erzählt, ohne es zu ahnen?

***

»Ich muss etwas wissen«, hörte er Lissie sagen. Ihre Stimme klang heiser, aber vielleicht lag es an dem schlechten Handyempfang in Katharinaberg.

»Ich hatte vorhin einen Anruf aus Deutschland. Ein Mann, mit dem ich angeblich … zusammen war. Er behauptet, dass ich früher, ich meine … vorher … getrunken habe. Stimmt das? Bitte sagen Sie mir die Wahrheit.«

Pavarotti runzelte die Stirn. Anscheinend hatte dieser Alex angerufen. Pavarotti verabscheute den Kerl, obwohl er ihn noch nie gesehen hatte. Wahrscheinlich war er momentan wieder solo und hatte seine Kontaktliste gecheckt, welche seiner Ehemaligen als Überbrückung in Frage kam.

Zorn wallte in ihm auf. Warum hatte er Lissie mit ihrer Trinkerei konfrontieren müssen? Manipulativer Mistkerl.

»Sie sind keine Alkoholikerin«, begann er. »Dass Sie zu viel getrunken haben, stimmt schon. Aber Sie hatten es im Griff.« Das war gelogen.

Er hörte, wie sie atmete.

»Dieser Alex will, dass ich zu ihm zurückkomme. Wie …? Ich meine, wissen Sie …?« Ihre Stimme verklang. Dann hörte er ein leises »Ich kann nicht mehr. Ich weiß einfach nicht …«.

Sein Herz zog sich zusammen.

»Machen Sie sich seinetwegen keine Gedanken«, sagte er schließlich. »Es lohnt sich nicht.«

»Hat er mich geschlagen? Sie brauchen mich nicht zu schonen.«

Geschlagen? Was in aller Welt brachte sie auf diese Idee?

»Er ist zwar kein besonders netter Kerl, aber das glaube ich nicht«, sagte er. »Außerdem waren Sie nicht der Typ, der sich schlagen lässt.«

Waren? Warum in aller Welt konnte er seine Zunge nicht im Zaum halten?

Glücklicherweise ging Lissie nicht darauf ein.

»Am Samstag veranstaltet das Dorf ein Musikfest. Hätten Sie Lust, mich zu begleiten?«, fragte sie etwas kläglich. »Der Junge verschwand damals ja auch während eines Dorffests. Vielleicht erinnert sich jemand …«

Pavarotti hasste Veranstaltungen mit Volksmusik, Bierausschank und langen Holzbänken, auf denen die Dörfler mit roten Biergesichtern saßen, ihre Wänste unter die Tische zwängten und den Frauen in den Ausschnitt stierten.

Aber die Verlockung eines Rendezvous mit ihr, ganz egal wo, war überwältigend. Vielleicht würde sich die Gelegenheit ergeben, mit ihr zu tanzen. Dann könnte er mit seinem Arm ihre schmale Taille umfassen.

Er wurde puterrot und war froh, dass er kein Videotelefon hatte.

»Wenn Sie unbedingt wollen«, hörte er sich barsch sagen. Die Verabschiedung fiel bewusst förmlich aus. Sie sollte bloß nicht auf die Idee kommen, ihm liege etwas an ihrer Verabredung.

6

Es roch noch immer nach Rauch und verkohlten Plastikteilen.

Draußen fiel die Dunkelheit von den Bergen herab. Oben, auf den Gipfeln, saß noch ein winziges rotes Glühen. Hier, im tiefen Taleinschnitt, war es bereits finster.

Lissie stand hinter dem Tresen der Tankstelle und fühlte sich höchst unbehaglich.

Es war ihr erster Tag als Tankstellenwart, zum Glück auch ihr letzter. Sie schaute hinüber zu einem leeren Regal, das sie heute Morgen in aller Frühe abgestaubt hatte.

Die Arbeit hätte sie sich sparen können. Es waren keine neuen Zeitschriften gekommen. Sie fragte sich, ob Bärbel Gardena vergessen hatte, die Rechnungen für die letzten Zeitungslieferungen zu bezahlen.

Als die Frau sie am Vortag gebeten hatte, sie zu vertreten, hatte Lissie zuerst gezögert. Sie wusste nicht, wie man die Zapfsäulen per Computer anklickte, die Tankquittungen ausdruckte und das EC-Gerät bediente. Aber Bärbel Gardena hatte sie bedrängt. »Ich muss den Jungen zu meiner Schwester nach Meran bringen. Es gibt sonst ein Unglück. Notieren Sie einfach alles handschriftlich. Ich gebe die Einnahmen dann nachträglich ein. Mit den paar Kunden werden Sie spielend fertig.«

Da hatte eine innere Stimme Lissie etwas zugeflüstert:

Er wird wiederkommen

und sie hatte eingewilligt.

Erst jetzt wurde ihr bewusst, dass sie mutterseelenallein war.

Sie war allein in einem einsamen Haus. Von überall her kamen leise Geräusche. Plötzlich rückten die Wände näher. Wie nach dem Ende des Gruselfilms, wenn der Bildschirm dunkel wird und der Film im Inneren beginnt.

Lissie wich zurück und verschanzte sich hinter der Theke. Noch eine Viertelstunde. Dann kam das Schlimmste: der steile, schlecht beleuchtete Weg hoch zum Dorf.

Sie griff nach einem Ledertuch und begann, die Espressomaschine zu polieren, wie Bärbel Gardena es gemacht hatte. Das riesige Ding schimmerte und funkelte im Schein der Neonröhre.

Getankt hatte niemand. Ihre einzige Kundschaft waren zwei Halbstarke gewesen, deren Anwesenheit ein leises Kribbeln verursacht hatte, auch wenn es dafür keinen Grund gab. Der eine hatte ein Päckchen Zigaretten gekauft, sein Freund eine Flasche Motoröl. Die beiden hatten ihr beim Ausstellen handschriftlicher Quittungen grinsend zugesehen.

Plötzlich klopfte es an die Scheibe.

Lissie fuhr zusammen. Ein Gesicht presste sich gegen das Glas, und erleichtert erkannte sie, dass es der Koch aus ihrem Hotel war.

Sie lächelte und sperrte die Tür auf.

Überrascht trat er einen Schritt zurück. »Wo ist Bärbel?«

»Sie musste heute weg. Ich vertrete sie.«

»Einen Espresso bitte«, sagte er und stapfte zur Theke. »Falls Sie sich mit der Maschine nicht auskennen: Ich kann das für Sie übernehmen.«

»Die Espressomaschine ist das Einzige, was ich hier drin beherrsche.«

Die Maschine fauchte und gurgelte, und er stand ein wenig unschlüssig herum. Sein Blick wanderte zu der verkohlten Ecke, über die halb leeren Regale und blieb schließlich an den Fensterscheiben hängen, deren Schmutz in der Dunkelheit nicht zu sehen war.

Erst jetzt fiel Lissie auf, dass die Außenbeleuchtung der Tankstelle nicht angesprungen war. Sie trat zum Fenster und spähte hinaus. Das Schild mit dem Logo der Ölgesellschaft zeichnete sich als großer Schattenriss gegen den dunkelblauen Himmel ab. Hätte sie einen Schalter betätigen müssen?

Hatte jemand den Strom …? War etwa der Kerl … da draußen …?

Ihr Puls beschleunigte sich, und sie lief zur Tür, um wieder abzuschließen. »Was tun Sie denn da?«

Der Koch stand hinter ihr, die dampfende Kaffeetasse in der Hand. Sie erschrak. Ihre Zähne klapperten.

»Haben Sie draußen etwas gehört?«

»Kann sein. Die Katze vom Gasthaus stromert nachts hier herum. Wieso? Denken Sie etwa, jemand will die Tankstelle überfallen?« Er schüttelte den Kopf. »Das wird ganz bestimmt nicht passieren, glauben Sie mir.«

Lissie hörte ihm nicht zu. Sie streckte ihren Kopf in die beiden Toilettenräume, schaute in den Besenschrank.

Der Mann beobachtete sie. In seinen Augen stand geschrieben, dass er sie für vollkommen übergeschnappt hielt.

»Könnten Sie draußen nachsehen, ob da jemand ist? Bitte.«

»Na schön. Wenn Sie das beruhigt.«

Die Tür schlug hinter ihm zu. Schnell sperrte sie wieder ab. Der Schokoriegel, nach dem sie griff, schmeckte schal und nach gekippter Milch.

Fünf Minuten vergingen. Dann noch einmal fünf.

Lissie brach der Schweiß aus. In ihrem Kopf überschlugen sich die Schreckensszenarien. Sie sah den Koch mit eingeschlagenem Schädel neben einer Zapfsäule liegen, über ihm eine dunkle Gestalt … Sie drückte ihr Gesicht an die Scheibe, aber es war stockfinster draußen. Sollte sie nachsehen? Aber dann …

Die Neonröhre an der Decke flackerte. Einmal. Zweimal. Dann ging das Licht aus. Lissies Herz machte einen Satz. Flüssigkeit aus ihrem Magen stieg ihr in die Kehle und brannte ein Loch in ihren Hals.

Er war da. Sie hatte es gewusst. Er war draußen und machte sich an dem Stromaggregat zu schaffen. Und dann würde …

Doch bevor die nächste Panikwelle ihr Denkvermögen fortspülte, fiel Lissie das Telefon auf der Theke ein.

Sie tastete sich vorwärts und stieß mit der Hüfte gegen die scharfe Kante eines Regals. Der Schmerz trieb ihr die Tränen in die Augen, aber ihre Angst ließ ein wenig nach. Schließlich erreichte sie die Theke, ertastete das Telefon, hob den Hörer ab. Kein Freizeichen. Das Telefon war tot.

Schluchzend ließ sie sich auf den Boden sinken.

Plötzlich – ein Hämmern. Fäuste, die gegen die Glastür schlugen.

»Machen Sie auf!«

Erst nach ein paar Sekunden begriff Lissie, dass es sich um die Stimme des Kochs handelte. Sie rappelte sich auf.

Schnaufend, als sei er schnell gelaufen, stand er in der Tür und leuchtete mit einem Feuerzeug in die Runde. Das Licht flackerte über Blut auf seiner Hand. »Jetzt haben sie also den Strom ganz abgestellt. Das war ja irgendwann zu erwarten.«

»Was ist mit Ihnen? Wo waren Sie so lange?«, schrie Lissie.

»Es war die Katze. Das arme Ding war im Lieferwagen eingesperrt. Ich musste das Fenster einschlagen. Sie war halb verhungert. Ich hab sie zum Gasthof hinübergetragen.«

Lissie fiel erst jetzt auf, dass der Koch etwas Eigenartiges gesagt hatte. »Ganz abgestellt – was meinen Sie damit?«

»Schließen Sie ab. Ich fahre Sie ins Hotel zurück.«

Als sie in seinen klapprigen Fiat stiegen, sagte er: »Sagen Sie bloß, Sie haben es nicht gewusst. Die Schließung der Tankstelle.«

»Natürlich weiß ich das. Ende Dezember ist hier Schluss.«

Der Koch lachte schallend und trat das Gaspedal voll durch, dass der Wagen einen Satz nach vorn machte.

»Das ist zu köstlich.« Er kicherte. »Hier gibt es schon lange kein Benzin mehr. Sie haben Bärbel Gardena schon vor einem Jahr gekündigt. Die Tankstelle wurde im letzten Dezember geschlossen.«

Lissie war fassungslos. »Aber … dann …?«

Er warf ihr einen langen Seitenblick zu und hätte dabei um ein Haar die Abzweigung nach links, die nach Katharinaberg hinaufführte, verpasst.

Nachdem er den Wagen oben vor dem Hotel zum Stehen gebracht hatte, wandte er sich zu Lissie um. »Mit Bärbel Gardena ist etwas nicht in Ordnung. Ich dachte eigentlich, das sei ziemlich offensichtlich. Die Frau ist eine pathologische Lügnerin. Welchen Bären hat sie Ihnen denn noch aufgebunden?«

Lissie schwieg, obwohl sie hätte schreien mögen vor Wut und Scham. Jetzt war sie das Gespött des ganzen Dorfes. Alle würden sich biegen vor Lachen über das Dummerchen aus Deutschland.

»Ich kann es mir schon denken. Sie hat Ihnen erzählt, dass der Leo ihr Sohn ist. Stimmt's?«

Als Lissie wieder nicht antwortete, lehnte sich der Koch zurück und zündete sich eine Zigarette an. Während er gierig den Rauch einsog, betrachtete er ihr Gesicht.

»Keine Bange, ich werde es für mich behalten.« Überrascht schaute sie ihn an, als sähe sie ihn das erste Mal. Olivfarbene Haut, eingerahmt von hellen Haaren. Humorvolle Augen, in deren Winkeln der Schalk saß. Bevor sie ihn weiter mustern konnte, wandte er den Blick ab.

»Dass Bärbel einen Sohn hat, stimmt schon«, sagte er. »Aber sie hat die Milch für ihr Baby mit Spülmittel versetzt, damit sie mit ihm zum Arzt gehen und es pflegen konnte. Als es herauskam, haben sie ihr das Kind natürlich weggenommen. Leo ist ungefähr in dem Alter, in dem ihr Sohn jetzt ist.«

Lissie schluckte schwer. »Dass sie diesen Verlust kompensiert, kann ich verstehen«, sagte sie ruhiger, als ihr zumute war. »Aber warum klammert sie sich an diese baufällige Tankstelle?«

»Springt das nicht ins Auge? Bärbel Gardena kann einen Verlust nicht akzeptieren«, sagte der Mann und strich sich eine Haarsträhne aus der Stirn. »Den Veränderungen, die auf jeden von uns zukommen, wenn die Zeit vergeht, ist sie nicht gewachsen. Sie schafft es nicht, damit zu leben.«

Die Zigarette glühte auf und beleuchtete sein Gesicht, und Lissie spürte seine Hellsichtigkeit, die an manchen Menschen haftet wie ein würziges Aftershave oder wie der Geruch eines Holzfeuers.

»Woher wissen Sie so viel über Menschen?«, fragte sie.

Er lachte leise, als er ihr die Wagentür öffnete. »Kochen ist eine Arbeit, die viel Zeit zum Nachdenken lässt.«

Erst als Lissie durch den nur schwach beleuchteten Flur zu ihrem Zimmer ging, fiel ihr die Tankstellenquittung wieder ein. Und dass auf dem Datum die Jahreszahl nicht lesbar gewesen war.

Ihr wichtigster Hinweis nicht nur wertlos. Er war eine Fälschung. Die Tankquittung war sorgfältig dort platziert worden, wo Lissie sie gefunden hatte.

Das Dummerchen aus Deutschland hatte prompt angebissen.

7

Pavarotti zupfte am Ärmel seines neuen Anzugs. Der Mann im dunkelbraunen Zwirn kam ihm fremd vor.

Der Anzug war tailliert und passte wie angegossen, und trotzdem fühlte er sich beengt. Er hatte schon lange kein so anliegendes Kleidungsstück mehr besessen.

Erna Steinvatterer beobachtete ihn. »Sehr schick. Glauben Sie, dass Sie den Fall lösen, indem Sie heute Abend beim Fest den Betrunkenen hinterherspionieren?«

Pavarotti legte das Foto mit Katharina Zomba und dem Unbekannten auf den Tisch. »Wir sind auf der Suche nach diesem Mann.«

Die Frau schüttelte den Kopf, obwohl sie gar nicht richtig hingesehen hatte.

»Sie haben damals hier im Dorf gelebt, kaum einen Steinwurf von Ihrer Schwester entfernt«, insistierte Pavarotti. »Sie müssen den Mann gekannt haben.«

Die Steinvatterer saß sehr aufrecht da. Ihr Blick glitt einmal kurz über das Bild hinweg. »Ich erkenne den Mann nicht. Wie sollte ich auch? Auf dem Bild sieht man doch nur den Hinterkopf.«

»Braune, lockige Haare, kräftige Schultern. Klingelt da nichts?«

Sie warf ihm von oben herab einen Blick zu. »Du liebe Güte, als ob das ein Unterscheidungsmerkmal wäre. So sieht doch hier fast jeder aus.«

Pavarotti drehte das Bild um und zeigte auf den Geschäftsstempel des Fotografen.

Hannes Martin
Fotografie und mehr
Sparkassenplatz 2
Meran

»Dieser Mann hat doch damals bei Ihnen übernachtet, als der Junge verschwand, nicht wahr?«

Erna Steinvatterers Augen verengten sich. Doch dann sagte sie nur: »Ach der. An den hab ich schon ewig nicht mehr gedacht. Ja, der hat damals bei der Einweihung der Kapelle fotografiert.«

Pavarotti schaute sie auffordernd an. Die Frau starrte zurück. »Er war damals eine Art Dorffotograf. Hat sich jedenfalls dafür gehalten.«

»Was wollte er hier? Was tat ein Fotograf aus Meran in diesem Dorf?«

In diesem gottverlassenen Nest, hatte er sagen wollen.

Erna Steinvatterer funkelte ihn an. »Vielleicht war er euch Meranern nicht gut genug? Was weiß ich.«

Kopfschmerzen kündigten sich an. Sie sammelten sich bereits an der Rückseite seines Halses. In ein paar Minuten würden sie in einer konzertierten Aktion in seinen Kopf vorstoßen.

»Warum erfahre ich erst jetzt davon? Es muss Ihnen doch klar gewesen sein, dass die Anwesenheit eines Fremden im Dorf der entscheidende Hinweis hätte sein können!«

»Aber er war ja überhaupt kein Fremder«, verteidigte sie sich. »Der Hannes hat sich andauernd hier oben herumgetrieben. Bei den meisten Festen und Hochzeiten hat er die Fotos geschossen«, sagte Erna Steinvatterer. »Nicht weil er besonders gut fotografiert hat.« Sie kicherte boshaft. »Er war sogar richtig mies. Uh-uh, welche Fotos er von meiner Schwester und ihrem Gigolo gemacht hat … Ich hab gedacht, das geschieht ihr ganz –« Ihre Hand fuhr zum Mund, aber die Worte waren schon heraus.

Schnell flüchtete sie zurück zum ursprünglichen Thema. »Jeder kannte ihn. Und er war greifbar. Da hat er die Aufträge bekommen, weil es so für alle am einfachsten war.« Sie dachte kurz nach. »Ich glaube, er hat auch dann fotografiert, wenn er nicht dafür bezahlt wurde.« Sie zuckte die Schultern. »Vielleicht war er einsam. Ich habe ihn nie mit jemandem zusammen gesehen. Meistens saß er auf einer Bank. Oder er ging spazieren. Trank sein Bier in der Engelsburg.«

»Wie?«

Die Frau starrte ihn verständnislos an.

»Wie hat er die Aufträge ergattert? Hat er einen Aushang gemacht? Oder im Anzeigenblättchen annonciert?«

Die Frau schaute ihn an, als sei er zu dumm, um auf das Offensichtliche zu kommen. »Na, wie wohl? Er hat die Häuser nacheinander abgeklappert. Hat an den Türen geklingelt.«

An Türen geklingelt.

Pavarotti schloss kurz die Augen, obwohl er das nicht zu tun brauchte, um die Erinnerung an das Grundstück der Familie Zomba wachzurufen.

An dieser Tür hatte jemand an dem Nachmittag geklingelt, als der Kleine verschwand.

»Und dann war er auf einmal nicht mehr da«, sagte Erna Steinvatterer.

Pavarotti starrte sie an.

»Es fiel mir erst auf, dass er verschwunden war, als wir für Weihnachten einen Fotografen brauchten.« Sie nickte langsam. »Weihnachten 1997. Wenn ich mir es recht überlege, habe ich den Hannes nach der Einweihung der Kapelle im September nicht mehr gesehen.«

***

Stand sie gerade vor dem Kleiderschrank, nur mit einem Slip und BH bekleidet? Mit Gewalt verdrängte Pavarotti die Vorstellung aus seinem Kopf.

Er fühlte eine seltsame Mischung aus Erregung und Beklemmung.

Pavarotti glaubte nicht an Vorahnungen, und deshalb maß er dem Knoten in seinem Magen keine größere Bedeutung bei als seiner allgemeinen Abneigung gegen Bierdunst und die Gerüche von Menschen, die ihm zu nahe kamen.

Durch die Glastür sah er, wie Erna Steinvatterer um die Ecke bog und aus seinem Sichtfeld verschwand. Menschen im Festtagsstaat strebten eilig in Richtung Festwiese, die sich unterhalb des Dorfes neben der Hauptstraße befand.

Die Lissie, die er früher gekannt hatte, hätte sich eine solche Gelegenheit nicht entgehen lassen, ihre Figur zur Geltung zu bringen und bewundernde Blicke auf sich zu ziehen. Mit erhobenem Kopf und perfekt geschminkt wäre sie auf die Festwiese marschiert und hätte ihren Auftritt in vollen Zügen genossen. Aber heute würde sie vermutlich in Jeans und Pulli die Treppe herunterkommen.

Der Kopfschuss, sein Kopfschuss – er ächzte im Stillen – hatte sie verändert. Sie war stiller und zurückhaltender als früher. Ihm schien es, als vermeide sie neuerdings, aufzufallen. Er hoffte inständig, dass Lissie nicht mit vollen Segeln auf eine Depression zusteuerte.

Im Haus war es still, nur der Kühlschrank hinter der Bar summte. Plötzlich hörte Pavarotti aus der Entfernung einen Tusch. Dann war eine Mikrofonstimme zu hören.

Der Bürgermeister, der die Gäste begrüßte.

Das Fest hatte begonnen.

Pavarotti schaute auf die Uhr. Lissie war schon fast eine halbe Stunde überfällig. Er trat auf den Flur hinaus und inspizierte das Schlüsselbrett an der Wand hinter dem Rezeptionstresen. Es war der Haken für Zimmer neun, an dem kein Schlüssel hing.

Als sie auf Klopfen nicht reagierte, wurde er unruhig. Zarten Porzellanpüppchen wie ihr wurde leicht schwindlig. Und ehe man sich's versah, kam der Boden näher. Noch schlimmer: der harte Badewannenrand.

Vorsichtig drückte Pavarotti auf die Klinke.

Sie kauerte auf dem Bett. Die Haare klebten ihr fettig am Kopf. Sie trug das grüne Shirt, das sie auch beim letzten Mal angehabt hatte, als sie sich gesehen hatten. Das war vor vier Tagen gewesen.

Ihre Beine hatte sie an den Körper gezogen, eine Hand umfasste ein Knie, mit der anderen fingerte sie in Stanniolpapierresten, die die Bettdecke verunzierten.

Ihre Fingernägel waren schmutzig, die Nägel an einem Daumen und dem Zeigefinger blutverkrustet.

Doch so richtig erschrak er erst, als sie zu ihm aufsah.

Ihr Mund war schokoladenverschmiert wie bei einem Kind. Ihre hohlen Wangen und die geschwollenen Tränensäcke waren die einer alten Frau.

Er roch ihren Schweiß, obwohl er mindestens drei Meter von ihr entfernt stand.

»Was soll das? Warum sind Sie noch nicht fertig?«

Er glaubte schon, sie werde nicht antworten, aber nach einer Weile sagte sie leise: »Ich kann da nicht hingehen.«

»Und ob wir dahin gehen. Glauben Sie, ich habe mir zum Spaß einen neuen Anzug gekauft? Dass diese Tortur umsonst gewesen sein soll, das können Sie mir nicht antun«, sagte er in scherzhaftem Ton. Doch die Worte klangen falsch und deplatziert in seinen Ohren.

Lissie begann, an der Nagelhaut ihres Zeigefingers zu zupfen.

Er setzte sich neben sie aufs Bett und nahm ihre zuckenden Finger. Sie waren feucht und fiebrig wie die einer Kranken und lagen schlaff in seiner Hand.

»Was ist los?«, fragte er.

Keine Antwort. Dann, fast unhörbar: »Ich schäme mich so.«

»Sie haben keinen Grund, sich für irgendetwas zu schämen«, sagte er.

»Alle wissen etwas über mich. Nur ich nicht«, brach es aus ihr heraus.

Pavarotti atmete tief ein. Der Moment der Wahrheit war gekommen. Stattdessen sagte er barsch: »Hören Sie auf, Ihrer Vergangenheit nachzujagen, und fangen Sie endlich wieder an zu leben.«

Lissies Gesicht legte sich in Falten. Sie sah aus wie ein verzweifeltes Äffchen hinter Gittern, den Blicken der Zoobesucher ausgesetzt.

»Das ist es ja. Ich kann nicht. Ich bin nicht ich«, sagte sie stockend. »Ich stecke in einem Körper fest, den ich nicht kenne. Ich gehe umher wie ein Zombie, und jeder kann mich herumstoßen, wie er will. Ich habe keine Kraft, mich zu wehren. War ich früher auch … so?«

Es hat keinen Sinn, ihr reinen Wein einzuschenken.

»Das geht vorbei. Sie werden sich erholen.« Dann fragte er: »Was ist passiert?«

Sie erzählte es ihm.

Als sie fertig war, schwieg er.

Früher hätte Lissie Bärbel Gardena durchschaut. Das war ihre große Stärke gewesen: Menschen zu lesen, ihre Gefühle zu erraten. Davon war nicht mehr viel übrig. Aber er würde einen Teufel tun, ihr das zu sagen.

»Die haben mich richtiggehend ausgestellt«, flüsterte Lissie. »Der Motoröl-Junge. Und sein Freund, der Zigaretten gekauft hat. Alle wussten … Bescheid und haben nichts gesagt. Die haben sogar … Geld bezahlt …« Sie senkte ihren Kopf zwischen die Knie.

Abrupt ließ Pavarotti Lissies Hand los und stand auf.

»Hören Sie auf damit. Los jetzt. Ab ins Bad. Wir gehen zusammen zum Fest.« Doch Lissie blieb sitzen.

»Wollen Sie sich wirklich von denen kleinkriegen lassen? Von einer Handvoll Hinterwäldler? Wollen Sie nicht sehen, wie denen der Mund offen stehen bleibt, wenn wir zusammen da aufkreuzen?«

Etwas in ihrer Miene veränderte sich. Ihre Wangenmuskeln hatten sich ein wenig angespannt, und in ihren Augenwinkeln glomm ein winziger bitterböser Funke auf.

Na also. Pavarotti knuffte sie in die Seite.

Sie schob seine Hand weg und stemmte sich hoch. Dann schlappte sie in Richtung Bad. An der Tür drehte sie sich um. »Ich weiß nicht, was ich anziehen soll.«

Er brachte ein schiefes Grinsen zustande. »Ich suche etwas aus. Seit meinem Gastspiel im Bekleidungshaus bin ich in Modedingen ja wieder auf dem Laufenden.« Er hoffte auf ein Lächeln, aber es kam nicht. Sie nickte nur, dann schloss sich die Badezimmertür.

Im Schrank fand er ein fliederfarbenes Etuikleid, in dem sie sensationell aussehen würde. Als er es zärtlich auf dem Bett ausbreitete, hörte er Marschmusik von der Festwiese.

Die Hinterwäldler würden Augen machen. Seine Stimmung hob sich.

Nichts vertreibt böse Gedanken so schnell wie eine gute Gelegenheit, sich mit einer schönen Frau zu zeigen, dachte er.

Leider kann es passieren, dass die bösen Geister zurückkommen und Rache üben.

***

Die Musikkapelle spielte unverdrossen. Das hölzerne Geviert im Gras war frisch gebohnert und spiegelglatt, aber niemand tanzte. Die volkstümliche Melodie klang jämmerlich und abgegriffen, immer wieder stahl sich ein falscher Ton dazwischen.

Die meisten Männer hielten ihre Bierkrüge umklammert und starrten aneinander vorbei ins Leere. Die Frauen saßen an einem separaten Tisch und tuschelten. Alle sahen aus, als warteten sie darauf, dass etwas Unabänderliches geschehen würde.

Das Wispern verstummte schlagartig, als Lissie und Pavarotti an den Bänken vorbeigingen.

Direkt neben der Festwiese donnerte ein Laster vorbei. Eine junge Mutter rannte einem kleinen Mädchen hinterher, das in seinem tapsigen, aber flinken Kleinkindergang in Richtung Straße unterwegs war. Sie fing es gerade noch rechtzeitig ein.

Pavarotti schüttelte den Kopf. Einen ungünstigeren Platz für ein Dorffest gab es nicht.

Vor den Ausschankbuden hatte sich ein Pulk jüngerer Männer zusammengerottet, um den Weg zum Nachschub so kurz wie möglich zu halten. Sie rempelten sich abwechselnd an und grölten, doch meistens wurde der Lärm, den sie veranstalteten, von der lauten Musik übertönt.

Männer in Uniformen der freiwilligen Feuerwehr waren gerade dabei, die letzten Wärmepilze aufzustellen. Die ersten glühten bereits, und in der beginnenden Dunkelheit warf ihr roter Schein Schatten auf die Gesichter und verwandelte ihre Konturen in finstere Winkel voller Abgründe.

»Was wollen Sie trinken? Weißwein wie immer?«

Pavarotti konnte nicht fassen, dass er das gesagt hatte. Wie kam er dazu, Lissie zum Trinken zu animieren? Etwas in seinem Unterbewusstsein versuchte offenbar verzweifelt, die alte Lissie wiederauferstehen zu lassen. Trotz ihrer Neigung zum Alkohol war sie ihm lieber gewesen als die Frau, die sie heute war.

Lissie schauderte und zog eine Grimasse, als habe er ihr ein Glas Essig angeboten. Er stellte fest, dass ihre Wangen etwas Farbe angenommen hatten, aber vielleicht war es nur der Schein der Heizpilze, der ihre Haut rosig färbte. »Eine Tasse mit heißer Schokolade, bitte.«

Eine Tasse mit heißer Schokolade, Herr Ober.

Nein, die Veränderung war mehr als ein Widerschein. Ihr Blick hatte definitiv etwas Alt-Lissie-Mäßiges, diese stirnrunzelnde Überheblichkeit, als ob sie sich ernsthaft, in geradezu wissenschaftlich-neugieriger Manier, fragte, wie jemand nur so dumm sein konnte.

Sie steuerte auf den einzigen Tisch zu, der noch frei war, und wischte demonstrativ mit der Hand über die Bank, wie früher. Dann ließ sie sich vorsichtig darauf nieder. Pavarotti starrte sie an. Irgendetwas hatte sich in ihr geregt, irgendein winziges Fitzelchen aus dem ehemals harten Kern war übrig geblieben und an die Oberfläche gespült worden. Ein Hoch auf ihre Bockigkeit.

»Ich bezweifle, dass die hier ausgeschenkt wird«, sagte er und bemühte sich, den leichten Ton von früher zu treffen.

Aus dem Augenwinkel bemerkte er, dass ein paar von den jüngeren Kerlen zu ihnen herüberschauten und sich in die Seite stießen. Einer ließ sein Becken kreisen und feixte. Lissie warf ihm einen kurzen Blick zu. Er sah, wie sie ihren Rocksaum in Richtung Knie zog, und hätte dem Kerl am liebsten die Visage poliert.

Ein anderer Junge, der Underdog der Gruppe, sammelte ihre leeren Bierkrüge ein und machte sich schwankend auf den Weg zum Ausschank. Er kam nicht weit. Einer seiner Kumpane stellte ihm ein Bein, und er fiel mitsamt den Bierkrügen der Länge nach auf den Boden. Mit einem lauten Krachen prallte Glas auf Stein. Ein Krug zerbarst. Glassplitter stoben umher. Lissie und

Pavarotti duckten sich. Laute Flüche ertönten, und die Musik setzte einen Moment aus.

Der Junge rappelte sich auf und stierte auf seine Arme, die zerschnitten und blutverschmiert waren. Die anderen Jungs pfiffen und johlten.

»Holen Sie mir einfach irgendwas«, sagte Lissie angewidert. »Hauptsache, alkoholfrei.«

Erleichtert schaute sie ihm nach, als er die Bier- und Würstchenbude ansteuerte. Wenn er ihr freiwillig einen Wein offerierte, konnte sie es mit dem Trinken nicht so schlimm getrieben haben.

Bärbel Gardena saß etwas abseits am Frauentisch und lächelte ihr zu. In Lissie stieg der Wunsch auf, ihr das Glas Wein, das vor der Frau stand, ins Gesicht zu schütten, um dieses boshafte Lächeln auszulöschen.

Ein Mann ging vorüber und nickte ihr grüßend zu: Florian Perlkofer, der sich hinter Pavarotti in die Schlange vor dem Bierausschank einreihte.

Etwas …

Doch bevor sie dazu kam, den Gedanken weiterzuverfolgen, ruckte ihre Bank, und sie musste sich am Tisch festhalten, um nicht das Gleichgewicht zu verlieren.

Der Junge, der vor ein paar Minuten in die Scherben gestürzt war, taumelte auf sie zu und warf sich neben sie auf den Sitz. Als er näher rückte, erkannte sie ihn wieder. Es war der Motoröl-Junge.

Er stank nach Bier. Aber es waren seine Augen, die eine verzweifelte Gier nach Macht verströmten, vor denen Lissie zurückwich.

Überall auf seinem rot-weiß karierten Hemd klebten Glasscherben. Er zog einen Hemdzipfel aus der Hose. Doch als er den Schmutz darauf sah, ließ er ihn wieder fallen und stieß einen obszönen Fluch aus. »Los, du dumme Kuh, gib mir ein Taschentuch«, nuschelte er.

Lissie wollte aufstehen, doch mit einem brutalen Griff um ihren Arm drückte er sie auf die Bank zurück. »Du bleibst, wo du bist, sonst passiert was«, zischte er und riss ihr den kleinen Rucksack von der Schulter, sodass die Schulternaht ihres Kleides riss und ihr BH zum Vorschein kam.

»Jaaa, gib's ihr!«, juchzten seine Freunde. In ihrer Mitte stand Leo. »Gib's dem Bullenflittchen! Bul-len-flitt-chen!«, skandierte er, und die anderen klatschten.

Der Junge leckte sich die Lippen, als schmecke er das köstliche Aroma der Gefahr, die er verströmte. Mit der einen Hand zwang er Lissie nieder, die andere griff nach ihrer Brust. Lissie wand sich und versuchte, ihn wegzustoßen, dann sah sie, dass ein halbes Dutzend erwachsener Männer auf ihren Tisch zukam.

Bevor einer von ihnen einschreiten konnte, flog der Kopf des Jungen zur Seite, und Pavarotti stand wie ein knurrender Hund über ihm, breitbeinig, die Hand zur Faust geballt.

»Hau ab, oder ich mache Kleinholz aus dir!«, brüllte er.

Die Wucht von Pavarottis Schlag hatte den Jungen zu Boden gehen lassen. Kreidebleich rappelte er sich auf und rannte zum nächsten Bierausschank, vermutlich um seinen Frust mit Alkohol zu bekämpfen.

Pavarotti schüttelte angewidert den Kopf. »Was für ein feiger Wicht.« Er rieb sich die Hand, da sah Lissie im Augenwinkel, wie etwas im Schein eines Wärmepilzes silberviolett aufblitzte. »Vorsicht!«, schrie sie.

Pavarotti drehte sich blitzschnell um. Die Bewegung rettete ihn vor Schlimmerem. Leos Messer glitt durch seinen Jackenärmel in seinen Oberarm wie in weiche Butter.

Doch da war Leos Vater bei seinem Sohn und schlug ihm das Messer aus der Hand. Auch Florian Perlkofer kam herbeigerannt. Gemeinsam hielten sie den jungen Mann fest, der um sich trat und wüste Beschimpfungen ausstieß.

Die Musik stoppte.

Niemand achtete auf Lissie.

Sie hatte das Gefühl, im Auge des Orkans zu sein, um das der Sturm wütete.

Sie beobachtete, wie Perlkofer wegrannte und mit einem Verbandskasten zurückkehrte. Leos Vater gab dem zappelnden

Jungen noch eine Ohrfeige und redete gestikulierend auf Pavarotti ein. Der Pfarrer näherte sich. Ein Kind greinte.

Lissie starrte auf den Rücken von Florian Perlkofer, der den Vater zur Seite schob. Mit leicht schief gelegtem Kopf begann Perlkofer, das rote Rinnsal zu stoppen, das über Pavarottis Arm floss.

Sie war bewegungslos, gefangen auf ihrem Beobachtungsposten.

Alle Geräusche hörten sich seltsam gedehnt an, und ihre visuellen Wahrnehmungen kamen ihr vor wie eine Fotoreihe, bei der ein Fotograf spezielle Filter einsetzt, um Bewegungsunschärfe zu erreichen.

Hinterher war ihr klar, dass sie die Einzige gewesen wäre, die etwas hätte unternehmen können.

Ihre Augen meldeten ihrem Gehirn viel zu spät, dass jemand zur Straße torkelte, neben der sich die Parkplätze befanden. Es war nur ein Fleck auf ihrer Netzhaut, mehr nicht, rot-weiß kariert im Schein der Lampions. Gleichzeitig hörte sie das Donnern des Lasters, der wieder zurückkam.

Als sie wie in Zeitlupe den Kopf zur Seite wandte, war es bereits zu spät.

Sie hörte einen grässlichen Schrei, das Quietschen von Bremsen und einen dumpfen Schlag.

Plötzlich kam alles zum Stillstand. Jeder erstarrte in seiner Bewegung, und die Köpfe drehten sich, wie von einer unsichtbaren Schnur gezogen, zur Straßen hin. Wie auf Kommando rannten alle los.

Die bösen Geister kugelten sich vor Lachen.

***

Der Rettungswagen war gekommen, danach der Leichenwagen.

Die Festwiese hatte sich geleert. Die Blasinstrumente lagen achtlos auf dem Podest verstreut, kaputte Spielzeuge aus Metall, die niemanden mehr interessierten.

Die Würstchenbuden waren verwaist. Aus einem Hahn tropfte

Bier auf die Theke und bildete eine Lache. Winzige Glasstückchen, die noch vor kurzer Zeit ein Bierglas in der Hand eines Jungen gewesen waren, schimmerten im Schein der Wärmepilze, die ihre Hitze in die eisige Novembernacht verströmten.

Sosehr Lissie Sensationslust verabscheute, heute war sie froh, dass die Dörfler an der Straße standen und gafften. Dadurch versperrten sie ihr die Sicht auf das zusammengekrümmte Bündel aus Fleisch und Knochen, das auf der Straße lag, und auf die lange Blutspur auf dem Asphalt, die an der Stelle begann, wo der Lkw den Jungen erfasst und mitgeschleift hatte.

Plötzlich kam Bewegung in die Menge. Die Leute wichen zurück und bildeten eine Gasse für die Sanitäter. Sie fingen an, eine Bahre in den Rettungswagen zu laden, auf dem der Fahrer des Lkw lag, ein älterer Mann mit kalkweißem Gesicht.

Mit steinharter Miene ging Pavarotti neben ihr auf und ab und telefonierte.

Seine Anzughose und die linke Seite seines Jacketts hatten eine glänzende Schwärze angenommen, wie sie nur Blut hervorbringt.

Perlkofer hatte die Wunde freigelegt, kurz bevor der Unfall passierte, und Lissie konnte den tiefen Schnitt sehen, aus dem immer noch Blut quoll. Pavarotti schien es egal zu sein.

Ein Polizeiwagen mit zwei Carabinieri fuhr heran. Als sie ausstiegen, sah Lissie, dass die Uniformierten nicht viel älter als zwanzig waren. Sie umkreisten das, was von dem Jungen noch übrig war, und einer erbrach sich am Straßenrand. Dann stoppte ein zweites Auto, ein kleiner roter Fiat. Ein Mann sprang heraus, zückte eine professionell aussehende Kamera und fing an zu fotografieren. Der erste Aasfresser war eingetroffen.

Lissie stemmte sich von der Bank hoch und ging zu den Sanitätern hinüber. Pavarotti brauchte Hilfe.

Die beiden waren aber von anderen Dingen in Anspruch genommen, so wie es aussah. Der Fotograf, der die menschlichen Überreste auf der Straße fotografiert hatte, um sie an den Meistbietenden zu verscherbeln, hatte sich an sie herangemacht. Die beiden Dummköpfe, die ernsthaft glaubten, sie seien wichtige

Zeugen, machten bedeutungsschwere Mienen und ergingen sich in der Beschreibung von Blut und Körperflüssigkeiten.

Lissie trat dazwischen. Sofort erntete sie feindselige Blicke.

»Sehen Sie nicht, dass wir beschäftigt sind«, sagte der Fotograf, ohne die beiden aus den Augen zu lassen. Der Mann war groß und hager. Mit seinem grauen Haarschopf und dem Blick, der hin und her huschte, ähnelte er einem Raubvogel, der das Fleisch seiner Beute taxiert.

»Was wollen Sie?«, fragte der kleinere der beiden Sanis.

»Es ist noch jemand verletzt. Ein Messerstich«, sagte sie.

Die Sanitäter warfen sich einen Blick zu. Schließlich nickten sie widerstrebend.

Als Lissie sich zu Pavarotti umdrehte, erschrak sie.

Ein Mann, das Gesicht eine einzige große verzweifelte Wunde, hatte ihn am verletzten Arm gepackt, holte mit der rechten Faust aus und versetzte Pavarotti einen Schlag ins Gesicht. Pavarotti taumelte und stürzte, der Mann machte einen Schritt vorwärts und trat ihn in den Bauch.

Die Sanitäter fingen an zu rennen.

Der Mann war viel kräftiger als der schmächtige Leo und die Jungs aus seiner Gang. Er schlug wie von Sinnen um sich, und es waren drei Mann nötig, um ihn zu bändigen. Aber gegen sein Schreien, das über die ganze Festwiese hallte, konnten sie nichts unternehmen. »Du Schwein! Du hast meinen Jungen auf dem Gewissen! Hast ihn geschlagen, vor seinen Freunden lächerlich gemacht! Du … Und da hat er … da hat er …«

Er schlug die Hände vors Gesicht, doch kaum ließen ihn die Männer los, drang er erneut auf Pavarotti ein. »Du bist schuld, dass er sich besoffen hat! Mörder! Ich bring dich um, du Drecksau!«

»Hör auf, sonst holen wir die Carabinieri her, und du wanderst in den Knast. Mach nicht alles noch schlimmer«, warnte ihn einer der Sanitäter und zu Pavarotti gewandt: »Es steht Ihnen natürlich frei, den Mann anzuzeigen.« Seine Stimme war kalt und feindselig.

Lissie stand hilflos daneben. Was für ein schrecklicher Tag. Dieses Fest, auf das sie unbedingt …

»Sie sollten überdenken, in welcher Gesellschaft Sie sich aufhalten und wem Sie ihr Vertrauen schenken«, flüsterte jemand in Lissies Ohr.

Sie fuhr herum. Vor ihr stand Pfarrer Lukas und machte ein ernstes Gesicht.

Empört starrte Lissie ihn an. »Er ist doch nicht schuld am Tod dieses Jungen!«

»Die Antwort darauf müssen Sie sich selbst geben«, antwortete der Pfarrer. »Ich glaube, Sie kennen diesen Herrn, den Sie für Ihren Freund halten, nicht. Ich fühle, dass er nicht ehrlich zu Ihnen ist. Aber jetzt entschuldigen Sie mich, ich muss mich um den Vater dieses unglücklichen Jungen kümmern.«

Er machte eine steife Verbeugung, dann redete er auf den verzweifelten Mann ein, der plötzlich in sich zusammensank und sich von dem Pfarrer wegführen ließ.

»Hier.« Einer der Sanitäter drückte Lissie einen Mullverband und ein Fläschchen mit Jod in die Hand. »Um den kleinen Kratzer am Arm von diesem Herrn hier können Sie sich selber kümmern. Wir müssen jetzt los.«

Wutentbrannt versuchte Lissie ihn am Arm zu packen, doch er schüttelte sie ab.

Sie sah, dass sich viele der Gaffer wieder in Richtung Festplatz in Bewegung setzten, um ihre Habseligkeiten einzusammeln. Die Show war vorbei. Außer der Blutspur gab es nichts mehr zu sehen.

Sie hörte zornige Rufe, und ein paar von den Dörflern zeigten in ihre Richtung.

Wie eine dunkle Welle, die immer zerstörerischer wird, je mehr sie sich dem Ufer nähert, rollte die Menschenmenge auf sie zu.

»Kommen Sie«, zischte sie Pavarotti zu, der sich über das blutige Kinn wischte. »Verschwinden wir von hier.«

8

»Wo bin ich?« Pavarotti wollte sich aufrichten. Stöhnend ließ er sich auf die Brunneneinfassung zurücksinken, auf der er geschlafen hatte.

»Beim alten Kartäuserkloster auf der anderen Talseite«, sagte Lissie. »Als wir im Auto saßen, sind Sie umgekippt. Ich habe Sie dann auf den Beifahrersitz rübergeschoben und uns hierherkutschiert.«

Pavarotti rieb sich die Augen. »Sie sind gefahren?«

Lissie lächelte triumphierend. »Mein Vater hat es mir schon mit siebzehn

GANZ FRÜHER

beigebracht.«

Pavarotti befühlte sein Kinn. »Um ein Haar hätte dieser Kerl mich krankenhausreif geschlagen.«

»Vielen Dank, dass Sie sich für mich geprügelt haben«, sagte Lissie leise und spielte mit dem Verbandsmaterial, das vor ihr lag. »Glauben Sie, dass ich an dem Tod des Jungen schuld bin?«

Pavarotti hob ihr Kinn an, sodass sie gezwungen war, ihm ins Gesicht zu sehen. Seine Augen waren groß und dunkel vor Schmerz, und etwas in ihrem Inneren flüsterte ihr zu, dass das nicht an seiner körperlichen Verletzung lag.

Sie biss sich auf die Lippen, dann schüttelte sie den Kopf. »Nein. Sie können nicht für jeden Menschen auf der Welt die Verantwortung übernehmen.«

»Ich bin Kriminalbeamter«, sagte er. »Dazu gehört es, Situationen zu entschärfen. Wenn ich stattdessen meine Wut an anderen auslasse, bin ich bloß ein mieser Bulle.«

Lissie wollte etwas sagen, aber er winkte ab und senkte den Kopf.

Bevor sie wusste, was sie da tat, befeuchtete Lissie ein Taschentuch und wischte ihm vorsichtig das Blut vom Kinn.

Pavarotti schaute auf. »Danke«, sagte er heiser und nahm das blutige Tuch aus ihren Fingern. Danach vergaß er, ihre Hand loszulassen.

Lissie öffnete den Mund, doch er nahm seinen Zeigefinger und strich damit zart über ihre Lippen, als wolle er sie verschließen.

So saßen sie einfach nur da und schauten sich in die Augen. Der Moment dauerte bloß eine Minute, doch er kam Lissie vor wie hundert Jahre. Aus den Augenwinkeln sah sie, dass neben ihrer Schulter bronzene Kartäusermönche über den Brunnen liefen, in lebenslangem Schweigen, ihre Gedanken und Gefühle mit ins Grab nehmend.

Ihre Brust fühlte sich an wie kurz vor dem Zerspringen, und sie war unfähig, sich zu rühren. Die Haut auf ihrer Hand prickelte, als sei sie im Begriff, sich vom Fleisch zu lösen.

Pavarotti wollte sie an sich ziehen, und die Erstarrung schwand, mit ihr der Zauber des Augenblicks. Sie zog sich von ihm zurück.

»Ich muss erst wissen, wer ich bin«, sagte sie. »Hilfst du mir?«

Pavarotti räusperte sich. »Überflüssige Frage.«

»Die wollten dir ans Leder. Ich sage doch, dieses Dorf ist böse.«

Nach wie vor war keine Menschenseele zu sehen.

Pavarotti wollte lachen, aber aus seinem Mund kam nur ein krächzendes Geräusch.

Lissie tauchte einen Wattebausch in das klare Wasser des Brunnens. Als sie begann, Pavarottis Wunde zu säubern, zuckte er zurück.

Lissie warf ihm einen Blick zu. »Halt still. Wenn du jetzt schon herumzappelst, was soll dann erst werden, wenn ich das Jod auftrage? Solltest du nicht lieber zu einem Arzt gehen?«

»Quatsch. Wegen dieses kleinen Kratzers?« Der »Kratzer« war mindestens fünfzehn Zentimeter lang, und die Schnittkanten klafften einen halben Zentimeter auf.

»Was machen wir eigentlich hier?«, wollte er wissen, als sie fertig war.

»Ich glaube, ich weiß jetzt, wer der Mann auf dem Foto ist«, sagte Lissie.

»Ein Kartäusermönch?«

Lissie verdrehte die Augen. »Die gibt's hier längst nicht mehr. Ein paar Mönchszellen sind zu Wohnungen umgebaut worden. In einer davon lebt der Mann, den ich meine.«

Ein spitzbübisches Lächeln erschien auf ihrem Gesicht. »Dein Mitarbeiter war so nett, mir die Adresse zu beschaffen. Es ist aber momentan niemand zu Hause. Ich hab geklingelt, als du noch geschlafen hast.«

Plötzlich war Pavarotti hellwach. »Du hast … was? Da geht sie hin und klingelt einfach an Türen wie der Pizzabote. Wie oft habe dir ich schon …« Er hielt inne. »Wer ist der Kerl?«

»Er heißt Florian Perlkofer. Er hat heute eine Kopfbewegung gemacht, und da ist mir die Ähnlichkeit aufgefallen.« Nachdenklich blickte sie zur Seite. »Ich kann allerdings nicht glauben, dass Florian Perlkofer einen kleinen Jungen getötet hat. Er ist ein netter Mann.«

Pavarotti schüttelte ungläubig den Kopf. »Das besagt gar nichts. Seit wann bist du so gutgläubig?«

Er verstummte sofort, aber es war zu spät. Lissies Augen wurden dunkel. Doch dann hob sie den Kopf, wie ein Wild, das den Feind wittert. Ein Kleinlaster bog um die Ecke und holperte über das Kopfsteinpflaster. »Kopf runter«, zischte Lissie. »Das ist er.«

Der Wagen stoppte vor dem Klostereingang, und der Motor erstarb. Auf einmal war es geradezu unheimlich still, bis auf das Rascheln von Blättern, die der Wind hin und her trieb.

Sie warteten. »Was macht er? Warum steigt er nicht aus?«, fragte Lissie unruhig.

»Irgendetwas ist da faul«, flüsterte Pavarotti. »Komm.«

Er zog sie am Arm, und Lissie schlich geduckt hinter ihm her, auf die leere Ladefläche des Lieferwagens zu, mit klopfendem Herzen.

***

Es war verdammt unfair, Entscheidungen treffen zu müssen, bei denen Geld und menschlicher Anstand im Widerstreit lagen.

Erna Steinvatterer starrte durch das Fenster auf die Überreste der Engelsburg, die – was für eine Schande – immer noch da draußen auf den Abriss warteten und ihr den Blick verstellten.

Jetzt war es raus. Die Kleine von Zimmer neun poussierte mit der italienischen Polizei. Und was noch viel schlimmer war: Dieser Italiener hatte den jungen Gruber auf dem Gewissen. Das Dorf würde von ihr erwarten, dass sie diese feine Dame schleunigst auf die Straße setzte.

Andererseits brauchte Erna jeden Cent, um über den Winter zu kommen. Wenn man es genau nahm, war es nicht schade um den jungen Gruber. Er hatte einige üble Dinger gedreht, um bei seinen zwielichtigen Freunden Eindruck zu schinden. Sie dachte an die Nadeln, die er der einzigen Kuh der Sonnhofers, die sowieso nicht viel Geld hatten, ins Euter getrieben hatte. Weil die Tochter des Hauses Leo, dem Anführer der Clique, die kalte Schulter gezeigt hatte.

Erna seufzte. Momentan konnte sie sowieso nichts tun, weil die Frau nicht im Hotel war. Oder sollte sie am Ende jetzt gleich hinaufgehen und ihre Sachen selbst zusammen–

Das Geräusch der Drehtür meldete, dass jemand das Hotel betreten hatte. Ernas Kopf ruckte hoch. Jetzt musste sie sich entscheiden.

Doch es war nicht das Polizeiflittchen.

Ein neuer Gast schlenderte auf den Rezeptionstresen zu, eine kleine Reisetasche in der Hand. Über seiner Schulter baumelte eine riesige Nikon. Erna Steinvatterer erkannte den Mann in dem roten Fiat, der die Leiche des jungen Gruber fotografiert hatte.

Als er seine Ellenbogen auf dem Tresen abstützte und sich vorbeugte, zeichneten sich seine geschwollenen Tränensäcke und die Stoppeln seines Dreitagebarts im Licht der Neonröhre ab.

Er war nicht gut gealtert, aber Erna erkannte ihn trotzdem. Sie musste sich zusammennehmen, um einen erschrockenen Ausruf zu unterdrücken. Dieser Mensch tauchte nicht grundlos hier auf. Nicht nach fast zwanzig Jahren.

Hannes Martin, der Fotograf von Katharinaberg, war ins Dorf zurückgekehrt.

***

In dem Kleinlaster saß niemand.

Jedenfalls war das Pavarottis erster Eindruck, als er sich gebückt dem Autofenster auf der Fahrerseite näherte.

Plötzlich ging das Licht der Straßenlaterne an, die neben dem geparkten Wagen stand. Sie übergoss den verlassenen Platz, die zusammengewürfelten Häuser und die Statuen der Mönche mit ihrem fahlen Licht.

Pavarotti presste sich flach gegen die Karosserie. Sein Atem ging schnell und kondensierte in der kalten Luft zu Dampf.

Aus dem Inneren des Transporters war kein Laut zu hören.

Er spähte durchs Fenster. Seine Vorsicht erwies sich als überflüssig. Die Gestalt hatte den Kopf tief nach unten gebeugt und war vollauf damit beschäftigt, das Handschuhfach auf der Beifahrerseite zu durchwühlen.

Jetzt richtete sie sich auf. In der Hand glitzerte etwas silbern im Licht der Straßenlaterne. Pavarotti konnte das Gesicht erkennen. Es war Leo, der Anführer der Jungenbande.

Wo war Florian Perlkofer?

Aufpassen. Vielleicht hat er wieder ein Messer.

Sein Holster mit seiner Dienstwaffe lag in Lissies Hotelzimmer auf dem Bett. Wenigstens hatte er die Handschellen dabei.

Mit einem Ruck riss er die Wagentür auf. Leo fuhr herum, aber bevor er sich wehren konnte, hatte ihn Pavarotti am Kragen gepackt.

Zehn Sekunden später lag er draußen auf dem Kopfsteinpflaster, Gesicht nach unten.

Die Handschellen klickten, als Pavarotti ihn an einer Eisenstrebe der Bogenlampe ankettete.

»So. Jetzt können wir zwei uns in aller Ruhe unterhalten.« Pavarotti setzte sich auf den Rücksitz, sodass Leo gezwungen war, zu ihm aufzuschauen.

Zu Lissie sagte er: »Bleib weg. Ich weiß nicht, wo er sein Messer hat.«

Der Junge grinste höhnisch und ließ seine Zunge in obszöner Manier aus dem Mund schnellen.

»Erste Frage. Eine leichte, zum Aufwärmen. Wie kommst du zu Florian Perlkofers Transporter?«

Leo kniff die Lippen zusammen und wich Pavarottis Blick aus.

Pavarotti fröstelte. Die Kälte zerrte am Stoff seines Anzugs und kroch unter die Mullbinde um seinen Arm.

Ein leichter Regen hatte eingesetzt. Auf einmal verwandelten sich die Regentropfen in Eiskristalle, die auf das Pflaster herabsanken.

Der erste Schnee war da.

»Mir wird langsam kalt«, stellte Pavarotti fest. »Ich rufe jetzt deinen Vater an. Er wird die Wahrheit schon aus dir herausholen.«

»Nein!« Der Junge erbleichte. »Lassen Sie meinen Vater da raus! Er wird denken, dass ich den Wagen geklaut habe!«

»War es etwa nicht so?«

»Nein! Der Florian selber hat mir die Wagenschlüssel gegeben, vorhin, auf der Festwiese. Er will nicht mehr fahren, hat er gesagt. Ich soll den Wagen hier abstellen und anschließend die Schlüssel bei der Großbäckerei in den Briefkasten werfen.« Er deutete mit dem Kopf auf den rückwärtigen Teil des Platzes, wo sich ein mächtiger Schornstein vom dunkler werdenden Nachthimmel abhob.

»Du lügst. Du wolltest klauen. Oder warum hast du dich sonst am Handschuhfach zu schaffen gemacht?«

Trotziges Schweigen.

Pavarotti schob sich vom Sitz und ging durch das Schneetreiben nach vorn zur Beifahrertür. Lissie war dabei, CDs aufeinanderzuschichten und in das Handschuhfach zurückzulegen.

Sie reichte Pavarotti einen Kugelschreiber aus Sterlingsilber, verkratzt und mit verbogener Halterung, aber ein schönes altes Stück.

»Unser junger Freund war gerade dabei, den einzustecken.

Schau«, wisperte Lissie. Sie drehte den Stift so, dass eine schmale, blank polierte Fläche auf der Oberseite des Gehäuses zum Vorschein kam. »Da ist eine Widmung eingraviert.« Die verschnörkelten Buchstaben waren winzig und so abgegriffen, dass sie kaum noch lesbar waren.

Lissie hielt den Stift unter die Innenbeleuchtung des Wagens, und sie konnten die Gravur entziffern.

Für meine Katharina
23. August 1997
Für immer

»Ich hatte recht«, flüsterte Lissie. »Die beiden waren ein Paar.«

Pavarotti starrte stumm auf die Gravur. Dann holte er sein Handy aus der Hosentasche und rief Emmenegger an.

Rund um den Transporter begann sich das Kopfsteinpflaster mit einer dünnen weißen Schicht zu überziehen. Im Schein der Laterne blitzten die vorbeiwirbelnden Kristalle kurz auf, bevor sie in der Dunkelheit verschwanden. Leos Hose sah durchweicht aus, und auf seiner Jacke sammelte sich der Schnee.

»Die Carabinieri werden dich holen. Das wird aber noch ein bisschen dauern. Ich hab keine Zeit mehr, mich mit dir zu beschäftigen«, sagte Pavarotti.

»Sie Schwein!«, schrie Leo.

Pavarotti hielt ihm den Kugelschreiber vor die Nase. »Wie viel hätte er dir eingebracht? Vielleicht noch zwanzig Euro? Ist es das wert?«

Leos Mund war verzerrt, und seine Nase lief. Er bot einen ekelhaften Anblick.

»Und wenn schon? Er braucht das Zeug doch nicht mehr«, zeterte der Junge.

Pavarotti drehte sich um. »Wie war das?«

Leo schnäuzte geräuschvoll in seinen Pullover. »Er hat gesagt, dass ich mir nehmen darf, was ich will.«

Trotzig starrte er hoch zu Pavarotti. Die Lüge war mit blinkenden Großbuchstaben in seinen Augen zu lesen.

Lissie war hinzugetreten. Ihr Gesicht war rot vor Kälte, und sie trat von einem Bein auf das andere. »Florian Perlkofer will weg?«

»Der ist schon fort«, gab der Junge hämisch zurück. »›Es wird höchste Zeit, dass ich von hier verschwinde‹, hat er zu mir gesagt. Und dass er das schon vor vielen Jahren hätte tun sollen.«

***

Der fünfjährige Florian Perlkofer empfand den letzten Sommer, bevor für ihn die Schule begann, als die aufregendste Periode in seinem bisherigen Leben. Er war überzeugt davon, auch die Schule und sein künftiges Dasein als Erwachsener würden daran nichts ändern.

Es waren vor allem die Lastwagen, die Tag für Tag durch das Tal brummten, die seinen kindlichen Pulsschlag beschleunigten. Im Frühjahr 1957, nur wenige Monate vor der ersten Stauung, hatten die Herren der Etschwerke beschlossen, die Dammkrone noch einmal gehörig aufzustocken. Eine neue Flutwelle aus Arbeitern, Lkw, Mischmaschinen und zu notdürftigen Unterkünften umfunktionierten Bauwagen schwappte über das Tal, bevor das Wasser seine Chance bekam.

Er dachte nicht sehr weit damals, meistens nur an den kommenden Tag und welche Abenteuer der wohl für ihn bereithalten würde. Das Unausweichliche, das am Ende der Bauarbeiten stehen würde und mit jedem Tag ein Stück näher rückte, spielte in seinem Kopf keine Rolle. Für ihn war ein Tag so lang wie ein Jahr, und das Wort »Zukunft« hatte keine Bedeutung.

Er mochte die italienischen Arbeiter, da konnte sein Großvater so miesepetrig dreinschauen, wie er wollte. Sie waren anders als die Erwachsenen, die er kannte. Ihre Haut war dunkler, die Gesten schneller, die Mimik ausgeprägter. Obwohl sie genauso schwer arbeiteten wie Großvater und weit weg von zu Hause waren, lachten sie viel.

Abends brannten im Tal Dutzende von Lagerfeuern bis spät in die Nacht. Weil sein Großvater alt und müde war und früh zu Bett ging, war es ein Leichtes für den Jungen, sich aus dem Haus zu stehlen. Es war nicht weit bis zu den Feuern, und Florian war viel zu neugierig, um Angst vor der Dunkelheit zu haben.

Er schaute den Männern zu, wie sie ein Spiel mit den Fingern spielten, das sie »Morra« nannten. Es war offenbar schon sehr alt, und sie spielten es mit einer Leidenschaft und Ernsthaftigkeit, als hinge ihr Leben davon ab. Als Florian hörte, dass das Spiel verboten war, wollte er es unbedingt lernen, und gutmütig, wie sie waren, ließen sie ihn manchmal mitspielen, und ihre Ansagen kamen extra für ihn langsamer, damit er verstehen konnte, wie es funktionierte. Es war aufregend und wunderbar, bestimmt so ähnlich wie in dem Casino in Mailand, an dessen Bau einer der Männer beteiligt gewesen war.

Florian staunte. Die Welt hatte sich aufgemacht und war zu ihm in sein kleines Tal gekommen.

Vorher war der Junge glücklich und zufrieden gewesen, jetzt fühlte er sich lebendig. Plötzlich besaß er viele Freunde, auch wenn sie Fremde waren.

Er bettelte so lange, bis ein paar von den italienischen Fahrern, die Baumaterial transportierten, ihn in ihrem Lastwagen mitfahren ließen. Florian liebte es, wenn er neben dem Fahrer auf dem Beifahrersitz kauern durfte und der Wagen über die schmalen Straßen von Vernagt hinunter nach Katharinaberg und weiter zum Zementwerk in Naturns donnerte.

Während der Wagen beladen wurde, versteckte sich Florian auf Geheiß des Fahrers unter dem Sitz, und anschließend ging es in dem gleichen halsbrecherischen Tempo wieder zurück zum See.

Die Italiener waren allesamt rasante Fahrer und prahlten mit den Zeiten, die sie für die Tour brauchten. Jeder versuchte, den Rekord des anderen zu brechen.

Im Laufe der Zeit wurde Beifahrer Florian zum Maskottchen für die waghalsigsten von ihnen. Der Junge, der in der Backstube seines Großvaters gelernt hatte, wie viele Stunden ein Teig brauchte, um zu gehen, wurde Experte für eine temporeichere Zeitmessung, nämlich für die Sekunden, die ein Lkw brauchte, um von null auf hundert zu beschleunigen. Und dafür, welche Geschwindigkeit man sich gerade noch erlauben konnte, bevor die Fliehkräfte den Wagen aus der Kurve trugen.

Mit fünf Jahren lernte Florian die Gefahr kennen, und sie gefiel ihm.

Eines Tages fanden sie den Fahrer, mit dem Florian am meisten unterwegs war. Sein Lkw lag im Feld neben der Straße, die Räder drehten sich in den Himmel. Ferdinando, den alle Dio, Gott, nannten, lag eingezwängt zwischen Führerhaus und Chassis, sein Brustkorb war eindrückt, seine Augen standen offen. Es hieß, er lächelte, weil er wusste, dass er den ultimativen Geschwindigkeitsrekord aufgestellt hätte.

Dabei hatte er allerdings die große Kurve auf halber Höhe zwischen Vernagt und Katharinaberg einen Hauch zu schnell genommen.

Als Florian die Sirenen hörte, rannte er los, aber sie wollten ihn nicht zu Dio lassen. Er verbiss sich die Tränen bis nach dem Abendessen, aber dann rannte er fort.

Sie saßen vor Dios altem Wohnwagen und sprachen über ihn, seine Familie und über Neapel, wo er herstammte. Im Boden vor dem Wohnwagen steckte ein einfaches Holzkreuz.

Florian weinte, und einer der Männer, die an der großen Betonmischmaschine arbeiteten, legte ihm den Arm um die Schulter.

Plötzlich wurde Florian am Kragen gepackt und hochgezogen, und sein Großvater stand mit funkelnden Augen über ihm.

Florians Ohren brannten noch am kommenden Morgen von den Ohrfeigen. Fortan stand er unter strengem Hausarrest, der – wenn es nach Rudolf Perlkofer gegangen wäre – gedauert hätte, bis sein Enkel in die Schule kam.

Nicht einmal zum Kirchgang am Sonntag ließ ihn sein Großvater aus dem Haus. Sie gingen sowieso nicht zur Kirche. Sein Großvater hasste den Pfarrer von Katharinaberg, der auch nach Vernagt kam, um zu predigen.

Denn Rudolf Perlkofer hatte eine Mission, und der Pfarrer tat alles, um sie zu zerstören.

Florians Großvater hatte die Dörfler zum Widerstand gegen die Elektrizitätswerke aufgerufen. Jeder, der Brötchen bei ihm kaufte, bekam einen Vortrag über sein gutes Recht als Grundbesitzer und über die Bewahrung der Natur. Doch der Staudamm war fast fertig, und nichts verändert die Zukunft so nachhaltig wie Fakten, die in der Gegenwart geschaffen werden.

Ein Staudamm ist ein ziemlich großes Faktum aus Beton.

Doch Perlkofer war überzeugt, er könne den Staudamm besiegen. Er trommelte so lange, bis er fünfzig Unterschriften zusammengebracht hatte.

Als der Pfarrer von Katharinaberg begann, die Dörfler von der Kanzel an ihre Gehorsamspflicht gegenüber Kirche und Staat zu erinnern, war es aus mit Perlkofers Sturm im Wasserglas.

Die Gemüter im Tal beruhigten sich. Die Dörfler zuckten beim Stammtisch mit den Schultern, es sei ohnehin zu spät, das Wasser komme in wenigen Wochen – und zogen ihre Unterschriften zurück.

Perlkofers Vertrauen in die Menschheit war nie besonders ausgeprägt gewesen, doch jetzt machte sich Endzeitstimmung in ihm breit. Er würde es allein mit den Etschwerken aufnehmen. Sie würden es nicht wagen, ihn zu vertreiben, dafür wollte er sorgen.

Der kleine Florian saß auf seinem Bett und lauschte, mit dem Ohr an der Wand, dem Murmeln im Wohnzimmer, in dem sein Großvater allein auf dem Sofa saß und mit einem unsichtbaren Besucher redete. Manchmal wurde der Monolog so laut, der Tonfall so bösartig, dass der Junge zurückzuckte und sich die Ohren zuhielt, bis das Selbstgespräch wieder leiser wurde und schließlich ganz verstummte.

Florian war sich noch niemals so bewusst gewesen, dass er erst fünf war. Ihm war klar, dass er manches von dem, was Erwachsene taten und sagten, nicht verstehen konnte und dass er nur wenig Einfluss auf ihr Tun hatte. In diesen Wochen wünschte er sich sehnlichst, seine Kindheit sei mit einem Schlag zu Ende. Wäre er älter, dann könnte er den Großvater sicher dazu bringen, wieder so zu werden wie früher. Aber mit fünf Jahren ging das nicht, und er fühlte sich hilflos.

Seine Verzweiflung wuchs mit jedem Tag und auch seine Angst.

Und dann gesellte sich eines Nachts ein neues Geräusch zu dem Rauschen des Windes und dem heiseren Flüstern seines Großvaters hinzu: ein leises Plätschern und Gurgeln, das zu einem Klatschen und Schwappen gegen die Hauswand wurde, wie das unablässige Klopfen einer Hand, die aus der Tiefe kam.

Das Wasser kündigte sich an.

9

»Sie haben ihn«, sagte Emmenegger. »Einer der Hubschrauber hat ihn auf einem Steig ausfindig gemacht, der nach Österreich hinüberführt. Die Carabinieri sind ihm schon dicht auf den Fersen. In der Zwischenzeit …«

Er schob Pavarotti einige vergilbte Zeitungsartikel hin und blies Staub von einer alten Akte, die er aus dem Archiv geholt hatte.

»Wie es scheint, handelt es sich um viel mehr als um eine Dreiecksgeschichte. Es geht um etwas, was Florian Perlkofer als Kind zugestoßen ist. Ende der Fünfziger, als der Staudamm gebaut wurde.«

Pavarotti zog eine Grimasse. »Ersparen Sie mir das Altpapier, Emmenegger. Erzählen Sie es mir einfach.«

Emmenegger lehnte sich zurück und schlug die Beine übereinander. »Es fing alles mit Rudolf Perlkofer an. Er war Florian Perlkofers Großvater.«

Rudolf Perlkofer war ein Mann, der Schicksalsschläge abschüttelte wie das Mehl von seinen Händen, wenn er mit dem Backen fertig war.

Als seine Tochter Anna und ihr Mann bei einer Wanderung im Pfossental von einer Mure überrascht und mitgerissen wurden, begrub er seinen Schwiegersohn – die Leiche seiner Tochter wurde nie gefunden – und nahm seinen Enkel Florian zu sich.

Zwei Tage später setzte er seine Arbeit fort, als sei nichts gewesen.

Er stand weiterhin um halb vier Uhr morgens auf, schnitt vier Semmeln anstatt zwei auf, bestrich sie dick mit Butter und nahm sie mit in die Backstube. Kauend begann er den Teig zu kneten, den er am Vortag angesetzt hatte. Und der kleine Florian, noch nicht einmal schulpflichtig, half ihm dabei, so gut er konnte.

Perlkofer war ein Bäcker vom alten Schlag. Jeden Morgen um vier Uhr, mit Ausnahme von sonntags, war er in seiner Backstube und stemmte sich mit seiner Hände Arbeit der Fabrikware der Großbäckereien entgegen, die Mitte der fünfziger Jahre anfingen, Brot und Semmeln am Fließband zu produzieren.

Die Backstube war Rudolf Perlkofers sicherer Ort. Die Welt blieb da, wo sie hingehörte: draußen vor der Tür. Mit Freude sah er, dass sein Enkel den Teig so zu lieben schien wie er selbst, seine Formbarkeit und die Möglichkeiten, die er bot. Der Junge steckte seine Finger in die weiche Masse, leckte die Fingerkuppen ab und war glücklich. Und sein Großvater war es auch.

Als Rudolf Perlkofer das erste Mal von den Plänen der Etschwerke hörte, einen Staudamm zu bauen und die Vernagter Au zu fluten, war er davon überzeugt, es handle sich um ein dummes Gerücht. Eines, das im Wirtshaus entsteht, wenn der Schnee unablässig fällt, die Ernte eingebracht ist und die Bauern zu wenig zu tun haben und zu viel reden.

Doch es war kein Gerücht.

Die Herren der mächtigen Etschwerke, hinter deren Ränkespiel die Talbewohner die »Walschen«, die verhassten Italiener, vermuteten, verbissen sich in ihren Plan. Zu verführerisch war die Topografie, die sie vorfanden. Die Größe des Hochtals, das die Speicherung riesiger Wassermengen versprach, aber vor allem die Fallhöhe des Wassers, das vom Stausee weit über tausend Meter tief zum Kraftwerk in Naturns abstürzen und dabei ungeheuren Druck entfalten würde, hatte die Phantasie der Strombosse in Gang gesetzt. Südtirol würde Stromgeschichte schreiben. Sie würden ein beispielloses Kraftwerk bauen, das es nirgendwo sonst in der Welt gab.

Die Ingenieure begannen zu rechnen. Als schließlich herauskam, dass der Stausee mehrere hundert Millionen Kilowattstunden Strom im Jahr erzeugen würde, verfestigten sich die Pläne zu einem unverrückbaren Entschluss.

Nur einer konnte den Talbewohnern jetzt noch helfen: Gott beziehungsweise sein Stellvertreter auf Erden, die katholische Kirche.

Aber die Kirche dachte nicht im Geringsten daran, das zu tun.

»Der alte Esel wollte keine Vernunft annehmen. Er weigerte sich, seine Backstube zu verlassen, als die erste Stauung bevorstand. Ein halsstarriger Knabe, dieser Rudolf Perlkofer«, sagte Emmenegger.

»Also ist er ertrunken«, sagte Pavarotti.

»Vermutlich wäre das für seinen Enkel besser gewesen. Nein, Perlkofer wurde vor den Augen des Kindes erschossen.«

»Meine Güte. Wer war der Täter?«

»Ein Polizist.«

Pavarotti starrte ihn an. »Wollen Sie mir sagen, er wurde einfach abgeknallt, weil er sich der Obrigkeit widersetzt hat? 1957? Mussolini war tot und begraben zu der Zeit.«

Emmenegger schüttelte den Kopf. »Nein, so war es nicht. Es war seine Angelegenheit, wenn er ertrinken wollte. Leider beabsichtigte er, seinen Enkel mit in den Tod nehmen. Er hat das Kind festgehalten und schrie den Helfern zu, die sich bereits bis zu den Hüften im Wasser vor der Backstube drängten, sie sollten verschwinden. Der Junge habe ohne den Hof sowieso keine Zukunft. Für ihn sei es besser, wenn er mit ihm untergehe.«

Der Vice Ispettore schnaubte. »Was für ein Unsinn. Es gab großzügige Entschädigungen. Er hätte seinen Betrieb ohne Weiteres woanders wieder aufbauen können. Aber Perlkofer hat sich in einen Zustand hineingesteigert, in dem er geglaubt hat, die Welt gehe unter. Er hielt dem Jungen eine alte Armeepistole an den Kopf und drohte, er werde ihn töten, wenn sie sich nicht auf der Stelle davonmachten und die beiden in Ruhe ließen.«

»Und?«

»Ein Carabiniere hat ihm durch das rückwärtige Fenster der Backstube in den Hinterkopf geschossen. Der Kleine muss geschrien haben wie am Spieß. Gut, dass das Wasser das Blut des Großvaters und … alles andere abgewaschen hat, als Perlkofer stürzte und sein Enkel ins Wasser fiel.«

Emmenegger pausierte kurz. »Florian Perlkofer bekommt hundertprozentig mildernde Umstände, nach allem, was damals passiert ist. Die Zeitungen werden ihn zum Märtyrer machen. Dass er sich Jahrzehnte später an einem unschuldigen Kind gerächt hat, dafür interessiert sich von denen keiner. Die Anwälte werden sich um ihn reißen. Welcher Anwalt auch immer – er wird als Erstes ein Gutachten beibringen, das Perlkofer eine massive psychische Störung attestiert. Wir können uns auf ein Medienspektakel gefasst machen.«

***

»Na und?«, sagte Florian Perlkofer trotzig. Auf dem Tisch lag die Kopie eines Briefs, mit dem Perlkofer einen Tag nach seinem achtzehnten Geburtstag seinen Austritt aus der katholischen Kirche erklärt hatte. »Ich wollte mit den Pfaffen einfach nichts mehr zu tun haben. Sie waren schuld an dem, was passiert ist.«

Pavarotti beschloss, seine Taktik zu ändern. »Ich kann Sie gut verstehen«, sagte er und nickte langsam. »Da nutzt ein junger Pfarrer namens Jakob Steinvatterer seine demagogische Begabung, um dem Widerstand gegen den Stausee das Lebenslicht auszublasen, nur um seine Macht über das Dorf zu demonstrieren. Haben Sie ihn all die Jahre belauert? Ich wette, irgendwann kam der Punkt, an dem Sie beschlossen, ihn zu töten. Doch dann wurde er aus der Kirche rausgeschmissen, was Balsam für Ihre wunde Seele gewesen sein muss. Aber dann kam der Kerl wieder auf die Beine. Ich kann mir vorstellen, wie Sie am Boden zerstört waren, als er reich heiratete, zwei hübsche Töchter hatte – und am Ende sogar einen Enkelsohn! Wie Sie und Ihr Großvater damals. Das brachte das Fass zum Überlaufen. Als Sie den Kleinen gesehen haben, kam alles wieder hoch. In dem Moment haben Sie beschlossen, ihm den Enkel wegzunehmen, so wie er Ihnen den Großvater genommen hat, stimmt's?«

Perlkofer starrte ihn an. Auf seinen Wangen hatten sich blaurote Flecken gebildet, die auf seiner bleichen Gesichtshaut wie zwei große Würgemale hervorstachen.

»Rache ist eine Speise, die man am besten kalt genießt. Wie hat es sich angefühlt, als Sie den Kleinen getötet haben, Perlkofer?«

»Ich habe nichts dergleichen getan.«

Doch Perlkofers Gesicht sprach ihn schuldig.

Pavarotti beugte sich so weit vor, dass seine Nase fast die von Perlkofer berührte, und bohrte seine Augen in die seinen. »Hören Sie auf, Perlkofer. Es ist aus. Fast zwanzig Jahre haben Sie den Kopf eingezogen, aber jetzt, nach der Entdeckung der Leiche, haben Sie angefangen, Fehler zu machen. Den alten Pfarrer von Katharinaberg haben Sie umgebracht, weil er etwas gewusst hat. Das war der erste Fehler. Der zweite war Ihre Flucht.«

»Ich bin nicht geflohen«, widersprach Florian Perlkofer. »Jedenfalls nicht vor der Polizei. Wohl eher vor mir selbst. Und Sutter bin ich das letzte Mal vor zig Jahren begegnet, als er noch Pfarrer war. Beweisen Sie mir das Gegenteil.«

Seine Worte waren forsch, doch aus seiner Miene sprach die nackte Angst. Er presste seinen Finger auf einen Punkt oberhalb seines rechten Auges, als könne er damit die Erinnerungen an seine Taten in eine dunkle Kammer des Gehirns zurückdrängen.

Pavarotti legte das Foto, das Perlkofer mit Katharina Zomba zeigte, auf den Tisch.

»Sie hatten es von langer Hand geplant, stimmt's? Nur deshalb haben Sie sich an die Frau herangemacht.«

»Sie sind verrückt!«

»Vielleicht haben Sie sogar geglaubt, dass es eine Erlösung für den Kleinen ist. Das Kind hätte sowieso nicht mehr lange gelebt. War es so? Geben Sie es endlich zu, damit Ihr Gewissen Ruhe findet!«

»Hören Sie auf!« Perlkofer hielt sich die Ohren zu.

Nach einer Weile hob er den Kopf.

»Sie verstehen gar nichts«, flüsterte Perlkofer. »Ich wollte, dass sie mit mir weggeht. Ich wollte auf sie aufpassen. Sie beschützen. Sie und ihren Kleinen.«

»Beschützen? Vor wem?«

Perlkofer antwortete nicht, sondern starrte ins Leere. Erst nach einer Weile sagte er: »Sie wissen ja nicht, wie sie war. Wie es ist, gleichzeitig zu lieben und furchtbare Angst zu haben. Ich … Es ist schwer, es in Worte zu fassen. Ich hätte dem Kleinen nie etwas angetan. Das müssen Sie mir glauben.«

»Ich glaube, dass Sie ein guter Schauspieler sind.«

Perlkofer richtete sich auf. »Was sind Sie für ein Polizist, Commissario? Brauchen Sie nur eine Festnahme für Ihre Statistik? Oder wollen Sie hören, wie es zwischen Katharina und mir wirklich war?«

Am Stausee

23. Juli 1997

Der Regen fiel spärlich in diesem Sommer, und häufig überschritten die Temperaturen die Fünfunddreißig-Grad-Marke. Unablässig kreisten und zischten die Regner auf den Feldern und Wiesen im Tal.

Die Luft war satt und schwer durch zahllose Wassertröpfchen, die aufstiegen und in der Hitze verdampften. Regenbogen in Miniaturformat, von der Bewässerung hervorgezaubert, schmiegten sich als flirrende Farbenspiele an die Wasserfontänen und nahmen der Hitze ihre Unbarmherzigkeit.

Gleichzeitig sank der Wasserspiegel des Sees bedrohlich, und das Wasser hatte eine bräunliche Färbung angenommen. Alle Bauern im Tal hofften, dass das Reservoir durch kräftige Schneefälle im nächsten Winter und die Schneeschmelze im Frühjahr wieder aufgefüllt würde. Dann würde die Oberfläche erneut grünblau schimmern und eine Ahnung davon vermitteln, wie tief der See war.

Wenn er nüchtern darüber nachdachte, musste er sich eingestehen, dass der Stausee dem Tal auch Vorteile gebracht hatte. Doch das Denken fiel ihm jedes Mal schwer, wenn er hier stand, und eine Faust schloss sich um sein Herz.

Florian Perlkofers Augen hingen an den Überresten der kleinen Kirche, deren Turm immer dann aus dem Wasser schaute, wenn der Pegelstand so niedrig war wie jetzt. Die Turmspitze fehlte – ein kleiner Schönheitsfehler, wenn man den See mit den Augen der Fremden betrachtete, die auf der Jagd nach Fotomotiven waren.

Normalerweise mied er den See, bis auf einen einzigen Tag im Jahr, den 23. Juli. Er kam immer frühmorgens, bevor er zu seiner Brötchenrunde durch das Tal aufbrach.

An jenem Tag im Jahr 1957 war das Wasser gekommen und hatte sein Zuhause, den Hof Oberleit, auf dem er mit seinem Großvater lebte, und sieben weitere Höfe überspült.

Das Wasser hatte ihm an diesem Tag auch seinen Großvater genommen, den einzigen Menschen, den er auf der Welt hatte.

Er hob sein Fernglas an die Augen und suchte den See ab, um die

Stelle zu finden, an der die Backstube seines Großvaters mit dem großen Schornstein gestanden hatte.

Er stellte die Schärfe ein und nahm das rechte Seeufer als Ausgangspunkt. Dann bewegte er das Glas nach links und …

Perlkofer stutzte und zog die Schärfe nach. Angestrengt starrte er auf einen Punkt an der Kirche, der sich bewegte. Da draußen war ein Mensch!

Dieser Badende begab sich in Gefahr und wusste es nicht. Aufgrund des Flusses, der in den See führte und ihn mit Schmelzwasser versorgte, gab es an vielen Stellen tückische Unterströmungen.

Perlkofer begann zu rennen.

Als er näher kam, sah er, dass die Gestalt einen Schritt nach vorne machte. »Halt!«, schrie er im Laufen. Bei der Kirchenruine konnte man bei dem derzeitigen Wasserstand noch stehen. Damit war es nach ein paar Metern vorbei, und dann bestand das Risiko, vom Strudel nach unten gezogen zu werden.

Es war eine Frau. Sie reagierte nicht auf sein Gebrüll. Mittlerweile stand sie bis zum Oberkörper im Wasser, und die Wellen leckten an ihren dunklen Haaren.

Sie trug keinen Badeanzug, sondern ein blaues Kleid, und schlagartig wurde ihm klar, was hier vor sich ging.

Er stürzte sich in den See. Nach ein paar kräftigen Kraulzügen hatte er die Frau erreicht und packte sie um ihre Taille.

Sie war ein Leichtgewicht, und obwohl sie sich heftig wehrte, fiel es ihm nicht schwer, sie zurück ans Ufer zu ziehen.

Mit triefenden Kleidern, die Haare wirr im Gesicht, saß sie neben ihm und begann zu weinen. »Warum lassen Sie mich nicht einfach in Ruhe? Gehen Sie weg.«

Perlkofer, dessen Atem sich mittlerweile wieder beruhigt hatte, musterte sie von der Seite. Sie war jung, fünfzehn oder zwanzig Jahre jünger als er selbst. Ihr blaues Kleid klebte am Körper und zeichnete filigrane, aber unverkennbar weibliche Konturen nach. Aus ihren breiten Augenbrauen, die sich an der Nasenwurzel trafen, sprachen Eigensinn und ein starker Wille. Ihr Gesicht strahlte eine Lebendigkeit aus, die in krassem Widerspruch zu dem stand, was sie im See vorgehabt hatte.

»Hätte ich zuschauen sollen, wie Sie ins Wasser gehen?«

Sie antwortete nicht, sondern starrte vor sich hin. Ihre Hände waren zu Fäusten geballt, die vollen Lippen zitterten. Sie fröstelte.

»Möchten Sie ein trockenes Hemd? Drüben steht mein Lieferwagen, ich habe –«

Plötzlich explodierte sie. »Lassen Sie mich in Ruhe! Was ich tue, ist meine Sache! Sie hatten kein Recht, sich einzumischen!«

»Sie werden sich bald besser fühlen. Sie werden sehen, die Zeit heilt alle Wunden.«

Sie warf ihm einen verächtlichen Blick zu.

»Ich kann zuhören. Wenn Sie wollen«, sagte er ruhig.

Sie schüttelte den Kopf, und es war, als flöge ihre Verzweiflung davon wie die Wassertropfen aus ihrem Haar.

Er war auf der Stelle fasziniert von ihr. Nicht wegen ihrer Schönheit, sondern wegen des Geheimnisses, das sie umgab. Sie war so widersprüchlich. Als sie sich ihm zuwandte, sah er in ihren Augen eine eigenartige Resignation, die ihn an seine Hündin Heidi erinnerte, als sie qualvoll verendet war.

Ohne nachzudenken, ergriff er ihre Hand und spürte den Ring am rechten Ringfinger.

Mit einem Ruck zog sie ihn vom Finger, stand auf und warf ihn in den See.

»So! Jetzt bin ich ihn los!«

Erschrocken schaute er den Wellen hinterher, die der Ring verursacht hatte. »Ihr Mann … wird er …? Ich meine …«

Sie drehte eine Pirouette und lachte. »Er wird es gar nicht merken. Sie hatten recht. Wie konnte ich nur so dumm sein.«

Dann beugte sie sich vor und küsste ihn auf den Mund. »Danke, dass Sie mich gerettet haben!«

Noch am selben Tag gab sie sich ihm hin. In ihrem Haus, im ehelichen Schlafzimmer, während ihr Kind nebenan schlief. Nach ihrem Mann fragte er nicht mehr.

Während sie sich auszogen, fragte er: »Was wäre denn aus deinem Kind geworden, wenn du jetzt tot wärst?«

Sie zuckte mit den Achseln, dass ihre nackten Brüste wippten. »Das würde meinem Mann nur recht geschehen, wenn er sich um ihn kümmern müsste.«

Anschließend machte sie sich über ihn her, als hätte sie schon lange kein so saftiges Stück Fleisch mehr verschlungen.

Als sie keuchend nebeneinander auf dem Bett lagen, sagte sie ihm, was mit Johannes los war. »Ich glaube, er erkennt mich nicht mehr. Er schaut mich an, als ob ich nicht da wäre. Der Mund steht ihm jetzt immer offen.«

Die Sachlichkeit, mit der sie ihr greisenhaftes Kind beschrieb, stieß ihn ab und faszinierte ihn gleichzeitig. Er folgte ihren Bewegungen, fühlte sich seltsam zerschlagen an Körper und Seele und wusste: Sie war die Frau seines Lebens.

Als er sie fragte, warum sie hatte sterben wollen, dachte er zuerst, sie würde nicht antworten.

Es waren nur ein paar Worte, aber sie gruben sich in sein Hirn. »Er oder ich. So sieht's aus.«

Tagsüber fuhr er so oft an ihrem Haus vorbei, wie es seine Arbeit zuließ, und schaute durchs Fenster. Wenn er sah, wie der Junge im Garten spielte und wie Katharina in der Küche saß und Zeitung las oder sich sacht zur Musik aus dem Radio wiegte, war er beruhigt. Sobald es dunkel war, schlich er sich in ihr Bett.

Wieder ein Tag vorbei und beide leben noch, dachte er jedes Mal, bevor er einschlief.

Wie hatte er sich nur einbilden können, sie vor sich selbst zu beschützen, indem er seine Lust befriedigte?

Welche Ironie des Schicksals, dass es ausgerechnet seine Liebe zu ihr war, die ihn in dem Moment blind machte, als es darauf ankam.

10

»Wollen Sie damit sagen, dass das Kind von seiner eigenen Mutter ermordet wurde?«

Perlkofer biss sich auf die Fingerknöchel. »Er oder ich. Das waren ihre Worte«, sagte er leise.

Pavarotti beobachtete ihn genau.

»Es ist alles meine Schuld. An diesem Sonntag hab ich sie gehen lassen, obwohl sie wieder so …« Er verstummte. »Sie war manchmal wie ein …« Er schluckte. »Wie eine Art Roboter. Ich kann es nicht besser erklären. Wenn es passierte, dann veränderte sich ihr Gesicht. Ihr Lächeln wirkte kalt und wie aufgemalt«, sagte Perlkofer. »Das, was sie dann sagte, klang unabänderlich, als würde sie von etwas gesteuert, worauf sie keinen Einfluss hatte. Wenn sie so war, hat sie mir Angst eingejagt, und ich hab sie im Auge behalten. Aber das letzte Mal, an dem Sonntag, bin ich nach Hause gefahren, statt sie zu beschützen.«

»Hatten Sie Streit?«

Perlkofer schüttelte den Kopf, aber er wich Pavarottis Blick aus.

»Ich hab ihn geliebt, den Johannes«, fuhr der Mann stockend fort. Das Sprechen fiel ihm schwer. »Es war mir egal, was mit ihm los war. Er war ein wunderbarer Junge, und ich wollte mich um ihn kümmern, bis es mit ihm zu Ende ging.«

Pavarotti sah Perlkofers Wangen feucht werden, aber er glaubte den Tränen nicht.

»Johannes war zwar erst drei, aber ich glaube, er hat geahnt, dass etwas Schreckliches mit ihm geschah. Er hat sein Schicksal angenommen als das, was ihm auf dieser Welt beschieden war. Geschrien hat er nur, wenn er allein war, weil er dann Angst bekam. Wenn er hinfiel und sich die Knie aufschlug, hat er bloß gelacht, als sei das ein großer Spaß. Aber er konnte nicht …« Er fuhr sich über die Augen »… er konnte niemanden mehr ansehen dabei. Seine Augen rollten …«

Perlkofer schluckte, dann gelang es ihm, sich wieder zu fassen. »Erinnern Sie sich an den roten Laster auf der Terrasse? Ich war's, der ihm das Spielzeug gekauft hat. Als Katharina ihn draußen ins Gras setzte und er den Laster anfasste, quiekte er wie ein … wie ein blinder Welpe.« Perlkofer lächelte unter Tränen. »Ich bin froh, dass ich den Laster gekauft hab. Es war das letzte Mal, dass ich den Jungen gesehen habe.«

11

Das Gewitter war tagelang im Anzug gewesen. Als es sich schließlich durch das Telefon entlud, tobten Blitz und Donner in der Person des Staatsanwalts und des Polizeichefs mit genau der Heftigkeit, die zu erwarten gewesen war.

Nein, es kam nicht in Frage, die Wohnung Perlkofers zu durchsuchen! Aufgrund welcher Beweislage denn?

Weder für den Kindsmord noch für Mord an Sutter gebe es Zeugen oder Indizien und auch keine Verbindung zwischen Sutter und Perlkofer, außer dass die beiden einmal im selben Dorf gewohnt hatten. Aber das treffe auch auf sämtliche anderen Einwohner von Katharinaberg zu.

Während der Zorn des Staatsanwalts auf Pavarotti herniederfuhr, wartete dieser geduldig, bis die Rede auf die Frist kam.

Eine Woche Zeit noch, maximal, dann würde die Akte geschlossen. »Es wird höchste Zeit, Ihrer Ressourcenverschwendung ein Ende zu machen.«

Pavarotti, der mit weniger gerechnet hatte, verabschiedete sich. Der Staatsanwalt legte grußlos auf.

Der Donner setzte kurz darauf ein. Ob Pavarotti jemals Zeitung lese?, grollte der Polizeichef durch den Äther.

Zeitverschwendung, wollte Pavarotti sagen, besann sich aber eines Besseren und schwieg.

Wisse er denn nicht, wie politisch brisant das Thema »Strom« zurzeit sei? Und dass die Linken gegen die Strommafia zu Felde zögen?

Pavarotti wusste es nicht, und es war ihm auch gleichgültig.

»Und Sie gehen hin und verhaften einen Mann, dem ein Wasserkraftwerk und ein Stausee seine Existenz genommen haben, und geben den Linken die einmalige Chance, ihn zum Märtyrer zu stilisieren? Sind Sie noch zu retten?«

Störrisch sagte Pavarotti: »Florian Perlkofer ist der Täter, und ich werde es beweisen. Ich habe vom Staatsanwalt eine Frist von einer Woche, um den Fall abzuschließen, und ich gedenke, sie zu nutzen.«

Die Frist von einer Woche galt allerdings nicht für die Person Florian Perlkofer. Pavarotti blieben achtundvierzig Stunden – die mittlerweile auf vierzig Stunden geschrumpft waren –, bis er den Mann entweder dem Haftrichter vorführen und schlagkräftige Beweise präsentieren oder ihn auf freien Fuß setzen musste.

Pavarotti glaubte Perlkofer kein Wort, war aber nicht in der Lage, ihm etwas nachzuweisen. Verlässliche Zeugen für seine Zeitangaben gab es nicht. Alle Dörfler waren so an seinen Lieferwagen gewöhnt, dass sie ihn nicht mehr wahrnahmen.

Perlkofer hatte behauptet, dass er zur Tatzeit von Sutters Ermordung das Feierabendbrot ausgeliefert hatte. Doch zwischen dem auf seiner Stechkarte eingestanzten Zeitpunkt, als Perlkofer die Brote in Karthaus einlud, und seiner letzten Lieferung an ein Hotel in Naturns auf halbem Weg nach Meran klaffte eine Lücke von zwei Stunden.

»Ich habe mir Zeit gelassen, Commissario. Es war so ein schöner Abend.«

Ein schöner Abend? Es war November, und der Wind pfiff um die Häuser. Als Pavarotti den Wetterdienst anrief, erhielt er die Auskunft, dass es stimmte. Pavarotti erinnerte sich jetzt selbst, dass sich ausgerechnet am diesem Nachmittag die Sonne gezeigt hatte.

Inzwischen war auch klar, dass der Wanderstock, der neben Sutters Leiche an der Wand gelehnt hatte, nicht dem Pfarrer gehört hatte. Auf dem Stock befand sich kein einziger Fingerabdruck. Der Stock war erkennungsdienstlich so sauber wie frisch gefallener Schnee. Es handelte sich um ein beliebtes Modell mit einer neuartigen Mechanik, das derzeit überall verkauft wurde. Der Werbespruch der Marke »Paradies« war auf dem Stock aufgedruckt:

Das Paradies wartet auf Sie – laufen wie auf Wolken!

Der Vice Ispettore stand in Pavarottis Bürotür.

»Emmenegger, der Kerl macht sich über uns lustig.«

Emmenegger schnaubte. »Perlkofer wird der Spaß schon noch vergehen. Ich habe den Fotografen von damals ausfindig gemacht, diesen Hannes Martin.«

»Wozu das?«

»Vielleicht hat er etwas gesehen, womit wir den Kerl festnageln können.«

»Also gut. Wo steckt er?«

»Das Geschäft am Sparkassenplatz existiert nicht mehr. Er ist ein paar Häuser weiter gezogen, in eine heruntergekommene Passage unweit vom Rennweg. Der Laden ist geschlossen. Im Fenster hängt ein Schild mit der Aufschrift ›Urlaub‹.«

»Urlaub? Jetzt? Wir haben November!«

Emmenegger zuckte mit den Schultern. »Vielleicht ist er in die Karibik geflogen. Allerdings sieht der Laden nicht so aus, als könne er sich das leisten.« Er konsultierte seine Aufzeichnungen. »Bevor ich es vergesse: Vor einer halben Stunde hat das Gefängniskrankenhaus in Bozen angerufen. Guido Sandler will Sie sehen. Er sagt, er müsse Ihnen unbedingt etwas Wichtiges sagen.«

***

Der erste Schnee war mittlerweile geschmolzen.

Trotzdem fröstelte Lissie in ihrer Jacke.

Der Koch bog um die Ecke, auf dem Weg zur Hotelküche. Als er sie auf der Bank kauern sah, hörte er auf zu pfeifen.

»Was ist los?«

»Sie hat mich rausgeworfen. Am Wochenende muss ich das Zimmer räumen.«

»Na und? Fahren Sie nach Hause und vergessen Sie dieses Dorf.«

Ihr Eigensinn, den sie gut kannte
GANZ FRÜHER
brandete gegen ihre Stirn.

»Ich lasse mich nicht vertreiben!«

Er lächelte wissend, als könne er sie verstehen.

»Wenn Sie unbedingt hierbleiben wollen, versuchen Sie's mal im Pfarrhaus. Der Pfarrer hat ein Gästezimmer.«

Er musterte sie aufmerksam, dann sagte er: »In einer halben Stunde ist das Abendessen fertig. Ich habe Mousse au Chocolat. Sie lieben Schokolade, nicht wahr?« Er grinste verschwörerisch und verschwand.

Auf dem Weg zum Zimmer musste sie an der Rezeption vorbei, aber sie hatte keine Lust, der Wirtin Genugtuung zu verschaffen.

Als der Empfang in Sicht kam, sah sie, dass die Frau sich über den Tresen lehnte und in Richtung Treppe spähte. Schnell drückte sich Lissie an die Wand. Erna Steinvatterer telefonierte.

»... gerade nach oben gegangen ... Natürlich bin ich sicher. Außerdem ...« Lissie hörte Papier rascheln. »... hat er sich ja eingetragen. Hannes Martin. Beruf Fotograf.«

Lissie stutzte. So hieß doch der Mann, nach dem Pavarotti und Emmenegger suchten. Sie spitzte die Ohren.

»Klar hab ich ihn gefragt! Anscheinend hat er den Polizeifunk abgehört. Er scheint sich mit Leichenfotos über Wasser zu halten. Und jetzt, aus heiterem Himmel, will er eine Dokumentation über unser Dorf machen. Das hat er jedenfalls behauptet. Damals und heute gegenüberstellen, wie er sich ausgedrückt hat ...«

Lissie hörte, dass die Frau schneller atmete.

»Jetzt übertreibst du – Wie hätte ich das denn anstellen sollen? Mit welcher Begründung – Unsinn. Mach dir keine Sorgen. Wie sollte er –«

Wieder wurde sie unterbrochen.

»Also gut. Ich tu's.«

Es klickte leise, als Erna Steinvatterer den Hörer auflegte.

Lissie wartete einen Augenblick, dann ging sie mit festem Schritt vorbei zur Treppe. Die Frau saß an ihrem Schreibtisch und starrte an ihr vorbei aus dem Fenster. Sie drehte nicht einmal den Kopf, wie sie es bisher jedes Mal getan hatte.

Im Zimmer tippte Lissie eine kurze Nachricht an Pavarotti, dass sich ein Fotograf namens Hannes Martin in ihrem Hotel einquartiert hatte. Als sie das Handy in ihrem Rucksack verstaute, fiel ihr ein silberner Kugelschreiber in die Hände. Die Sonne kam kurz heraus, und der Stift blitzte im Sonnenlicht auf, als zwinkere er ihr zu.

Lissie ließ den Stift über ihre Handfläche rollen. Er war achtkantig, nicht rund, wie der von Perlkofer, und hatte Flecken und Dellen. Woher hatte sie den Stift? Irgendetwas regte sich in ihrem Inneren, und aus einem Impuls setzte Lissie die Spitze auf dem Handballen auf und malte ein kleines Herz auf ihre Haut. Der Strich war sauber und kräftig, obwohl die Mine bestimmt schon alt war.

Plötzlich kamen ihr die Tränen.

Hör auf, deine Vergangenheit zu suchen.

Fang wieder an zu leben.

Sie brauchte keine Vergangenheit mehr. Sie würde eine erfinden.

Schreiben. Sie würde schreiben.

Sie würde die Geschichte von Katharina Zomba erzählen. Katharinas Geheimnis zu entschlüsseln war für sich genommen schon reizvoll, aber es ging um mehr. Katharina würde eine Vergangenheit bekommen, auch wenn sie sich vielleicht nicht in jedem Detail so zugetragen hatte. Vielleicht würde Katharina dann wieder zu einem Menschen, der geatmet, Träume gehabt und geliebt hatte. Zumindest auf Papier.

Fang wieder an zu leben.

Beginnen würde Lissie mit den Fakten, die sie aus der Kriminalakte und Sutters Aufzeichnungen kannte. Die Lücken würden sich schon füllen – notfalls durch ihre Phantasie.

Lissie begann zu schreiben:

Im August 1965 versetzt der Pfarrer von Katharinaberg, Jakob Steinvatterer, einem Fünfjährigen eine Ohrfeige, weil der Junge im Gottesdienst gelacht hat. Es bleibt nicht bei der Ohrfeige.

Steinvatterer, der sich im Tal einen gewissen Ruf als »Prügel-Pfarrer« verdient hat, packt den Jungen und wirft ihn gegen die Kirchenwand.

Die Kirche vertuscht den Tod des Jungen, aber Steinvatterer ist die längste Zeit Pfarrer gewesen. Kurze Zeit nach seinem Austritt heiratet er die wohlhabende Bäuerin Anna Mayr aus Katharinaberg. Aus der Ehe gehen zwei Töchter hervor – Erna und Katharina Steinvatterer.

Die ältere, Erna Steinvatterer, lernt schnell, den Mund zu halten. Wehr dich nicht, sonst wird es nur schlimmer. Wenn du dich nicht bewegst, geht es schneller vorbei.

Als sie ungefähr zwölf ist, wacht sie nachts auf und hört, wie ihre Mutter ihren Vater stöhnend um Schläge anbettelt. Jetzt weiß sie Bescheid, auch wenn sie nichts versteht.

Sie hasst den Mann, weil er ein Teil von ihr ist, den sie nicht ausmerzen kann.

Erna rächt sich an ihm, indem sie im Alter von sechzehn mit ein paar Jungs aus ihrer Klasse schläft und schwanger wird. Als ihre Schwangerschaft herauskommt, kann sie einen Monat lang nicht in die Schule gehen. Ihr Kiefer ist gebrochen, und sie leidet an einer Gehirnerschütterung. Ein Arzt aus dem Dorf wird zum Hausbesuch gerufen. Entsetzt starrt er auf ihren geschundenen Körper. Sie hofft, dass jemand ihr helfen wird, jemand von der Polizei, doch nichts geschieht.

Nur eine bleibt immer verschont: ihre jüngere Schwester Katharina.

Seit der Stunde ihrer Geburt ist Katharina des Vaters Liebling, sein Engelchen mit kastanienbraunen Haaren. Er passt besser auf sie auf als ihre Mutter auf ihre Schäferin aus Meißner Porzellan. Katharina bekommt alles und darf nichts. Erna dagegen hat nichts bekommen, vor allem keine Liebe, aber alles gedurft. Manchmal versucht sie, sich einzureden, ihr Vater wolle an Katharina wiedergutmachen, was er bei ihr versäumt hat. Dass er gewissermaßen bei ihrer Schwester seine Schuld begleicht. Doch das ist bloß Selbsttäuschung.

Erna ist der Sandsack, an dem ihr Vater seinen Frust und seine

Wut auslässt. Und Katharina spornt ihn an und bringt den Sandsack in die richtige Position.
Erna und Katharina sind keine Komplizinnen in einer gefährlichen Welt. Für Katharina ist Erna eine Art Versuchskaninchen, dessen Reaktionen sie aufmerksam studiert und dessen ängstliches Zucken, Zurückweichen und Sich-Ducken sie mit blitzenden Augen beobachtet.
Katharina hat es schnell heraus, wie sie es am besten anstellt, dass ihr Vater zornig wird. Es genügt, ein missmutiges Gesicht zu machen und auf die Frage des Vaters, was los sei, zu sagen, nichts, gar nichts, und ihrer Schwester einen scheelen Blick zuzuwerfen. Sobald Erna Prügel bekommt, verschwindet die Mutter ins Schlafzimmer und zieht sich aus. Katharina bleibt und beobachtet, mit feuchten Lippen und glänzenden Augen.
Einmal flüstert sie ihr vorher zu: Halt still, Schwesterlein, dann geht es schneller vorbei.
Das einzige Mal, dass Katharina selbst den Zorn des Vaters spürt, ist nach ihrer heimlichen Heirat mit dem Italiener. Du hast es gewusst, schreit der Vater und versucht, sich Erna zu schnappen. Doch diesmal schafft sie es, wegzulaufen. Sie knallt die Haustür hinter sich zu und sperrt von außen ab. Katharina und ihr Vater sind allein im Haus, und sein Zorn explodiert Katharina ins Gesicht.
Erna lehnt sich an die Haustür und hört die Schläge und die Schreie, und die Schreie fühlen sich gut an.

12

»Sie wollen, dass ich was tue?«

Pavarotti fürchtete, die Beherrschung zu verlieren. Er musste hart mit sich kämpfen, um dem Mann keinen Stoß zu versetzen.

Bis auf das eiserne Bettgestell, in dem Guido Sandler lag, war das Zimmer leer. Es roch nach Desinfektionsmittel. Das vergitterte Fenster ließ nicht viel Licht herein und war oben in die Wand eingelassen, sodass Sandler der Blick ins Freie verwehrt blieb. Pavarotti dachte an die fensterlosen Klassenzimmer, in denen die Kinder hatten sitzen müssen.

Pavarottis Handy gab ein lautes Fiepen von sich. Wer störte ihn jetzt schon wieder? Er hieb mit der Faust auf die Aus-Taste, dass das Gerät einen Satz machte.

Ein Uniformierter schaute herein. Pavarotti bedeutete ihm mit einer Handbewegung, er solle sich trollen.

»Dass Sie sich für mich verwenden.« Sandler schluckte. »Sie könnten doch aussagen, dass ich Sie gut behandelt habe.«

»Wann genau? Als Sie mich unter Strom gesetzt haben? Oder meinen Sie vielleicht doch den Zeitpunkt, als Sie mir die Todesspritze verpassen wollten?« Inzwischen schrie er. »Und deshalb lassen Sie mich herkommen und verschwenden meine Zeit?«

Pavarotti bebte, der Schweiß stand ihm auf der Stirn. Neuerdings wurde es immer schlimmer. Er musste schnellstens lernen, seinen Jähzorn zu zügeln, sonst würde er irgendwann seinen Job verlieren.

Wieder ruhiger, sagte er: »Was für ein jämmerliches kleines Arschloch Sie doch sind, Sandler.«

In den Augen seines Gegenübers glomm ein Funke auf.

»Ich hab was anzubieten, was Ihnen vielleicht hilft. Bisher haben Sie ja nicht viel rausgekriegt, schreiben die Zeitungen«, sagte Sandler mit durchtriebenem Grinsen.

Pavarotti biss die Zähne zusammen. »Also?«

»Was ist jetzt mit unserem Deal?«

»Ohne Informationen kein Deal. Es liegt bei Ihnen.«

Sandler leckte sich die Lippen, und seine Augen wanderten ruhelos im Zimmer hin und her. »Helfen Sie mir mal.«

Bei der Vorstellung, den Mann anzufassen, stieg Ekel in ihm auf.

Er streckte seinen Kopf auf den Flur hinaus, und eine Schwester eilte herbei, um das Rückenteil von Sandlers Bett in eine schräge Position zu bringen.

Sie war dick und keuchte beim Laufen, ein bisschen wie Sandlers Tochter Maria.

Sandler sah ihr nach. »Ich war damals oben in Katharinaberg. An dem Tag, als der Junge verschwand.«

Pavarotti richtete sich auf. »Sie waren …?« Seine Augen verengten sich. »Warum erzählen Sie mir etwas, das Sie belastet?«

Sandler grinste schief und deutete mit dem Kinn auf den »Südtiroler«, der auf der Bettdecke lag. »Der Mord an dem alten Pfarrer, der neulich passiert ist. Alle schreiben, dass er sterben musste, weil er etwas gewusst hat. Dass ich den nicht umgebracht haben kann, dafür haben Sie doch höchstpersönlich gesorgt.«

Plötzlich verstand Pavarotti. »Sie hatten herausbekommen, was zwischen Alberto Zomba und Ihrer Tochter lief. Deshalb waren Sie in Katharinaberg.«

»Es war reiner Zufall. Ich war auf der Toilette neben dem Lehrerzimmer und wusch mir die Hände. Die Flurtür zu den Waschräumen hat ein Glasfenster, das gekippt war. Ich konnte den Wortwechsel zwischen ihnen hören. Er hat sie schnell abserviert, aber es war auch so klar genug, was vor sich ging. Sie können sich vorstellen, wie zornig ich war. Ich war außer mir. Ich wollte den Kerl zur Rede stellen. Ach was, in die Eier treten wollte ich ihm, bis er winselt.«

Sandler schloss die Augen. »Sie haben ja auf den Fotos gesehen, wie meine Tochter früher aussah. Mit diesem Kerl, der sie durch den Dreck zog, war ich auch noch befreundet! Ich wusste, dass Zombas Frau an dem darauffolgenden Sonntag nicht zu Hause war. Ich habe mich am Sonntagvormittag ins Auto gesetzt und bin nach Katharinaberg gefahren. Ich hätte ihm die Seele aus dem Leib geprügelt, wenn ich ihn zu Gesicht bekommen hätte, aber die Sache verlief anders als geplant.«

Pavarotti hörte schweigend zu.

Das Dorf habe einen verlassenen Eindruck gemacht, erzählte Sandler, fast wie in einer alten Bergarbeitersiedlung, in der niemand mehr lebt.

»Ich war noch nie dort oben gewesen. Als ich aus dem Auto stieg und die Dorfstraße entlanglief, beschlich mich ein unheimliches Gefühl. Ich weiß bis heute nicht, ob es die Begegnung mit Zomba war oder das Dorf selber. Ich wollte mit dem Kerl abrechnen und dann nichts wie weg.«

»Wollten Sie ihn umbringen?«

Sandler schüttelte den Kopf und sah Pavarotti unverwandt in die Augen.

»Ich wollte ihm eine Abreibung verpassen. Ihm klarmachen, dass er die Finger von Maria lassen soll. Außerdem wollte ich ihm seine fristlose Entlassung vor die Füße werfen.«

Doch als er das Haus von Alberto und Katharina Zomba erreichte, stand schon jemand anders vor der Tür. Sandler sagte, ein Mann habe auf den Klingelknopf gedrückt. Als niemand öffnete, bog der Fremde um die Hausecke und verschwand aus Sandlers Blickfeld.

Pavarottis Mund war plötzlich trocken. Alberto Zomba hatte ausgesagt, dass es an der Haustür geklingelt hatte. Dieses Detail war nie veröffentlicht worden.

»Kannten Sie ihn?«, fragte er heiser.

»Keine Ahnung. Ich glaube nicht. Ich hab ihn von hinten und ein paar Sekunden lang im Profil gesehen.«

»Wie sah er aus?«

Sandler stöhnte. »Das ist zwanzig Jahre her, Commissario. Ein Durchschnittstyp, soweit ich mich erinnere. Braune Haare. Ich kann's nicht beschwören, aber von seiner Haltung und Statur her sah er nicht mehr jung aus. Vielleicht um die vierzig herum.« Dann grinste er. »Sie können bestimmt herausfinden, wer es war. Da ist noch was.«

Er machte eine Kunstpause. Pavarotti ballte die Fäuste in seiner Hosentasche.

»Auf dem Kirchplatz, nur ein paar Meter von dem Haus von Zomba entfernt, parkte ein einzelner Wagen. Ich weiß das so genau, weil ich meinen Wagen direkt daneben abgestellt hatte. Es war ein uralter Lieferwagen.«

»Na und?«

»Auf dem Lieferwagen stand: ›Rudolf Perlkofer, Backhaus Oberleit‹«, sagte Sandler. »Perlkofer. Den Namen kannte damals jeder. Im September 1997 hat sich die Schweinerei mit den Höfen, die von der Strommafia so mir nichts, dir nichts ausradiert wurden, zum vierzigsten Mal gejährt. Die Zeitungen waren voll davon. Die beste Story war der Mann, der damals seine Backstube nicht verlassen wollte und den sie abgeknallt haben wie einen räudigen Hund. Rudolf Perlkofer.«

Pavarotti rappelte sich auf. Er hatte es jetzt auf einmal sehr eilig.

»He! Was ist jetzt mit unserem Deal?«, schrie ihm Guido Sandler hinterher.

***

»Ihre Märchen werden Ihnen vor Gericht nicht helfen.«

Das Vernehmungszimmer, das Pavarotti gewählt hatte, sah aus wie eine Gefängniszelle.

»Wie oft soll ich es noch sagen? Ich war es nicht!«

Perlkofer schaute Pavarotti mit dem Blick eines Neugeborenen an, das die Lüge nicht kennt.

»Ihr Leugnen macht es nur schlimmer. Im Herbst 1997, als der Junge verschwand, fuhren Sie immer noch den alten VW-Bus Ihres Großvaters.«

»Und wenn schon.« Perlkofers Lider zuckten.

»Es gibt einen Zeugen. Ihr Bus wurde in Katharinaberg ganz in der Nähe des Hauses der Zombas gesehen, genau zu dem Zeitpunkt, als das Kind verschwand.«

Perlkofer wurde aschfahl. Seine Augen waren so kalt wie gefrorenes Gletscherwasser.

»Ich war dort an dem Tag«, sagte er lauernd.

»Weiß ich schon. Erzählen Sie mir was Neues.«

Perlkofer warf Pavarotti einen spekulierenden Blick zu.

»Ich hab ihr zugesetzt. Auf diesem Fest. Es war eine Variation zu dem ewig gleichen Thema, das wir schon seit ein paar Wochen durchgekaut hatten. Ich wollte, dass sie sich endlich dazu durchringt, mit mir und dem Jungen aus diesem verdammten Dorf zu verschwinden.«

Perlkofer warf seine Arme nach oben. »Sie hielt mich mit Ausreden hin. Die Krankheit des Kleinen. Kein Geld. Nicht der richtige Zeitpunkt, es ihrem Mann zu sagen. Irgendwann ist mir der Geduldsfaden gerissen.«

Perlkofer biss sich auf die Lippe. »Ich hatte ein paar Biere intus nach dem Gottesdienst. Da hab ich sie am Arm gepackt und gesagt: ›Wir fahren hinüber, jetzt auf der Stelle, und du schenkst deinem Mann endlich reinen Wein ein.‹ Deswegen hab ich direkt vor ihrem Haus geparkt. Sollte ihr Mann meinen Bus doch sehen. Aber als wir ausstiegen, hat sie sich geweigert, ins Haus zu gehen. Sie hat gezittert wie Espenlaub. Deswegen sind wir erst einmal hoch zum Wald und haben uns auf eine Bank gesetzt. Ich hab so lange auf sie eingeredet, bis sie schließlich einwilligte, es ihm zu sagen. Aber wir hatten den Zeitpunkt verpasst. Polizeiwagen standen vor ihrer Tür, und die Hölle war los.«

Pavarotti schob den silbernen Stift über den Tisch.

Perlkofer starrte den Stift an. »Woher haben Sie den? Ich dachte, ich hätte ihn verloren. Sie hat ihn mir zurückgegeben, oben im Wald, als ...« Er verstummte und biss sich auf die Lippen.

»Als sie Ihnen den Laufpass gab«, sagte Pavarotti. »Und in Ihrer Wut haben Sie sich ihr Kind geschnappt und es umgebracht.«

»Mit diesen miesen Tricks kommen Sie nicht durch! Ich hab dem Kind nichts angetan!«

»Ich sage Ihnen, wie es wirklich war: Sie haben Katharina Zomba nie geliebt. Sie haben sie verführt, um sich ihr Vertrauen zu erschleichen. Und dann hat sie Sie sitzen lassen, und Sie fühlten sich doppelt verraten. Was für eine Schmach! Erst Ihr

Großvater und jetzt auch Sie! Die Steinvatterers sollten endlich am eigenen Leibe spüren, wie es ist, zu leiden. Und dafür haben Sie den Kleinen büßen lassen.« Pavarotti holte Luft. »Die Rache, auf die Sie die ganzen Jahre über gewartet hatten.«

»Ich war es nicht«, schrie Perlkofer und wehrte sich mit Leibeskräften, als ihn zwei Polizeibeamte abführten.

13

War da ein Geräusch gewesen? Das erste Mal seit zwei Stunden schaute Lissie vom Schreibtisch auf.

Seit Tagen schrieb sie wie eine Besessene. Es war, als hätten ihr Geist und ihre Hände nur darauf gewartet, dass sie endlich begriffen, was sie tun sollten, und jetzt gab es kein Halten mehr.

Ihr Frühstück bestand meistens nur aus einer großen Kanne Kaffee. Seit Florian Perlkofer in Untersuchungshaft saß, kamen die Brotlieferungen unregelmäßig, wenn überhaupt.

Sie las, was sie geschrieben hatte.

Sie starrte ihr Spiegelbild an und wischte mit dem Handrücken über den Mund. Sie wünschte, sie könnte die Erinnerung wegwischen wie einen ordinären Lippenstift.

Die blauen Flecken, die waren ihr egal. In einer Woche würden sie weg sein. Das, was vor den Prügeln passiert war, das würde nicht verschwinden.

Vorsichtig betastete sie ihren Hals und besah sich die Bescherung. Die rechte Seite, dort, wo die Faust ihres Vaters sie getroffen hatte, schmerzte höllisch. Die Haut war stark gerötet, und das Gewebe begann anzuschwellen. Sie versuchte, das saure Gefühl im Mund hinunterzuschlucken, aber ihr Hals war wie zugeschnürt. Es fühlte sich an, als müsse sie innerlich Anlauf nehmen, um den Speichel in die Speiseröhre und in den Magen zu befördern.

Ein Tuch ... Ja, mit einem Halstuch würde es gehen. Sie wühlte in ihrem Rucksack, doch dann hielt sie inne und strich mit dem Zeigefinger über das Jochbein unter dem rechten Auge. Sinnlos. Das Veilchen war bereits voll erblüht, und kein Make-up dieser Welt könnte es überdecken. Sie fuhr sich mit den Fingern durch das kastanienbraune Haar und bauschte es über ihrem Auge.

Warum hatte er ihr ins Gesicht schlagen müssen?

Ein Klaps auf den Hintern hätte auch gereicht. Sie war doch sein Engelchen, jedenfalls hatte er das zu ihr gesagt, seit sie denken konnte. Wenn er ausrastete, bekamen das andere ab, aber sie doch nicht. Doch an diesem Nachmittag war der Zorn ihres Vaters explodiert wie ein Schrapnell.

Wieder knarzte die Treppe.

Lissie verfluchte sich, weil sie vergessen hatte, abzuschließen. Jetzt war es zu spät.

»Gute Nachricht. Es ist wieder frisches Brot im Haus. Wollen –«

»Nein, danke.« Ihr Rücken wurde steif, und sie senkte den Kopf über den halb beschriebenen Papierbogen.

Das Zögern, mit dem sich die Tür schloss, hallte so deutlich nach, dass sie am liebsten mit dem Fuß aufgestampft hätte.

Seit Tagen schlich Pfarrer Lukas um sie herum wie eine hungrige Katze, um einen Blick auf ihr Manuskript zu werfen. Wenn sie die Treppe hinunterstieg, streckte er, natürlich rein zufällig, den Kopf aus der Küchentür.

»Na, wie läuft's heute?«

»Kommen Sie gut voran?«

»Wenn ich Korrektur lesen soll, brauchen Sie es nur zu sagen.«

»Gibt es denn schon einen Titel für das Buch?«

Jedes Mal gab sie ihm eine schroffe Antwort und ließ ihn stehen, aber das hielt ihn nicht ab.

Er war wie eine Fleischfliege, nach der man schlägt und die sich trotzdem wieder auf die Haut setzt, jedes Mal auf dieselbe Stelle.

Inzwischen bereute sie, seine Einladung angenommen zu haben. Wenn sie ihm den Rücken zukehrte, konnte sie spüren, wie seine Blicke sie durchbohrten. Drehte sie sich zu ihm um, war seine Miene blank und harmlos.

Lissie versuchte, sich zu konzentrieren, aber durch die Störung hatte sie den Schwung verloren. Sie zwirbelte den silbernen Stift in den Fingern.

Als sie nach weiteren zwei Stunden aufgab, war es halb eins. Leichter Schneefall hatte eingesetzt. Die Straße war leer, das Dorf lag wie ausgestorben da.

Auf der anderen Seite des Kirchplatzes trat ein Mann aus ihrem früheren Hotel. Der Fotograf. Er spähte nach links und rechts. Schließlich setzte er sich in seinen roten Fiat, fuhr allerdings nicht sofort los. Lissie hatte das Gefühl, der Mann beobachte das Dorf.

Sie hatte vergessen, Pavarotti zu erzählen, dass dieser Hannes Martin ein paar Leute ganz schön nervös machte.

Der rote Wagen fuhr an und bog in die Straße Richtung Stausee ein. Gleichzeitig erschien der Bus.

Hannes Martin war an dem Unglückstag im Dorf gewesen.

Sie schnappte sich ihr Manuskript und rannte los.

Einen Augenblick nachdem sie sich hinter dem Fahrer auf einen Fensterplatz fallen gelassen hatte, schlossen sich zischend die Türen des Busses.

Die ganze Zeit, während der Bus sich nach oben zum Talschluss quälte, drückte sie sich die Nase am Fenster platt.

Der rote Fiat blieb verschwunden.

***

»Emmenegger, wo bleiben Sie denn? Wir sind spät dran. Die Pressemeute wartet schon.«

»Die Presse! Wieso ich?«

»Sie sind der Pressebeauftragte. Der die Konferenz eröffnet und die Wortmeldungen moderiert.«

Emmenegger stand der Schweiß auf der Stirn.

»Nehmen Sie sich zusammen. Es sind nur Schreiberlinge, kein Erschießungskommando.«

Emmenegger erhob sich und ging zum Schrank. Wenn er schon der öffentlichen Hinrichtung ins Auge sehen musste, dann wenigstens mit Schlips.

***

Als Emmenegger den Saal betrat, wurden seine Knie weich. Der Raum war gerammelt voll. Sämtliche Plätze waren besetzt, und genauso viele Journalisten drängten sich hinter den Stuhlreihen.

Die meisten Pressevertreter hatten Fotografen im Schlepptau, die das leicht erhöhte Podium umlagerten. In der ersten Stuhlreihe fläzte sich Braunhofer vom »Südtiroler«. Mit seinem Armstumpf – dem Mann fehlte die rechte Hand – kratzte sich Braunhofer im Schritt und grinste. Betreten schaute Emmenegger weg.

Er entdeckte Lissie von Spiegel, die in dem ganzen Tohuwabohu ruhig und gelassen dasaß, einen Block und einen silbernen Stift auf dem Schoß. Sie blinzelte ihm zu, und er zog eine Grimasse.

Da ging die Tür auf, und das Fernsehen marschierte herein. Starauftritt der RAI, deren Kameramann sich in Leibwächtermanier Platz verschaffte, bis er ganz vorne angekommen war. Dann stellte er sein Kamerastativ ungerührt auf den Turnschuh eines Fotografen, der sich maulend den Zeh rieb und sich nach weiter hinten verzog.

Das hätte Emmenegger ebenfalls gerne getan, aber Pavarotti versperrte ihm den Weg. Am liebsten hätte er sich hinter ihm versteckt.

Im Saal herrschte ein Geräuschpegel wie morgens in einer Grundschulklasse, kurz bevor der Lehrer kommt.

Die Tür hinter dem Podium öffnete sich, und der Staatsanwalt betrat den Saal. Einen Moment herrschte Schweigen, dann setzte der Lärm wieder ein.

Emmenegger reckte den Kopf, aber Alberti war nicht dabei. Wo blieb der Polizeichef?

»Sie können anfangen«, flüsterte ihm der Staatsanwalt zu. »Er hat einen Termin.«

Von wegen. Schnell überschlug Emmenegger im Kopf: Albertis Profilierungssucht abzüglich der Brisanz des Falls gewichtetet mit dem aktuellen Stromskandal. Er kam zu dem Schluss, dass Albertis Eitelkeit eigentlich im Plus liegen müsste. Der Polizeichef setzte sich normalerweise an die Spitze der Bewegung, seine Schokoladenseite zur Kamera, wenn sich der Skandal nicht mehr vermeiden ließ. Wenn er jetzt kniff, hatte es andere Gründe.

Pavarotti stieß ihm in die Seite.

Emmenegger hüstelte. Das Ergebnis war gleich null. Er entschloss sich zu einem Vorgehen, das auch bei seiner Frau funktionierte.

»Ruhe, verdammt noch mal!«

Schlagartig wurde es still im Saal. Die Meute gaffte ihn an.

»Danke und grüß Gott. Die Anwesenden sind Ihnen alle bekannt. Ich übergebe an Commissario Pavarotti.«

In der Kürze lag die Würze. Emmenegger schob Pavarotti das Tischmikrofon hinüber und lehnte sich zurück.

Pavarotti wirkte etwas überrumpelt, aber er fing sich schnell. Routiniert und flüssig legte sein Chef der Presse den Fall dar. Wieder einmal empfand Emmenegger Stolz, zu seinem Team zu gehören. Sorgen machte ihm allerdings diese Reizbarkeit, diese schnell aufflammende Wut, die sich neuerdings bei ihm zeigte.

Pavarotti kam zum Schluss, und Sekunden später prasselten Dutzende von Fragen auf das Podium nieder. Emmenegger kassierte einen neuerlichen Rempler und rappelte sich auf.

Braunhofer hob als Einziger ordnungsgemäß die Hand, anstatt einfach loszubrüllen wie der Rest der Meute, aber Emmenegger hatte keine Lust, den Mann dranzunehmen.

»Sie dahinten!«

Ein verdatterter Jungjournalist, der nicht damit gerechnet hatte, dass ihn jemand zur Kenntnis nahm, lief knallrot an. Seine Lippen öffneten und schlossen sich, und es kam kein Ton heraus.

»He! Was ist mit mir?«, rief Braunhofer.

Die Meute fing wieder an zu toben. »Ruhe!«, schrie Emmenegger. »Sie dahinten! Wollen Sie fragen oder Löcher in die Luft starren? Wir haben nicht den ganzen Tag Zeit!«

»Warum hat Katharina Zomba ihren Mann getötet, wenn doch dieser Perlkofer der Mörder ihres Sohnes war?«, stotterte der junge Schreiberling schließlich.

Pavarotti war deutlich anzusehen, was er von dieser Frage hielt. Wie sich allerdings in der Rückschau herausstellte, handelte es sich um die einzig intelligente Frage dieses Nachmittags.

»Katharina Zomba hat ihren Mann Alberto ermordet, weil sie ihn für den Mörder ihres Sohnes hielt«, sagte Pavarotti betont langsam, als rede er mit einem radebrechenden Ausländer. »Eine äußerst tragische Geschichte. Sie hat dem Falschen vertraut.«

»Frage an den Staatsanwalt: Werden Sie Anklage erheben?«, rief jemand. »Und worauf stützen Sie die?«

»Warum hatten Sie Perlkofer nicht schon viel früher in Verdacht?«, schallte es von hinten.

»Tragen Sie eine Mitschuld am Tod der Eltern, Commissario?«, brüllte Braunhofer aus der ersten Reihe. »Und zweite Frage: Wie fühlt man sich, wenn man einem Menschen, der sich nicht wehren kann, die Sache anhängt, statt mit dem Finger auf die Strommafia zu zeigen, die die wahre Schuld an der Sache trägt?«

Jetzt fing die Meute erst richtig an zu toben.

Emmenegger schloss die Augen. Doch anstatt auszurasten, hob sein Chef nur die Hand. Der Tumult verstummte.

»Die entscheidende Information haben wir erst jetzt erhalten«, sagte Pavarotti ruhig. »Katharina Zomba hat mir damals leider verschwiegen, dass es noch jemanden gab, der Zugang zu ihrem Kind hatte.«

»Sie haben meine zweite Frage nicht beantwortet!«, rief Braunhofer.

»Wollen Sie tatsächlich einen Kerl zum Märtyrer machen, der sich im Leben eines Menschen einnistet wie ein tödlicher Wurm? Machen Sie das mit Ihrem Gewissen aus, Braunhofer, und lassen Sie mich damit zufrieden. Die Pressekonferenz ist hiermit beendet.«

Pavarotti stand auf und ging zur Tür.

Emmenegger wehrte die Fotografen ab, die dem Chef nachsetzen wollten.

Der Raum leerte sich schnell. Verwundert sah er, dass Lissie immer noch auf ihrem Stuhl saß.

Sie starrte abwesend vor sich hin. Ihre Stirn war gerunzelt.

***

Emmenegger hängte die Krawatte wieder in den Schrank, mit dem innigen Wunsch, sie möge dort drin verrotten. Sein Blick streifte die Fensterscheibe, und er sah, wie Lissie und Pavarotti den Kornplatz überquerten. Sie schritten eng nebeneinanderher. Pavarotti legte ihr den Arm um die Schultern und drückte sie an sich, als ob er sie vor einer Wasserpfütze bewahren wollte.

Obgleich er schon lange ahnte, was die beiden füreinander empfanden, und er sich im Grunde freuen sollte, dass sie sich endlich näherkamen, stieg ein ungutes Gefühl in ihm auf.

Er hat es ihr immer noch nicht gesagt.

Weil Emmenegger sich ganz auf die beiden Gestalten konzentrierte, bemerkte er den Schatten nicht, der hinter der alten Ulme lauerte und dessen Aufmerksamkeit ebenfalls auf diese beiden gerichtet war.

Als sie immer kleiner wurden und schließlich in den Bogengängen der Lauben verschwanden, folgte ihnen der Schatten.

***

»Mir gefällt es hier nicht«, sagte Lissie.

»Das ist der schönste Gasthof in ganz Meran«, sagte Pavarotti heiser. »Wir wollten doch feiern.«

Er versuchte, sich seine Enttäuschung nicht anmerken zu lassen. Mühsam kämpfte er einen zornigen Funken nieder, der sich in ihm entzündet hatte.

Er hatte sich so auf diesen Abend gefreut. Insgeheim ging es ihm bei dieser kleinen Feier nicht um den Abschluss des Falls. Vielmehr hatte er einen Anfang im Sinn, mit der Frau, die neben ihm saß.

Er hatte das Restaurant mit seinem warmen Holz und den vielen Kerzen mit Bedacht ausgesucht. Und als sie sich vorhin, auf dem Weg hierher, an ihn schmiegte, hatte sein Herz einen Sprung gemacht und er hatte gehofft … Er schluckte. Er hatte so gehofft, auch sie würde das feine Netz aus unsichtbaren Fäden spüren, das sie verband. Sie würden miteinander reden, aber die Worte wären bedeutungslos. Dann würde sie seine Hand nehmen und ihm in die Augen sehen, wie neulich am Brunnen. Und dann …

Stattdessen zog sie ein Gesicht, als säßen sie im Wartesaal der Hölle.

Dabei war dieser Raum wirklich und wahrhaftig dazu auserkoren, um auf erreichte Ziele, große Taten und auf eine gemeinsame Zukunft anzustoßen. Überall funkelte und blitzte es. Der Schein der Kerzen, die in hohen Leuchtern steckten, wurde von großen Spiegeln dutzendfach zurückgeworfen. Das Silberbesteck schimmerte mit den Kristalllüstern an der Decke um die Wette, deren glänzende Tropfen das sattdunkle Holz der Stühle und der Wandvertäfelung einfingen und zum Leuchten brachten.

»Mir gefällt es hier nicht«, wiederholte Lisse. Sie war sehr blass und schweigsam und schien von dem Glitzern und Glimmen rundherum zurückzuweichen. Sie schwitzte, und unter ihren Blusenärmeln bildeten sich Schweißränder. Ein Schweißtropfen lief über ihre Stirn, an eitrigen Hautunreinheiten vorbei, die sie vor ein paar Tagen noch nicht gehabt hatte. Sie sah noch erbärmlicher aus als neulich, vor diesem schrecklichen Dorffest.

Als die Bedienung den Raum verließ, fuhr ein Windzug durch die offene Tür, wirbelte hoch zur Decke und brachte die Kristalltropfen der Lüster zum Klingen. Ein heller, geisterhafter Ton erklang. Eine Kaskade von Lichtfunken ergoss sich auf das strahlend weiße Tischtuch.

Lissies Augen blinzelten hilflos, und sie presste die Hände gegen ihre Ohrmuscheln. Hinter der riesigen, weiß gestärkten Serviette schien sie zu schrumpfen.

»Magst du lieber woandershin?«, flüsterte Pavarotti mit einem unbehaglichen Gefühl in der Brust. Sein Zornfunke war so plötzlich erloschen, wie er gekommen war.

Lissie öffnete die Augen und schüttelte den Kopf. »Das geht nicht. Wir haben gerade bestellt«, sagte sie traumverloren.

Auf einmal erinnerte sich Pavarotti, dass er sie bereits vor Monaten in dieses Restaurant hatte ausführen wollen. Lissies Weigerung hatte er darauf zurückgeführt, dass sie pleite war und ihr Stolz nicht zuließ, dass er sie einlud.

»Du warst früher schon einmal hier, nicht wahr?«, fragte er.

»Früher … Ich weiß nicht …« Ihre Augen waren geweitet und hatten einen erstarrten Ausdruck angenommen. Sie atmete schnell und flach. Pavarotti bekam es mit der Angst zu tun.

Da erschien die Bedienung mit gefüllten Tellern.

Angeekelt drehte sich Lissie weg, als ein würziger Geruch von seinem Steak nach oben stieg. Aber auf ihren Kaiserschmarrn – kleine Ballen aus weizengelbem Teig mit einem dicken Überzug aus Puderzucker – stürzte sie sich wie ein Bauer auf sein Korn, bevor der Schnee kommt.

Als Erstes tauchte sie ihren Löffel in die großzügig bemessene Puderzuckerschicht und leckte ihn aus.

Stück um Stück der gelben Bissen, die nach ausgebackenem Fett rochen und Pavarotti an seine frühere Fettleibigkeit erinnerten, stopfte sie in sich hinein, ohne zu kauen. Innerhalb weniger Minuten hatte sie die Hälfte der riesigen Portion verschlungen.

Pavarotti legte die Gabel hin. Ihm war der Appetit vergangen. Sie sah zu ihm auf und rülpste. »Entschuldige.«

Puderzuckerstreusel klebten an ihrer Lippe und ihren Mundwinkeln. Die Hand auf ihrem Magen, stand sie auf und verschwand eiligst hinter einer Tür, die zu den Toiletten führte.

Als sie wiederkam, roch er sofort, dass sie erbrochen hatte. Als sei nichts gewesen, nahm sie die Gabel zur Hand und machte sich über die zweite Hälfte her.

Pavarottis Magen hob sich. »Lissie, was tust du?«, flüsterte er.

»Musste Platz schaffen«, sagte sie und aß weiter.

Als kein Puderzucker mehr übrig war, griff sie zu einem silbernen Zuckerstreuer. Pavarotti wollte sie zurückhalten, doch sein Arm schien ihm nicht zu gehorchen.

Er sah, wie sich ihr Gesicht veränderte, als sie den Zuckerstreuer im Licht des Kronleuchters zu sich heranholte und ein silberhelles Gleißen an ihm entlanglief, wie das Leuchten eines Kometenschweifs.

Ihr Gesicht war nicht mehr bleich, sondern wächsern. Unter ihren Augen hatten sich rote Flecke gebildet, die aussahen wie aufgepinseltes Rouge. Die Pickel auf ihrer Stirn wölbten sich, als wollten sie jeden Moment aufplatzen. Mit weit aufgerissenen

Augen starrte sie den Zuckerstreuer an. Ihre Finger krampften sich um den kleinen Gegenstand, und ihr Atem ging pfeifend.

»Nein«, jammerte sie. »Nein!«

Auf einmal machte sie eine unvermittelte Bewegung aus dem Handgelenk heraus, die Pavarotti völlig überrumpelte. Er sah, wie sie ausholte und den Arm über ihren Kopf schwang. Ein dumpfes »Plonk« ertönte, gefolgt von einem grässlichen Klirren, und der Spiegel hinter ihm zerbarst in tausend Scherben.

Pavarotti saß da wie erstarrt. Der Zuckerstreuer hatte seinen Kopf nur um Haaresbreite verfehlt.

Er konnte sich erst aus seiner Erstarrung lösen, als die Tür aufgestoßen wurde und die Wirtin ins Zimmer gerannt kam.

***

Lissie merkte nicht, was um sie herum geschah. Nach ihrem Wurf, der Joe DiMaggio alle Ehre gemacht hätte, war sie in eine gnädige Ohnmacht gefallen.

Sie hörte nicht das Knirschen unten den Schuhsohlen der Wirtin, als diese durch die Flut glitzernder Scherben zu ihrem zerstörten Spiegel watete. Ihr entging das laute Schimpfen und Fluchen, als sich ein winziges Stück des scharfkantigen Flitters aus dem Rahmen löste, nach unten rieselte und die Wange der Frau ritzte.

Dies galt auch für die ehrfürchtige Stille danach, wie sie oft nach dem Ende eines Schneesturms herrscht. Schweigend starrten die durch den Lärm herbeigelockten Gäste auf die schimmernde Flut auf Boden und Tisch und auf die bizarren Formen, mit denen sich das Licht in den Scherben brach.

Sie spürte nicht, wie Pavarotti ihre Hand ergriff und ihren Puls fühlte. Sie wäre verwundert gewesen, wie ruhig und besonnen er mit der Frau sprach, so ganz anders als sonst, und sie sah nicht, wie er seine Geldbörse zückte.

Sie kam noch nicht einmal zu sich, als er sie vorsichtig aus dem Taxi bugsierte und sie die Stufen hochtrug, die zu seiner Wohnung führten.

Erst als etwas Feuchtes ihre Lippen berührte, öffnete sie den Mund und tauchte ihre Zunge in das frische Wasser.

Eine Handfläche legte sich auf ihre Stirn. Auf ihrer eiskalten Haut fühlte sie sich warm und beruhigend an. Sie schlug die Augen auf.

Pavarotti saß neben dem Bett, auf dem sie lag.

Lissie versuchte, sich aufzurichten, doch er drückte sie sanft auf das Kissen zurück und pflückte eine Spiegelscherbe aus ihrem Haar.

»Ich hoffe, das war die letzte«, sagte er.

»Was ist passiert?«, fragte sie.

»Du hattest eine Art … Anfall«, sagte er.

Plötzlich fiel es ihr wieder ein.

»Oh Gott, oh mein Gott«, rief Lissie und schloss die Augen.

»Treffender könnte ich es nicht ausdrücken«, sagte Pavarotti trocken, aber sein Lächeln nahm der Formulierung die Schärfe. »Dieser verdammte Spiegel war eine Antiquität.«

»Wie konnte ich nur«, murmelte Lissie. »Was hat …«

Etwas blitzt in ihrem Gedächtnis auf

an der Grenze zwischen

GANZ FRÜHER und FRÜHER

etwas Silbernes, das sich rasch bewegt, wie der Schweif eines Kometen, mit Schatten aus verschiedenfarbigem Licht

und auf einmal wusste sie wieder, warum sie den Zuckerstreuer geworfen hatte.

»Ich habe das schon einmal getan«, sagte sie atemlos.

»Stimmt genau«, sagte Pavarotti.

Verwundert schaute sie ihn an. »Woher weiß du das? Habe ich es dir

FRÜHER

irgendwann erzählt?«

»Nein«, sagte Pavarotti. »Ich habe es mir zusammengereimt. Die Wirtin hat mir ihr Leid geklagt. Von dem Spiegel, dem du den Garaus gemacht hast, gab es vor langer Zeit zwei identische Exemplare. Der erste hing an genau derselben Stelle wie der, den du heute pulverisiert hast. Es war ein junges Mädchen, das vor fünfundzwanzig Jahren einen silbernen Salzstreuer in ihn geschleudert hat, sodass er in tausend Scherben zersprang.«

»Das war ich«, flüsterte Lissie.

»Ja, und zwar am Abend des 1. Juli 1990.«

»Woher weißt du das?« Lissies Stimme war kaum noch hörbar, und Pavarotti griff nach ihrer Hand.

»Weil die Frau die beiden Spiegel am Tag zuvor gekauft hatte. Es war ihr dreißigster Geburtstag«, sagte Pavarotti. »Gib mir mal den Schnappschuss, der deinen Vater vor der Kirche in Katharinaberg zeigt.«

Lissie betastete ihre Jackentasche, und da war das Foto.

Pavarotti drehte es um.

Katharinaberg, 1. Juli 1990 – der Berg ruft!

»Das habe ich mir gedacht«, sagte er.

Lissie starrte ihn an.

»Irgendetwas ist an diesem 10. Juli passiert, etwas, an das du dich partout nicht erinnern willst«, sagte er langsam. »Aber es ist in Meran passiert, als ihr beide längst wieder aus Katharinaberg zurück wart. Dort oben ist – gar nichts.« Er atmete tief. »Jedenfalls nichts, was mit deinem Vater zu tun hat. Lass die Fährtenleserei in diesem Dorf sein. Sie führt zu nichts.«

Er zauberte eine Decke hervor und legte sie ihr um die Schultern.

Tu das lass jenes bin doch kein Kind

Lissie spürte, wie sie sich versteifte.

»Du hast viel erreicht. Ohne dich hätten wir Perlkofer nie und nimmer gefasst«, sagte Pavarotti leise.

»Hast du ein Stück Schokolade im Haus?«

»Nein.« Pavarotti zögerte. »Lissie, ich mache mir Sorgen um dich …« Er verstummte.

»Das brauchst du nicht«, sagte Lissie. Sie befreite sich von der Decke und schwang die Beine aus dem Bett. »Wo ist die Toilette?«

»Nebenan.«

Sorgfältig sperrte sie hinter sich ab, dann beugte sie sich über die Schüssel und erbrach den Rest der Mehlspeise. Sie wusste, dass er sie hören konnte. Als sie ins Zimmer zurückkam, mied sie seinen Blick.

Er sagte nichts, wofür sie dankbar war.

»Ich muss furchtbar zornig gewesen sein. Ich verstehe bloß nicht, warum«, sagte Lissie. »Seit ich denken kann, hab ich meinen Vater geliebt.«

Wenn er mich auch geliebt hat warum ist er dann weg

Tränen brannten unter ihren Lidern. Warum konnte sie nicht endlich einen Schlussstrich ziehen?

Sie sah das verschwommene Gesicht Pavarottis vor sich, die Bartstoppeln auf dem Kinn durch den Zerrspiegel ihrer Tränen übergroß, sein Mund sehr nah.

Wird er auch bald weg sein

»Die Wirtin weiß nicht viel«, hörte sie ihn schließlich sagen. »Sie hat euch nicht gekannt. Ihr wart keine regelmäßigen Gäste. Dein Vater hat den Schaden bezahlt, so wie ich heute, und dann ist er in die Nacht hinaus.«

»Oh Gott«, flüsterte Lissie. »Und was ist dann geschehen?«

»Das weiß ich nicht«, sagte Pavarotti und sah sie lange an. Sie ließ sich in den Blick sinken, wie neulich am Brunnen in Karthaus, obwohl sie spürte, dass sie damit etwas in Gang setzte, das sie nicht mehr ungeschehen machen konnte.

Hinterher wird alles anders sein

»Hör zu.« Er setzte sich neben sie aufs Bett und legte den Arm um ihre Schultern. Dann begann er ihren Hals zu massieren und ihren Haaransatz zu streicheln.

Ohhh. Was soll ich nur tun

»Wenn ich den Fall Zomba abgeschlossen habe, dann verspreche ich dir, der Sache auf den Grund zu gehen. Wir werden finden … was es zu finden gibt.«

Sie nickte und schaute auf die Bettdecke. Ihr Blick verlor sich in dem Muster, einem Labyrinth schwarzer Striche auf weißem Grund.

Pavarotti zog ein Taschentuch heraus und tupfte die Feuchtigkeit von ihrem Gesicht.

Dann küsste er sie auf den Mundwinkel, dann auf den Hals. Ein elektrischer Funke breitete sich in ihrem Rücken aus.

Als er seine Hand in ihren Nacken legte, um sie an sich zu ziehen, wollte sie sich von ihm frei machen.

Ich weiß nicht wie es geht ich kann nicht

Sofort ließ er sie los.

»Ich … kann ich duschen?«

Das warme Wasser umspielte ihren Hals, sammelte sich in der Kuhle am Schlüsselbein und strömte dann zwischen ihren Brüsten hindurch nach unten über den Bauch, um sich zwischen ihren Oberschenkeln zu sammeln. Sie stöhnte leise, als sie sich einseifte, dann biss sie sich auf die Lippen.

Hinterher schlang sie schnell ein großes Badetuch um ihren viel zu dünnen Körper, um ihn nicht ansehen zu müssen. Doch ihrem blassen, viel zu alten Gesicht, das ihr aus dem Badezimmerspiegel entgegensprang, konnte sie nicht schnell genug ausweichen.

Es klopfte, dann kam er herein.

Sein Gesicht war voller Verlangen, aber ohne jede Spur von Gier. Er trat hinter sie und umarmte sie fest mit beiden Armen, machte aber keinen Versuch, ihr das Badetuch abzustreifen.

Da drehte Lissie sich um und schlang ihre Arme um seinen Hals.

Das Handtuch fiel zu Boden.

14

Als sie erwachte, war es Nacht. Einen Moment lang wusste sie nicht, wo sie war. Durch das Fenster drang der rötliche Schimmer einer Straßenlaterne, der ihr fremd war.

Doch dann spürte sie ein ungewohntes Ziehen zwischen den Beinen, eine Mattigkeit in ihren Muskeln und Knochen, und alles fiel ihr wieder ein. Unwillkürlich setzte sie ein breites Grinsen auf.

Es fühlt sich gut an. Richtig.

Sie lag allein im Bett, trotzdem hörte sie, wie er atmete. Als sie sich aufrichtete, um nachzusehen, sah sie Luciano auf einer Matratze neben dem Bett auf dem Boden liegen.

In diesem Moment wachte er auf. »Alles in Ordnung?«

»Komm ins Bett«, flüsterte sie.

»Es ist zu schmal, du wirst sehen.«

Doch das war es nicht.

Als es vorbei war, spürte sie, wie sein Atem ihre Wange streifte, als er wieder einschlief, seine Brust an ihren Rücken gepresst.

Aber Lissie fand keinen Schlaf.

Sie dachte an ihr einziges Mal, an das sie sich erinnerte. Es war

GANZ FRÜHER

passiert.

Es waren nur Gedächtnisfragmente, ohne Anfang und Ende oder einen Zusammenhang zu anderen Ereignissen. Es gab nur ein Wo, aber kein Wann und keine Antwort auf die Frage, ob es ein Nachspiel gegeben hatte.

Sie sah sich im Regen an der Bushaltestelle neben der Brauerei Forst stehen, mit erhobenem Kopf und entschlossenem Gesichtsausdruck. Es ist egal, wie unscheinbar man ist, Hauptsache, man besitzt Mut und erlebt aufregende, wundervolle Dinge.

Sie ist ein Expeditionsteam, bestehend aus ihr allein, das auf der Suche nach Abenteuern Meran durchstreift.

Inzwischen ist sie nass bis auf die Knochen, und der Bus, der von Algund in die Meraner Innenstadt fährt, kommt nicht. Stattdessen hält ein kleines Auto neben ihr, und die Beifahrertür öffnet sich. Langsam geht sie darauf zu. Das, was dann folgt, auf irgendeinem verlassenen Parkplatz, ist ein Gemisch aus Schmerz, der ihren Unterleib durchfährt, und einem Würgereiz, der sie überkommt, als seine klobige Zunge ihren Mund ausfüllt und auf ihren Gaumen drückt.

Mit aller Kraft stößt sie den Jungen weg, stolpert aus dem Auto und rennt davon. Daran, wie sie es nach Hause geschafft hat, erinnert sie sich nicht mehr. Auch nicht

Ich hatte es total vergessen bis jetzt

wer der Mann war, vielleicht ein junger Arbeiter aus der Brauerei.

Lucianos Bartstoppeln brannten auf ihrem Hals, und sie drückte sich fester an ihn. Sie hatte keine Ahnung, welchen Wert der Sex heute Nacht auf der Richterskala gehabt hatte, und es war ihr herzlich egal.

In dem Moment, als sie spürte, dass Luciano auch kein routinierter Liebhaber war, hatte sie ihre Verlegenheit abgestreift. Ein Teil der Lust bestand darin, zu erforschen, zu tasten und gemeinsam den Weg zu finden. Ihm schien es genauso zu gehen.

Ein paar Vögel zwitscherten, ansonsten war es ruhig auf der Straße. Die Pressekonferenz am Nachmittag mit ihrem Lärm und dem Blitzlichtgewitter war plötzlich sehr weit …

Auf einen Schlag fiel ihr wieder ein, was sie dort so gestört hatte.

Eine Figur im Spiel hatte gefehlt.

***

Wenn der Wecker klingelt, hat die Zeit der Berührungen ein Ende.

Die richtigen Worte zu finden ist schwieriger als der Austausch von Zärtlichkeiten, und verlegenes Schweigen macht sich breit.

Wir sind doch erwachsene Menschen

steht ihnen in großen Lettern auf der Stirn. Und so kommt es, dass nach all den geflüsterten Worten, dem gemeinsamen Begehren, dem Zauber einer ganzen Nacht – ein boshafter Clown namens One-Night-Stand innerhalb von fünf Minuten einer gemeinsamen Zukunft das Fell über die Ohren zieht.

Diesmal ist es anders

denken wir so oft in solchen Nächten. Doch am Morgen sitzen wir uns gegenüber, und alles, was uns einfällt, ist:

»Möchtest du noch Kaffee?« Pavarotti erhob sich.

»Nein, danke«, erwiderte Lissie.

»Vielleicht ein gekochtes Ei? Ich kann dir eins machen.« Er stand erneut.

»Nein, wirklich nicht. Alles in Ordnung. Bleib sitzen.«

Er butterte seinen Toast, dann widmete er sich mit großem Interesse den Nährstoffangaben auf der Verpackung des Schinkens.

»Hast du die Kalorien jetzt addiert?«, fragte sie sarkastisch.

Er antwortete nicht, sondern sah aus wie das schlechte Gewissen höchstpersönlich.

Rede, frag irgendwas.

»Wo ist eigentlich Justus?«

»Der hat … anderswo übernachtet.« Sie sah, dass sich Pavarotti auf die Lippen biss.

»Generalstabsmäßig geplant«, sagte Lissie mit einem kleinen Glucksen aus der Kehle, um ihm zu zeigen, dass es ihr gar nichts ausmachte. Aber er lächelte nicht zurück.

Es war höchste Zeit für Belanglosigkeiten.

»Was liegt heute an bei dir?«

»Ich schreibe meinen Bericht. Und was planst du?«

»Ich

pack meine Sachen und zieh zu dir nach Meran

schreibe auch. Nämlich weiter an meinem Buch«, sagte Lissie.

Als sie sah, dass er ihren Blick mied, wurde ihr schwer ums Herz. Es ist so rührend offensichtlich, dass er Angst hat, ich rücke ihm auf die Pelle, dachte sie.

Ich sage es zuerst

»Hör zu«, sagte sie.

»Ich muss dir etwas –«, sagte er gleichzeitig. Sie lachten gezwungen.

»Lass es uns langsam angehen, ja?«, sagte Lissie schnell.

Er schaute sie groß an, dann schlug er die Augen nieder. »Das wollte ich auch gerade sagen. Wir haben alle Zeit der Welt.«

Wir hätten es nicht tun sollen, dachte Lissie.

zurück zum Fall

neutraler Boden

»Mir ist vorhin

heute Nacht

etwas eingefallen«, sagte Lissie. »Dieser Fotograf. Hannes Martin. Ich hab mich gewundert, dass er gestern nicht dabei war.«

Pavarotti starrte sie an. Die Verlegenheit war wie weggeblasen.

»Er will eine Dokumentation über Katharinaberg machen. Ein Dorf – gestern und heute. Die Pressekonferenz war doch ein Pflichttermin, wenn man so etwas vorhat. Habt ihr ihn eigentlich schon vernommen?«

Bevor sie weiterreden konnte, klingelte das Telefon in der Diele. Sie hörte Gemurmel, und dann stand er in der Tür. Sein Gesicht sah aus, als sei jeder Gesichtsmuskel zum Zerreißen gespannt.

»Hannes Martin wurde vor einer Viertelstunde tot aufgefunden«, sagte er verbissen. »Auf dem ehemaligen Friedhof des Kartäuserklosters. Jemand hat ihm den Hals durchgeschnitten, beide Augen ausgestochen und die Zunge rückwärts in die Kehle gestopft.«

Drittes Buch

Nichts geht mehr

1

Was für ein schwarzer Tag.

Pavarotti ging die Lauben entlang, die Hände tief in den Taschen vergraben.

Graues Regenwasser rauschte durch den Kanal an ihm vorbei, um mit einem spöttischen Gluckern in der Kanalisation zu verschwinden.

Der Fall war ihm zum zweiten Mal entglitten. Der Täter befand sich auf freiem Fuß und lachte ihn aus.

Gestern Nacht wäre es mir egal gewesen, dachte er.

Lass es uns langsam angehen, hatte Lissie gesagt. Der Satz hatte ihm einen Stoß in die Magengrube versetzt. Lass uns zusammenziehen, hatte er zu ihr sagen wollen.

Sei froh. Du hättest dir nur Probleme aufgeladen.

Wann hättest du es ihr denn beibringen wollen, hmm?

Irgendwann, übermorgen, zur richtigen Zeit. Heute Morgen schien alles möglich. Als er in der Küche stand, das würzige Kaffeearoma in seine Lungen sog und einen lächerlichen Ohrwurm mitsummte, der aus dem Radio kam.

Während Lissie im Bad rumorte, hatte er etwas gespürt, das er bisher nicht kannte: einen Hauch von Heiterkeit und eine Zufriedenheit, die in kleinen Verrichtungen lag.

Und jetzt rauschte sein Glück mit dem Regenwasser an ihm vorbei, durch das Abflussgitter und ab in die Tiefe.

Die gemeinsame Autofahrt nach Katharinaberg vor ein paar Stunden kam ihm vor wie die Wiederholung eines schlechten Films.

Schweigend war sie neben ihm im Auto gesessen, wie an jenem Morgen, als die Überreste des Jungen auf ihn gewartet hatten. Heute hatte Hannes Martin – oder das, was von ihm übrig war – auf ihn gewartet.

Man brauchte kein Spezialist für die Handschrift eines Täters zu sein, um den Zustand der Leiche zu interpretieren. Frech und herausfordernd, wie dieser Mörder war, hatte er sein Tatmotiv unmissverständlich klargemacht.

Hannes Martin hatte etwas gesehen, vermutlich fotografiert und gedroht, es auszuplaudern.

Doch am vereinbarten Treffpunkt in Karthaus wartete kein Geld auf den Fotografen, sondern der Tod.

Er sah Emmenegger am Fenster des Kommissariats stehen. Sekunden später öffnete sich die Tür.

»Commissario …«, sagte Emmenegger nur.

Pavarotti winkte müde ab. »Was ist mit Florian Perlkofer?«

»Auf freiem Fuß«, sagte Emmenegger stumpf. »Sein Anwalt hat –«

»Schon gut, Vice Ispettore. Wir … ich habe einen Fehler gemacht.«

Emmenegger betrachtete seine Schuhspitzen. »Kohlgrubers Leute sind noch am Tatort und in Martins Fotolabor. Diesmal werden sie etwas finden. Der Täter wird nervös.« Der Eifer in Emmeneggers Stimme klang falsch.

»Wieso sollte er nervös sein? Bisher hat er ja alle, die ihm gefährlich werden können, rechtzeitig beseitigt«, sagte Pavarotti. Sein Sarkasmus war wieder da, und er begrüßte ihn wie einen alten, rückfällig gewordenen Saufkumpan. Der Sarkasmus half ihm, seine innere Lähmung zu überwinden, so wie der Schluck von etwas Bitterem die Sinne schärft.

Des Rätsels Lösung lag in Katharinaberg. Ob es ihm passte oder nicht, er musste noch einmal zurück zu den Septembertagen vor fast zwanzig Jahren.

Er vergewisserte sich, dass er seine Bürotür abgeschlossen hatte. Emmenegger brauchte nicht zu wissen, was er vorhatte. Dann griff er in seine Aktentasche und zog das Bündel handbeschriebener Seiten hervor.

»Bitte nimm sie«, hatte Lissie gesagt, und ihre Stimme hatte sehr traurig geklungen, als sei das Manuskript eine Art Abschiedsgeschenk. »Die Geschichte ist zwar größtenteils fiktiv, weil wir die Wahrheit ja nicht kennen. Aber vielleicht setzt sie etwas in deinem Kopf in Gang. Man kann nie wissen.«

Die Kapitel waren nicht chronologisch geordnet. Ganz obenauf lag die Szene mit dem Blutbad am 23. September 1997.

Mein letzter Strohhalm ist ein Roman, dachte Pavarotti und begann zu lesen.

Katharinaberg, 23. September 1997

Träge stand Katharina vom Bett ihres Sohnes auf und strich sich mit den klebrigen Händen über die Schürze, damit nicht alles, was sie anfasste, schmutzig und rot wurde. Dann stieg sie auf den Stuhl, um den Lampenschirm vom Haken zu nehmen.
Am Morgen, gleich nach dem Aufwachen, war Berto pfeifend aus dem Haus gegangen. Nach einer Weile kam er wieder, mit einem toten Hasen, der ihm in die Falle gegangen war. Mach Essen, Frau! Ich will Fleisch essen, zur Feier des Tages. Die haben nichts mehr gegen mich in der Hand. Ich bin raus aus der Sache.
Während sie dem Hasen das Fell abzog, pfiff er einen Schlager nach dem anderen. Mit jeder neuen Melodie wuchs ihr Zorn, weil ihm jeglicher Anstand und Benimm fehlte.
Johannes war gerade mal zwei Wochen weg.
Sie konnte ja noch verstehen, dass er den Kleinen eingeschläfert hatte, auch wenn er es nicht zugab. Aber dem Pfeifkonzert heute, dem hatte sie ein Ende setzen müssen.
Nach dem Essen hatte sie auf der Küchenbank gesessen und ihn beobachtet, wie er eine Flasche Bier über der Spüle öffnete und sich den Schaum vom Mund wischte. Dann blies er die Backen auf und spitzte die Lippen.
Sie hatte das Fleischmesser gepackt, mit dem er den Braten aufgeschnitten hatte, und es mit Wucht in seinen Rücken gerammt, genau zwischen die Schulterblätter. Er hatte kurz gestöhnt, und dann war die Flasche seinen Händen entglitten.
Katharina hatte schon damit gerechnet, einen Haufen Scherben

zusammenkehren zu müssen. Doch die Flasche war mit einem Plopp in die Spüle gefallen, in der schon die Teller einweichten. Berto war langsam in die Knie gegangen. Er drehte sich halb zu ihr um, die Augen blutunterlaufen, die Zähne gebleckt, als ob er ihr drohen wolle, doch als er den Mund öffnete, kam nur ein dicker Schwall Blut heraus.

Plötzlich fiel er in ihre Richtung, und eine blutige Hand griff nach ihr. Erschrocken wich sie zurück. Er gurgelte und zuckte noch ein paarmal, dann lag er endlich still.

Sie ging hinüber und betrachtete ihn.

Seine Augen standen offen und schienen sie höhnisch anzufunkeln. Die Lippen waren immer noch leicht gespitzt, als sei er drauf und dran, wieder ein Liedchen zu pfeifen.

Etwas zündete in ihrem Kopf, gefolgt von einem violetten Funkenregen, der vor ihrem Gesicht nach unten rieselte. Sie packte den Messergriff. Mit aller Kraft, die sie aufbieten konnte, schaffte sie es schließlich, das Messer herauszuziehen – was ein knirschendes und schmatzendes Geräusch verursachte, als das Fleisch die Klinge freigab. Dann schnitt sie mitten hinein in diese aufgeworfenen Lippen. Kurz erinnerte sie sich daran, wie es gewesen war, sie zu küssen, sich an ihnen festzusaugen – aber das war lange her.

Sie schnitt quer über die Augen, mitten durch die Pupillen, bis auch der letzte Glanz aus ihnen verschwunden war und nur noch eine gallertartige Masse übrig war.

Langsam verrauchte ihr Zorn, und sie fühlte sich schmutzig und klebrig.

Immerhin hatte sie Berto gezeigt, dass er so nicht mit ihr umspringen durfte.

Jetzt musste sie gehen.

Das Einzige, was sie bedauerte, war die Sache mit Florian.

Der Arme, er begriff nicht, dass sie auf Dauer nicht mit ihm zusammen sein konnte. Eines Tages würde er drüber hinwegkommen.

Ihr Platz war bei ihrem Ehemann.

In ein paar Minuten würden sie sich wieder in den Armen liegen,

und er würde ihr das kleine Intermezzo mit dem Messer bestimmt nicht übel nehmen.
Berto war zwar ein gewalttätiger Irrer, aber er war nicht nachtragend.
Lächelnd legte sie sich den Strick um den Hals und stieß den Stuhl unter sich weg.

Pavarotti ließ die Blätter sinken.

Vielleicht waren Katharina und Alberto Zomba tatsächlich auf irgendeine seltsame Art aneinandergekettet gewesen. Katharina hatte schon als Kind gelernt, dass Prügeln und Streicheln zusammengehörten.

Plötzlich klopfte es. Pavarotti schrak zusammen. Er schaute auf die Uhr. Es war weit nach Mitternacht. Er war allein im Gebäude. Er rührte sich nicht.

Im Schloss war ein kratzendes Geräusch zu hören. Dann ein metallisches Schnappen.

Leise zog Pavarotti die Schublade auf und holte seine Waffe heraus. Er löschte das Licht auf seinem Schreibtisch. Nur die Bogenlampe auf dem Kornplatz warf jetzt noch ihren Schimmer in sein Büro.

Pavarotti schlich zur Tür und drückte sich flach gegen die Wand.

Langsam drehte sich der Knauf. Die Tür schwang einen Spaltbreit auf. Pavarotti hörte Schritte näher kommen. Das Nachtlicht im Flur warf einen langen Schatten in das Halbdunkel seines Büros.

Pavarotti schlich sich hinter die Gestalt und zog ihr mit dem Griff seiner Waffe eins über den Kopf. Ein hartes Poltern, als der Eindringling auf dem Boden aufschlug. Das Geräusch einer Kopfverletzung.

Aber man konnte nie wissen. Pavarotti richtete seine Pistole auf das Bündel zu seinen Füßen und schaltete das Deckenlicht ein.

Es war Paul.

Der Junge hatte die Augen geschlossen, und sein Atem ging

kurz und pfeifend. Der schwarze Hut lag neben ihm auf dem Boden.

Pavarotti wählte gerade den Notruf, da kam Paul zu sich. Er öffnete die Augen und schüttelte sich wie ein nasser Hund. Dann betastete er seinen Kopf.

»Scheiße, diese Beule wird riesig. Warum haben Sie denn nicht ›Hände hoch‹ gerufen oder etwas in der Art?« Anklagend schielte er zu Pavarotti hoch.

»Nach zwei Morden und einem Beinahe-Mord an mir gehe ich gern auf Nummer sicher«, sagte Pavarotti und legte auf. »Warum brichst du in mein Büro ein?«

Paul nahm seinen Hut in die Hände, streichelte ihn und setzte ihn auf. »Oh du mein lieb gewordener alter Filz. Dir habe ich zu verdanken, dass ich noch lebe«, sagte er theatralisch.

»Ich höre.«

Der Junge warf ihm einen Blick zu. »Ich wollte mich bei Ihnen bedanken. Dass Sie mir den Kurs spendiert haben.«

»Wovon redest du, verdammt noch mal?«

Paul stand auf und machte eine übertrieben tiefe Verbeugung und riss seinen Hut wieder vom Kopf. »Ich bin Ihnen ja so dankbar, wirklich unendlich dankbar. Mein Leben gehört ganz –«

Pavarotti machte einen drohenden Schritt auf ihn zu.

»Ist ja schon gut.« Paul tänzelte rückwärts. »Sie wissen es doch selber am besten. Den Anfängerkurs für Regisseure an der Urania, der letzte Woche angefangen hat.«

»Ich will verdammt sein, wenn ich dir –«

Doch Paul schnippte bloß elegant mit den Fingern. »Kein Problem. Emmenegger hat mich schon vorgewarnt, dass Sie es abstreiten würden. ›Mein Chef hat ein goldenes Herz, aber es ist ihm peinlich‹, hat er gesagt.«

Pavarotti lief knallrot an und schwieg.

Emmenegger. Na warte.

»Der Kurs ist Horrorshow«, schwärmte Paul. »Gestern haben wir uns den Aufbau von ›Shining‹ …«, Paul ließ eine imaginäre Axt durch die Luft herniedersausen, »… angesehen. Jack Nicholson ist einfach –«

Doch als er Pavarottis Blick auffing, ließ er die Faxen sein.

»Und?«

»Ihr Alfa steht draußen vor der Tür«, sagte Paul. »In Ihrem Büro war Licht, aber Sie haben nicht aufgemacht.« Ein schneller Blick streifte Pavarottis Waffe, die auf dem Schreibtisch lag.

Pavarotti seufzte.

»Glaubst du, ich besitze die Geschmacklosigkeit, mich in den Diensträumen der Polizei zu erschießen?«

Jetzt war Paul an der Reihe, rot zu werden. Der Junge wandte sich ab und flüsterte etwas.

»Was hast du gesagt? Ich kann dich nicht hören.«

»Tut mir leid. Ich hab solche Angst um Sie gehabt«, sagte er leise.

Pavarottis Herz machte einen Sprung. Auf der Stelle verzieh er Paul den Gestank nach Schweineblut und den verhassten Zwang, bei offenem Fenster zu schlafen, weil es anders nicht auszuhalten war.

Einem Impuls folgend, gab er ihm einen Klaps auf die Schulter. »Hey, Mister Kubrick. Ich hab hier eine Art Drehbuch. Du erinnerst dich doch an Lissie?«

Paul nickte strahlend und griff nach dem Papierstapel. Seine Augen flogen über die Seiten. Es dauerte nicht lange, da schaute er begeistert auf. »Horrorshow! Darf ich das in meinem Kurs benutzen? Als Vorlage für meine erste Regie?«

»Ich werde sie fragen«, sagte Pavarotti. Er war sicher, dass die Antwort »Ja« lautete.

»Ein paar Stellen müssen wir natürlich komplett umbauen«, dozierte Paul mit erhobenem Finger, als spräche er zu einer dreißigköpfigen Filmcrew. Auf einmal sah er besorgt zu Pavarotti hin. »Ich will nicht, dass sie sauer auf mich ist, so wie Stephen King, als er sah, was Kubrick aus seinem Buch gemacht hatte!«

Pavarotti lächelte.

»Zum Beispiel die Szene, in der sie ihn ersticht und sich dann aufhängt. Die ist zu kompliziert. Auf die Art funktioniert es nicht«, sagte Paul. »Wie bei Stephen King. Bei dem wirkt auch so einiges an den Haaren herbeigezogen.« Paul machte eine

Handbewegung und fegte eines der größten Erzähltalente der letzten dreißig Jahre in den Staub.

»Im wahren Leben sind die Dinge einfach«, beschloss Kubricks Meisterschüler seine Ausführungen an unsichtbare Cineasten, die an seinen Lippen hingen.

Widerwillig war Pavarotti interessiert. Die Szene, auf die Paul anspielte, war für ihn eine der besten gewesen, weil sie den Fakten entsprach.

»Was hast du gegen die Szene?«

Auf Pauls Stirn erschien eine steile Falte. »Nun ja«, sagte er etwas affektiert und pflückte ein unsichtbares Stäubchen von seinem schwarzen Rollkragenpullover. »Wenn ich mir vorstelle, sie sitzen da beim Essen, und nur weil er ein Liedchen pfeift, rastet sie irgendwie aus und gerät in eine Art Blutrausch … Das ist ja lächerlich. Wie soll ich das umsetzen, ich bitte dich.«

Er ging hinaus, und Pavarotti hörte das schabende Geräusch des Kopierers.

»Außerdem: Die Frau ist doch so zierlich.« Paul war wieder hereingekommen und legte das Originalmanuskript auf Pavarottis Schreibtisch. Seine Kopie hatte er unter den Arm geklemmt. »Wie soll ich es anstellen, dass sie dieses bärige Mannsbild zwischen die Schulterblätter sticht? Soll ich ihr vielleicht einen Schemel hinstellen?«

Er verdrehte die Augen. »Das Schlimmste ist, wenn du bei so einem Streifen Lacher kassierst. Nee, du. In meiner Version killt ein Dritter die beiden. Genau der, der auch den Kleinen fertiggemacht hat. Einfach, elegant, glaubhaft. Eben Kubrick-like.«

Er stolzierte hinaus, den Packen Papier zum Abschied hin und her schwenkend.

Dann drehte er sich noch einmal um.

»Außerdem ist mir das Skript nicht ästhetisch genug. Dieses viele Blut ist so gar nicht nach meinem Geschmack. Das ist Splatter, aber doch keine Kunst.«

Pavarotti starrte ihm nach.

Etwas, das Paul gesagt hatte, ließ ihm keine Ruhe, aber er kam nicht darauf. Nach zwei Stunden hatte er sämtliche Vernehmungsprotokolle und Ermittlungsergebnisse des Falls noch einmal durchgearbeitet. Außerdem hatte er Lissies Manuskript ein weiteres Mal gelesen.

Ein Gedanke hatte sich in seinem Kopf festgesetzt. Er war kühn, geradezu verwegen, aber die Vorstellung passte perfekt zu dem Profil des Täters.

Das Schlimme war: Wenn er recht hatte, war er erledigt.

Pavarotti raffte die Unterlagen zusammen und griff zum Telefon. Es war zu früh, Emmenegger einzuweihen. Erst wollte er selbst ein paar Dinge überprüfen und in Ruhe nachdenken.

Doch für den letzten Punkt auf seiner Liste sollte er keine Zeit mehr haben.

2

Zu Pavarottis Entsetzen war Maria Sandler inzwischen in der »Villa Speranza« untergebracht, einem früheren psychiatrischen Privatsanatorium in Meran. Die Villa war im Sommer Schauplatz einer Mordserie gewesen.

Die vermögenden Patienten hatten das Weite gesucht. Dem Eigentümerkonsortium war nichts anderes übrig geblieben, als das Haus an die Stadt zu verkaufen.

Mittlerweile war aus der Privatklinik eine staatliche Anlaufstelle für psychisch Kranke mit einigen stationären Pflegeplätzen geworden. Mit dem riesigen Gemeinschaftsraum, der Küche, den Patienten- und Behandlungszimmern und der hauseigenen Apotheke – der blutbespritzte Medikamentenschrank von damals war natürlich entsorgt worden – eignete sich das Haus trotz seiner Vergangenheit ideal für den Zweck, den es erfüllte. Die Verantwortlichen machten sich nicht einmal die Mühe, den Namen zu ändern.

Schaudernd stellte Pavarotti fest, dass auch das Innere des Hauses wie früher aussah. Das burgunderrot-weiße Schachbrettmuster des Fußbodens kroch über die Freitreppe in den ersten Stock. Durch die perspektivische Verkürzung entstand der Eindruck einer zweidimensionalen Fläche, die den optischen Taschenspielertricks eines M.C. Escher würdig war und Schwindelgefühle hervorrief.

Maria Sandler wartete in der großen Halle. Ihr feister Körper war mittlerweile noch stärker aufgeschwemmt, woran vermutlich die Psychopharmaka schuld waren. Als er sah, dass sie seinen Blick mied, wusste Pavarotti, dass ihn seine blitzartige Erkenntnis in der Nacht zuvor nicht getrogen hatte. Beim letzten Durchblättern der Akte hatte irgendein Impuls ihn dazu gebracht, bei dem alten Klassenfoto innezuhalten, das er schon fast vergessen hatte. Und dann sah er es plötzlich. In dem Blick, mit dem das Mädchen zu Alberto Zomba hochblickte, lag nicht nur Verliebtheit, sondern etwas wie … Besitzerstolz. Herausforderung. Der Blick eines Mädchens, das Ansprüche anmeldete.

»Sie haben mich angelogen. Es ist nicht nur einmal passiert. Sie hatten eine richtige Affäre mit Alberto Zomba«, sagte er ohne Vorgeplänkel, bevor es einem der Hauspsychologen einfiel, ihr zu Hilfe zu eilen. Er war nicht wütend auf sie, nur müde. Ein Teil von ihm verstand sie sogar. Es war allemal gnädiger, sich einzureden, Zomba habe sie ein einziges Mal verführt, anstatt der Wahrheit ins Gesicht zu sehen. Nämlich dass sie sich diesem Fiesling regelrecht an den Hals geworfen hatte.

»Und wenn schon. Das geht Sie gar nichts an«, sagte Maria Sandler wütend.

Außer ihnen war die Halle menschenleer. Niemand erschien auf der Bildfläche, um Pavarotti zu verscheuchen. Er hob ihr Kinn und zwang sie, ihn anzusehen. Da gab sie ihren Widerstand auf.

Als Pavarotti eine halbe Stunde später das Grundstück verließ, spähte er zu dem spitzgiebeligen Turm des Anwesens hinauf. Dort oben hatte im Sommer sein persönliches Verhängnis seinen Lauf genommen. Dort hatte er auf einen Mörder gezielt, aber zu spät abgedrückt, nur einen Sekundenbruchteil zwar, aber trotzdem eine halbe Ewigkeit, und deshalb hatte die Kugel Lissie getroffen. Schuld daran war sein chronisches Zaudern, und er verfluchte seine Schwäche, wie schon tausendmal zuvor.

Den Kopf voller düsterer Gedanken, machte er sich auf den Weg zu der Adresse, die Maria Sandler mit ungelenker Kinderschrift auf einen Zettel gekritzelt hatte.

***

Das ehemalige Liebesnest von Maria Sandler und Alberto Zomba war ein Ein-Zimmer-Apartment im Souterrain mit vergittertem Fenster, ganz in der Nähe der Schule.

Pavarotti hatte kein Interesse daran, die Absteige, die mittlerweile durch ein Dutzend Hände gegangen war, in Augenschein zu nehmen. Ihn interessierte lediglich ein Datum.

Er ließ sich vom Hausmeister ein Bier aufnötigen und drückte die Daumen, dass der Mann den Eintrag im Mieterbuch finden würde.

Als es so weit war, nickte er nur.

Er wusste jetzt, wie es passiert war.

3

Der große Platz vor der Kirche lag wie ausgestorben da. Vereinzelt segelten die letzten Blätter von den Bäumen. Der Gasthof Engelsburg und das Wohnhaus der Familie Zomba blickten von der anderen Seite des Platzes zu Lissie herüber. Das Licht spiegelte sich in den Fenstern und ließ sie weniger schmutzig und trüb erscheinen, als sie in Wirklichkeit waren.

Die abblätternde Farbe und die fehlenden Buchstaben des Schriftzugs »Engelsburg« waren aus der Entfernung nicht zu erkennen, und das Loch in der Wand des Wohnhauses, das die Abrissbirne geschlagen hatte, wurde vom benachbarten Hotel verdeckt.

Es war etwas später im Jahr als vor fast zwanzig Jahren, aber im Großen und Ganzen dürfte die Szenerie am Morgen des 7. September 1997 genauso ausgesehen haben.

Lissie öffnete das Fenster und schloss die Augen bis auf einen kleinen Spalt. Mit Ausnahme des leisen Sirrens, wenn ein Blatt durch die Luft nach unten kreiselte, war es überwältigend still. Kein Hund bellte – wenig überraschend –, keine Schritte waren zu hören, keine Milchkanne schepperte, kein Automotor brummte in der Ferne. Auch im Pfarrhaus selbst war nicht das übliche Rumoren des Pfarrers zu hören. Sein Rad war fort, als habe er sich rechtzeitig davongemacht.

Ein hagerer Mann in Uniform kam aus dem Hotel. War das etwa Emmenegger? Seine rechte Hand fuhr in seine Hosentasche, und er trat langsam, wie der Sheriff einer mexikanischen Grenzstadt, auf die Straße, als seien es seine letzten Schritte auf Erden.

Es war, als kündige sich ein tödliches Duell an und die Dörfler kauerten hinter ihren Türen, um sich keine Kugel einzufangen und abzuwarten, wer stehen blieb und wer in den Staub fiel.

***

Die Zeit lief ab.

Emmenegger fischte eine Zigarette aus einer uralten Packung, die er seit fünf Jahren nicht mehr angerührt hatte.

Seine Finger zitterten, als er das Streichholz anriss. Als er das Nikotin einsog, wurde ihm schwindelig und er blieb stehen.

Das Zimmer, in dem Hannes Martin seine letzte Nacht auf Erden verbracht hatte, war nicht viel größer als das Doppelbett.

Trotzdem hatte er bei der Durchsuchung eine überraschende Entdeckung gemacht. Aber statt einer Antwort gab es nur neue Fragen.

Jemand war schon vor Emmenegger da gewesen.

Doch der Eindringling war nicht der Mörder.

Unter dem Bett hatte ein kleines Viereck aus dunklem Tuch gelegen. Emmenegger hütete sich, es anzufassen. Er wusste, dass es zum Säubern der Kameralinse diente.

Ein professioneller Fotograf wie Hannes Martin achtete penibel auf die Sauberkeit solcher Tücher.

Emmenegger richtete sich auf. Auf dem Holzbrett, das als Schreibtisch diente, lag ein Kameragürtel. Eine Lasche klaffte auf. Jemand hatte den Kameragürtel durchwühlt, und dabei war das Tuch auf den Boden gesegelt.

Dem Mörder wäre dieser Lapsus nicht passiert.

Die für Chipkarten vorgesehenen Fächer waren allesamt leer. Jemand hatte die Speicherkarten entfernt, und zwar erst vor kurzer Zeit. Die Abdrücke, die sie auf dem Samtfutter des Gürtels hinterlassen hatten, waren deutlich erkennbar.

Arnold Kohlgruber hatte sich um elf Uhr bei ihm melden wollen. Mittlerweile war es halb zwölf. Kohlgrubers Team war vermutlich noch am Tatort in Karthaus. Der Chef der Spurensicherung hatte beschlossen, sich höchstpersönlich Martins Fotostudio in Meran vorzunehmen.

Hannes Martin hatte sich mit schäbigen Fotos über Wasser gehalten. Nacktaufnahmen, gerade noch innerhalb der legalen Grenzen. Grässliche Unfallfotos für die schlimmste Sorte der Boulevardpresse und für einschlägige Online-Portale.

Der Einbruch in seinen Laden musste kinderleicht gewesen sein. Die düstere Ladenzeile, in der sein Geschäft untergebracht war, fungierte für ein halbes Dutzend Drogensüchtige und Penner als nächtlicher Unterschlupf. Keiner von ihnen hatte etwas bemerkt, was Emmenegger nicht überraschte. Sie waren in der Nacht allesamt besoffen oder mit Drogen vollgepumpt gewesen.

Das Internetcafé war da schon vielversprechender, weil es bis Mitternacht geöffnet hatte. Der Inhaber, ein junger Kerl, behauptete, in der fraglichen Nacht seine Scheißumsatzsteuererklärung gemacht zu haben, mit der er dem Scheißstaat auch noch helfen müsse, ihm sein Geld zu klauen. Er habe niemanden gesehen.

Steuererklärung, na klar. Wahrscheinlicher war, dass sich der Kerl während der fraglichen Zeit in das Bankkonto eines nichtsahnenden Zeitgenossen gehackt hatte.

Emmeneggers Mobiltelefon klingelte.

»Kohlgruber hier. Die Blutspuren am Tatort zeigen, wie die Sache abgelaufen ist: Der Mörder hat sich von hinten an den Mann angeschlichen und ihm die Kehle durchgeschnitten. Sehr schlau, denn auf die Weise hat er nur wenig oder gar kein Blut abbekommen. Laut unserer Gerichtsmedizinerin muss es gestern am frühen Vormittag passiert sein. Auf eine genauere Zeit will sie sich nicht festlegen. Wir hatten ziemliche Temperaturschwankungen in den letzten Tagen. Sonst gibt der Tatort erkennungsdienstlich wenig her. Euer Mörder ist ein vorsichtiger Kerl. Martins Nikon hat er mitgenommen. Keinerlei fremde DNA. Wir haben einen schwarzen Wollfussel gefunden. Vermutlich trug er eine Mütze, um zu vermeiden, dass er ein Haar am Tatort hinterlässt. Der Zeitpunkt war gut gewählt. Florian Perlkofer ist der Einzige, der in dem Kloster wohnt. Und der war zu dem Zeitpunkt in Haft.«

Emmenegger hörte das Klicken einer Tastatur.

»Weiter. Das Fotostudio«, sagte Kohlgruber. »Die Festplatte von Hannes Martins Computer ist weg. Sein gesamtes Fotoarchiv, der Inhalt der Hängeordner, alles komplett ausgeräumt.

Ich will euch ja nicht ins Handwerk pfuschen, aber das kann niemand am helllichten Tag weggeschleppt haben.«

»Ich glaube nicht, dass er die Nacht danach abgewartet hat«, sagte Emmenegger langsam. »Zu riskant. Er hat den Laden schon vor dem Mord ausgeräumt, während der Fotograf selig in seinem Bett in Katharinaberg schlief. Der Kerl hat wie immer alles genau geplant.«

»Das sehe ich auch so«, sagte Kohlgruber. »Aber das Beste kommt zum Schluss.«

Emmeneggers Herzschlag beschleunigte sich.

»Das Auto des Opfers stand vor dem Kloster. Ich habe den Wagen untersuchen lassen, weil ich davon ausging, dass der Täter ihn ebenfalls gefilzt hat. Im Inneren gibt es ausschließlich Martins Fingerabdrücke. An der Karosserie dagegen haben wir etwas Merkwürdiges festgestellt.« Kohlgruber hielt inne. »Der komplette linke Kotflügel war abgewischt. Vielleicht ist er gestolpert und hat sich dort aus Versehen abgestützt, ohne seine Handschuhe. Anschließend war er nicht sorgfältig genug. Ein Teilabdruck ist ihm bei der Reinigung durch die Lappen gegangen. Wir haben einen halben Daumen.«

4

Ein gewisser Paul war angeblich begabt und fand ihr Buch so gut, dass er einen Film daraus machen wollte.

Zweifelnd hatte sie ihr Einverständnis gegeben. Das, was sie geschrieben hatte, erschien ihr zu vordergründig. Die Geschichte hinter der Geschichte fehlte. Zwischen den Szenen klafften riesige Löcher, die ihre Phantasie nicht füllen konnte.

Wer nichts erlebt hat, kann auch nichts erfinden.

Morgen war der Tag der Abreise. Morgen wurde ihr Hund entlassen, und dann ging es zurück in ein unbekanntes Land namens Deutschland.

Für den Fall war sie mittlerweile so nützlich wie eine verrostete Waffe. Sie hatte den Falschen ins Visier genommen. Und jetzt war wieder ein Mord geschehen. Hätte sie Hannes Martin neulich nicht aus den Augen verloren, würde der Mann noch leben.

»Sei froh. Wärst du dem Mörder in die Quere gekommen, hätte er dich auf der Stelle umgebracht«, hatte Pavarotti darauf gesagt.

In dem Satz schwang ein Unterton mit, als habe er einen ganz bestimmten Verdacht. Doch auf ihre Nachfrage wich er aus. Man müsse die Analyse der Fingerabdrücke abwarten.

»Du hast recht«, hatte sie geantwortet. Sie waren jetzt sehr höflich zueinander. Ihr war, als telefoniere sie mit einem Freund aus einer längst vergangenen Zeit. Lucianos Stimme klang weit entfernt, die Verbindung war schlecht, als befände er sich auf der anderen Seite des Atlantischen Ozeans.

Ein gelber Panda mit dem blauen Schriftzug »PT Poste Italiane« fuhr vor dem Fenster vorbei. Nachdenklich schaute Lissie ihm hinterher.

Wieder hatte der Postwagen nicht vor dem Pfarrhaus gebremst. Eben stieg der Fahrer vor dem Hotel aus dem Wagen.

Schnell lief sie nach unten. Sie erreichte ihn gerade noch rechtzeitig, als er den Postsack wieder verstaut hatte. Ein blasser kleiner Mann, der aussah, als habe er in seinem Leben keinen einzigen Brief bekommen.

»Haben Sie keine Post für das Pfarrhaus?«, wollte sie wissen.

»Warum möchten Sie das wissen?«

»Ich bin beim Pfarrer zu Gast und warte seit Tagen auf einen Brief«, log sie.

Er zog den Postsack, auf dem »Katharinaberg« stand, zu sich heran. Ein paar Minuten später sagte er: »Tut mir leid.« Und fügte nach kurzem Überlegen hinzu: »Wenn ich drüber nachdenke – Ihrer wäre der Erste gewesen. Solange ich hier arbeite, hat das Pfarrhaus noch nie einen Brief bekommen.«

Gedankenverloren wanderte Lissie hinüber zum Pfarrhaus.

Ihr Blick blieb am Fahrradständer neben der Eingangstür hängen. Das Rad des Pfarrers war noch immer fort, dafür lehnte ein anderes am Haus, das ihr bekannt vorkam. Bevor sie Zeit zum Überlegen hatte, stürzte Bärbel Gardena hinter dem Haus hervor.

In der rechten Hand hielt sie eine Rohrzange, an der linken baumelte der Kadaver einer Katze, deren Kopf nur noch ein blutiger Brei war.

Entsetzt prallte Lissie zurück.

»Du fiese Kuh!«, kreischte die Gardena und streckte die Hand mit dem toten Tier aus. »Du hast sie dir geschnappt, neulich Nacht, als ich so blöd war, dich in der Tankstelle allein zu lassen!«

»Sie sind verrückt!«

»Haha. Die Irre bist du!«

Die letzten Worte trafen Lissie wie Faustschläge, und sie zuckte zusammen.

»Dafür mach ich dich fertig.« Bärbel Gardena ließ die Katze auf den Boden fallen und wischte sich über das Gesicht. Dann kam sie langsam auf Lissie zu und ließ dabei die Rohrzange kreisen.

Endlich kam Leben in Lissie, und sie sprintete los, quer durch den Gemüsegarten, zur anderen Seite. Doch Bärbel Gardena hatte ihr den Weg abgeschnitten und stand bereits da, das Gesicht zu einem Grinsen verzogen.

Ohne zu überlegen, setzte Lissie über den Zaun und lief in Richtung der Gräber. Sie hörte den keuchenden Atem der Frau hinter sich und schlug einen Haken nach links. Die Aussegnungshalle lag vor ihr. Sie schaute sich um. Ihre Verfolgerin war nicht zu sehen.

Die Tür war nicht abgeschlossen. Schnell schlüpfte Lissie hinein, legte sich auf die Bahre und deckte sich mit dem Leichentuch zu. Mit aller Macht unterdrückte sie den Brechreiz.

Wenn sie anfing zu würgen, war sie erledigt.

Die Tür öffnete sich. Schritte, dann Stille. Bärbel Gardena stand direkt neben der Bahre. Lissie roch den Ölfilm der Rohrzange, so nah war die Frau.

Lissie hielt den Atem an. Wenn sie die Luft ausstieß und sich das Tuch bewegte, war es aus. Sie zweifelte keine Sekunde, dass die Verrückte mit der Zange auf sie einschlagen würde.

Wieder Schritte, aber sie wurden leiser. Die Frau lief in der Leichenhalle herum. Was hatte sie vor? Plötzlich dachte Lissie an die große Fensterfront, die sich zum Talschlund hin öffnen ließ. Hatte Bärbel Gardena sie durchschaut? Hatte sie etwa vor, die Bahre …?

Der Schweiß brach ihr aus.

Auf einmal klappte die Tür. Lissie hätte vor Erleichterung beinahe aufgestöhnt. Nach einer halben Ewigkeit wagte sie sich nach draußen und spähte über die Friedhofsmauer.

Auf der Straße unter ihr trat Bärbel Gardena in die Pedale. Der Pfarrer kam ihr auf seinem Rad entgegen.

Plötzlich wandte die Frau den Kopf und schaute zum Friedhof hoch. Ihre Blicke trafen sich, und Lissie fluchte. Bärbel Gardena legte eine Vollbremsung hin und schwenkte eine Faust in Lissies Richtung. »Ich an deiner Stelle würde schleunigst abhauen, weil ich deinem Mann sonst stecke, wo du dich herumtreibst!«, brüllte sie.

Der Pfarrer schwang sich vom Rad und redete beruhigend

auf sie ein. Als Bärbel Gardena schließlich wieder aufsaß und weiterfuhr, den Pfarrer im Schlepptau, atmete Lissie auf.

***

Lissie schlug die Tür des Pfarrhauses hinter sich zu und lehnte sich schwer atmend dagegen. Das war knapp gewesen.

Sie spürte Zugluft aus der Küche. Der Pfarrer war ein Frischluftfanatiker, aber im Moment war nicht der richtige Zeitpunkt für offen stehende Fenster.

Sie ging durch die Räume und drehte die uralten Messinggriffe, die nicht mehr richtig schlossen, sodass ihre Finger schmerzten. Als sie ein Stück Zeitung herausfischte, die der Pfarrer zwischen Fenster und Rahmen geklemmt hatte, fiel ihr die fehlende Post wieder ein. Die Gelegenheit war günstig.

Eine halbe Stunde später war sie wieder in ihrem Zimmer. Das Einzige, was sie gefunden hatte, war Staub.

Kein Brief. Amtliche Dokumente: Fehlanzeige. Kein Diplom, keine Ernennungsurkunde.

In der Küche waren ein paar alte Zeitungen aufgestapelt. Der Adressaufkleber war mit »Pfarrhaus Katharinaberg« beschriftet. Auf dem Tisch verstreut lagen Entwürfe von Predigten, in der spitzen Handschrift des Pfarrers.

Im Kleiderschrank befanden sich außer dunkler Kleidung nur Motten, die ihr entgegenschwirrten. Angewidert leuchtete sie die Hutablage aus. Eine verschlissene Decke.

Neben dem Bett des Pfarrers lagen zwei Bücher. Faulkner. Fitzgerald. Als Lissie den Einband aufschlug und einen blauen Stempel entdeckte, wurde sie aufgeregt. Doch als Eigentümervermerk stand ebenfalls nur dieses nichtssagende »Pfarrhaus« darin.

Der Keller bestand aus einem einzigen großen Raum, die Wände waren notdürftig verputzt und ließen das rohe Mauerwerk durchschimmern.

Nirgendwo ein Papierstapel oder ein Aktenschrank, der

verheißungsvoll aussah. Verkrustete Farbeimer, ein Regal mit Werkzeug, alte Getränkekisten. Es roch nach Fäulnis und Moder. Lissie rümpfte die Nase und stieg nach oben.

Jeder Mensch bekam Post. Sicher, vieles würde über die Kurie abgewickelt, aber doch nicht alles.

Mittlerweile war Lissie mehr als neugierig. Hier stimmte etwas nicht. Die Geheimniskrämerei des Pfarrers stand in krassem Gegensatz zu seinem Drang, sich in die Angelegenheiten anderer einzumischen.

Ihr Handy piepte.

Eine SMS. »Wenn Sie etwas über Ihren Polizistenfreund erfahren wollen, schalten Sie den Fernseher ein.«

Ihr Herz machte einen Satz. War Luciano etwas zugestoßen? Sie rannte in die Küche. Der Nachrichtensprecher kündigte einen Exklusivbericht zum Fall Katharinaberg an, wie er mit schlecht bemäntelter Sensationsgier vermeldete.

Als die Bilder über den Schirm flimmerten, stieg Beklemmung in ihr hoch. Vergeblich tasteten ihre Finger in der Jackentasche nach einem Stück Schokolade.

Der Filmausschnitt zeigte, wie sie mit Pavarotti nach der Pressekonferenz über den Kornplatz ging. Man sah, dass sie auf ihn einredete und mit den Händen gestikulierte. So, wie die Szene gefilmt war, entstand der Eindruck, als stritten sie.

Schnitt. Im Bild war jetzt ein Reporter, der mit einem Mikrofon vor dem Kommissariat stand und die Zuschauer direkt anblickte. »Wird diese Frau ihn verklagen? Diese deutsche Touristin könnte der letzte Nagel im Sarg des glücklosen Meraner Kommissars Pavarotti sein, der im Fall der Kinderleiche von Katharinaberg so schmählich versagt hat.«

Er zeigte mit dem Daumen auf das Gebäude in seinem Rücken. »Erst gestern Abend hat uns der Commissario hier den angeblichen Täter präsentiert – wie sich jetzt herausstellt, einen unschuldigen und vom Schicksal schwer gebeutelten Mann. Doch das war nur der letzte von vielen Misserfolgen und Fehlern, mit denen sein sogenannter Karriereweg gepflastert ist. Im vergangenen Sommer«, er pausierte kurz, um die Wirkung zu erhöhen,

»schoss er bei einer Mörderhatz einer unbeteiligten Frau in den Kopf, die das Pech hatte, zur falschen Zeit am falschen Ort zu sein. Unglaublich, dass dieser Mann noch in Amt und Würden ist, doch wenn diese Frau« – Lissies Foto wurde eingeblendet – »die Behörde verklagt, dann ist er die längste Zeit Kommissar gewesen. Man nimmt an, dass sie es tun wird. Teile ihres Gehirns sind dem Vernehmen nach dauerhaft geschädigt …«

Der Ton verschwamm und wurde zu einem giftigen Sausen im Hintergrund.

Lissie merkte, dass sie auf dem Küchenboden saß und weinte. Schwindelgefühl packte sie. Der Raum kippte um neunzig Grad.

Keuchend und würgend robbte sie zur Toilette und erbrach sich, bis ihr Magen leer war und sie nur noch grünliches Gallert zutage förderte.

Sie wollte nicht darüber

ich mach mir Sorgen um dich

nachdenken. Aber sie konnte nicht damit aufhören, weil

hör auf mit der Vergangenheit fang wieder an zu leben

in ihrem Innern ein grinsender Clown mit Falsettstimme sang

fang an

fang an

fang doch an

Wieder torkelte sie zur Toilette. Ihr Magen schmerzte, und hinter ihrer Stirn pochte es.

weg hier ich sterbe

fang an

fang doch an zu leben

Deutschland fünf Stunden einfach nur weg

Sie presste die Hände gegen die Augen und taumelte in ihr Zimmer. Die Tierärztin musste Spock entlassen. Jetzt. Ein weiterer Tag …

Sie musste würgen, und ihre Gesichtshaut glühte wie Lavakruste.

Leihwagen. Ihr Handy. Wo? Wo hatte sie es liegen lassen? Ihr Inspektionsgang durchs Haus … lange her … Sie stieß ein hysterisches Gelächter aus.

Im Keller. Auf dem Regal mit den Werkzeugen. Eine vage Erinnerung, es dort hingelegt –

Plötzlich fing es irgendwo im Haus an zu klingeln.

Ich mach mir Sorgen, ja Sorgen um dich

sang der Clown.

Das wilde Knurren eines verwundeten Tiers drang tief aus ihrem Hals. Sie hielt inne und legte den Kopf schief.

Das Klingeln kam von oben.

Ich mach mir Sorgen um dich

Sie stürzte hinaus und stolperte die Treppe hinauf in den ersten Stock.

Ihr Zimmer. Das Klingeln ertönte in ihrem Zimmer. Die Tür war angelehnt.

Sie wunderte sich kurz, aber in ihrem Kopf war kein Platz für langes Überlegen, weil der Clown zu laut sang.

Sie ging hinein

Schmerz, dann Dunkelheit

Ich mach mir Sorgen, solche Sorgen um dich.

5

Im Büro war es dunkel. Pavarotti hatte die Rollos heruntergelassen. Das Gesicht in die Hände gestützt, saß er da.

Er merkte, dass er weinte.

Warum weinst du?

Sei doch froh, du bist nicht der Typ, um Verantwortung zu übernehmen.

Er hörte, dass Emmenegger draußen vor der Tür auf und ab tigerte.

Warum ging der Mann nicht heim zu seiner Frau?

Die Welt stand still, es war vorbei.

Er hatte mit Emmenegger gerade durchgesprochen, wie sie die DNA-Tests organisieren sollten, als der Anruf kam.

Ohne den Anruf hätte er wohl erst am nächsten Morgen gemerkt, dass die Medien ihn hingerichtet hatten.

Emmenegger hatte ihn entgegengenommen und die Lippen zu einem lautlosen »Alberti« geformt. Als er auflegte, klang er verblüfft.

»Er hat gesagt, wir sollen uns im Internet die Nachrichtensendung ansehen. Verstehen Sie, was das soll?«

Als der Beitrag vorüber war, saßen sie schweigend da.

Schließlich stand Emmenegger auf. »Rufen Sie sie an«, sagte er nur.

Als das Telefon läutete, schloss Pavarotti kurz die Augen, dann ging er dran. Doch es war bloß wieder Alberti, der ihm seine Suspendierung mitteilte. Pavarotti hatte nichts anderes erwartet. Ungeduldig hörte er zu, bis der Mann fertig war.

Als es dann so weit war, dass er endlich, mit zitternden Fingern, ihre Nummer wählen konnte, hatte es endlos durchgeläutet. Beim zweiten Mal sprang nur noch die Mailbox an.

Ohne viel Hoffnung wählte er erneut. Mailbox.

Sie wollte nicht mit ihm sprechen. Er konnte es ihr nicht verdenken.

Er packte das Telefon und schleuderte es gegen die Tür.

Emmenegger schaute ins Zimmer. Pavarotti konnte ihm nicht ins Gesicht sehen. Als der Vice Ispettore sich räusperte, ahnte Pavarotti, was jetzt kommen würde.

Aber Emmenegger sagte nur: »Fahren Sie zu ihr.«

Pavarotti sah auf. »Sie will mich nicht sehen. Sie hält mich für einen Lügner und einen Feigling.«

Na und, genau das bist du doch.

Emmenegger kam auf ihn zu und blieb dicht vor ihm stehen. »Bei allem Respekt, Commissario, aber sind Sie jetzt endlich fertig?« Er zog Pavarotti vom Stuhl hoch. Emmenegger war hager, aber ein baumlanger Kerl, und sein Griff an Pavarottis Oberarm war eisern. »Fahren Sie! Wenn Sie ihr jetzt nicht sagen, wie es war, ist sie morgen fort.«

Als Pavarotti den Alfa anließ, wünschte er sich, der Wagen würde nicht anspringen. Aber der Motor erwachte summend zum Leben, und Emmenegger stand am Fenster und passte auf.

Er ist außer Lissie mein einziger Freund, dachte Pavarotti, als er vom Hof fuhr.

Dann korrigierte er sich.

Er ist mein einziger Freund.

***

Es war kalt, so kalt.

Lissie regte sich. Ihr Hinterkopf und ihr Bein pochten fürchterlich.

Lider schwer
noch nicht

Als sie das zweite Mal aufwachte, hatte sich das Pochen im Kopf in ein leises Pulsieren verwandelt. Die Schmerzen in ihrem Oberschenkel waren schlimmer geworden.

Sie wusste nicht, wie lange sie schon hier war. Es konnte eine Stunde sein oder ein Tag.

Sie blinzelte in ein undurchdringliches Dunkel. Als sie ihre

Hand vor ihr Gesicht hob, war sie nicht zu erkennen, noch nicht einmal als Umriss oder als dunkler Fleck, dunkler als die Nacht.

Etwas lief über ihre Hand, und kleine spitze Krallen bohrten sich in ihre Haut. Sie schrie auf und riss ihre Hand weg. Dann versuchte sie, sich hochzustemmen, aber der Schmerz bohrte sich in ihren Oberschenkel wie ein Messer.

Stöhnend sank sie zurück. Ihr Rücken fiel gegen ein Hindernis. Ein lautes Ritsch-Ratsch ertönte, das Hindernis gab nach, und ihr Kopf landete halbwegs weich. Da schnitt ihr etwas Scharfes in die Stirn, und sie stieß einen Schrei aus.

Sie tastete um sich. Die Wände waren rau. Kein Stein. Pappe? Und unter ihr … kleine Teile … Ihre Finger fühlten Ecken und scharfe Kanten. Papierschnipsel. Eine Menge. Alt. Schimmelgeruch.

Sie befühlte ihre Stirn und roch an ihrem Finger. Metallisch. Blut.

Ihre Mini-Taschenlampe fiel ihr ein. Sie wollte in ihre Hosentasche greifen, doch ihre Hand bebte so stark, dass sie mehrere Anläufe brauchte.

Ihre Finger stießen auf etwas Hartes.

Gott sei Dank!

Sie wartete, bis ihr Atem wieder regelmäßiger wurde, dann drückte sie auf den Knopf und leuchtete mit der Lampe um sich. Der kleine Lichtpunkt der Diode geisterte über grobes Mauerwerk und erfasste schließlich die Decke.

Die Falltür war zu.

Eine Welle der Angst überflutete ihren Verstand, und ihr Herz begann zu rasen. Sollte sie in diesem Loch auf Nimmerwiedersehen verschwinden, so wie der kleine Junge vor zwanzig Jahren?

Etwas anderes fiel ihr ein. Ihr Bild im Fernsehen. Luciano.

Fang wieder an zu leben.

Ja. Aber ohne dich, du elender Mistkerl.

Jetzt erst recht. Sie würde nicht einfach daliegen und warten.

Schnell richtete Lissie die Lichtquelle noch einmal auf ihre Umgebung, bevor die Batterie den Geist aufgab. Sie befand sich in einer Art unterirdischem Gewölbe. An zwei Seiten mündete es in einen schmalen Gang. Dort herrschte völlige Dunkelheit, gegen die ihre kleine Lampe nichts ausrichten konnte.

Erneut versuchte sie sich aufzurappeln, aber der Schmerz ließ sie zurücksinken. Fluchend stellte sie fest, dass sie in einen großen Pappkarton gefallen war. Wo war ihr Handy? Oben? Oder irgendwo hier, in der Dunkelheit?

Sie ließ den Lichtkegel hin und her wandern. Kein Handy, verdammt. Stattdessen erfasste das Licht einen zweiten Karton. Und dann noch einen. Viele. Der Lichtpunkt flackerte über eine Aufschrift: »Spedition-Transporte«.

Lissies Arme versanken in Papierschnipseln, die im Licht ihrer Leuchtdiode weiß schimmerten und sich unter ihr bewegten wie ein Gewimmel von Maden.

Aufstehen war keine Option. Mühsam versuchte sie sich, mit den Füßen voran, nach draußen zu schieben. Ein paarmal war sie nicht vorsichtig genug und blieb mit ihrem verletzten Bein am rauen Untergrund hängen. Sie biss sich auf die Lippen, und es gelang ihr, den Schrei zu unterdrücken.

Bestimmt stand er da oben und horchte. Sollte er ruhig denken, sie habe sich beim Sturz das Genick gebrochen. Umso leichter konnte sie ihn überrumpeln, wenn er nachsehen kam.

Sie brauchte eine Waffe.

Stein.

Der Boden war hart und kalt. Sandig. Nur ein paar Kiesel, nichts …

Mit letzter Kraft zog sie sich zu der nächsten Umzugskiste. Schweißtropfen perlten von ihrer Stirn und brannten in ihren Augen. Sie hob den Arm und fischte …

grenzenlose Enttäuschung
wieder Papier
Seiten wirbeln hoch segeln im Licht
hochziehen
es muss sein
ahhh mein Bein kann nicht
komm schon wühlen weiterwühlen
was ist das für Zeug

schmeiß es raus wirf es auf den Boden
weg damit
bestimmt ist weiter unten etwas was du –
aufrichten
Knie vorsichtig drehen
Vorsicht jetzt –
Ahhhhhh

Als Lissie wieder zu sich kam, brodelte der Schmerz in ihrem Bein wie Wasser im Kessel.

Mit äußerster Willensanstrengung richtete sie sich auf. Die kleine Taschenlampe lag auf dem Boden und beleuchtete ein Stück Papier.

Als Lissie nach der Lampe greifen wollte, hielt sie inne.

Das Papier war ein Briefumschlag, säuberlich mit dem Brieföffner aufgeschlitzt.

Die Adresse befand sich genau im Lichtkegel: ein Name und ein Postfach in Meran.

Als sie den Namen sah, wurden ihre Augen groß.

Fieberhaft leuchtete sie den Boden ab. Ein wildes Durcheinander von Papieren lag vor ihr: zahllose aufgeschlitzte Briefumschläge. Mit der Maschine geschriebene Seiten. Rechnungen. Amtlich aussehendes Büttenpapier mit schwarz glänzenden Stempeln. Bunte Werbeblättchen. Alles raschelte durcheinander und vermischte sich auf dem schmutzigen Steinboden.

Der Papierkram war einfach in einen Umzugskarton gestopft worden. Offenbar legte der Empfänger keinen Wert darauf, etwas davon wiederzufinden.

Es mussten Tausende von Blättern sein.

Seiten eines Lebens, die niemanden interessierten.

Überall der gleiche Name, dasselbe Postfach in Meran.

Wie hatte sie nur so dumm sein können?

Zu spät

Sie verstand, warum der Pfarrer nicht wollte, dass ihm der Briefträger die Post brachte.

Der Adressat der Briefe war Pfarrer Lukas Steinvatterer.

Lukas Steinvatterer, der Sohn von Erna Steinvatterer, der angeblich kurz nach seinem Abitur während einer Bergtour verunglückt und verschollen war.

Lukas Steinvatterer, der den kleinen Johannes gesehen hatte, kurz bevor er verschwand.

Der zur Tatzeit dort gewesen war und gelogen hatte, weil er es war, der sich den Jungen geschnappt hatte.

Und seine Mutter hatte es die ganze Zeit gewusst.

Pfarrer Lukas Steinvatterer – ein Mörder.

Und sie war hier, in seinem Haus. Sie konnte schreien, so viel sie wollte. Dieser Pfarrer würde sie nicht befreien. Er würde sie umbringen.

Sie erstarrte, als sie über sich Schritte hörte.

Ihre Finger krampften sich um die Papiere, die sie zu einem spitz zulaufenden Keil gerollt hatte.

Der Mörder würde sie töten. Und sie – sie hatte bloß einen Bleistift aus Papier, um ihm ein Auge auszustechen.

6

Sein Zeigefinger presst den Klingelknopf. Der helle Ton saust durch das Haus, durchmisst alle Räume und kehrt zu ihm zurück, mit einem gefährlichen Sirren wie ein wirbelnder Bumerang.

Niemand antwortet.

Wo steckt sie?

Das Klingelschild ist mit schwarzem Filzstift beschriftet. Die Schrift ist im Laufe der Jahre verlaufen. Da steht »Pfarrhaus«, als sei es unerheblich, wer gerade dort lebt, sein Amt verrichtet, stirbt.

Pavarotti drückte erneut auf die Klingel.

Nichts.

Er trat einen Schritt zurück und schaute nach oben. Seine Augen glitten über die Fassade. Mauerwerk und Fenster strahlten hermetische Abriegelung aus, wie die Schießscharten einer Festung, hinter denen Pech und Schwefel lauern.

Plötzlich fühlte er sich beobachtet.

Stand sie dort oben, hinter einem der Fenster, und starrte hasserfüllt auf ihn herab?

Sein Handy piepste. Eine SMS. Von ihr!

Als er die Nachricht sah, taumelte er zurück und riss die Hand hoch gegen den

Bumerang aus bloßen zwei Worten, aber tödlich

Hau ab

»Lissie, bitte hör mir zu!«, schrie er. Doch das Haus stand schweigend da wie eine Trutzburg, die schon viele Ritter hatte kommen und sterben sehen.

Das Handy klingelte.

Panisch drückte er auf Empfang und flüsterte: »Lissie, bitte. Wir müssen reden. Mach auf, bitte.«

Verlegenes Schweigen am anderen Ende der Leitung.

»Ich bin's«, sagte Emmenegger schließlich. Pavarotti wurde

heiß vor Scham, doch bevor er etwas sagen konnte, redete Emmenegger schnell weiter. »Gerade kam eine anonyme Mail herein. Von einem Absender mit einer beziehungsreichen Mail-Adresse …«, Papier raschelte, »veritas@anonymouse.org. Sie ist ziemlich … äh … aufschlussreich.«

Als Pavarotti nicht antwortete, räusperte sich Emmenegger. »In der E-Mail steht:

Wenn die Polizei zu dumm ist, muss ich halt den Saustall ausmisten.
Der Gestank kommt vom Pfarrhaus, und das halbe Dorf weiß es.
Der Pfarrer von Katharinaberg ist ein verlogenes Stück Scheiße.
Sein Name ist Lukas Steinvatterer.

Unterschrieben hat der Kerl mit ›Ihr ergebener Diener der Wahrheit‹«, schloss Emmenegger.

»Was?«, brachte Pavarotti mühsam heraus.

»Ich habe mich bereits bei der Kurie in Brixen erkundigt«, sagte Emmenegger tonlos. »Es stimmt.«

»Aber wie kommt es …?«

»Wie es kommt, dass wir ihn nicht im Visier hatten?« Emmenegger schnaubte. »Seine Mutter hat behauptet, er sei vor Jahren tödlich verunglückt. Es gab keinen Grund, daran zu zweifeln. Im Dorf ist er Pfarrer Lukas, sein Nachname hat nie eine Rolle gespielt. Für seine Post benutzt er anscheinend ein Postfach in Meran.«

»Wissen wir, wer die E-Mail verfasst hat?«

»Ich habe einen Kollegen von der IT-Truppe in Bozen eingeschaltet.« Emmenegger klang etwas verunsichert wegen der Eigenmächtigkeit, die er sich erlaubt hatte. »Das Ganze lief über mehrere Server, einer davon in der Ukraine. Er arbeitet noch dran, aber viel Hoffnung hat er mir nicht gemacht.«

»Das ist doch lachhaft«, brach es aus Pavarotti heraus. »In Katharinaberg gibt es keine Nerds.«

Stille. »Umm, nun ja. Heute braucht man kein Computergenie zu sein, um das hinzukriegen. So was könnte ich vermutlich auch.« Emmenegger räusperte sich. »Chef, wie reimen Sie sich das zusammen? Warum hat der Pfarrer sich die Mühe gemacht, seine Herkunft zu verschleiern?«

Pavarotti fühlte sich wie ein Krieger, der genug vom Schlachtenlärm hat. »Das werden wir bald wissen. Ich knöpfe mir jetzt seine Mutter vor.«

»Die ist eine harte Nuss. Setzen Sie ihr bloß ordentlich zu«, sagte Emmenegger. »Ich glaube, dass sie es war, die Hannes Martins Zimmer durchsucht hat.«

Emmenegger räusperte sich auf seine spezielle Art, zwei knarzende Geräusche, einmal kurz, einmal lang. Es klang wie ein Morsesignal. Pavarotti wusste genau, was jetzt kam. Er krümmte sich innerlich.

»Chef, was ist mit …? Sie wissen schon.«

Pavarotti legte auf, um nicht zu schreien.

***

»Lassen Sie mich in Ruhe. Warum verschwinden Sie nicht endlich?«

Pavarotti zuckte zusammen.

Hau ab

Erna Steinvatterer hatte sich hinter ihrer Theke verschanzt, kaum dass er das Hotel betreten hatte. Die Art, wie sie vor ihm zurückwich, strafte ihr unverschämtes Gehabe Lügen.

»Setzen Sie sich.«

»Ich denke gar nicht daran. Das ist mein Haus, und ich kann machen, was ich will. Oder bin ich etwa verhaftet?« Ihr Mund verzog sich zu einem gemeinen Grinsen. »Sie können überhaupt niemanden mehr verhaften, stimmt's? In den Nachrichten heißt es, Sie seien suspendiert worden.«

Sie kam hinter dem Tresen hervor und stellte sich dicht vor ihn hin. Ihre schlaffe Brust streifte seine Krawatte. Niemand, absolut niemand kam ihm ungestraft zu nahe. Sein Zorn, der schon seit einer Weile in ihm kochte, näherte sich seinem Siedepunkt.

»Man hat Sie rausgeschmissen, ja? Wie man einen dreckigen Terrone rauswirft, wenn er zu nichts mehr taugt«, sagte sie triumphierend.

Pavarotti presste die Lippen zusammen. Eine Handbewegung, und sein Dienstausweis flog auf den Tisch.

»Was denkst du wohl, warum ich den Ausweis noch hab, du verlogenes Luder?«

Er packte die Frau an der Schulter und schubste sie in Richtung Tisch. Sie stieß ein kurzatmiges Quieken aus.

»Und jetzt runter da auf den Stuhl.«

Pavarotti lehnte sich an die Wand und verschränkte die Arme.

»Warum haben Sie so getan, als sei Ihr Sohn tot?«

»Es ist die Wahrheit«, sagte sie trotzig und rieb sich die Schulter.

»Blödsinn«, sagte Pavarotti. »Was sind Sie doch für ein Gaunerpärchen, Sie und Ihr Sohn. Der ist putzmunter und markiert derzeit den Pfarrer von Katharinaberg. Mich würde interessieren: Wie haben Sie das damals gedeichselt, Sie beide?«

Erna Steinvatterer antwortete nicht, sondern starrte mit verkniffenem Gesicht an Pavarotti vorbei auf die Wand.

Pavarotti stieß sich ab. »Na gut, wenn Sie es nicht anders haben wollen. Wir haben ja morgen das komplette Dorf bei uns im Kommissariat zu Gast, zum Abnehmen der Fingerabdrücke. Eine spektakuläre Aktion, die sich die Presse nicht entgehen lässt. Da kann es schon sein, dass einem Mitarbeiter der Hinweis entschlüpft, dass sich einer im Dorf als falscher Fünfziger erwiesen hat – der Pfarrer von Katharinaberg höchstpersönlich.«

Das Gesicht der Frau verzerrte sich vor Wut. »Sie walscher Teufel!«, schrie sie und ging mit ihren Fingernägeln auf sein Gesicht los. Pavarotti versetzte ihr eine Ohrfeige, und sie fiel laut jammernd auf ihren Stuhl zurück.

»Also?«

Sie starrte vor sich hin.

»Wir wussten uns damals nicht anders zu helfen«, sagte sie nach einer Weile. »Mein Sohn hat nichts getan, das müssen Sie mir glauben.«

»Hören Sie auf, mich zu langweilen. Einen Euro in meine Kasse für diesen Satz, und ich wäre längst ein reicher Mann.«

Sie schloss die Augen. »Ich möchte nicht darüber reden.« Sie winselte jetzt, wie ein in die Enge getriebenes Tier. »Lassen Sie es gut sein. Er hat genug gelitten.«

Diese Bettelei war widerlich. Ekelhaft. Pavarottis Hand zitterte, weil er sich so sehr beherrschen musste, um sie nicht durchzuschütteln, dass ihr Gehirn gegen die Schädelwand knallte.

»Hören Sie auf mit dieser Mitleidsnummer. Verdammt noch mal, wir haben zwei frische Morde!«

Erna Steinvatterers Gesicht war aschfahl. Die Kerben um ihren Mund vertieften sich vor Schmerz, als sie ihm endlich die Wahrheit erzählte.

Katharinaberg, 1994

Nachdem Ernas Mutter gestorben und ihre Schwester mit dem Italiener in die Engelsburg gezogen war, geschah etwas Seltsames mit Ernas Vater.

Eines Vormittags hörte sie ihn auf dem Speicher rumoren. Als er herunterkam, trug er seine alte Priesterkleidung und murmelte Textstellen aus der Liturgie vor sich hin. Von diesem Tag an war ihr Vater wie verwandelt. Mit Erna sprach er kein einziges Wort mehr. Er war, als sei sie nicht vorhanden. Und er hörte auf, sie zu schlagen.

Aber die Prügel hörten nicht auf, oh nein.

An diesem denkwürdigen Tag wandte er sich Lukas zu, ihrem Sohn.

Lukas war damals sechs Jahre alt, ein ängstliches Kind, kein Wunder angesichts dessen, was sich zu Hause abspielte. Er weinte oft grundlos und konnte einfach nicht aufhören, ins Bett zu machen.

Trotz allem war er ein lieber Kerl, und Erna war dankbar, dass er sich tröstend an sie schmiegte, wenn es ihr schlecht ging. Der Junge war wie ein hilfloser kleiner Hund, der nichts anderes wollte, als zu leben und seinen Menschen zu gefallen.

Erna musste später immer wieder an eines denken, wenn sie nachts aufwachte: dass es dieser freundliche Junge von allen Menschen auf der ganzen Welt am wenigsten verdiente, was mit ihm geschah. Und dass sie, seine eigene Mutter, die Schuld daran trug, weil sie ihn im Stich gelassen hatte.

Es passierte an Lukas' erstem Schultag. Der Junge strahlte übers ganze Gesicht, als er nach dem Unterricht zu Erna in die Küche kam. Der Ranzen auf seinem Rücken war viel zu groß, und die Bücher waren viel zu schwer für seine zarten Schultern, aber er war nicht bereit, ihn abzulegen. Er vergrub sein Gesicht in ihrer Kochschürze und kicherte, als sie seine Haare streichelte und ihn unter den Armen kitzelte.

Plötzlich stand der Großvater in der Küchentür.

Lukas wich zurück und versteckte sich hinter ihr.

In seiner Soutane, die ihm viel zu klein war, bot ihr Vater einen bizarren Anblick. Er hatte sie vorne aufgeschnitten, und sie klaffte vom Kragen bis zum Bauch auf, sodass sein Unterhemd und eine fleckige Unterhose zu sehen waren. Aus dem in der Mitte durchschnittenen Beffchen quoll der rote Hals heraus wie das rohe Fleisch aus einer tiefen Schnittwunde in fahler Haut.

An seinem linken Mittelfinger baumelte eine Schere, die rechte Hand umklammerte einen Besenstiel mit Stahlgewinde.

»Hab ich dich endlich!«, schrie er. »Du bist ein Streuner, so wie die anderen! Ihr glaubt, ihr könnt mich täuschen, hä? Wo hast du dich herumgetrieben?«

»Ich war in der Schule, Großvater«, sagte Lukas kläglich.

»Lüg nicht, Nichtsnutz! In meinem Religionsunterricht warst du nicht!«

Lukas fing an zu weinen.

Erna trat einen Schritt vor, doch ihr Vater stieß sie beiseite, packte den Jungen am Kragen und zerrte ihn zur Tür.

Verzweifelt sank Erna auf den Küchenboden. Sie hörte das Geschrei ihres Vaters, als er ihren Sohn hinter sich herschleifte. Hoffentlich verhielt er sich ruhig, dann würde es nicht so schlimm.

»Ich werde dir zeigen, was mit Schulschwänzern passiert!«

Schulschwänzer bekamen Prügel, und die erhielt der Sechsjährige an diesem Tag reichlich. Aber zuerst zwang ihn sein Großvater, die »Beichte abzulegen«. Er sperrte ihn in eine stockdunkle Besenkammer unter der Kellertreppe, in der die Luft dünn war und nach Dreck und Mäusen stank.

Der Herbst kam, dann der Winter. Als das Jahr zu Ende ging, war Lukas' Großvater nicht mehr mit kindlichen Vergehen zufrieden, die Lukas schluchzend beichtete, obwohl er keins davon begangen hatte.

Eines Tages, als ihr Sohn mit angstvollen Augen aus der Schule heimkehrte, lauerte der Großvater hinter der Tür. »Was hast du getan, du Stück Dreck?«, schrie er. »Ich habe gesehen, wie du im Unterricht an deinem Pimmel gespielt hast! Rein da!« Er stieß ihn zum Verschlag. »Wage es nicht, vor Gott zu lügen! Wasche dich rein von deinen Sünden und nimm deine Strafe auf dich!«

Mit sieben Jahren wurde Lukas Steinvatterer erwachsen.

Er beichtete den ganzen Schweinkram, der dem kranken Gehirn des Großvaters entsprang. Von manchen Dingen hatte er gehört, weil alle Kinder Erwachsene belauschen. Manches war ihm fremd.

Die Prügel waren leichter zu ertragen als der wachsende Zweifel, ob er das, was er beichtete, nicht vielleicht doch getan hatte.

Mit sieben Jahren fühlte er sich schmutzig, ein Stück Unrat, weniger wert als eine Ratte. Er wünschte sich, nie geboren worden zu sein.

7

Sie liegt auf dem Bauch, die Beine gespreizt, die Augen geschlossen, und sieht sehr tot aus.

Zumindest hofft sie das.

Es ist so verdammt schwer, flach zu atmen, wenn das Herz so viel Adrenalin durch die Adern pumpt. Es ist fast unmöglich, sich tot zu stellen, wenn man in den nächsten zehn Minuten vermutlich sterben wird.

Sie hat nicht gewagt, den Gang entlangzukriechen, in der Hoffnung, einen anderen Ausgang zu finden. Wenn ER da oben hört, wie ihr verletztes Bein über den rauen Boden schabt, ist es um das Überraschungsmoment geschehen.

Sie hat alles genau überlegt. Er muss wiederkommen, um sie zu töten und wegzuschaffen. Er kann es sich nicht leisten, sie hier unten zu lassen.

Es muss ihm klar sein, dass Luciano als Allererstes das Pfarrhaus vom Dach bis zum Keller auf den Kopf stellen wird, sobald er sie vermisst. Auch wenn es zu spät ist und er nur noch ihre Leiche findet, ist dieses Gewölbe ein großer dunkler Pfeil, der auf den Pfarrer zeigt.

Sie horcht. Die Schritte sind verklungen.

Es ist totenstill. Grabesstill.

Wo ist er? Was tut er da oben?

Warum kommt er nicht?

***

»Begreifen Sie jetzt, dass mein Junge einem Kind nie etwas antun würde?«, sagte Erna Steinvatterer.

»Nein«, sagte Pavarotti. »Ich verstehe nur, dass Ihr Sohn eine furchtbare Kindheit gehabt hat – was eine der besten Voraussetzungen für den Werdegang eines Psychopathen ist.«

Erna Steinvatterer stöhnte auf, wie unter einem Peitschenhieb.

»Sie haben den Tod Ihres Sohnes inszeniert, weil Sie wussten, dass er seinen kleinen Cousin ermordet hat! Sie hatten Angst, dass es am Ende doch noch herauskommt, stimmt's?«

»Nein!« Mit einem Klatschen landete die flache Hand der Frau auf der Tischplatte.

»Warum denn sonst?«

»Weil Lukas angefangen hatte, sich zu wehren. Es hätte nicht mehr lange gedauert, und er hätte meinen Vater umgebracht. Ich habe es in seinen Augen gesehen. Und dann hätten sie ihn verhaftet und eingesperrt.« Erna Steinvatterer schloss die Augen. »Den Rest seines Lebens in einem dunklen Loch zu sitzen, in dem er schon seine ganze Kindheit verbracht hat, das hätte er nicht überlebt.«

Pavarotti lehnte sich zurück. »Sie lügen. Dafür brauchten Sie doch nicht seinen Tod zu inszenieren. Ihr Sohn hätte nur zu gehen brauchen.«

Erna Steinvatterer stieß ein bitteres Lachen aus. »Sie reden daher, als hätten Sie meinen Vater nicht gekannt. Ups«, mit einer boshaften Geste hob sie die Hand zum Mund, »das stimmt ja sogar. Sie haben sich ja damals davor gedrückt, ein dementes altes Ekel wie meinen Vater zu vernehmen.«

Feigheit und Bequemlichkeit
Feigheit und
Feigheit

In Pavarottis Brust geriet der Riss in Bewegung, an der sich Schuld und Wut aneinanderrieben wie zwei Kontinentalplatten. Pavarotti schluckte und griff sich an den Hals, um die Zündfunken zu ersticken, die rot in ihm aufstiegen. Wenn er explodierte, würde er gar nichts erreichen.

»Beantworten Sie meine Frage.«

Sie sah ihn aus halb geschlossenen Augen an. »Er hätte meinen Sohn niemals gehen lassen. Je schlimmer es mit ihm wurde, umso bösartiger und heimtückischer wurde er. Mein Vater wusste instinktiv, dass irgendwas im Gange war. Eines Tages war Lukas' Pass nicht mehr da. Nach ein paar Tagen kam ich morgens herunter, und aus der Küche quollen schwarze Rauchschwaden.

Mein Vater hatte den Pass zerschnitten, die Schnipsel in einen Hausschuh gesteckt und das Ganze auf dem Linoleumboden angezündet. Können Sie sich vorstellen, wie schwierig es war, für Lukas einen neuen Pass zu besorgen und ihn zu verstecken, damit mein Vater ihn nicht fand?«

Erna Steinvatterer starrte vor sich hin. Sie war weit weg, und Pavarotti hätte nur zu gern gewusst, was sie dachte.

»Anfangs fuhr noch kein Bus durchs Tal«, sagte sie nach einer Weile. »Die Busverbindung kam erst Jahre später. Wer nicht fahren konnte, war von der Außenwelt abgeschnitten. Mein Vater besaß einen klapprigen alten Fiat, aber er ließ niemand an ihn heran, obwohl er bald selbst nicht mehr wusste, wie der Wagen funktionierte. Kein anderer aus unserer Familie hatte fahren gelernt, von einem Führerschein gar nicht zu reden. Die Lebensmittel wurden uns einmal im Monat aus Naturns geliefert, es war ihm egal, was es kostete. Wenn der Lieferwagen kam, hat er uns eingesperrt. Noch nicht einmal ein Fahrrad hatten wir, jedenfalls nicht für längere Zeit. Lukas hat einmal ein ausrangiertes Bianchi-Rad von einem betuchten Schulkameraden bekommen. Er war unheimlich stolz auf dieses türkisfarbene Ding. Mein Vater hat es ihm sofort weggenommen und mit dem Hammer kaputt geschlagen, als sich der Junge damit erwischen ließ. Wir haben in einem Gefängnis gelebt.«

»Unfug. Sie hätten trotzdem verschwinden können. Oder Hilfe holen. Schließlich kamen ja genug Fremde ins Haus.«

»Glauben Sie ernsthaft, ich hätte diese Schande fremden Leuten erzählt?«, fuhr sie auf, aber das Aufbegehren währte nicht lang. Leise sagte sie: »Seit ich denken kann, hatte mein Vater sämtliche Hausschüssel. Die Türen waren verrammelt, und wer das Haus verlassen wollte, musste um Erlaubnis fragen. Es wurde immer schlimmer, je kränker er wurde. In der Hinsicht war er schlau, er merkte genau, wenn etwas im Busch war. Aber vermutlich haben Sie recht. Wir waren wie Hunde, die seit vielen Jahren eingesperrt sind. Irgendwann findet man sich damit ab, dass die Gitterstäbe stabiler sind als das eigene Leben. Wenn sie verrostet sind, merkt man es nicht mehr.«

Erna Steinvatterer sah Pavarotti an. Er wich ihrem Blick aus und richtete ihn auf die Tischplatte. Automatisch registrierte er ein Brandloch in dem abgegriffenen Leinentuch und die Nikotinflecke auf Erna Steinvatterers Händen, die sich unruhig auf dem Tisch bewegten.

Pavarotti verstand, wovon die Frau sprach. In seiner Kindheit war es ihm genauso ergangen.

Als er schwieg, sagte sie: »Ich weiß, es klingt verrückt. Aber so war es. Jahrelang war ich starr wie Lots Weib. Am Ende war es die Angst um meinen Sohn, die mich aufgerüttelt hat.«

»Spätestens dann hätte Ihr Sohn seinen Pass nehmen und abhauen können.«

Ihre Finger begannen an dem Loch im Tischtuch zu zupfen. Sie biss sich auf die Lippen. »So einfach war es nicht. Mein Vater hätte mich krankenhausreif geschlagen, wenn er gemerkt hätte, dass ich ihn hintergangen hab. Lukas hätte mich ja nicht mehr beschützen können. Für meinen Vater war der einzige Grund, uns die Freiheit zu schenken, der Tod. Und ich – wohin hätte ich vor meinem Vater schon flüchten können? Freunde hatten wir ja nicht im Dorf. Schon gar nicht nach dem, was Katharina getan hatte.«

Sie wischte sich über das Gesicht.

»Gegen Ende hin wurde es immer schlimmer. Mein Sohn begann, meinen Vater richtiggehend herauszufordern. Es war wie ein Duell, bei dem mein Vater der Stier war, und mein Sohn foppte ihn. Ich hab Lukas angefleht, dem Alten aus dem Weg zu gehen, aber er lachte nur. Am Schluss konfrontierte er meinen Vater mit seinem Entschluss, Priester zu werden. Er wusste ganz genau, wie stark der Rauswurf aus dem Amt an meinem Vater nagte. Es machte ihm Spaß, ihn … Je mehr mein Vater ihn schlug, desto …« Sie verstummte.

Die Frau malte das Bild eines Psychopathen, ohne es zu merken. Pavarotti beschloss, sie ein bisschen zu unterstützen, ihr ein paar Dinge in den Kopf zu setzen. »Andere in seinem Alter hätten sich das nicht so einfach gefallen lassen.«

Sie warf ihm einen Blick zu. »Mein Sohn war nicht so. Er

hielt nichts von Gewalt. Er fand es eben besser, auch die andere Wange hinzuhalten.«

Erna Steinvatterer biss sich auf die Lippen. Die Frau wusste genau, was für blühenden Unsinn sie da zusammenfabulierte.

»Als wir den Brief mit der Zusage vom Priesterseminar in Brixen erhielten – ich weiß bis heute nicht, wie der Junge das angestellt hat –, ist mein Vater ausgerastet. Ich höre ihn noch krakeelen: ›Ein dreckiger Bankert hat nichts im Pfarrhaus zu suchen. Ich werde deinen Hochmut schon noch aus dir rausprügeln‹, schrie er. Doch das war nicht das Schlimmste.«

Pavarotti beobachtete, wie eine Träne auf das Tischtuch tropfte und vom Gewebe aufgesogen wurde.

»Er verlangte, dass Lukas zur Strafe mich schlagen sollte, weil ich es nicht verhindert hab. Da bekam ich es mit der Angst zu tun, dass Lukas …«, ihr Blick flackerte zu Pavarotti, dann schaute sie weg, »… dass Lukas meinen Vater umbringen würde.«

… dass Lukas es tut.

Das hatte Erna Steinvatterer wirklich sagen wollen. Die Angst vor ihrem eigenen Sohn war der Grund gewesen, warum sie ihn weggeschafft hatte. Jahrzehntelang war sie verschont geblieben, weil sie ihren Sohn zum Prügelknaben gemacht hatte. Auf einmal drohte sich das Blatt zu wenden.

Pavarotti ließ sich nichts anmerken. Stattdessen bedeutete er ihr, fortzufahren.

»Dann kam der Tod meiner Schwester. Danach saß mein Vater stundenlang in seinem Verschlag und brabbelte ihren Kosenamen vor sich hin.«

»Engelchen.«

Erna Steinvatterer lächelte böse. »Ohne Katharinas Tod wäre es schwieriger gewesen, meinen Sohn von hier fortzubringen. Ich hab ein altes Foto von Katharina in seine Besenkammer gelegt. Als er mit Jammern und Beten beschäftigt war, hab ich seine Schlüssel geklaut und Lukas aus dem Haus geschafft.«

Sie starrte vor sich hin.

»Sie haben Ihre Schwester gehasst, nicht wahr? Sie und Ihr Sohn.«

Der Kopf der Frau zuckte hoch. »Lukas hatte keinen Grund, meine Schwester zu hassen. Und schon gar nicht ihren Kleinen.«

»Der Kleine war das perfekte Opfer«, sagte Pavarotti. »Jahrzehntelang kassiert Ihr Sohn Prügel, und irgendwann ist es dann so weit. Er sucht sich einen Schwächeren und bringt ihn um.«

»Das ist doch alles nicht wahr«, sagte Erna Steinvatterer. Auf einmal sah sie müde aus. Das Feuer in ihren Augen war erloschen.

»Hannes Martin hat den Mord beobachtet, nicht wahr?«

Der Themenwechsel traf Erna Steinvatterer vollkommen unerwartet, und sie fuhr zusammen.

»An dem Tag hatte Ihr Sohn das Rad noch«, fasste Pavarotti nach. »Hat Martin ihn fotografiert, wie er sich den Jungen gegriffen und weggebracht hat?«

Keine Antwort. Pavarotti zog die Schraube weiter an. »Hat der Fotograf Sie erpresst, und einer von Ihnen beiden hat ihn getötet?«

»Nein«, sagte sie, aber es klang nicht besonders überzeugend.

»Sie haben sein Zimmer durchsucht.«

Er sah ihr an, dass ihr Widerstand langsam erlahmte.

»Sagen Sie mir, was Sie dort gefunden haben. Oder ich stecke Sie in eine Zelle.«

Als sie sich vom Tisch hochstemmte, waren ihre Augen leer. Jetzt würde es kein Aufbegehren und keine dummen Ausflüchte mehr geben.

»Ich hole es«, sagte sie tonlos und schlurfte zur Tür.

Es waren Computerausdrucke von Fotos, die mit einer Digitalkamera aufgenommen worden waren. Mit einem guten Weitwinkelobjektiv, durch eine Fensterscheibe fotografiert.

Die Fotos zeigten den Pfarrer von Katharinaberg in einem kahlen Raum mit vielen grauen Kästen und ein paar Menschen.

Serienbildmodus. Die Aufnahmen trennen Bruchteile von Sekunden. Pavarotti blättert schnell, und die Szene spult sich ab wie ein Film.

Das Postamt von Meran
ein schwarz gekleideter Mann
dreht sich zur Kamera
es ist der Pfarrer von Katharinaberg
Zoom
Seine Hand nähert sich dem
Schließfach
leicht überbelichtet
er dreht den Schlüssel im
Schlüsselloch
seine Finger greifen nach
Briefen
Zoom
Großaufnahme eines Adressaufklebers
Schärfe nachziehen
PFARRER LUKAS STEINVATTERER
KATHARINABERG
PFARRHAUS

»Er hätte alles auffliegen lassen«, sagte Erna Steinvatterer ernst. »Was denken Sie wohl, welches Ansehen meinem Sohn im Tal geblieben wäre, wenn jeder gewusst hätte, dass er der Sohn des Prügel-Pfarrers ist? Ich bin froh, dass er tot ist.«

Pavarotti antwortete nicht. Er holte sein Handy heraus, um Emmenegger anzurufen. Lissie hatte eine zweite SMS geschickt.

»Mein Sohn war es nicht«, sagte Erna Steinvatterer so beiläufig, als würde Lukas Steinvatterer verdächtigt, einen Hasen aufgeschlitzt zu haben und nicht einen Menschen.

Pavarotti hörte nicht zu.

Er fühlte ein eigentümliches Gemisch aus grenzenloser Erleichterung, Ärger und Angst.

Es ist der Pfarrer komm zum Stausee altes Turbinenhaus

Mit fliegenden Fingern tippte er:

Versteck dich, rühr dich nicht vom Fleck
Ich komme

***

Pavarotti rannte.

Er wählte Emmeneggers Nummer, aber der Anschluss war besetzt. Er drückte die Taste »Wahlwiederholung«. Weiterhin besetzt.

Mit wem telefonierte der Kerl?

Im Laufen entriegelte er den Alfa. Bevor er sich auf den Fahrersitz warf, hörte er ein Geräusch, das wie eine Fehlzündung klang. Es war kein anderer Wagen zu sehen.

Er drehte sich nach dem Pfarrhaus um.

Da drin war kein Mensch.

Das Telefon läutete. Emmenegger.

»Halten Sie gefälligst die Leitung frei«, bellte er, bevor Emmenegger die Chance hatte, sich zu melden.

»Entschuldigung, Chef«, sagte Emmenegger tonlos. »Perlkofer rief eben an. Sein Lieferwagen wurde gestohlen.«

»Unwichtig jetzt«, unterbrach ihn Pavarotti. »Der Pfarrer ist der Killer. Sein Großvater hat ihn verprügelt, seit er ein Kind war, und einen Psychopathen aus ihm gemacht.«

»Das war es also«, hauchte Emmenegger. »Wo ist er? Soll ich die Fahndung –«

»Nicht nötig. Ich weiß, wo er zu finden ist.«

»Gehen Sie nicht allein ins Pfarrhaus, Commissario!«, schrie Emmenegger. »Der Kerl ist gefährlich. Warten Sie, bis –«

»Keine Zeit. Melde mich wieder.«

»Chef! Chef!«

Doch Emmenegger sprach bereits nicht mehr mit Pavarotti, sondern mit den unermesslichen Weiten des Äthers.

8

Paul Tschugg hasste Busfahren. Er liebte Autos, aber dummerweise hatte er derzeit keins.

Seinem Beschluss, keine Autos mehr zu stehlen und sie zu Schrott zu fahren, wollte er bis Weihnachten treu bleiben. Dann würde man weitersehen.

Paul war kein Verfechter langfristiger Entscheidungen. Wozu? Meistens kam ja doch etwas dazwischen. Entweder das Leben oder der Tod.

Nach der letzten Bushaltestelle in Naturns, an der eine Handvoll Leute ausstieg, war er der einzige Fahrgast. Er überlegte, dem Busfahrer …

Dann ließ er den Gedanken fallen. Er hatte Wichtigeres zu tun.

Paul war

REGISSEUR AUF DEM WEG ZUM RUHM.

Momentan war er auf dem Weg zu seiner STARAUTORIN, um das Drehbuch zu besprechen.

Sein Freund Justus hatte ihm gesteckt, dass sich die STARAUTORIN ins Pfarrhaus von Katharinaberg zurückgezogen hatte, um ungestört zu schreiben.

Sehr gut.

Starautoren durften auf keinen Fall abgelenkt werden, vor allem nicht in diesem speziellen Fall, denn Paul brauchte die Endfassung des Skripts in zwei Wochen. Dann war … nun ja, Abgabe bei der Seminarleitung.

Paul verzog das Gesicht. Er präferierte eine leichte Abwandlung der Begrifflichkeiten.

In zwei Wochen war PRÄSENTATION vor dem Produzenten und den potenziellen Geldgebern – Horrorshow!

Wenn Paul träumte, dann in größeren Dimensionen. Sonst lohnten sich Träume nicht.

Er zog seinen schwarzen Hut vor dem Busfahrer

seinem FAHRER
der ihn anstarrte, und schwang sich vom Trittbrett auf die Straße
entstieg seiner LIMO.
Das Haus neben der Kirche musste es sein.
Paul tänzelte zum Eingang. Er spürte förmlich die kreative Energie, die von dem Pfarrhaus abstrahlte.
Er klingelte.
Nichts.
Erneutes Klingeln. Er spitzte die Lippen. Sie war vermutlich dermaßen von ihrer Arbeit in Anspruch genommen, dass sie nicht auf ihre Außenwelt achtete.
Die Möglichkeit, dass sich seine STARAUTORIN außerhalb ihres Schaffensbereichs aufhalten könnte, kam ihm nicht in den Sinn.
Er drehte den Knauf. Sofort schwang die Tür auf, als habe ihm das Schicksal höchstpersönlich Einlass gewährt.

***

Schritte.
Sie weiß nicht, wie lange sie sich in die Stille des Hauses gewickelt hat wie in eine Decke. Wie lange sie gefürchtet hat, mit klopfendem Herzen und trockener Kehle, dass ER wiederkommt.
Irgendwann hat sie geglaubt, dass er weg ist. Und jetzt Schritte.
Es ist nur die Angst, die ihr Ohr täuscht. Ihre Phantasie, die Geräusche vorgaukelt.
Sie hält sich die Ohren zu. Dann, ganz vorsichtig, wieder Schritte.
Tränen schießen ihr in die Augen.
Ruhig. Die Angst wegschieben. Nachdenken.
Die Schritte sind leise. Nicht vom Keller über ihr. Die Geräusche kommen von weiter oben. Er ist im Erdgeschoss. Geht herum.
Was bezweckt er damit? Will er sie quälen, wie die Katze, die mit einer Maus spielt, bevor sie sie tötet?

Wird es jetzt geschehen?

Sie wird sich nicht kampflos ergeben. Sie packt den Bleistift aus Papier.

Sterben wird sie, aber nicht, bevor sie ihm ein Auge ausgestochen hat.

Der Gedanke ist noch nicht zu Ende gedacht, da hört sie – als sei das Gedachte durch die Kraft ihrer Gedanken zur Wirklichkeit geronnen – einen markerschütternden

SCHREI

***

Er schrie und schrie und schrie.

Er presste die Hand vor den Mund, doch seine Schreie schlüpften durch die Zwischenräume seiner Finger und hallten durchs ganze Haus.

Das erste Mal in seinem Leben war Paul mit dem Anblick konfrontiert, den er anderen bescherte. Diesmal war es kein Scherz.

Er wusste, dass die rote Lache kein Schweineblut war. Und dass der Mann, der auf dem Küchentisch in der Lache lag, nicht feixend aufstehen würde wie Paul, nachdem er seine Umwelt ausreichend schockiert hatte.

Pauls jämmerliches Heulen klang, als sei er in einem unerwarteten Moment seinem eigenen Geist begegnet.

Er zerrte ein Taschentuch aus seiner Manteltasche und drückte es sich gegen die Nase. Es roch schlimmer als im Schlachthaus.

In den Schlachthäusern roch es nach Tod.

Hier roch es nach Todesangst.

Paul rannte zurück auf den Flur, kam aber nicht bis zur Toilette. Er fiel auf die Knie und erbrach sich neben der Garderobe, an der ein schwarzer Mantel hing, noch nass vom …

Er wischte sich den Mund mit dem Handrücken ab und starrte den Mantel an.

Ein langer schwarzer Mantel an der Garderobe eines Pfarrers.

Eines Pfarrers, der nach Hause gekommen war, den Mantel aufgehängt hatte und in die Küche gegangen war …

Paul stürzte zurück in die Küche.

Er zwang sich, den Toten anzusehen. Der Mann trug einen dunklen Anzug und ein Beffchen.

Bolschige Scheiße

Die Waffe lag neben seiner rechten Hand auf dem Tisch.

Selbstmord?

Das Gesicht der Leiche war im Profil zu sehen. Das rechte Auge schaute zu Paul hin. Paul stöhnte. Er konnte den Blick nicht abwenden, als stünde er unter einem inneren Zwang.

Es war, als fordere ihn der Tote in Pauls spezieller Disziplin heraus. Als wolle er, dass sich Paul jetzt mit seinem Selbstmord befasste.

Die Kugel war in die rechte Schläfe des Toten eingedrungen, direkt neben dem Auge.

Paul zwang sich, den Kopf der Leiche leicht anzuheben. Es gab keine Austrittswunde.

kleines Kaliber

Die Waffe war ein kleines, kompaktes Modell. Paul erkannte sie sofort. Es war eine Beretta Bobcat. Sie passte mühelos in die Taschen einer Soutane.

Vielleicht hatte der Pfarrer die Pistole tagelang herumgeschleppt, sich mit dem Gedanken getragen, während er die Kommunion austeilte …

Schwarze Verfärbung am Rand der Wunde

aufgesetzter Schuss

Widerwillig blies Paul auf die Blutlache auf dem Tisch. Die Oberfläche bewegte sich leicht. Das Blut war noch flüssig.

Paul hob den Kopf, wie ein Tier, das Witterung aufnimmt. Er dachte an den nassen Mantel, den er draußen im Flur gesehen hatte.

Das bedeutete … das bedeutete, dass sich der Mann erst vor ein paar Minuten erschossen hatte.

Dieser Mann hatte vor zehn Minuten noch gelebt.

Die Erkenntnis zog Paul die Beine weg, und er fiel hinterrücks auf den Boden. Während er im Bus gestanden und überlegt hatte, ob er sich an einer der Halteschlingen erhängen sollte, um dem Busfahrer den Schreck seines Lebens … währenddessen …

In diesem Moment wusste er, dass er es nie wieder tun konnte. Selbstekel überkam ihn.

Seine Autorin! Wo war sie?

Er stürzte die Treppe hinauf und nahm zwei Stufen auf einmal. Im ersten Stock eine Zimmertür, die weit offen stand.

Er stolperte ins Zimmer.

Leer.

Ein kleiner Rucksack, mit weit offenem Reißverschlussmaul aus Eisenzähnchen. Wie ein Fisch, der nach Luft schnappt.

Brieftasche, Stifte, ein Lippenstift, wild verstreut.

Jemand hatte ihr Zimmer durchsucht.

Ultrabrutale!

Hatte ihr der Mann etwas angetan?

Er rannte wieder nach unten. Auf der Treppe zog er sein Handy heraus und wählte die einzige amtliche Nummer, die er eingespeichert hatte: Emmeneggers Dienstnummer. Es läutete und läutete. Niemand nahm ab.

Paul fluchte gotteslästerlich.

In der Schusswunde des Pfarrers und in dem offenen Auge saßen jetzt Fliegen.

Eine bittere Flüssigkeit ätzte Pauls Gaumen, er hustete und spuckte. Diesmal übergab er sich direkt neben der Leiche auf dem Küchenfußboden.

Als er sich den Mund abgewischt hatte, sah er den PC, der auf dem Küchentisch stand. Der Computer summte leise.

Mit einem Klick erwachte der Bildschirm zum Leben.

Eine Landkarte erschien. Google Earth.

Paul kniff die Augen zusammen.

Ein See. »Stausee Vernagt«, stand da.

Paul hatte Emmenegger von dem See sprechen hören. Er lag weiter oben in den Bergen. Der rote Pfeil von Google Earth zeigte auf einen Punkt am Westufer des Sees. Er fuhr mit der

Maus darüber, und ein paar Worte erschienen in einem Textfeld neben dem roten Pfeil

Gemeinde Vernagt. Altes Turbinenhaus.

Was hatte der Pfarrer mit dieser Webseite gewollt?

Wo war seine Lissie von Spiegel?

Er fühlte etwas, das er sonst nur kannte, wenn er sich tötete. Das Gefühl, zu leben.

Er würde Lissie aufspüren.

Er hatte sie schon einmal gerettet. In einem denkwürdigen Sommer, an einem unglaublich heißen Tag.

Er würde es wieder tun.

Er schlug die Haustür mit einem Krachen zu. Schwer atmend stand er draußen und blickte sich um. Der Schneefall war stärker geworden.

Ein türkisfarbenes Fahrrad lehnte an der Wand. Er schwang sein Bein über die Stange und trat in die Pedale.

Er kannte das alte Turbinenhaus nicht. Aber er würde es finden.

Der Schnee fiel in wirbelnden Flocken und sammelte sich auf den Schultern seines dünnen Mantels und in der Krempe seines schwarzen Huts.

***

WUUUMMS-TOCK!

Das Krachen schüttelte ihren zusammengekrümmten Körper, der zwischen zwei Kartons an der Wand kauerte, und ließ ihr Trommelfell vibrieren.

Sie hob den Kopf und horchte.

Das Heulen und die Schreie hatten aufgehört. Es waren die unartikulierten Laute eines Tiers gewesen, und die grässlichen Geräusche hatten in Sekunden ihren Widerstand erlahmen lassen und ihre Pläne zunichtegemacht. Ihre Waffe aus Papier war ihren Händen entglitten und lag stumpf und zerdrückt neben ihr auf dem Boden.

Sie hatte nur noch einen Gedanken gehabt:

Gott, wenn es dich gibt, lass mein Herz stillstehen, damit ich nicht mehr erleben muss, was dieser Wahnsinnige mit mir anstellt.

Und auf einmal – WUUUMMS-TOCK!

Lissie kannte das Geräusch. Sie hatte es in den vergangenen Tagen oft genug gehört, wenn sie das Pfarrhaus betrat oder verließ. Die schwere Haustür aus Holz und Eisenbeschlägen verursachte es, wenn sie langsam, mit einem satten Hall, in ihren Rahmen fiel und metallisch klackend im Türschloss einrastete.

ER war weg! ER hatte das Haus verlassen!

Wie war das möglich?

Hatte er in seiner Raserei vergessen, dass sie hier unten saß und lebte? Hatte ihm der Wahnsinn den Verstand geraubt? Oder war etwas passiert, das ihn zwang, zu flüchten?

Sie schüttelte den Kopf. Unwichtig, warum.

Jetzt oder nie.

Durch halb geschlossene Lider schaute sie nach oben, dorthin, wo sie die Falltür vermutete. Die Batterie ihrer Mini-Taschenlampe hatte längst ihr Leben ausgehaucht. Wann das gewesen war, wusste sie nicht. Zeit spielte keine Rolle.

Die Falltür war in der Dunkelheit nicht zu sehen. Kein Lichtschimmer von oben. Lissie wusste auch so, dass es unmöglich war, die Tür ohne Leiter zu erreichen.

Sie drehte sich auf den Bauch. Instinktiv wandte sie sich nach links, in Richtung der Kartons, die ihren Weg markierten. Dann robbte sie hinein in die Dunkelheit.

Sie hatte nichts außer dem Tastsinn ihrer Hände. Streckte ihre linke Hand aus. Zerrissener Karton. Der erste in der Reihe, kaputtgegangen bei ihrem Fall. Noch einer. Der nächste. Nach einer Weile hörten die Kartons auf. Alles, was sie ertastete, waren nackte, feuchte Wände.

Immer wieder bohrte sich der Schmerz mit scharfen Zinken

in ihr Bein, wenn es an einen Stein stieß oder wenn sie vergaß, dass sie es weder drehen noch belasten durfte.

Wenn das passierte, lag sie flach auf dem Boden und hechelte wie eine verletzte und zu Tode erschöpfte Hündin. Tränen liefen ihr über das Gesicht, und sie merkte nicht mehr, wie der sandige Untergrund ihre Wange blutig scheuerte.

Lissie wusste nicht, wie lange sie schon an der Wand entlanggekrochen war, als sie auch mit der rechten Hand eine Mauer ertastete.

Immer schmaler wurde der Gang, bis er sich schließlich zu einem Tunnel verengt hatte. Die Luft war staubdurchsetzt, wie in einem Bergwerk, und sie keuchte, als der Staub in ihre Lungen eindrang.

Sie schwitzte. Schweißtropfen sammelten sich zwischen der Kuhle in ihrem Rücken, wurden zu Rinnsalen, die ihren Körper überschwemmten. In kürzester Zeit war ihr Hemd klitschnass.

Sie hörte ihr Herz wie ein fremdartiges Uhrwerk pochen, sehr laut in der Stille, sogar lauter als das Pulsieren ihres verletzten Beins. Die Kehle wurde ihr zu eng, pfeifend holte sie Luft, ihr Hals war zugeschnürt, sodass sie nicht mehr schlucken konnte und ihr der Speichel übers Kinn floss.

Mit letzter Kraft schob sie sich noch einen Meter nach vorn, und ihre zuckenden Finger stießen auf Widerstand.

Steine. Geröll.

Sie tastete, zog sich hoch, ohne auf die rasenden Schmerzen in ihrem Bein zu achten.

Viele Steine. Berge von Geröll.

Durchgang versperrt.

Eiskalt strich die Erkenntnis über ihren schweißüberströmten Körper.

Noch einmal streckte sie ihre Hand aus.

Ein leichter Hauch berührte ihre Fingerspitzen.

So wie neulich, als sie am Eingang eines anderen Tunnels stand, ihren tobenden Hund hinter sich herziehend. Als sie denselben Finger ausstreckte, um ein Loch in die dünne Membran zwischen

FRÜHER und GANZ FRÜHER
zu bohren.
Dann
die Steine
der Anschlag

Lissie schloss die Augen. In diesem Moment vermischten sich Raum und Zeit.

Plötzlich war sie ein paar Tage und ein paar Jahrzehnte weit weg, und die Distanz dazwischen hatte keine Bedeutung.

Es war stockdunkel, sie befand sich in dem Tunnel unterhalb von Katharinaberg, und ihr Vater saß neben ihr am Steuer des Wagens.

Er wandte sich ihr zu und sagte etwas, was sie nicht verstehen konnte, denn der Motor des Wagens heulte viel zu laut, und der Wind fing sich jammernd an den Tunnelwänden.

Im Tunnel war es stickig und heiß, und sie schwitzte stark, trotz des Fahrtwinds. Ihre Haare klebten an ihrem Kopf, ihr war übel, und sie träumte ihren schlimmsten Traum, in dem etwas geschehen würde, das sie nicht verhindern konnte.

Ihr Vater schien von alledem nichts zu merken, denn er lachte und warf im Lachen den Kopf zurück. Die Öffnung seines Mundes war riesig, und die langen Zähne blinkten weiß in der Dunkelheit

Zähne eines
Raubtiers?
der Wagen fährt schneller und schneller
der Vater lacht und lacht
ein Hund bellt
es hallt durch den Tunnel
Lissie streckt die Hand aus
Anhalten!
ihre Finger finden eine kalte
Mauer!
die Wände des Tunnels
sie kommen näher

der Vater
lacht
er hört nicht
ein Unglück
gleich
hämmern hämmern
gegen die Windschutzscheibe
ein Ruck ein Krachen
Kopf gegen Mauer
jemand winselt
mit aller Kraft –

SCHLAG ZU!

Lissie schlug zu. Sie spürte, wie sich Steine lösten und die Mauer nachgab.

Zu spät nahm sie ein unheilverkündendes Knirschen wahr, das aus dem Mauerwerk über ihrem Kopf kam.

Es polterte, und endlich katapultierte sie das Geräusch zurück in die Gegenwart.

Sie hätte sich in letzter Sekunde zur Seite rollen können.

Doch stattdessen hob Lissie den Kopf wie in Trance und blinzelte nach oben in die Nacht.

Steine fielen von der Tunneldecke, zuerst vereinzelt, dann prasselten sie nieder wie riesige Hagelkörner. Etwas Schweres, Hartes donnerte gegen ihre Schläfe, und ihr letzter Gedanke war sehr kurz

Hund

9

Als Lissie erwachte, war es dunkel und kalt.

Sie fror erbärmlich.

Sie wollte sich aufrichten, aber ihr Körper verweigerte den Gehorsam.

Panik übermannte sie, sie fing an zu hyperventilieren. War sie

VOM HALS ABWÄRTS GELÄHMT?

Sie versuchte, ihre Zehen zu bewegen. Es funktionierte. Auch ihr Becken ließ sich eine Winzigkeit anheben. Jetzt fiel ihr auf, dass ihr rechtes Bein immer noch genauso schmerzte wie seit … einer Ewigkeit. Seit sie hier unten lag.

Ihr Kopf stieß gegen einen Widerstand. Sie war …

LEBENDIG BEGRABEN!

Ihr Herz setzte aus.

Etwas Schweres presste ihren Körper nach unten, drückte auf ihren Brustkorb, nahm ihr die Luft.

Sie bewegte die Fingerspitzen und betastete das, was sie fühlte.

steinig

Da fiel es ihr ein

Donnern Steine stürzen

und sie schrie, aber daraus wurde nur ein pfeifendes Geräusch. Sie lag unter einem Berg aus Steinen und Schutt.

Lissie spuckte und hustete, um sich von dem Schmutz zu befreien, der ihre Lunge verklebte. Es gelang ihr, ruhig zu atmen, wenn auch nur flach. Das bisschen an staubiger Luft war das Einzige, was sie bekommen würde. Bis sie hier unten starb.

reiß dich zusammen

Wie groß war der Hohlraum um ihren Kopf?

Irgendwann war die Luft verbraucht, und dann …

Wer soll sich um meinen Hund kümmern? Luciano etwa? Der war schon im letzten Sommer überfordert ge…

IM LETZTEN SOMMER

SOMMER
dröhnte es in ihren Ohren.
Der letzte Sommer, das war
FRÜHER
Ihre Stirn glühte, und die Wunde an der Schläfe, an der sie der große Stein getroffen hatte, pulsierte
POCH POCH POCH
wie eine eitrig geschwollene Vene, doch dann –

das Pochen verwandelt sich in
TOCK TOCK TOCK
das Peitschen einer Hundeleine auf einem Fliesenboden
Spock, der sich Pavarottis Griff entwindet
Spock, der durch die Bahnhofshalle rast
Menschen, die ausweichen und fluchen
sie schiebt ihren Koffer mit dem Fuß zur Seite
sie geht in die Hocke
sie breitet die Arme nach dem Hund aus
IM LETZTEN SOMMER
so wie
vor ein paar Tagen in KATHARINABERG –

Als JETZT und FRÜHER eins werden und ein Karussell voller zappelnder Erinnerungen
in ihrem Kopf zu kreisen anfängt – immer schneller
die Pferde leuchtend bunt – lebendig
die Farben feucht und glänzend
unter dem Pinsel eines meisterlichen Restaurators –
gleitet Lissie, solcherart überfordert von
FRÜHER
in eine gnädige Ohnmacht.

Jammerschade
Jetzt, nachdem ich mich wieder kenne, muss ich sterben.

10

Es war ein Glücksfall, dass ihm kein anderer Wagen entgegenkam. Pavarotti fuhr stets schnell, und er fuhr wie immer miserabel.

Kurz vor der Kurve, die vor fast sechzig Jahren Dio, dem Lkw-Fahrer, zum Verhängnis geworden war, rutschte ihm durch Zufall – oder war es ein gütiges Geschick? – der Fuß vom Gas, und er nahm die Kurve mit quietschenden Reifen und mit knapper Not.

Steine spritzten hoch, als er den Wagen neben der Stauseekapelle zum Stehen brachte. Seit sie vor zwanzig Jahren bei der Suche nach dem Jungen jeden Stein umgedreht hatten, war er nicht mehr hier gewesen.

Das alte Turbinenhaus lag am Südufer des Sees, auf halbem Weg zwischen dem großen Wasserschloss und dem Überlauf des Stausees, und strafte seinen Namen Lügen. Es hatte natürlich nie Turbinen beherbergt, denn die standen tausend Meter tiefer im Kraftwerk von Naturns, um die Kraft des herabstürzenden Wassers in Strom zu verwandeln. Aber damals, als der Stausee gebaut worden war, wusste kaum jemand in den Dörfern hier oben, wie ein Wasserkraftwerk funktionierte und welche Bauteile an welcher Stelle zum Einsatz kamen. Irgendjemand hatte angefangen, den Namen zu benutzen, und fortan nannte jeder es das alte Turbinenhaus. Wie es manchmal eben passiert.

In Wahrheit wurde das Haus errichtet, um ein Sammelsurium von Baumaterialen unterzubringen, die nicht sofort nach Anlieferung verbaut werden konnten. Im alten Turbinenhaus lagerten Teile von Stahlrohren, Stromaggregate, Muffen und ihre Verbindungsstücke, Kabel, Betonit- und Zementsäcke, Sand. Dinge, von denen die Etschwerke fürchteten, dass ihnen über Nacht Beine wachsen könnten.

Als sie das alte Turbinenhaus damals durchsucht hatten, hatten sie nichts gefunden außer rostigen Maschinenteilen.

Was wollte Lukas Steinvatterer hier oben? Pavarotti schaute

sich um. Beobachtete der Kerl ihn just in diesem Moment? Zielte mit einer Waffe auf ihn?

Wen würde er sehen? Nur einen harmlosen Touristen, der ihm fremd war?

Betont langsam ging Pavarotti über die Staumauer, als sei er einer der letzten Müßiggänger in diesem Jahr. Seine Füße wollten sich viel schneller bewegen, aber sein Verstand widersprach.

Jeder, der die Mauerkrone überquerte, befand sich auf dem Präsentierteller, ob es ihm passte oder nicht. Ein kleiner Hund oder ein Kind hätte eine Chance gehabt, ungesehen den Staudamm zu passieren, ein Mensch normaler Größe keinesfalls.

Drüben tauchte Pavarotti in den Schatten der Wälder auf der Südseite des Sees ein. Es war totenstill. Der Schnee, der unermüdlich fiel, saugte die Geräusche auf wie ein Schwamm. Niemand war zu sehen. Auf dem Waldweg gab es keine Spuren außer seinen eigenen. Keine Tiere, die im Unterholz raschelten. Keine Vögel, die sangen. Es war, als sei alles Lebendige verschwunden.

Er sah sich um. Wo zum Teufel versteckte sich Lissie?

Pavarotti passierte den gähnenden Schlund des Wasserschlosses und ging schnell weiter.

Jetzt konnte es nicht mehr weit sein. Er verließ den Weg und bahnte sich vorsichtig eine Schneise durchs Unterholz.

Plötzlich lag das Haus vor ihm, vielleicht noch etwa zwanzig Meter von seinem Standort entfernt.

Pavarotti kniff die Augen zusammen und starrte nach vorn. Das Haus sah vollkommen verlassen aus. Die Backsteine, aus denen es vor sechzig Jahren errichtet worden war, hatten sich schwarz verfärbt. Schimmel kroch an der Außenmauer hoch, und das löchrige Dach besaß Ähnlichkeit mit dem Gebiss eines Greises. Nur die dicken Eisenstangen – von den Etschwerken in die Fensterrahmen gemeißelt, um Eindringlingen den Appetit zu verderben – sahen so massiv und abweisend aus wie vor zwanzig Jahren.

Pavarotti zog seine Waffe und kroch auf das Haus zu.

Wo war sie?

Er lugte um die Hausecke. Dort führte eine Schotterstraße zum Haus. Vor dem Eingang stand ein Auto, das er sofort wiedererkannte.

Perlkofers Kleinlaster.

Vor der Tür lag etwas Schwarzes. Er verengte die Augen und bemerkte den Schatten im Augenwinkel einen Sekundenbruchteil zu spät. Zum zweiten Mal innerhalb einer Woche arbeiteten seine Reflexe zu langsam, und er erhielt einen gewaltigen Hieb auf den Hinterkopf.

Seine Pistole entglitt seinen Händen und kollerte auf den Boden, kurz nachdem er auf den Betonsteinen der Einfahrt zusammengesunken war.

***

Fahndung nach einem Pfarrer?

Der Staatsanwalt lachte. Das Gelächter, das aus dem Hörer drang, schmerzte in Emmeneggers Ohr und in seiner Brust.

»Der Pfarrer ist es«, wiederholte er eigensinnig. »Der Pfarrer von Katharinaberg ist der Täter.«

»Verschonen Sie mich mit dem Unsinn. Glauben Sie, ich hetze einem harmlosen Dorfpfarrer hinterher und lege mich mit der Kurie und der ganzen Welt an? Gehen Sie endlich aus der Leitung. Ich erwarte einen wichtigen Anruf aus Rom.«

»Sagt Ihnen der Prügel-Pfarrer vom Schnalstal etwas?«, fragte Emmenegger schnell, bevor der Staatsanwalt auflegen konnte.

»Was hat denn der damit zu tun?«, gab der Staatsanwalt unwirsch zurück. »Hören Sie, Vice Ispettore, ich weiß nicht, was dieses Ratespielchen soll, und mir reicht –«

»Der jetzige Pfarrer ist sein Enkel«, unterbrach ihn Emmenegger.

Stille. »So ein verdammter Mist. Sind Sie sicher?«

»Hundertprozentig, Herr Staatsanwalt«, bestätigte Emmenegger und bemühte sich nach Kräften, einen triumphierenden Tonfall zu vermeiden.

Er konnte sich vorstellen, was in dem Mann vorging. Lukas

Steinvatterer war gerade zu einer Handgranate geworden, die Emmenegger dem Staatsanwalt in den Schoß gelegt hatte, direkt auf sein edelstes Teil.

»Der Prügel-Pfarrer hat seinen Enkel misshandelt und einen Psychopathen aus ihm gemacht«, fügte er hinzu.

»Wie konnten Sie das so lange übersehen, Mann?«, polterte der solcherart in die Enge Getriebene. »Haben Sie denn nicht daran gedacht, die Beteiligten zu überprüfen, Herrgott noch mal?«

»Der Mann hat seine Herkunft geschickt verschleiert«, rechtfertigte sich Emmenegger.

»Na und? Spätestens seit Sie den letzten Fall verkorkst haben, müssten Sie doch wissen, dass so etwas vorkommt. Aber Sie und Ihr unfähiger Vorgesetzter sind ja offenbar resistent, wenn es darum geht, aus Fehlern zu lernen.«

Der Vice Ispettore schwieg.

»Die Pfaffen werden alle Hebel in Bewegung setzen, um den Fall zu vertuschen«, sagte der Staatsanwalt mit tonloser Stimme. »Es wird nie zu einer Verurteilung kommen. Und mich werden sie vernichten. Das war's dann.« Plötzlich schrie er: »Das gefällt Ihnen, ja? Das haben Sie sich fein ausgedacht, Sie und Ihr sauberer Chef!«

Emmenegger hörte seinen schnellen Atem und grinste. Geschah diesem Opportunisten ganz recht. Anderen die Schuld zuzuschieben, das war ja wohl die Höhe.

»Soll ich die Fahndung jetzt einleiten oder nicht?«, fragte er kalt.

»Welche Beweise haben Sie überhaupt, dass er die Morde begangen hat? Das heißt, wenn Beweise für die Arbeit in Ihrer Dienststelle überhaupt noch von Belang sind?«

Vor dieser Frage hatte sich Emmenegger gefürchtet. »Nun«, hob er an, aber bevor er fortfahren konnte, meldete sich sein Mobiltelefon. Emmenegger erkannte die Nummer sofort. Lissie von Spiegel hatte sie ihm gegeben, für Notfälle. Es war der Anschluss der Pfarre von Katharinaberg.

»Da muss ich rangehen, Signore«, stammelte er. »Das ist jetzt wirklich dringend.«

»Was?«, brüllte der Staatsanwalt. »Emmenegger, sind Sie jetzt vollkommen –«

Aber Emmenegger hatte bereits aufgelegt. Doch es war nicht Lissie von Spiegel, sondern Erna Steinvatterer, die das Telefon in der Küche des Pfarrhauses benutzte, nachdem sie sich auf dem Küchenfußboden übergeben hatte, unmittelbar neben den bereits angetrockneten Hinterlassenschaften von Paul Tschugg.

Dem Gejammer und dem Gestammel der Frau entnahm Emmenegger die aus seiner Sicht einzig wichtige Information: Die Fahndung nach dem Pfarrer hatte sich erledigt.

11

Pavarotti träumte. Sein Schlips war viel zu eng gebunden, doch so fest er auch daran zog, er schaffte es nicht, den Knoten wieder zu lösen.

Als er zu sich kam, wollte er sich aufrichten, doch etwas schnürte ihm den Hals ab. Pavarotti röchelte, griff sich an die Kehle.

Ein Kettenhalsband. Er trug das Halsband eines Hundes. Verzweifelt zerrte er daran, doch dadurch schwoll sein Hals an. Die Kette schnitt immer tiefer ein und nahm ihm die Luft.

Ein bizarrer Gedanke schoss ihm durch den Kopf.

Ich bin gestorben, und jetzt muss ich als Hund weiterleben.

Der Gedanke schien ihm passend.

Ihm gegenüber saß ein Mann, der ihn angrinste. Er erinnerte sich, dem Mann begegnet zu sein, ganz flüchtig, vor ein paar Tagen …

»Lange nicht gesehen, Commissario.«

Pavarotti runzelte die Stirn.

Der Mann strich seine Haare aus dem Gesicht, und seine Handbewegung setzte etwas in Pavarottis Innerem frei. Auch die Augen, die sein Lächeln als ironische Attitüde entlarvten, waren ihm seltsam vertraut.

Pavarotti machte eine hastige Bewegung, aber das Halsband aus massiven Kettengliedern schnürte sich sofort wieder in seine Haut.

»Lassen Sie's bleiben. Sie strangulieren sich sonst«, sagte der Mann sachlich. »Die Kette ist spitze. Ich habe sie einem Wachhund abgenommen, nachdem ich ihn erschlagen hab.«

Die Stimme. Der Tonfall belustigend, scheinheilig und voller Selbstgerechtigkeit. Pavarotti wusste jetzt, wer der Mann war. Seine Intuition hatte ihn nicht getrogen. Leider war er ihr nicht gefolgt.

Er drehte den Kopf, so weit es ging. Im Inneren des alten

Turbinenhauses hatte sich nicht viel verändert. Die aufgestapelten Eisenteile hatten noch mehr Rost angesetzt.

Er war an einem Stahlträger angekettet. War das sein Schicksal: so zu enden wie dieser arme Hund, dessen Geschirr er trug? Niemand würde an diesem Ort nach ihm suchen. Wie ein Anfänger war er in die Falle getappt, weil er so froh gewesen war, von Lissie zu …

Was hat das Schwein mit ihr gemacht?

Panik schürte Pavarottis Brust zu.

Er keuchte, und seine Blicke rasten in dem Raum hin und her. Die Lippen des Mörders kräuselten sich zu einem abschätzigen Lächeln.

Unter dem vergitterten Fenster lag ein großer Jutesack mit einem unförmigen Inhalt, achtlos hingeworfen wie ein Sack Müll.

Der Sack war oben zugebunden, und es sah aus, als sei darin …

Sein Herz schlug bis zum Hals. Wenn er die Kontrolle verlor, war alles aus. »Der Sack. Ist sie da drin?«

Der Mann spitzte genüsslich die Lippen. »Sie haben Angst um sie, nicht wahr?« Er rieb sich die Hände. »Wunderbar. Wir machen ein kleines Spielchen. Wenn Sie erraten, wer das ist in dem Sack, haben Sie gewonnen. Wenn nicht …« Der Mann griff hinter sich und holte einen Gegenstand hervor, den er liebevoll betastete.

Es war Pavarottis Dienstwaffe.

»… dann benutze ich den Sack als Zielscheibe. So lange, bis das Menschlein da drin tot ist oder Sie das Rätsel lösen. Also los, Commissario, zeigen Sie mal, ob Sie Sherlock Holmes sind!«

Pavarotti starrte auf den Sack, unfähig, sich zu konzentrieren.

Der Mann beobachtete ihn mit gespieltem Mitleid. »Sie haben nur dreißig Sekunden, leider. Danach schieße ich.«

Pavarottis Gedanken rasten.

Seine Augen bohrten sich in den gekrümmten Umriss der Gestalt. Die Beine waren stark angewinkelt, die Knie beulten die Jute aus. Wer dort drin war, er war in den Sack gestopft worden wie ein Pfund Gulasch in eine Metzgertüte. Zu groß für eine Frau.

»Es ist nicht Lissie von Spiegel«, sagte er.

Der Mann schüttelte langsam den Kopf und grinste. »Das hab ich nicht gefragt.« Dann hob er die Waffe und zielte.

»Warten Sie«, schrie Pavarotti. Etwas fiel ihm ein. Da war etwas. Draußen. Bevor es ihn erwischt hatte. Etwas … Schwarzes … auf dem Boden. Was …?

Ein Hut!

»Es ist ein Junge«, brachte er in letzter Sekunde heraus. »Ein Junge namens Paul Tschugg. Er trägt einen schwarzen Hut.«

Der Mann zog einen Ausweis aus der Tasche und schlug ihn auf. »Und das ist richtig, Commissario! Alle Wetter, da hab ich Sie doch glatt unterschätzt!«

Der Mann warf ihm einen anerkennenden Blick zu. »Zu schade, dass ich immer gewinne.« Dann hob er die Waffe und schoss. Pavarotti schrie.

Pauls Körper bäumte sich auf. Dann lag er wieder still.

12

Wie festgewurzelt stand Emmenegger in der Küchentür und starrte auf die Szenerie, die sich ihm bot.

»Könnten Sie mal beiseitetreten? Wir haben hier zu tun.« Einer aus Kohlgrubers Team warf ihm einen bösen Blick zu und drängte sich vorbei. Der Vice Ispettore schenkte dem Mann keine Beachtung.

Von der Deutschen, wie er sie insgeheim immer noch nannte, fehlte jede Spur. Auch Pavarotti meldete sich nicht. Wieder einmal.

Jetzt kam es auf ihn an, und die Angst schnürte ihm die Kehle zu.

Er versuchte sich jedes Detail einzuprägen, so wie er es vom Chef gelernt hatte.

Dass das Telefon in seiner Jackentasche läutete, hörte er nicht, weil er es am Vorabend beim Abendessen stumm geschaltet hatte, um des lieben Friedens willen.

Die Pfarrküche war gemütlich. Sie sah nicht viel anders aus als seine eigene. In der Mitte stand ein großer Tisch, den der Pfarrer zum Essen und Arbeiten benutzt hatte. Emmenegger hatte sich die Küche eines mehrfachen Mörders anders vorgestellt. Er hätte nicht sagen können, wie, aber jedenfalls nicht so. Nicht so – freundlich. Aber dann fiel ihm ein, dass Steinvatterer die Einrichtung des Pfarrhauses von seinem Vorgänger übernommen hatte. Sie sagte nicht das Geringste über ihn aus.

Linker Hand stand ein Gewürzset, daneben ein kleiner schwarzer WLAN-Drucker. Der Laptop war bereits abtransportiert worden und nach Bozen in die Kriminaltechnik unterwegs.

Emmeneggers Blick richtete sich auf den Küchenschrank. Unter dem Argusauge Kohlgrubers, der Notizen auf einen Block kritzelte, ging Emmenegger darauf zu, sorgsam darauf bedacht, nur auf die von der Spurensicherung ausgelegten Laufwege zu treten. Der Vice Ispettore zog die Küchenschubladen auf, öffnete die Schranktüren, betrachtete die Ablagefläche neben dem Herd.

Als er sich umdrehte, um die Küche zu verlassen, merkte er nicht, dass ihm Kohlgruber einen nachdenklichen Blick hinterherschickte.

Im Bad beschäftigte er sich eine Weile mit den Handtuchhaltern, dann schenkte er der Toilettenbürste und dem Seifenspender ein paar Minuten seiner Aufmerksamkeit.

Seine Nervosität war wie weggeblasen.

Er verließ das Pfarrhaus und betrat die Kirche, deren große Tür sperrangelweit offen stand, als habe Gott schreiend das Weite gesucht.

13

»Warum haben Sie das getan?«, flüsterte Pavarotti. »Die Antwort war doch richtig!«

Der Mann verzog den Mund. »Sie können nicht gewinnen. Das ist nicht vorgesehen. Ich bin es, der gewinnt. Immer!«

»Kümmern Sie sich um ihn! Vielleicht lebt er noch!«

Gelangweiltes Achselzucken. »Sehen Sie nicht, wie das Bürschchen den Sack vollblutet? Ich hab keine Lust, meine Kleidung schmutzig zu machen.« Dann grinste er. »Ich kann aber gern dafür sorgen, dass sich die Sache erledigt.« Er zielte auf den Sack.

»Nein! Bitte nicht!«, kreischte Pavarotti.

Der Mann strahlte. »So ist es recht. Immer schön höflich sein und ›bitte, bitte‹ machen. Damals waren Sie ganz schön unverschämt zu mir. Sie haben mich in die Mangel genommen und versucht, mich zu brechen.« Er hielt inne. »Sie sind immer noch nicht dahintergekommen, wer ich bin, stimmt's?«

»Natürlich weiß ich das. Sie sind Alberto Zomba«, sagte Pavarotti.

Die Augen des Mannes funkelten vor Vergnügen. »Wie kommen Sie denn darauf? Alberto Zomba ist seit fast zwanzig Jahren tot. Seine Frau hat ihn umgebracht.«

Pavarotti beschloss, auf das Spielchen einzugehen. Vielleicht gelang es ihm, Lissie zu retten. »Die Inszenierung war ein Meisterstück, das muss man Ihnen lassen«, sagte Pavarotti und legte Bewunderung in seine Stimme, auch wenn ihm das verdammt schwerfiel. »Ein kleiner Fehler ist Ihnen bei Ihrer Scharade allerdings unterlaufen«, sagte er. »Ihr Liebesnest in Meran haben Sie einen Tag nach Ihrem angeblichen Tod gekündigt.«

Zomba verzog das Gesicht. »Na und? Sie sind doch damals nicht darauf gestoßen, oder? Die Dinge hatten sich eben etwas … überstürzt.«

»Ich kann mir mittlerweile denken, wie Sie es gemacht haben.

Sie haben sich irgendeinen armen Kerl gegriffen, der Ihnen ein wenig ähnlich sah. Soll ich weiterreden?«

Zomba nickte, und seine Augen leuchteten.

»Mit Ihrem Lehrergehalt konnten Sie Ihre Familie nicht über Wasser halten, schon gar nicht, als Ihr Sohn krank wurde. Deshalb haben Sie nebenher gejobbt. Im Winter und Frühjahr war es die Bergbahn am Gletscher, das wussten wir ja damals schon. Was den Sommer und den Herbst angeht, kann ich nur spekulieren. Ich vermute, es hatte etwas mit dem Stausee zu tun. Sonst wären Sie wohl kaum an den Schlüssel für dieses Haus gekommen.«

Alberto Zomba hatte sich zurückgelehnt und betrachtete Pavarotti mit halb geschlossenen Augen. Er sah aus wie ein Raubtier, satt und träge, nachdem es ein großes Stück blutiges Fleisch gefressen hatte. Unwillkürlich blickte Pavarotti zu dem Sack hinüber. Mittlerweile war die Blutlache um den Jutesack größer geworden und speiste mehrere rote Rinnsale, die sich auf dem Boden ausbreiteten. Zu spät merkte Pavarotti, dass er den Abscheu nicht verbergen konnte, den er empfand.

»Mit dem da ist jetzt Schluss. Dann können Sie sich besser aufs Wesentliche konzentrieren«, knurrte Zomba und zielte auf Paul.

»Das Bewässerungssystem für die Felder«, sagte Pavarotti rasch. Sein Herz klopfte ihm bis zum Hals. »Ich wette, Sie haben den Bauern geholfen, ihre Regner zu installieren und zu warten.«

Zomba ließ die Waffe sinken und lächelte selbstzufrieden. »Die Wasserwerke brauchten einen Laufburschen. Die fanden es ungemein praktisch, dass ich sowieso die ganze Zeit zwischen Meran und Katharinaberg gependelt bin.«

»War es ein Saisonarbeiter? Einer auf Wanderschaft, den so schnell niemand vermisste? Ich vermute, er wollte nur für ein paar Wochen auf den Feldern jobben und anschließend weiterziehen. Ich tippe auf einen aus der Maremma. Oder aus dem tiefen Süden. Sizilien womöglich.«

Armer Kerl. Wie hätte er ahnen können, im gelobten Land Südtirol dem Teufel zu begegnen?

»Er war aus der Maremma und hatte keine Familie«, sagte Zomba stolz. »Er war ein gefundenes Fressen. Als ich ihn da oben sah, wusste ich sofort, dass er perfekt ist, trotz der dunklen Haare. Aber die Haarfarbe kann man ja ändern heutzutage. Da haben Sie's, Commissario. Mein Glück verlässt mich nie. Nie!«

»Ich hätte Verdacht schöpfen sollen«, sagte Pavarotti niedergeschlagen.

»Weil ich das Gesicht zerschnitten hab?«, sagte Zomba träge. »Tja, das war der einzige wirkliche Schwachpunkt. Aber ich musste es natürlich tun. So ähnlich sah er mir nun auch wieder nicht.« Er strahlte und entblößte dabei zwei Reihen weißer Zähne. Die Augen blieben kalt. »Und bingo – wieder hatte ich Glück: mit Ihnen beiden als Ermittlerteam. Sie waren ja so vernagelt, Sie und Ihr Chef.«

Pavarottis Hirn kochte. Damals, während der stundenlangen Verhöre, hatte ihm der Mann Rätsel aufgegeben. Jetzt beschlich ihn eine ungefähre Ahnung, wie Alberto Zomba tickte.

»Eins verstehe ich immer noch nicht. Was war der Grund, Ihren Tod zu inszenieren?«, fragte er. »Sie hatten doch gewonnen. Den Mord an Ihrem Sohn konnte ich Ihnen ja nicht nachweisen.«

Alberto Zomba spielte mit Pavarottis Dienstwaffe. »Pistolen sind langweilig«, sagte er schließlich. »So vorhersehbar. So wie Sie. Ich persönlich ziehe diese vor.« Er griff in eine bunte Häkeltasche mit hässlichen Troddeln, die neben ihm auf dem Boden lag, und zog einen Revolver hervor. »Schauen Sie mal, Commissario. Ein alter Colt aus dem Ersten Weltkrieg. Ausschwenkbare Trommel mit sechs Patronen«, sagte Zomba liebevoll. »Ein echtes Schätzchen. Den habe ich jemandem abgenommen, als ich noch ein Teenager war. Meine erste Trophäe. Bedauerlicherweise konnte ich ihn bei meinem … Doppelgänger nicht benutzen. Macht wunderbar große Wunden. Ausgesprochen schmerzhaft.«

Versonnen blickte Zomba zur Seite, seine Augen glänzten. Er schien an etwas zu denken, und er sah fast – ja, beinahe glücklich aus. Pavarotti schauderte. Glücklicherweise bemerkte Zomba es nicht. Plötzlich wurde sein Gesicht starr, und er setzte wieder seine überhebliche Maske auf.

»Sie wollen, dass ich weiterrede, ja?« Er seufzte. »Das steht wahrscheinlich in Ihrem Handbuch für Geiselnahmen und Entführungen. Phantasielos, wie Sie nun mal sind, bleibt Ihnen nichts anderes übrig, als die Vorschriften zu befolgen, bis zum bitteren Ende.« Zomba schüttelte den Kopf. »Aber meinetwegen. Spielen wir eine Zeit lang nach Ihren Regeln. Sie wissen ja: Am Ende ...« Er sah Pavarotti auffordernd an.

»Am Ende gewinnen Sie immer«, murmelte Pavarotti.

»Richtig!« Zomba nickte. »Aus welchem Grund? Ich hatte sogar mehrere. Da war dieser widerliche Blutsauger mit seiner Kamera.«

»Der Fotograf? Hannes Martin?«

Alberto Zomba zuckte die Schultern. »Hieß er so? Hab den Namen vergessen. Dieser Mensch hat wirklich eine Gabe, zur falschen Zeit am falschen Ort zu sein. Er hat beobachtet, wie ich damals im Garten dem kleinen Schwachsinnigen den Hals umgedreht hab. An Ort und Stelle hat er angefangen, mich zu erpressen. Was sollte ich machen? Ich war völlig blank, nachdem mir das Krüppelkind meine ganzen Ersparnisse weggenommen hatte. Wie hätte ich ihn bezahlen sollen? Ich bitte Sie. Ich hätte den Kerl auch gleich umbringen können. Ich hatte aber nicht die Zeit, weil ich den Kleinen wegschaffen musste. Deshalb musste ich verschwinden. Und zwar endgültig.«

»Hannes Martin war es, der an diesem Sonntag an Ihrer Tür geklingelt hat, nicht wahr?«

Albert Zomba überging die Frage. »Und jetzt, nach zwanzig Jahren, kam dieser dumme Mensch hierher zurück. Er hat mich erkannt, der Idiot. Tja, anders als der Rest hatte er anscheinend ein famoses Gedächtnis für Gesichter. Selber schuld. Natürlich musste ich ihn diesmal zum Schweigen bringen.«

Er seufzte. »Außerdem war es an der Zeit, meiner Frau eine Lektion zu erteilen. Meiner Frau ...« Die letzten Worte hatte er ganz langsam gesagt, und jetzt hielt er inne. Sein Blick war zur Seite gedriftet, und obwohl er ganz ruhig dasaß, den Kopf gesenkt, hatte Pavarotti das Gefühl, neben einer Zeitbombe angekettet zu sein, die jeden Moment explodieren konnte.

Er zuckte zusammen, als an der Decke eine altersschwache Neonröhre zu flackern begann. Vom Fenster fiel bläuliches Licht in die Halle. Draußen sank der Schnee in dicken Flocken herab, und auf den Gitterstäben des Fensters sammelte sich eine blau glitzernde Schicht. Aus dem Jutesack drang ein leises Stöhnen.

Halt durch, Paul!

Jetzt!

Pavarotti hob seine gefesselten Hände, aber bevor seine Finger das Halsband erreichten, feuerte der Mann mit einer einzigen fließenden Bewegung.

Aus dem Sack drang ein Schrei, dann ein Röcheln. Frisches Blut färbte das Gewebe rot und sickerte auf den Boden.

Pavarotti schloss die Augen.

»Ihre Schuld, Commissario. Wenn ich reden soll, bitte schön. Aber wenn Sie mich austricksen wollen, dann passiert so was«, warnte Zomba.

»Ich höre Ihnen zu«, sagte Pavarotti heiser.

»Ich dachte, wenn ich uns den Kleinen vom Hals schaffe, dann wird wieder alles so wie früher«, sagte Zomba. »Dieser Schwachsinnige hat unser Leben kaputtgemacht. Alles drehte sich nur noch um ihn, völlig sinnlos, weil das Balg ohnehin bald abgekratzt wäre. Wir hatten überhaupt keinen Spaß mehr. Am Ende war sie nur noch mit Gewalt dazu zu kriegen, die Beine –«

»Hören Sie auf«, rief Pavarotti. Er hätte sich gern die Ohren zugehalten, aber seine gefesselten Hände hinderten ihn daran.

Zomba grinste. »Mein Gott, was sind Sie nur für ein Weichei. Genau wie Katharina in ihren letzten Wochen. Das Krüppelkind war zäh, das hätte uns noch jahrelang auf der Tasche gelegen. Mit dem bisschen Arsen war es nicht kleinzukriegen. Also musste ich zu anderen Mitteln greifen. Und was war ihr Dank, dass ich die Drecksarbeit gemacht habe? Glauben Sie im Ernst, ich hätte sie mit diesem Perlkofer durchbrennen lassen? Sie hat zwar geschworen, es sei aus, aber das war gelogen. Dabei wollte ich die ganze Zeit nur, dass es wieder so wird wie früher. Aber das werden Sie und Ihresgleichen nie verstehen. Sie wissen nicht, was es bedeutet, gemeinsam Dinge zu tun, die andere nie erleben. Grenzen zu überschreiten, wofür die meisten nicht den Mumm haben.«

Zombas Augen glänzten wieder.

»Als wir uns kennenlernten, wussten wir auf Anhieb, dass wir vom selben Schlag sind. Katharina hatte das Erbe ihres Vaters in sich. Sie war ganz anders als ihre farblose Schwester und ihr langweiliger Sohn.«

Pavarotti starrte ihn an. Zomba feixte. »Glauben Sie im Ernst, ich hätte nicht gewusst, wer hinter unserem Dorfpfaffen steckt, Commissario? Ich halte mich gern auf dem Laufenden, was meine Herrschaften so treiben. Ich hab gewusst, dass er irgendwann zurückkommen wird, um seine Mutter in Angst und Schrecken zu versetzen. Aber zu mehr als ein bisschen Psychoterror langt es bei ihm nicht. Da war die Katharina ein anderes Kaliber. So richtig auf den Geschmack gekommen ist sie allerdings erst durch mich«, sagte Zomba mit Stolz in der Stimme.

»Unseren ersten Fuchs haben wir an dem Tag getötet, als wir uns getroffen haben. Ich hatte ihm vorher eine Ladung mit meiner Flinte verpasst, und gemeinsam haben wir dann die Sache zu Ende gebracht. Ich hab gleich gemerkt, wie sie beim Töten in Fahrt kommt. Es gibt nichts Besseres, um die Körpersäfte in Wallung zu bringen«, sagte Zomba lächelnd.

»Von dem Tag an sind wir gemeinsam auf die Jagd gegangen. Hunde hatten es ihr besonders angetan. Sie hat die Viecher gehasst, weil sie sie zu Hause immer füttern musste. Sie hat sie beobachtet und ihre Fressgewohnheiten ausspioniert. Dann haben wir geplant, wen wir uns vornehmen und wie wir es machen. Es war so ein Spaß! Und als das Vieh jämmerlich in unserem Schuppen verreckt war, da sind wir hoch ins Schlafzimmer und haben gehobelt, was das Zeug hielt.«

Pavarotti hatte genug. Er wollte nichts mehr hören.

Angewidert sah er, wie sich der Mann vor ihm in die Hose griff und grinsend seine Hand auf und ab bewegte.

»Dieses debile Balg hat sie komplett verändert«, sagte Zomba bedauernd. »Ihr Biss war nicht mehr da. Ich dachte, wenn der Kleine erst weg ist …« Er brach ab.

Pavarotti hatte nicht mehr zugehört. Eine Idee hatte sich in seinem Kopf geformt. Mit großer Wahrscheinlichkeit würde er dabei umkommen, aber sie war seine einzige Chance.

»Sie stehen doch auf Sachen, die ein bisschen ungewöhnlich sind?«, fragte er. »Lust auf ein Spielchen um Leben und Tod?«

14

»Die Küche ist die eines Rechtshänders«, sagte Emmenegger. »Das konnte der Pfarrer nicht ändern. Er musste sie ja vom Vorgänger übernehmen. Aber es gibt eindeutige Zeichen. Die Handtuchhalter, die Toilettenbürste, der Messerblock, die Sachen auf dem Küchentisch. Alle linker Hand angeordnet. Genauso wie das Messbuch auf dem Altar.«

»Du warst auch in der Kirche?«, fragte Kohlgruber beeindruckt.

»Und bei seiner Mutter. Um ganz sicherzugehen. Der Pfarrer von Naturns war bei ihr. Er wollte mich zuerst nicht vorlassen. Vermutlich auf Anweisung von oben.«

Kohlgruber kicherte.

»Ihr Sohn war tatsächlich Linkshänder.«

»Niemand schießt sich mit links in die rechte Schläfe.«

»Auch der Teufel macht irgendwann einen Fehler«, sagte Emmenegger. Genau das hatte der Chef vorhergesehen. Wo steckte er nur?

»Nicht nur einen«, sagte Kohlgruber. »Ich hatte gerade einen Anruf unserer Gerichtsmedizinerin. Du gehst nicht an dein Handy, sagte sie. Der Pfarrer hat eine winzige Stichwunde im Rücken, nur ein paar Millimeter tief. Sie könnte von einer Messerspitze stammen. Jemand hat ihm ein Messer in den Rücken gebohrt.«

Emmenegger atmete tief durch. »Der Pfarrer hat sich nicht umgebracht. Und er ist nicht der Mörder.«

»Sieht ganz so aus.«

»Merda«, sagte Emmenegger.

»Tja«, sagte Kohlgruber und packte seine Unterlagen zusammen. »Das ist glücklicherweise nicht mein –«

Emmeneggers Mobiltelefon rührte sich. Die Nummer war ihm bestens geläufig. Der Anruf konnte eigentlich nur eines bedeuten. »Du bist schon drin?«, fragte er ungläubig. Gruber, der IT-Mann in der Kriminaltechnik, überraschte ihn immer wieder aufs Neue.

»Was heißt hier ›drin‹? Jedes Kleinkind hätte das geschafft«, sagte Gruber abfällig. »Die Kiste war überhaupt nicht passwortgesichert.«

»Jetzt spuck's schon aus!« Woher das Gefühl kam, dass es eilte, hätte Emmenegger nicht sagen können.

»Die E-Mails geben wenig her. Harmlose Korrespondenz mit Gemeindemitgliedern, ein paar Buchbestellungen bei Amazon und Athesia. Dann hab ich die Liste der Websites aufgerufen, die er besucht hat. Er hat sich nicht die Mühe gemacht, den Verlauf zu löschen. Vielleicht wusste er nicht, wie das geht. Der Kerl war ein Vollidiot.«

»Und?«, wollte Emmenegger wissen. Er hatte die Nase voll von Grubers Schallplatte mit dem Thema IT-Sicherheit. Draußen drückten zwei Carabinieri ihre Zigaretten aus und setzten sich in Richtung Streifenwagen in Bewegung.

»Die letzte Website war interessant. Eine Landkarte von Google Earth. Es handelt sich um einen See. Ganz in der Nähe, wo du jetzt bist.«

Emmenegger blieb stehen. Er ließ sich die Beschreibung geben, dann rannte er hinaus und schrie den Carabinieri zu, sie sollten hinter ihm herfahren.

Ihr Einsatz war nicht zu Ende. Er fing gerade erst an.

15

»Das kann nicht Ihr Ernst sein.«

Zombas Augen verengten sich, und er starrte Pavarotti misstrauisch an.

»Tun Sie doch nicht so entsetzt. Mein Vorschlag müsste doch nach Ihrem Geschmack sein.«

Zomba lehnte sich zurück und betrachtete Pavarotti lauernd.

Ich hab ihn verunsichert.

»Warum sollte ich darauf eingehen? Ich habe alle Trümpfe in der Hand, und Sie haben gar nichts«, sagte Zomba, aber in seiner Stimme vibrierte bereits etwas, auf das Pavarotti gesetzt hatte – Erregung. Der ultimative Kick, wenn der höchste Einsatz auf dem Tisch liegt.

»Weil Sie ein Spieler sind, Zomba«, sagte Pavarotti. »Sie spielen doch schon Ihr ganzes Leben um alles oder nichts. Sie können mir nicht weismachen, dass Sie da widerstehen können.«

Zomba lachte schallend, aber es klang künstlich, und er war sich dessen offensichtlich bewusst, denn er hörte schnell auf damit. »Sie sind ein Idiot, Commissario, wenn Sie glauben, damit etwas zu gewinnen. In einer halben Stunde liegen Sie auf dem Grund des Stausees, und mein Cousin, der Pfarrer von Katharinaberg, geht als Kindermörder in die Geschichte ein. Er ist übrigens bereits tot. Selbstmord, natürlich.«

»Damit kommen Sie nicht durch, Zomba.«

Zomba lachte wieder. »Niemand wird es bezweifeln. Nicht nach seiner Vorgeschichte. Ihre Fingerabdruckaktion hätte ihn auffliegen lassen. Deswegen wollte er Sie aus dem Weg räumen. Hinterher wurde ihm allerdings klar, wie ausweglos seine Situation war, und er beschloss, die Abkürzung in die Hölle zu nehmen.« Zomba grinste.

Verflucht, der Kerl war drauf und dran, ihm zu entgleiten. Wenn er jetzt nicht die richtigen Worte fand, war es vorbei.

»Ich hätte nicht gedacht, dass Sie so wenig an Ihr Glück glauben«, sagte Pavarotti. »Was sind Sie doch für ein feiges Stück Dreck, Zomba.«

Zombas Gesicht verzerrte sich vor Wut, und er hob die Waffe.

»Na los«, sagte Pavarotti. »Schießen Sie. Ich bin dann tot, aber Sie wissen immer noch, dass Sie gekniffen haben. Damit wäre Ihre Glückssträhne vorbei, nicht?«

Zomba zielte immer noch auf ihn, aber in seinem Gesicht arbeitete es.

»Vor ein paar Minuten haben Sie noch felsenfest behauptet, dass Sie gar nicht verlieren können«, setzte Pavarotti nach. »Wollen Sie damit sagen, dass Sie gelogen haben?«

Jetzt saß der Kerl in der Falle.

In Alberto Zombas Augen glomm ein kalter Funke auf. »Was Sie von mir halten, ist mir scheißegal, Pavarotti.«

Er griff nach dem Colt und prüfte den Inhalt der Trommel. Dann ließ er alle sechs Patronen in seine Handfläche fallen und griff erneut in die Tasche mit den Troddeln. Pavarotti konnte sehen, dass Zomba eine der Kammern bestückte.

»Meinetwegen. Dann geben Sie sich eben selbst die Kugel. Damit hab ich kein Problem.«

Zomba hielt die Pistole waagrecht und versetzte der Trommel einen festen Schubs. Sie rotierte und kam nach mehreren Umdrehungen zum Stehen.

»Also dann. Ich fange an.«

Pavarotti machte keine Einwände. Es lief genauso, wie er gehofft hatte.

Sein Widersacher hielt sich die Pistole an die Schläfe und drückte ab.

Es klickte metallisch. Zomba grinste.

»Sie sind dran.« Er gab der Waffe einen Tritt, und sie schlitterte über den Boden auf Pavarotti zu. Gleichzeitig richtete er die Pistole auf ihn. »Ich schieße Sie über den Haufen, wenn Sie eine falsche Bewegung machen oder an der Trommel drehen.«

Pavarotti fixierte den Revolver, der vor ihm lag. »Warum haben Sie den alten Pfarrer ermordet, Zomba?«

»Können Sie sich das nicht ausrechnen? Nachdem wir den Schwachsinnigen auf dem Hals hatten, fing meine Holde an, in die Kirche zu rennen. Keine Ahnung, was sie ihm im Beichtstuhl erzählt hat. Als mir zu Ohren kam, dass Sie ihn ausquetschen wollen, dachte ich mir, dass die Welt gut auf ihn verzichten kann. Und jetzt machen Sie schon. Ich will endlich abhauen.«

Pavarotti griff nach dem Colt. Schlagartig kam die Erinnerung an diese Nacht im Sommer zurück. Wie er den kalten Pistolenlauf in seinen Mund gesteckt hatte und wie Todesangst mit schweißigen Händen nach ihm griff und ihn als zitterndes Etwas entlarvte, das bloß leben wollte, egal um welchen Preis.

Paul hatte geglaubt, ihn retten zu müssen, dabei hätte er es sowieso nicht fertiggebracht. Pavarottis Blick glitt zu dem Sack hinüber, und er dachte an den Jungen, der da drüben gerade starb, und an Lissie, und er hob die Pistole an den Kopf. Die Mündung an seiner Schläfe war kochend heiß und verbrannte seine Haut. Er drückte ab.

Klick.

Pavarotti drehte den Kopf und übergab sich auf den Betonfußboden. Dann schluckte er hart und unter Schmerzen.

»Kann ich etwas zu trinken haben?«

»Nein. Schieben Sie mir die Waffe herüber.«

Pavarotti winkelte das Knie an und kickte die Pistole in Zombas Richtung. Dieser kaltblütige Scheißkerl machte nicht den Eindruck, als sei er niedergeschmettert, dass die Kammer leer gewesen war.

Jetzt waren es noch vier Schuss.

»Warum haben Sie mich derart gehasst?«, wollte Pavarotti wissen.

Zomba lächelte hinterhältig, als er nach dem Revolver angelte. »Sie meinen, weil ich den Hilferuf an Sie geschrieben und meinem Double in die Tasche gesteckt hab?« Er griff nach der Waffe und drückte ab, als sei sie nur mit einer Platzpatrone geladen.

Klick.

»Wie Sie mich gepiesackt haben, damals. Mit Ihren fiesen Fragen und Ihrem Gesichtsausdruck, mit dem Sie mir klar zu verstehen gaben, dass ich weit unter Ihrer Würde war. Anstatt mir ein bisschen Verständnis entgegenzubringen – schließlich hatte ich gerade meinen Sohn verloren! –, haben Sie eine regelrechte Hetzjagd auf mich veranstaltet, und das, obwohl wir doch Landsleute sind! Ich wollte, dass Sie leiden. Das ist mir gelungen, nicht?«

Und wieder kollerte der Colt auf Pavarotti zu.

»Warum sind Sie zurückgekommen?«

»Gute Frage. Die beste, die Sie heute gestellt haben, wenn ich's recht bedenke.« Zomba kratzte sich am Kinn. »Ich war auf Achse seither, die ganzen Jahre. Aber hier ist mein Zuhause. Dieses Dorf ist irgendwie wie ich. Ich hab das immer gespürt. Und dann ist da ja noch meine Frau, auch wenn sie unter einer Betonschicht liegt.« Er kicherte. »Ich hab sie geliebt, die kleine Schlampe. Fragestunde beendet. Unser Gespräch neigt sich dem Ende zu.«

»Sagen Sie mir, wo die Deutsche ist«, sagte Pavarotti.

»Über die würde ich mir an Ihrer Stelle keine Gedanken mehr machen. Ich glaube, sie hat inzwischen festgestellt, dass Sauerstoff ein entscheidender Faktor ist«, sagte Zomba und grinste.

Pavarottis Körper wurde ein einziger Eisblock.

Gut, denn.

Schnell richtete er den Revolver auf Zomba und drückte ab, bevor sein Gegner reagieren konnte. Ein scharfer Knall ertönte, und auf Zombas Stirn erschien ein rotes Auge. Mit überraschtem Gesichtsausdruck kippte der Mann langsam um.

Tränen quollen aus Pavarottis Augen und flossen ihm über die Wangen.

Sie ist tot.

Er hörte, dass draußen Wagen vorfuhren und scharf bremsten. Emmeneggers Bass, der den Carabinieri befahl, das Haus zu umstellen.

»Tatort ist gesichert! Macht schnell da draußen«, brüllte er. »Holt einen Arzt!«

Dumpfe Schläge ertönten. Als die Tür zum Turbinenhaus aufgebrochen wurde, versuchte er, sein Gesicht am Ärmel abzuwischen, aber seine Fesseln hinderten ihn daran.

16

Der Sauerstoff war nicht ihr Problem.

In ihren wachen Momenten verstand sie, dass sie nicht ersticken würde. Die Luft war schlecht, aber es schien genug davon vorhanden zu sein.

Sie würde verdursten.

Das Schlucken schmerzte mittlerweile so sehr, als sei ihr Hals innerlich zugeschwollen und eine einzige glühend heiße Wunde.

Meistens dämmerte sie vor sich hin, während längst tot geglaubte Erinnerungen durch ihr Gehirn torkelten wie das letzte Häuflein Überlebender, die sich durch eine wasserlose Wüste schleppen.

Sie konnte nicht einmal mehr schluchzen, denn sie hatte keine Tränenflüssigkeit mehr. Unter ihren Augenlidern rieben sich Myriaden von Staubkörnern. Imaginäre Lichtblitze

WUSCH

glommen auf

brannten sich in ihre Pupillen

und sie hatte keine Hände, um sie gegen ihre Augen zu pressen.

Stattdessen blinzelte sie, blinzelte und blinzelte, um

Plötzlich ist da

BLINK BLINK BLINK

gelbes Licht in Dunkelheit

Lissie kneift die Augen

zu aber das Licht

es will nicht verschwinden

Ihre Knie zittern sie muss

aus dem Auto

feuchte Wand es tropft wo ist

Vater

BLINK BLINK BLINK

Ihr ist übel so
übel sie stützt sich auf die Kühlerhaube
ihre Hände sie gleiten aus
feucht und rot sind die Finger
ihr Vater schreit er geht mit grimmigem Gesicht
an ihr vorbei
er hat ein
Ding in der Hand
sie wendet den Kopf ab sie will nicht sehen was
da liegt
doch sie sieht den
Hund auf der Straße
gelbes Licht es spiegelt sich rot
BLINK BLINK BLINK
der Hund er hebt den Kopf
er zuckt er hat keine Beine mehr
der Wagenheber er schwingt
und sie denkt so sieht es aus
das Beil des Henkers von heute
es fährt nieder
der Tunnel ein Sarg
das Lachen verstummt
BLINK BLINK BLINK
BLINK BLINK BLINK

17

Falls Paul die kommende Nacht überstand, hatte er eine Chance.

Pavarotti hörte, wie der Notarztwagen davonfuhr. Lange hätte der Junge nicht mehr durchgehalten. Der erste Schuss hatte seinen Oberschenkel getroffen. Mit dem zweiten hatte Zomba ihm einen Lungendurchschuss verpasst. Der Blutverlust war immens.

Pavarotti stand neben Emmenegger am Rand der Absperrung. Er fühlte nichts, nur Leere. Kohlgrubers Männer glitten in Zeitlupe durch sein Gesichtsfeld. Aus weiter Ferne hörte er, wie sie sich knappe Sätze zuriefen, die er nicht hören konnte. Sein Blick ruhte auf Alberto Zomba, der mit leeren Augen an die Decke des alten Turbinenhauses starrte.

Nach einer Weile – wie viel Zeit vergangen war, hätte Pavarotti nicht sagen können – kamen zwei Träger mit einem Zinksarg herein. Jemand rief: »Noch nicht!«

Plötzlich Blitzlicht. Die Helligkeit stach in seine Pupillen. Er taumelte zurück und spürte, wie Emmenegger seinen Arm stützte. »Sie sind kalkweiß im Gesicht. Setzen Sie sich in den Einsatzwagen, Chef.«

Die Worte und die Berührung wirkten wie eine warme Dusche, die seine Erstarrung lösten. »Keine Sorge. Ich verspreche, nicht umzukippen.« Pavarotti öffnete die Augen und grinste schief.

Emmenegger nickte, wirkte aber nicht sonderlich beruhigt.

»Wer zum Teufel ist das?«, fragte der Vice Ispettore und deutete mit dem Kinn auf den Toten, auf den jetzt die beiden Träger zumarschierten.

Einer der Männer packte Zombas Fußgelenke, der andere griff ihm unter die Achseln. »Hau ruck«, sagte der erste, und gemeinsam hoben sie die schlaffe Gestalt an.

»Ich meine, ich weiß, wer das Schwein einmal war. Ich hab verstanden, was Sie gesagt haben. Was ich nicht begreife – wo kommt er her? Ich hab den Kerl noch nie gesehen. Wo war er die ganze Zeit?«

»Ich habe so eine Ahnung. Aber warten wir die Verifizierung ab.«

Emmenegger merkte, dass von Pavarotti im Moment nicht mehr zu erfahren war.

Der Hundeführer kam herein, der Schäferhund an seiner Seite sah schuldbewusst und enttäuscht aus. »Emma hat nichts gefunden«, sagte er. »Hier im Wald ist nichts.«

Pavarotti nickte, und der Mann zog sich zurück.

»Es tut mir leid wegen Frau von Spiegel«, sagte Emmenegger leise.

Pavarotti schien ihm nicht zuzuhören. »Ich frage mich ...«

»Was ist, Commissario?«

»Der Kerl war ein Lügner«, sagte Pavarotti langsam. »Was, wenn er auch bei Lissie ...?« Pavarotti packte Emmenegger so fest am Arm, dass der vor Schmerz zusammenzuckte. »Was hat er mit ihr gemacht? Wo ist sie?«

Pavarotti stolperte über die zerstörte Tür und rannte nach draußen. Emmenegger folgte ihm.

»Ich glaube nicht, dass er sie hier irgendwo vergraben hat.« Emmenegger schüttelte den Kopf. »Emma ist die Beste. Wenn sie nichts findet –«

»Sie lebt noch. Ich weiß es«, stieß Pavarotti hervor.

Emmenegger wurde schwer ums Herz. Es würde noch viel schlimmer für seinen Chef werden, als es ohnehin schon war, wenn er sich an eine sinnlose Hoffnung klammerte.

Pavarottis Augen glänzten fiebrig. »Ich glaube, ich war draußen auf dem Marktplatz, als er den Pfarrer ... Er hatte doch überhaupt keine Zeit, sie fortzu...« Sein Kopf ruckte hoch. »Emmenegger, schnell! Sie ist noch dort! Sie ist irgendwo im Pfarrhaus!«

Aber wir haben doch alles durchsucht, wollte Emmenegger sagen, aber Pavarotti ließ ihn nicht zu Wort kommen.

»Fahren wir!«

18

»Er hat sie im Keller versteckt«, sagte Pavarotti.

Emmenegger schüttelte den Kopf. »Da waren die Kollegen bereits. Da ist nichts.«

Aber Pavarotti war bereits auf dem Weg nach unten. »Haben Sie ihn persönlich durchsucht?«, fragte er über die Schulter.

»Nein, ich war nur oben«, musste Emmenegger zugeben. »Die Kollegen haben das übernommen.«

Pavarotti warf ihm einen strafenden Blick zu, und Emmenegger verstummte. Er wusste, wie viel sein Chef von den Fähigkeiten der Carabinieri hielt.

Der Keller war riesig, und trotzdem wirkte er klein in Anbetracht des Gerümpels, mit dem er vollgestopft war. Halb volle Weinkisten, Putzzeug, ein verrosteter Hometrainer, ein paar ausgemusterte Möbelstücke, darunter ein Schrank, der lauter mottenzerfressene Kleidungsstücke beherbergte. Angewidert zog Emmenegger die Hand aus Bergen vergilbter Unterwäsche zurück.

Er drehte sich nach Pavarotti um. »Chef, hier ist wirklich …« Da sah er, dass Pavarotti wie angewurzelt in der Kellertür stand.

»Was ist das?« Pavarotti zeigte auf einen gemauerten Pfeiler. Der untere Teil wurde von einer massiven Holzverschalung abgestützt.

»Morsches Mauerwerk«, sagte Emmenegger. »Wahrscheinlich aufgrund eines Wasserschadens.«

»Und warum ist das hier die einzige Stelle im ganzen Keller, wo sich kein Gerümpel befindet?« Pavarotti marschierte darauf zu und begann, an der Verkleidung zu zerren. Doch die Holzverstrebungen rührten sich keinen Millimeter. Schließlich gab Pavarotti auf. Er stand da, den Kopf gesenkt.

»Kommen Sie, Chef«, sagte Emmenegger leise.

Plötzlich hob Pavarotti den Kopf. »Die Kirche! Sie ist in der Kirche!«, rief er.

Er stürmte nach oben, aus dem Haus und hinüber zur Kirchentür.

Emmenegger seufzte und trabte ihm hinterher. Er sah, wie Pavarotti an der Kirchentür rüttelte und dann auf das Seitenschiff zuhielt. »Ich telefoniere nach dem Schlüssel«, rief er im Laufen.

Pavarotti blieb unter einem Buntglasfenster stehen, das die Jungfrau Maria samt Kind zeigte. Er hob einen Stein auf und wog ihn in der Hand.

»Um Gottes willen, Chef, Sie versündigen sich!«, rief Emmenegger entsetzt. »Sie können doch die Mutter Gottes und ihr Jesuskind nicht erschlagen! Und überhaupt, Einbruch in ein Gotteshaus, das ist –«

Der Stein klirrte. Emmenegger hörte Glas zerbersten. Mit einem leisen Seufzen kippten die Reste der Jungfrau Maria aus ihrem Bleirahmen und verabschiedeten sich nach innen auf den steinigen Kirchenboden. Emmenegger stand starr.

»Stehen Sie nicht da wie eine Salzsäule. Helfen Sie mir lieber«, befahl Pavarotti.

Emmenegger kniff die Lippen zusammen, aber dann stellte er sich doch mit dem Rücken zur Kirchenwand und formte mit seinen Händen eine Kletterhilfe. Keuchend schwang sich sein Chef hinauf, und Emmenegger hörte ein Poltern und Krachen, als die Glaseinfassung aus dem Rahmen sprang.

»Reichen Sie mir mal ein Taschentuch hoch!«

Emmenegger biss die Zähne zusammen, als Pavarotti auf seiner Schulter balancierte. Sein Chef fluchte laut, als er in den Fensterrahmen griff. Doch er zwängte sich hindurch. Das Nächste, was Emmenegger hörte, war ein dumpfes Geräusch, als Pavarotti auf dem Steinboden der Kirche landete.

Minuten vergingen.

Als sein Chef nach einer Viertelstunde immer noch nicht zurück war, begann Emmenegger unruhig auf der mit nassem Schnee bedeckten Grasfläche auf und ab zu gehen.

Ihm wurde bewusst, dass sich direkt unter ihm der alte Friedhof befand. Schleunigst stapfte er zur Kirchenmauer zurück.

Es hatte aufgehört zu schneien. Die Luft fühlte sich nach Tauwetter an.

Angestrengt lauschte Emmenegger. Plötzlich hörte er Rufe aus der Kirche.

Er rief: »Chef! Was ist?«

Keine Antwort. Es war es wieder still. Da erschien Pavarotti mit aufgeregter Miene im Kirchenfenster.

»Unter der Kanzel ist eine Falltür«, rief Pavarotti. »Ich hab sie aufgestemmt, aber ohne Licht komme ich nicht weiter. Eine Lampe, schnell!«

Emmenegger, der seine Stablampe aus dem Einsatzwagen geholt hatte, leuchtete in das Kellerloch. »Es ist zu tief. Ich sehe nicht einmal den Grund.« Hoffentlich kam der Chef nicht auf dumme ... Da ließ sich Pavarotti auch schon auf den Boden nieder.

»Nein! Das ist gefährlich!«, schrie Emmenegger.

Pavarotti beachtete ihn nicht und steckte den Kopf ins Dunkel. Ein ums andere Mal rief er Lissies Namen. Nichts.

»Emmenegger, sie ist dort unten.« Verzweifelt drückte Pavarotti ein blutverkrustetes Taschentuch auf seine zerschnittene Handfläche.

Kann schon sein, aber nur noch ihre Leiche, dachte Emmenegger.

»Soll Kohlgruber mit seinem Team anrücken?«, fragte er, ohne Pavarotti anzusehen. Im selben Moment bereute er es.

»Hören Sie auf, so zu tun, als sei sie tot!«, schrie ihn Pavarotti an. »Haben Sie denn genauso wenig Gefühl wie diese Zeitungsschmierer?«

»Es ... tut mir leid, Commissario«, flüsterte Emmenegger. Der Vergleich schmerzte ihn.

In diesem Moment fiel ihm etwas ein. Etwas, das in der Zeitung gestanden hatte, als das Skelett des kleinen Johannes aufgetaucht war. Der »Südtiroler« hatte es für passend gehalten, den Leichenfund mit etwas Lokalkolorit zu würzen.

Es gab einen alten Fluchtweg von der Ritterburg, dort, wo

heute die Kirche stand. Emmenegger wurde klar, dass sie gerade den Eingang gefunden hatten. Und der Ausgang –

»Chef! Wir müssen zur Engelsburg!«

Pavarotti starrte ihn eine Sekunde an, dann glomm ein Hoffnungsschimmer in seinen Augen auf, und er rannte.

Der Chef hatte das Absperrband vor dem Eingang der Engelsburg bereits abgerissen, als ihn Emmenegger keuchend einholte. Gemeinsam liefen sie an den Zapfhähnen und dem aufeinandergestapelten Kneipengestühl vorbei zur Kellertreppe. Der Lichtkegel der Lampe flackerte über Berge von Heizkohle. Ein paar Kohlestücke lagen mitten im Weg. Pavarotti kickte sie mit dem Fuß zur Seite und steuerte auf die Falltür zu.

Emmenegger dachte mit Schaudern daran, dass sie hier erneut eine Leiche finden würden. Was sollte er tun? Wie konnte er …? Wenn sein Chef dann …?

Ihm war elend zumute.

Kohlgruber hatte den Zugang wieder verschlossen, mit einem brandneuen Vorhängeschloss. Pavarotti rannte in dem Keller hin und her. »Hier ist nichts Brauchbares«, rief er. »Ich sehe oben nach!«

Emmenegger holte einen Satz Dietriche hervor, den er seit dem letzten Sommer stets bei sich trug, gewissermaßen als Versicherung. Doch er war ungeübt, und seine Hände zitterten zu stark.

Pavarotti kam die Treppe heruntergepoltert und schwenkte eine riesige Zapfsäule aus Messing, die aussah wie der abgefallene Arm einer Engelsfigur.

Wie ein Berserker hieb er auf das Schloss ein, bis es schließlich mit einem lauten Kreischen aufsprang.

Mit vereinten Kräften hievten sie die schwere Eisentür beiseite. »Sie bleiben hinter mir und nehmen die Lampe«, befahl Pavarotti.

Emmenegger gehorchte schweren Herzens. Am liebsten hätte er Pavarotti von Lissies Leiche zurückgehalten wie einen verzweifelten Ehemann.

»Lassen Sie mich Hilfe holen, Chef!« Er packte Pavarotti am

Arm. »Da vorn ist die Decke eingestürzt, erinnern Sie sich? Ohne einen Rammbock kommen wir nicht durch.«

Aber Pavarotti schüttelte ihn ab. »Hören Sie auf zu faseln, leuchten Sie mir gefälligst.« Er hastete weiter. Nur kurz hielt er an der Stelle inne, wo der Junge gefunden worden war. Es war erst zwei Wochen her, aber Emmenegger kam es vor wie eine Ewigkeit.

Er hörte, wie Pavarotti strauchelte, und stieß einen warnenden Ruf aus. Ein bizarrer Dreizack an der Wand, der Emmenegger die Haare zu Bergen stehen ließ, entpuppte sich als eine gewöhnliche Hacke.

Plötzlich hörte er weiter vorne einen Ruf, der Emmenegger in die Glieder fuhr. »Neeein, oh neeein, hiiiierheeer!«

Emmenegger rannte, und beim Rennen betete er, um Pavarottis willen möge der Anblick nicht allzu schlimm sein. Vielleicht sah sie friedlich aus. Vielleicht konnte sich Pavarotti damit trösten, dass sie keine Schmerzen gehabt hatte.

Doch als er Pavarotti entdeckte, wurde ihm klar, dass es furchtbar sein musste. Sein Chef war vor einem Geröllhaufen auf die Knie gesunken, und im Licht der Taschenlampe sah er seine Schultern zucken.

Aber der Chef weinte nicht. Sein Körper bewegte sich auf und ab, weil er versuchte, Steine wegzuschaffen.

Emmenegger blieb stehen, und sein Mund klappte vor Entsetzen auf. Lissies Kopf schaute aus dem Geröllhaufen heraus. Der Rest ihres Körpers war nicht zu sehen.

»Helfen Sie mir! Schnell! Sie atmet noch!«, schrie Pavarotti verzweifelt. Emmenegger holte die Hacke und wollte sie schon ansetzen, doch Pavarotti fiel ihm in den Arm. Emmenegger sah ein, dass er recht hatte. Sie wussten ja nicht, wo Lissies Körper lag. Die Gefahr war zu groß, sie zu verletzen.

Schließlich war es so weit, und sie konnten sie herausziehen.

Pavarotti bettete ihren Kopf auf seinen Schoß und strich ihr die Haare aus der Stirn. Emmeneggers Herz zog sich zusammen. Er rappelte sich auf.

»Ich hole einen Arzt. Sie ist bestimmt sehr schwer verletzt. Wir brauchen –«

Doch Pavarotti packte ihn am Arm. »Schschhh.«

Da hörte Emmenegger es auch. Aus Lissies Mund kam ein ganz schwacher Laut.

»Wasser.«

19

Sie würden nicht vollzählig sein an diesem Abend.

Paul lag im Krankenhaus auf der Intensivstation und kämpfte um sein Leben. Der Arzt hatte Pavarotti Hoffnung gemacht. Der Patient sei jung und zäh. Pavarotti sorgte sich, aber er war auch froh. Paul würde es schaffen. Dass der Junge einen so starken Lebenswillen besaß, hatte er nicht erwartet.

Im Moment harrte Justus vor dem Krankenzimmer aus und war nicht dazu zu bewegen, sich vom Fleck zu rühren oder eine Stunde zu schlafen.

Auch Kohlgruber fehlte, wenn auch aus gänzlich anderem Grund. Er feierte seinen Fünfzigsten. Den Abschluss eines großen Falls hatte seine Frau nicht als Grund gelten lassen, eine Party mit fünfzig Gästen abzusagen, die Kohlgruber so nötig brauchte wie Herpes.

Die Hauptperson war als Erste eingetroffen. Pavarotti sah Lissies Profil durchs Fenster der Gaststube. Ihr Gesicht war noch ein wenig blass, und ihr geschientes Bein lagerte auf einem Hocker, aber sie saß aufrecht da und strahlte eine Entschlossenheit aus, die Pavarotti an früher erinnerte.

Er dachte daran, was er angerichtet hatte, und seine Beine wollten vor lauter Angst und Verlegenheit unter ihm nachgeben. Er wollte umkehren, aber Emmenegger war ihm dicht auf den Fersen.

Neben Lissie lag ihr Hund. Das Tier stand sofort auf, als sich die Tür öffnete. Pavarotti warf Spock einen misstrauischen Blick zu, doch der Hund blieb auf seinem Platz und gab keinen Laut von sich.

Erst jetzt wurde ihm klar, an welchen Tisch sie sich gesetzt hatte, und sein Blick flog zur Wand, wo der Spiegel gehangen hatte. Lissie schüttelte ganz leicht den Kopf. Ihr Mund formte ein stummes »Später«, dann verschwand sie völlig hinter Emmeneggers mächtigen Schultern.

Geduldig wartete Pavarotti, bis Emmenegger damit fertig war, Lissie an sich zu drücken und sinnloses Zeug zu schwadronieren. Im Grunde war ihm Pavarotti dankbar dafür, die ersten Minuten zu überbrücken, gleichzeitig fühlte er einen Anflug von Eifersucht.

Als alle drei mit Getränken versorgt waren, hoben sie ihre Gläser und stießen wortlos an. Schließlich sagte Lissie etwas förmlich: »Ich wollte mich bedanken. Ich verdanke euch mein Leben.«

Prompt trötete Emmenegger: »Der Chef hat einfach nicht aufgeben wollen. Er hat nicht glauben wollen, dass Sie tot sind. Er hat sogar die Jungfrau Maria und das Jesuskind geopfert!«

Lissie schaute verwirrt in die Runde.

»Reden Sie keinen Unsinn, Emmenegger«, sagte Pavarotti heiser.

Lissies dunkle Augen, die auf ihm ruhten, glänzten im Licht der Kristalllüster. »Danke«, sagte sie schlicht.

Pavarotti wurde heiß, und er zog an seinem Krawattenknoten. Emmenegger räusperte sich und drehte sein Glas in der Hand.

Stille, bis auf den Docht einer brennenden Kerze, der leise zischte.

»Haben Sie die Bestätigung inzwischen erhalten?«

»Wie?«, fragte Pavarotti, der nicht zugehört hatte.

»Für Ihre Vermutung, wer Alberto Zomba heute war«, wiederholte Emmenegger. »Abgleich der Fingerabdrücke. Mit Hilfe des halben Daumens, den er hinterlassen hat.«

Pavarotti nickte, ohne seinen Blick von Lissie loszureißen. »Ja, obwohl ich den eigentlich nicht brauche, denn einer von uns dreien kann ihn identifizieren.«

Er zog eine Aufnahme, die der Tatortfotograf gemacht hatte, aus seiner Aktenmappe und schob sie Lissie hinüber. »Erschrick nicht.«

Trotz der Vorwarnung stieß sie einen Schrei aus. »Das ist der Koch aus meinem Hotel! Das soll Alberto Zomba sein? Das ist unmöglich! Er war nett …« Sie verstummte.

Pavarotti verzog das Gesicht. »Er nannte sich Alberto Rossi.

Erna Steinvatterer benötigte einen billigen Koch. Nach Papieren hat sie nicht gefragt.«

»Dieser Typ tauchte immer wieder auf. Ich dachte, er will mir helfen«, sagte Lissie schaudernd. »Stattdessen hat er mich belauert. Hat sein Spielchen mit mir getrieben, wann immer …« Sie hob den Kopf. »War er es, der den Stein auf Spock geworfen hat?« Lissie streckte die Hand nach dem Hund aus.

»Ich glaube schon«, sagte Pavarotti leise.

»Aber warum hat er das getan? Warum ich?«

Pavarotti zuckte mit den Schultern. »Weil es ihm Spaß gemacht hat.«

Lissie starrte ihn an. »Ich war taub und blind. Es konnte nur jemand sein, der mitgehört hat, dass ich zum Tunnel will.« Sie biss sich auf die Lippen. »Ich könnte mich ohrfeigen. Ich war dermaßen fixiert darauf, den Liebhaber seiner Frau zu finden.«

»So was kommt vor«, sagte Pavarotti und schaute sie weiterhin an.

Erst jetzt rührte sich Emmenegger. »Dieses Schwein hätte Sie um ein Haar erschossen, Chef.«

Alarmiert blickte Lissie vom einen zum anderen. »Was? Ich dachte, Zomba sei auf der Flucht getötet worden?«

Pavarotti schwieg einen Moment, um etwas Zeit für die Antwort herauszuschinden.

Doch erneut funkte Emmenegger dazwischen. »Es war ganz anders. Der Kerl hat den Chef gezwungen, Russisches Roulette zu spielen! Bloß dass der Chef den Spieß umgedreht und ihn erschossen hat.« Bewundernd schaute er Pavarotti an. »Wenn keine Patrone in der Kammer gewesen wäre, hätte er Sie getötet.«

Pavarottis kleine Pelztierchen regten sich.

Lass es dabei bewenden.

Doch dieses Mal schob er sie beiseite. »Das stimmt nicht ganz«, sagte er. »Die Geschichte habe ich den Typen von der Internen Ermittlung erzählt. Ich hatte keine Lust, dass die mich weiter aufs Korn nehmen. Ich war's, der Alberto Zomba zu Russisch Roulette überredet hat.«

»Was?«, riefen Lissie und Emmenegger unisono.

»Schien mir die einzige Möglichkeit, eine Waffe in die Hand zu bekommen«, sagte Pavarotti sachlich.

Die beiden starrten ihn an. Emmeneggers Adamsapfel zuckte hoch und nieder. Lissie beugte sich vor.

»Der Kerl war ein Spieler«, sagte Pavarotti und wusste gleichzeitig, dass er niemandem so richtig begreiflich machen konnte, was in dem alten Turbinenhaus zwischen Zomba und ihm abgelaufen war. »Sein ganzes Leben lang hat Zomba mit höchstem Einsatz gespielt. Er konnte gar nicht anders, als auf meinen Vorschlag einzugehen, alles andere hätte sein Ego nicht ertragen. Skrupel, zu betrügen, hatte er dabei allerdings keine.«

Pavarotti erntete fassungslose Mienen und grinste. »Ich wusste gleich, dass er mich austricksen will. Er hat alle Patronen herausgenommen und eine Kammer mit einer Patrone aus seiner Tasche neu bestückt. Ich habe darauf spekuliert, dass er eine schwere Munition wählt, vermutlich ein Stahlmantelgeschoss oder etwas Ähnliches. Wohlweislich habe ich darauf verzichtet, genauer nachzufragen. Die Wahrscheinlichkeit, dass so ein schweres Kaliber nach der Drehung der Trommel unten zu liegen kommt, ist recht hoch. Als er dann gesagt hat, er wolle anfangen, wusste ich Bescheid. Beim vierten Schuss hätte es mich erwischt. Den hab ich auf ihn abgegeben.«

Sein Mund lächelte ironisch, aber seine Augen blieben ernst und auf Lissie gerichtet. »Ihr wisst doch, dass mir solche Logikspielchen liegen. Im Unterschied zu anderen Dingen.«

Emmenegger räusperte sich.

»Die Herrschaften von der Internen, die können mich.« Dann hievte er sich vom Stuhl hoch. »Ich muss dann mal. Hab Order, noch kurz bei Kohlgruber vorbeizuschauen. Er hat mich angefleht, ihn loszueisen. Wegen eines dringenden neuen Falls und so.«

»Der sich im Forstbräu abspielt, vermute ich.«

Emmenegger feixte und salutierte. *»Ci vediamo!«*

***

Lissie sah, dass Pavarottis Blick an Emmeneggers Rücken klebte, als könne er ihn auf diese Weise dazu bringen, hierzubleiben. Pavarottis Hände lagen schlaff auf der weißen Leinendecke, und der rechte Zeigefinger zuckte leicht, als leide er neuerdings an einem nervösen Tick.

Lissie fiel ihr unbändiger Zorn wieder ein, weil er sie nach Strich und Faden belogen hatte, und sie erinnerte sich an den schalen Geschmack von etwas Verdorbenem, weil sie ihm vertraut hatte. Als sie verschüttet in dem Kellerloch gelegen hatte und Todesangst ausstand, dass sie da unten verrecken würde, war es plötzlich egal gewesen, was Luciano getan hatte.

Das Vorhaben, ihn aus ihrem Leben zu streichen, war nur noch ein alter Entschluss in ihrem Kopf, von dem sie sich immer weiter entfernte, je mehr Zeit verging.

Doch etwas wollte sie von ihm hören.

»Warum hast du mir nicht die Wahrheit gesagt?«

Pavarotti schluckte schwer. »Ich hatte Angst, dass du mir nicht verzeihen kannst«, sagte er stumpf. »Und als ich merkte, wie schlimm es für dich war und wie du unter dem Gedächtnisverlust fast zerbrochen bist, da konnte ich …« Er verstummte, dann sagte er, ohne sie anzusehen: »Bitte verzeih mir, dass ich so feig war.«

»Diesmal hast du mir das Leben ja gerettet«, sagte sie statt einer Antwort. »Jetzt sind wir quitt.«

Er sah aus, als habe sie ihn geschlagen. »Ich will keine Dankbarkeit.«

Als sie nicht antwortete, fragte er heiser: »Was jetzt?«

Dann, mit fast barschem Tonfall, als ärgere er sich darüber, welch große Bedeutung die Antwort für ihn besaß: »Sind wir noch Freunde?«

»Freunde?«, sagte Lissie mit feinem Lächeln. »Ich kann mich an einen Abend erinnern, da waren wir schon ein bisschen mehr.«

Sie beugte sich vor und legte ihre Hand auf seinen zuckenden Finger. Er schien große Mühe zu haben, sie anzusehen.

»Du bist nicht feige«, sagte sie. »Ohne deinen Mut, dieses

schreckliche Spiel zu spielen, wäre Alberto Zomba davongekommen.«

»Das war kein Mut«, sagte Pavarotti. »Das war Statistik.«

»So ein Quatsch«, sagte Lissie. »Hör auf, dich kleinzumachen. Sonst …« In einem plötzlichen Einfall nahm sie den silbernen Salzstreuer vom Tisch und wog ihn in der Hand.

Bevor sie ausholen konnte, sprang Pavarotti auf und entwand ihn ihr. Er stellte das Ding auf den Nebentisch, außerhalb ihrer Reichweite, achtete aber darauf, dass er ihre Hand nicht losließ.

»Jetzt geht das wieder los«, sagte er stöhnend, doch seine Stimme klang nicht mehr ganz so verzweifelt.

Lissie lächelte, als sie sah, wie sich ein paar Fältchen um seine Augen vertieften.

»Ich verzeihe dir«, sagte sie schließlich, wieder ernst geworden. »Aber was aus uns wird, Luciano, das kann ich noch nicht sagen. Erst muss ich zurück nach Deutschland.«

Sie las die Enttäuschung in seiner Miene und wie er versuchte, sie niederzukämpfen. »Es ist nicht für immer«, sagte sie schnell. »Mein Gedächtnis kommt wieder.«

Seine Augen weiteten sich, und er starrte sie an. »Du erinnerst dich? Woran denn? Wie …?«

»Ich weiß es nicht«, sagte Lissie. »Vielleicht war es der Schock. Oder dieser schreckliche Durst und die Angst vor dem Tod. Vielleicht alles zusammen. Jedenfalls weiß ich wieder, was damals in dem Tunnel in Katharinaberg passiert ist. Mit meinem Vater und mir.«

Pavarotti wartete, bis sie so weit war, weiterzusprechen.

»Auf der Rückfahrt von Katharinaberg hat mein Vater ein Tier angefahren«, sagte Lissie schließlich. »Es war ein Hund. Irgendein armer Streuner. Der Tunnel war schlecht beleuchtet. Das ist er ja noch heute. Als mein Vater sah, was passiert war, hat er den Wagenheber aus dem Kofferraum genommen und das Tier totgeschlagen.«

»Du großer Gott«, sagte Pavarotti.

Lissie fuhr mit dem Finger über den Rand ihres Weinglases. Ein hoher Ton erklang. Sie sah, dass Pavarotti den Wein anschaute. Er schien erst jetzt zu merken, dass sie wieder Alkohol trank. Der Wein schmeckte verdammt gut, aber sie zwang sich, kleine Schlucke zu nehmen.

»An diesem Nachmittag muss mir klar geworden sein, dass mein Vater nicht der Mann war, für den ich ihn hielt«, sagte sie. »Ich wollte, dass er Hilfe holte, um das Tier zu retten. Doch er weigerte sich, weil er angetrunken war.«

Ihr Blick wanderte in dem Zimmer hin und her, in dem sie saßen, und sie schwieg eine Weile. Dann hob sie den Kopf. »Am selben Abend waren wir hier, wie immer am letzten Ferienabend. Genau an diesem Tisch hier. Da stellte sich heraus, warum er es sich nicht leisten konnte, den Hund zum Tierarzt zu bringen und den Vorfall zu melden. Warum er nicht riskieren konnte, einen Fleck auf seine verdammte weiße Weste zu bekommen.«

Tränen stiegen ihr in die Augen, und sie wischte sie trotzig weg. Ihr Vater war es nicht wert. »Es ging bloß um seine Scheißkarriere als Anwalt«, sagte sie verächtlich. »Er hatte irgendeinen Fall an Land gezogen, der Wellen schlagen würde. Einer der letzten RAF-Prozesse, soweit ich mich erinnere. Er brüstete sich mit dem Medienzirkus, der schon vor dem Prozess angefangen hatte. Ich höre ihn noch sagen, wie das Mandat seiner Karriere Auftrieb geben würde. Endlich würden alle sein Talent erkennen, endlich wäre er jemand. Wie ich mich an dem Abend fühlte, war ihm egal. Er hörte mir gar nicht zu, sondern wischte den Hund mit einer Handbewegung beiseite. In einem fort behauptete er, bei dem Mandat könne er sich eine Akte wegen Trunkenheit am Steuer, die ein neugieriger Reporter ausgraben würde, nicht leisten. Was war schon das Leben eines armen Straßenköters gegen seine strahlende Karriere als Anwalt?«, sagte Lissie, und ihre Stimme klang verbittert und unendlich traurig zugleich.

»Und du wolltest es nicht wahrhaben. Stattdessen hast du die Sache komplett verdrängt«, sagte Pavarotti leise.

Lissie zuckte mit den Schultern und nahm einen großen Schluck.

»Vorsicht mit dem Zeug«, mahnte Pavarotti. Prompt warf sie ihm einen zornigen Blick zu.

»Was ist mit deiner Suche? Willst du jetzt nicht mehr wissen, warum er verschwunden ist?«, fragte er schnell.

Sie biss sich auf die Lippen. »Keine Ahnung. Im Moment will ich nur zurück nach Deutschland und zusehen, dass sich mein Gedächtnis wieder komplett erholt. Ich möchte in mein Haus, mit Spock durch den Wald spazieren und das Buch zu Ende bringen, das ich hier angefangen hab. Vielleicht kann ich damit etwas Geld verdienen. Wer weiß?«

»Ich hab's gelesen. Es ist gut. Sehr sogar.«

Dann räusperte er sich. »Wann kommst du wieder?«

»Bald.«

Doch das Wort kam zu leicht und schnell, um die Wahrheit zu sein, und sie sah ihn nicht an dabei.

Pavarottis Herz wurde schwer in seiner Brust. Er fühlte es sinken wie einen Stein auf den Grund eines tiefen Sees.

Nachwort

Kriminalschriftstellerinnen sind furchtbare Personen. Sie lernen nette Menschen in bezaubernder Umgebung kennen und verwandeln sie in ihren Büchern in mordlüsterne Psychopathen in alptraumhafter Szenerie. Das unterhält die Leserinnen und Leser zwar, ist aber alles andere als fair. Leider habe auch ich mich im vorliegenden Roman zu dieser Unsitte hinreißen lassen. Die in diesem Buch beschriebenen Örtlichkeiten und historischen Ereignisse sind zwar zu einem großen Teil nicht erfunden, zumindest in groben Zügen aber möchte ich meine Leserinnen und Leser nicht darüber im Unklaren lassen, wo die Realität aufhört und die Fiktion beginnt.

Katharinaberg. Das Örtchen hoch im tief eingeschnittenen Schnalstal gibt es wirklich. Es erhielt erst um 1970 eine Zufahrtsstraße und ist immer noch – Gott sei Dank – alles andere als ein Ort des Massentourismus. Der Pfarrer ist, wie im Buch, für Katharinaberg und eine Handvoll kleiner Ansiedlungen im Tal zuständig. Ein Besuch der Kirche von Katharinaberg kann nur empfohlen werden, denn der Blick von dort ist spektakulär. Auch eine alte Ritterburg spielt in der frühen Ortsgeschichte eine Rolle.

Der versiegelte Friedhof, auf dem des Nachts kleine Flämmchen gesehen wurden, weil die Toten wegen des felsigen Untergrunds nicht tief genug in der Erde bestattet werden konnten, mag vielleicht nach der überhitzten Phantasie der Schriftstellerin klingen, entspricht jedoch den Tatsachen.

Ein paar Schritte davon entfernt liegt das Hotel, in dem Lissie von Spiegel abgestiegen ist und dessen Wirtin eine undurchsichtige Rolle spielt. Natürlich heißt es in Wirklichkeit nicht »Hotel am Rad« – aber beinahe. Und an diesem Punkt hören die Überschneidungen von Fiktion und Realität auch auf: Denn das »Hotel am Fels« ist ganz bezaubernd.

Daran, dass man sich dort so wohlfühlt, hat die Familie

Gamper entscheidenden Anteil. Margit und Marion Gamper wurden nicht müde, mich bei meinen Rechercheaufenthalten mit Informationen über Katharinaberg und das Schnalstal zu versorgen, mich in die Atmosphäre eintauchen zu lassen und meine Fragen geduldig zu beantworten. Ich habe es ihnen gedankt, indem ich das Haus literarisch zu einem unheimlichen Ort gemacht und der Familie der fiktiven Inhaber ein dunkles Geheimnis angehängt habe. Kriminalschriftstellerinnen sind wirklich furchtbare Personen! Ich kann nur hoffen, die Familie Gamper möge mir verzeihen. Dies gilt auch für den Pfarrer Franz Messner, der in Wirklichkeit ein sehr angenehmer und inspirierender Gesprächspartner ist. Mein Dank gilt auch dem Bürgermeister und Autorenkollegen Karl Josef Rainer, der nicht mit Material zum Ort gegeizt hat.

An dieser Stelle also das Eingeständnis: Wenn auch die faktischen Gegebenheiten in und um Katharinaberg nur wenig verfremdet wurden, so hat doch die düstere, unfreundliche Atmosphäre, die ich dem Ort im Roman verpasst habe, so gar nichts mit dem romantischen, idyllischen Ambiente und seinen freundlichen Bewohnern gemein. Nur manchmal, vielleicht im Spätherbst, wenn abends der Wind um die Häuser pfeift, der erste Schnee schon in der Luft liegt und die Berge schwarze Silhouetten sind, mag die Phantasie hoch im Schnalstal auf düsteren Wegen auf Reisen gehen …

Wenn sich im Sommer das Bergpanorama auf dem Wasser spiegelt, ist der Vernagt-Stausee schön – seine Entstehungsgeschichte ist es nicht. Sie hat sich im Wesentlichen so abgespielt wie im Buch beschrieben. Eines Tages – Ende der 1940er, Anfang der 1950er Jahre – kamen auf Weisung der Etschwerke von Bozen und Meran Bauarbeiter in das weltabgeschiedene Tal und begannen ihr Werk. Dieses gipfelte daran, dass 1957 der Talkessel geflutet wurde und sieben uralte Höfe (in manchen Veröffentlichungen sind es sogar acht) durch die Wassermassen verloren gingen.

Die Bewohner waren nicht gefragt worden, sie wurden entwurzelt, spielten keine Rolle im energiepolitischen Kalkül der Etschwerke. Neben Arbeitern aus Italien fanden auch viele Bewohner des Schnalstals Beschäftigung beim Bau des Stausees. Der relativ guten Bezahlung standen zahlreiche zum Teil tödliche Unfälle während der Bauphase gegenüber. Der Stausee ist Teil des Wasserkraftwerks in Naturns, das 1963 in Betrieb genommen wurde und heute im Durchschnitt über dreihundert Gigawattstunden Strom pro Jahr erzeugt. Die Etschwerke zählen zu den größten kommunalen Stromerzeugern in Italien.

Wer sich näher mit dem Vernagt-Stausee und seiner Geschichte befassen möchte, dem sei das Studium der zeitgeschichtlichen Quellen empfohlen, vor allem aber ein Besuch des Sees und ein Gespräch mit Zeitzeugen. Ich habe dadurch fast sechs Jahrzehnte zurück in eine wahrhaft untergegangene Welt schauen dürfen und sage Dank dafür.

Den Wassermassen, die im Sommer 1957 durch den Talkessel strömten, fiel auch das Leiterkirchl von Vernagt zum Opfer. Die Kapelle wurde abgetragen, der Turm überflutet. Vierzig Jahre später wurde das neue Leiterkirchl am Rand des Sees wieder aufgebaut. Bei seiner Weihe am 7. September 1997 erklangen nach vier Jahrzehnten erstmals wieder die Glocken – ein Tag, an dem die meisten Bewohner des Schnalstals auf den Beinen waren, um dabei zu sein. An jenem Tag, der das Bindeglied zwischen den Ereignissen in den 1950er Jahren und der Gegenwart ist, verschwindet im Roman der kleine Johannes Zomba.

Neben den zeitgeschichtlichen Fakten aus dem Schnalstal, die hier nur kurz angerissen werden, möchte ich noch einige Worte des Dankes nach Meran richten – vor allem ins dortige Kommissariat. Der Besuch am Kornplatz hat neben vielen anderen positiven Effekten Emmenegger die Beförderung zum Vice Ispettore beschert. Mein Gastgeber, Ispettore Alfio Capraro, hat mir dies mit guten Argumenten ans Herz gelegt und darüber hinaus tiefe Einblicke in die Südtiroler Polizeiarbeit gegeben.

Natürlich werde ich wieder einige Gesprächspartner und Freunde vergessen haben, die sich um dieses Buch und die Commissario-Pavarotti-Reihe insgesamt verdient gemacht haben. Ich entschuldige mich dafür in aller Form und danke Euch herzlich. Dank auch an das Team des Emons Verlags und vor allem Carlos Westerkamp, der die Pavarotti-Reihe von Anfang an begleitet und auch dieses Buch wieder zu einem besseren Roman gemacht hat.

Und natürlich soll mein Mann nicht unerwähnt und ohne Dank bleiben. Ich bitte ihn einmal mehr um Nachsicht für die Launen einer Autorin – ich erwähnte es bereits: Kriminalschriftstellerinnen sind furchtbare Personen.

Elisabeth Florin
COMMISSARIO PAVAROTTI TRIFFT KEINEN TON
Broschur, 384 Seiten
ISBN 978-3-95451-122-8

»Ein beeindruckendes Debüt. Elisabeth Florin ist der Kunstgriff gelungen, den Roman nicht zu überfrachten, sondern Südtiroler Geschichte als spannenden und mitreißenden Kriminalfall zu verpacken. Das Ganze wird getragen vom sympathischen Ermittlerduo, das sich humorvoll-intelligente Schlagabtausche liefert.« Dolomiten

»Hoffentlich ist das der Auftakt zu einer neuen Serie. Geschichte, Schreibweise und das ungleiche Ermittlerduo sind einfach spitze!«
Frankfurter Stadtzeitung

Elisabeth Florin
COMMISSARIO PAVAROTTI KÜSST IM SCHLAF
Broschur, 400 Seiten
ISBN 978-3-95451-439-7

»Komplexe Handlungen und verschiedene Erzählebenen machen auch den Reiz des zweiten Kriminalromans von Elisabeth Florin aus.« Frankfurter Neue Presse

»Atmosphärisch dicht.« Die Presse

www.emons-verlag.de